The Sum of All Kisses
by Julia Quinn

# 大嫌いなあなたと恋のワルツを

ジュリア・クイン
村山美雪・訳



ラズベリーブックス

The Sum of All Kisses
by Julia Quinn

真実か、誤りか。

レディ・サラ・プレインズワースは悲劇の主人公気どりの女性《ドラマ・クイーン》であるか（誤り。一八二四年当時、〝ドラマ・クイーン〟という言い方はなかった。だが現代の表現に置き換えるなら、そう呼んでも差し支えないだろう）。

ヒュー・プレンティス卿は女性を理解できない数学の天才か（真実。だがサラのことは徐々に理解できるようになり……）。

ふたりはひと目惚《ぼ》れで恋に落ちたのか（誤り。当初はまったくそりが合わなかった）。

だがその後、ふたりは友人になったのか（まあ、真実だろう。しだいにそうなった）。

そして、恋に落ちた（真実。明々白々に）。

この一冊は、わたしに。
そしてまた、ポールにも。
でも、ほとんどはわたしのために。

# 大嫌いなあなたと恋のワルツを

## 主な登場人物

サラ・プレインズワース……………………貴族令嬢。
ヒュー・プレンティス……………………ラムズゲイト侯爵の次男。
ホノーリア・スマイス－スミス……………伯爵家令嬢。
マーカス・ホルロイド……………………チャタリス伯爵。ホノーリアの婚約者。
ダニエル・スマイス－スミス………………ウィンステッド伯爵。サラのいとこ。
ハリエット・プレインズワース……………サラの妹。
エリザベス・プレインズワース……………サラの妹。
フランシス・プレインズワース……………サラの妹。
アイリス・スマイス－スミス………………サラのいとこ。
デイジー・スマイス－スミス………………サラのいとこ。アイリスの妹。
ラムズゲイト侯爵…………………………ヒューの父。
レディ・ダンベリー………………………社交界の貴婦人。

# プロローグ

## 一八二一年春、深夜
## ロンドン

「ピケットは記憶力が優れているほど有利だ」チャタリス伯爵が誰にともなく言った。

その言葉はヒュー・プレンティィス卿の耳には届いていなかった。だいぶ離れた窓ぎわのテーブルについていたし、より端的に言えば、いささか酒に酔っていたからだ。けれども、ヒューがチャタリスの言葉を聞いていたとしたら――そして酒に酔っていなかったなら――こう思ったことだろう。

だからこそ、自分はピケットをするのだと。

声に出しはしなかったかもしれない。胸のうちの思いをわざわざ声に出して誰かに聞かせようとする男ではない。それでも、そう思っていたに違いなかった。そうして表情も変化していただろう。唇の片端がぴくりと引《ひ》き攣《つ》り、右の眉が上がる――ほんのわずかな動きとはいえ、注意深く見ていた者には、たいした自信家に感じられたはずだ。

じつのところ、ロンドンの社交界には注意深い人間はきわめて少ないのだが。

ヒューは例外だ。

ヒュー・プレンティスは何ひとつ見逃さない。しかも何もかも憶《おぼ》えている。その気になれば、『ロミオとジュリエット』を一字一句正確に暗誦《あんしょう》できるし、『ハムレット』についても同様だ。『ジュリアス・シーザー』は憶えていないが、なぜならこれまで一度も読もうとは思えなかった作品だからに過ぎない。

この人並はずれた能力のおかげで、ヒューはイートン校に入学して最初の二カ月で六度も試験での不正行為を疑われた。ほどなく、試験ではわざとひとつかふたつ間違えておいたほうが、毎日を格段に楽《らく》に過ごせることを学んだ。疑われたのを気に病んだわけではなく――不正行為をしていないのは自分自身がよくわかっていたし、ほかの人々にどのように思われようがかまわなかった――教師たちに呼びつけられ、潔白を納得してもらうまで説明を繰り返さなければならないのが煩《わずら》わしくて仕方なかったからだ。

けれども、その記憶力がカードゲームでは大いに役立った。ラムズゲイト侯爵の次男に生まれたヒューは、何も相続できるものがない立場であるのをよくわかっていた。長男以外の男子は軍人か聖職者になるか、財産目当ての結婚に望みをかけるしかない。ヒューはそのいずれについても向く性分ではないため、ほかに生計を立てる術《すべ》を探さなければならなかった。それならば、ひと晩にやりとりされるカードをすべて、しかも順番どおりに憶えていられる能力を備えた男にとって、賭け事ほど手っとりばやいものはない。

対戦相手となってくれる者を見つけるのがしだいにむずかしくはなったが――ヒューのず

ば抜けたピケットの強さはいつしか語り草となっていた——若い男たちが酔うほどに酒を飲めば、そのなかから必ず、挑んでやろうという者が名乗りでてくる。カードゲームでヒュー・プレンティスを負かしてみたいと思わない者はいない。

問題は、その晩はヒュー自身も酔うほどに酒を飲んでいたことだった。これはよくあることというわけではなく、ワインを飲んで自制が利かなくなるまで浮かれた憶えはかつて一度もなかった。だが友人たちと繰りだしたところがいくぶんいかがわしい酒場で、一パイントのグラスは大きかったし、混みあっていて騒がしく、女たちもみなやけに豊満だった。

紳士のクラブに場を移してカードを切りはじめたときには、つい最近ウィンステッド伯爵位を継いだばかりのダニエル・スマイス－スミスもすっかり酔いがまわっていた。ダニエルは酒場の女中との戯《たわむ》れについて生々しく語りだし、それを聞いたチャールズ・ダンウッディも友人の至らなかったところを補うべく自分がその酒場にまた行ってやらなければと豪語し、マーカス・ホルロイド——つねにほかの人々より少しばかり真面目な若きチャタリス伯爵——までもが大笑いして椅子から転げ落ちかけた。

ヒューはダニエルが戯れた女中より自分をもてなしてくれた女性のほうが気に入っていたが——もう少し肉づきが控えめのしなやかな体をしていた——友人たちにどうだったかとしつこく尋ねられても、ただ笑って受け流した。むろんヒューは、その女性のことを何もかも記憶していたが、キスをしたわけでも言葉すらろくに交わさなかった。

「今回は負かしてやるからな、プレンティス！」ダニエルが得意げに言い放った。テーブルにだらしなくもたれかかり、誰もがついくらりとさせられる、おなじみの笑みを見せた。そんな人懐っこさで昔からいつも周りの人々を虜《とりこ》にしてしまう男なのだ。

「まったく、どうかしているぞ、ダニエル」マーカスが唸《うな》るように諫《いさ》めた。「いいかげんにしてくれ」

「いや、いや、やれるとも」ダニエルは人差し指を振ってみせ、その拍子にふらついて笑った。「今度こそ、負かしてやる」

「いいぞ！」チャールズ・ダンウッディが囃《はや》し立《た》てた。「やれるとも！」

呼応する者はいなかった。チャールズはしらふのときでも、不可能なことをいかにも可能かのように言うきらいがある。

「ああ、むろん、やれるとも」ダニエルは繰り返した。「どうしてかと言えば、きみは――」ヒューのほうへ指を振ってみせた。「――だいぶ酔っているからな」

「きみほどではないだろう」マーカスが指摘したが、ついでにしゃっくりもした。

「数えてたんだ」ダニエルが勝ち誇ったかのように言う。「向こうのほうが多く飲んでる」

「いちばん飲んだのは、ぼくだけどな」チャールズが胸を張った。

「だったら先に勝負に出ていたはずだ」ダニエルが返した。

かくしてヒューとダニエルのピケットの対戦が始まり、ワインが注《そそ》がれ、誰もがそのひと時を大いに楽しんでいた――

ダニエルが勝つまでは。

ヒューは目をしばたたき、テーブルに広げられたカードを見つめた。

「勝った」ダニエルが畏怖《いふ》のかけらも感じられない口ぶりで言った。「そうだよな？」

ヒューはいつになく記憶が曖昧《あいまい》なのは気に留めず、頭のなかでカードの動きを始めから振り返った。

「ぼくが勝った」ダニエルが今度は長年の親友のマーカスに言った。

「いや」ヒューはほとんど独り言のように否定した。そんなことはありえない。ともかく、ありえない。自分がカードゲームで負けるはずがない。いつも晩に寝ようとして物音から耳を閉ざせば、その日やりとりした手札をすべて呼び起こせた。一週間ぶんの手札ですらも。

「どうしてこうなったかは、ぼくにもよくわからない」ダニエルが続けた。「キングがきて、それから7がきて、それで……」

「エースだ」あやふやな説明を聞いてはいられず、ヒューは遮《さえぎ》って言った。

「ふうむ」ダニエルが目をしばたたいた。「そうだったかな」

「おい」ヒューは声を荒らげた。「誰か、そいつを黙らせてくれ」静かにしてほしい。気持ちを集中して、カードを思いださなければ。それさえできれば、問題はすっきり解決できるはずだ。兄のフレディと家に帰るのが遅くなって、父がすでに待ちかまえていたときのように――

いや、違う、そうじゃない。あのときとは事情が違う。これはカードゲームだ。ピケットであり、自分はけっして負けない。生計を立てるために唯一あてにできる手段でもある。

チャールズが頭を掻《か》いて、カードを眺め、声に出して数えはじめた。「やはり――」

「ウィンステッド、いかさましやがったな！」ヒューは思わず罵《のの》り言葉を吐いた。どこからそんなことを思いついたのか、どうしてそんな言葉が口をついたのかもわからないが、いったんこぼれ出た言葉はテーブルの上で煮え立ち、部屋を気炎で満たした。

ヒューの体はふるえだした。

「違う」ダニエルが言った。ただそれだけを。困惑顔で頼りなげに片手を振り、違うとだけ口にした。どうやらとまどっている様子で――

だがヒューはそれ以上考えようとはしなかった。考えられなかったので、よろよろと席を立ち、自分はけっしてカードゲームでは負けないという自信だけをよすがに、テーブルをひっくり返した。

「いかさまはしていない」ダニエルはせわしなく瞬《まばた》きを繰り返した。マーカスのほうを向く。

「いかさまはしない」

それでも、いかさまをしたとしかヒューには思えなかった。なぜか頭のなかで、トランプのジャックが棍棒《こんぼう》を振りまわして10のカードを追いかけているのはひとまず無視して、ふたたびカードのやりとりの記憶をたどった。だが今度はその10のカードが、先ほど自分の足もとで粉々となってしまったグラスにそっくりのものでワインを飲んでいて……。

ヒューは怒鳴《どな》りだした。自分が何をわめいているのか定かでなかったが、ともかくダニエルはいかさまをしたのだし、ハートのクイーンはつまずいて転び、四二掛ける三〇六は必ず一万二八五二になる。それがどう関連しているのかさっぱりわからないが、いまはそこらじゅうの床がワイン漬けになっていて、カードがあちらこちらに散らばり、ダニエルが目の前に突っ立って、首を振りふり、こう言った。「いったい何を言ってるんだ？」

「きみがエースを持っていたはずがない」ヒューは歯の隙間《すきま》から言葉を吐きだした。エースはジャックより後ろにあったはずで、ジャックは10の次だったのだから……。

「でも、持ってたんだ」ダニエルは片方の肩をすくめた。そして、げっぷをした。

「ありえない」ヒューは鋭く言い返し、よろめいた。「手札はすべて把握しているんだ」

ダニエルがカードを見おろした。ヒューも同じように見おろすと、ダイヤのクイーンの首からマディラワインが血のように流れていた。

「快挙だ」ダニエルがつぶやき、ヒューをまっすぐ見やった。「ぼくが勝った。ついにやったんだ」

ふざけてるのか？　ダニエル・スマイス－スミス、いや、いまや畏《おそ》れ多《おお》きウィンステッド伯爵となった男は、ぼくをばかにしているのか？

「けりをつけさせてもらう」ヒューは唸るように言い放った。

ダニエルがびくりとして顔を上げた。「なんだって？」

「介添人を指名しろ」

「決闘を挑んでるのか？」ダニエルは半信半疑の面持ちでマーカスを振り返った。「どうやら決闘を挑まれているらしい」

「ダニエル、口を閉じろ」マーカスが不機嫌そうに低い声で言った。この友人はいつの間にかほかの誰よりしらふに戻っていた。

ところがダニエルはその親友を片手で払いのけるようにして、言った。「ヒュー、ばかなことを言ってるんじゃない」

ヒューは考えなしに突き進んだ。ダニエルは脇に飛びのこうとしたが間に合わず、ふたりとも倒れこんだ。ヒューはテーブルの脚に腰を押されても痛みはほとんど感じなかった。ダニエルを一回、二回、三回、四回と殴りつけたところで、ふた組の腕につかまれて引き離され、思うように動けなくなって、唾《つば》を吐いた。「いかさましやがって」

それだけは間違いないことだと信じていたからだ。しかも、ウィンステッドは自分をばかにした。

「きみはどうかしている」ダニエルが言い、顔から血をぬぐった。

「けりをつけさせてもらう」

「おっと、そうはさせない」ダニエルが嚙《か》みつかんばかりに言い返した。「けりをつけさせてもらうのはこっちのほうだ」

「〝かの緑の地〟でどうだ?」ヒューは冷ややかに尋ねた。

「夜明けに」

ほかの誰もが静まり返り、ふたりのどちらかが理性を取り戻すのを待っていた。

だが、どちらも引きさがりはしなかった。当然だ。

ヒューは微笑《ほほえ》んだ。笑う理由がどこにあるのか知るべくもないが、それでもどういうわけか口もとが緩んでいた。そしてダニエル・スマイス－スミスを見ると、こちらもいつもとは別人のような顔つきだった。

「承知した」

「ここまですることはないいんじゃないか」チャールズ・ダンウッディがしかめ面で言い、ヒューの拳銃をあらためた。

ヒューは黙っていた。頭が痛くてしょうがなかった。

「ぼくも向こうがいかさまをしたと思ってるさ。なにしろ対戦相手はきみで、きみは必ず勝つのだから、そうとしか考えられない。どうして勝てるのかはわかりようもないが、いつもそうなんだからな」

ヒューはほとんど頭は動かさなかったが、チャールズの顔のほうにじろりと目をくれた。もしや、いかさまをして勝ちつづけてきたとでも疑われているのだろうか？

「計算能力の賜物《たまもの》なんだよな」チャールズはヒューの皮肉っぽい表情には気づかずに続けた。

「きみは昔から人並みはずれて計算に強かったし……」

そのとおり。〝人並みはずれて〟いるというのは、昔から格別に嬉しい褒《ほ》め言葉だ。

「……計算に関わることで、きみがけっして不正行為をしないのは、ぼくも知っている。学校でみんながどれだけきみに問いつめたことか」チャールズは眉根を寄せて見やった。

「いったいどうやって計算してるんだ?」

ヒューは淡々としたまなざしを返した。「いま訊《き》くことか?」

「えっ、いや。もちろん、そんなことはいいんだ」チャールズは咳払《せきばら》いをして、一歩あとずさった。マーカス・ホルロイドがおそらくは決闘をやめさせるために歩いてくる。ヒューは湿った草地を踏んでは進むマーカスのブーツを見つめた。左脚の歩幅のほうが右脚より大きいが、さほどの違いはない。こちらに到達するまであと十五歩、気が先走ってとまりきれなければ十六歩というところだろう。

といってもあのマーカスのことなので、十五歩で足をとめるに違いない。

マーカスとチャールズが互いの拳銃をあらためた。ヒューはそのあいだ、役立つ知識をとめどなく語らずにはいられない医者の傍《かたわ》らで待った。

「ここを」医者は自分の太腿《ふともも》の上部をぴしゃりと打って言った。「撃たれたのを見たことがある。大腿《だいたい》動脈だ。ぶったまげる量の血が流れる」

ヒューは口を閉ざしていた。ダニエルをほんとうに撃つつもりなどない。この数時間で頭にのぼった血はおりて、いまだ憤ってはいても、友人を殺すほどのことでないのは承知していた。

「痛い目に遭わせたいだけならば」医者が続ける。「手や脚を撃てばじゅうぶんだ。骨はたやすく折れるし、神経がごっそり集まっている。それに殺さずにすむ。重要なところから離れているから」

聞き流すことにはとりわけ長《た》けているヒューでも、これには黙していられなかった。「手は重要なところではないのか？」

医者は歯に舌をめぐらせ、隙間から食べかすを吐きだしたような音を鳴らした。肩をすくめる。「心臓とは違う」

もっともな返答にヒューはいらだった。気にさわる相手に核心を突かれるのは腹立たしい。とはいえ多少なりとも分別のある医者だったなら、とうに口をつぐんでいたはずだ。

「頭だけは狙ってはだめだ」医者がぶるっと身をふるわせた。「誰もそんなことは望んでいないし、私も頭を撃たれた気の毒な御仁についてはとても話す気になれない。脳が飛び散り、顔はぱっくり割れる。まっすぐあの世へ葬り去る一撃となる」

「この医者を連れてきたのはきみか？」マーカスが訊いた。

ヒューはチャールズを顎《あご》で指し示した。「彼が連れてきた」

「ふだんは理髪師をしている」だがきょうは医者を務める男が、弁解がましく言った。

マーカスが首を振り、ダニエルのほうへ戻っていった。

「両者とも、準備を整えたし！」

誰がそう叫んだのか、ヒューにはわからなかった。ふたりが決闘するのを聞きつけて、立会人の栄誉を得たくてやってきた誰かなのだろう。ロンドンでは「この目で見たんだ」と言う以上に人々が口にしたがる言葉はそう多くない。

「かまえて！」

ヒューは腕を上げ、狙いを定めた。ダニエルの肩から右に十センチ弱のところに。

「一!」

おっと危なかった、数えるのを忘れていた。

「二!」

胸が締めつけられた。怒鳴るように数える声。かつては数字を敵のように思っていた頃もあった。父が得意そうにしゃがれ声で唱え、ヒューはそれをどうにか聞くまいとして……。

「三!」

身がすくんだ。

引き金を引いた。

「うおおっー!」

はっとして、ダニエルのほうを見た。

「何するんだ、当たったぞ」ダニエルが肩を押さえて怒鳴った。皺《しわ》の寄った白いシャツにはすでに血が滲《にじ》んでいる。

「どうなってるんだ」ヒューは独りごちた。「違う」右にはずして撃ったはずだ。さほど離れたところを狙ったわけではないとはいえ、射撃は得意で、腕は立つ。

「うわ、大変だ」医者がつぶやき、草地の端側を駆けだした。

「撃ってしまったぞ」チャールズが慌てた声で言った。「なんでこんなことを」

ヒューは言葉を失った。ダニエルはけがを負い、致命傷となるやもしれない。そのけがを負わせたのは自分だ。この手で撃ってしまった。誰にやらされたのでもない。それでもまだダニエルは血を流しつつ腕を上げて——文字どおり血まみれの腕だ——

そのとき、片脚に引き裂かれるような痛みが走り、ヒューは悲鳴をあげた。

どうして痛みを感じる前に銃声が聞こえるものと思いこんでいたのだろう？　法則は知っている。サー・アイザック・ニュートンの理論が正しければ、音は秒速およそ三百メートルで進む。ダニエルとの距離が二十メートル以上はあるとすると、到達時間は……。

ヒューは考えた。考えつづけた。

答えを導きだせない。

「ヒュー！　ヒュー！」チャールズの取り乱した声がした。「ヒュー、大丈夫か？」

チャールズ・ダンウッディの顔がぼやけて見えた。見上げなければならないということは、自分はいま地面に倒れているのだろう。焦点を合わせようと瞬きをした。まだ酔いが冷めていないのか？　ゆうべはダニエルと揉《も》める前もそのあとも、相当な量のアルコールを飲んだ。

いや、酔ってはいない。少なくともそれほどには。撃たれたのだ。いずれにしろ、それ以外には考えられない。ただし撃たれたような気がしただけで、いまはさほど痛みがあるわけでもなかった。それでも地面に倒れているのだから、やはり撃たれたということなのだろう。

ヒューは息をしようと唾を飲みこんだ。息をするのがどうしてこれほどむずかしいんだ？　弾が当たったのは脚だったはずだ。ほんとうに撃たれたとすればだが。何が起こったのか、いまだによくわからない。

「ああ、なんてことだ」新たな声がした。マーカス・ホルロイドが息を乱し、蒼白《そうはく》になっていた。

「押さえつけるんだ！」医者が吼《ほ》えるように言った。「ただし骨には注意してくれ」

ヒューは話そうとした。

「止血帯」誰かが言った。「止血帯を巻いたほうがいいんじゃないか？」

「私の鞄《かばん》を取ってきてくれ！」医者が怒鳴った。

ヒューはふたたび口を開こうとした。

「体力を使うな」マーカスが手を握って言った。

「だが寝てはだめだぞ！」チャールズが慌てて言い添えた。「目をあけてるんだ」

「太腿」ヒューはしわがれ声で言った。

「どうした？」

「医者に言ってくれ……」ヒューはいったん休んで、息を吸いこんだ。「太腿。ぶったまげる量の血が流れる」

「なんの話をしてるんだ？」マーカスが尋ねた。

「た、た――」チャールズが何か言いかけたが、声を詰まらせた。

「どうしたんだ？」マーカスが強い調子でせかした。

ヒューはチャールズを見やった。顔色が悪い。

「たぶん、冗談を言おうとしたんだ」チャールズが答えた。

「ばかな」マーカスはぶっきらぼうに悪態をつき、どう読みとればいいのかわからない表情でヒューに向きなおった。「きみってやつは、こんなときに……冗談とは。冗談どころじゃないだろう」

「泣くな」いまにも友人が泣きそうに見えたので、ヒューはそう言った。

「きつく縛るんだ」誰かの声がして、ヒューは片脚を引っぱられ、きつく締めつけられるのを感じ、マーカスの声を聞いた。「きみは離れていたほうが、ががが……」

意識は途絶えた。

ヒューが目をあけたときには、辺りは暗くなっていた。そこはベッドの上だった。まる一日寝ていたのだろうか。それとももっと経《た》っているのか？　決闘は夜明けだった。あのときはまだ空が曙色《あけぼのいろ》に染まっていた。

「ヒュー？」

フレディ？　兄がここで何をしているのだろう。兄のフレディが最後にこの父の家に足を踏み入れたのは、もう思いだせないくらい前だった。ヒューは兄の名を呼ぼうとした。会えてどんなに嬉しいかを伝えたかったが、喉が信じがたいほど乾いていた。

「喋《しゃべ》らなくていい」フレディが言った。兄は身を乗りだし、懐かしい金髪の頭が灯火《ともしび》の円弧のなかに現われた。ふたりは昔から、どこの兄弟よりもよく似ていた。フレディのほうがわずかに背が低く、細身で、髪の色ももう少し明るいが、瓜《うり》ふたつの鋭角な輪郭に同じような緑色の瞳をしている。笑顔もそっくりだ。

笑えばだが。

「少し水を飲むといい」フレディが言った。慎重にヒューの唇にスプーンをあてがい、口のなかに水を滴らせた。

「もっと」ヒューはしわがれた声で求めた。口のなかには飲みこめるものがまったく残っていない。水分は乾ききった舌に一滴残らず染みこんでしまった。

フレディはさらに数匙《さじ》ぶんの水を与えてから、言葉を継いだ。「ちょっと待とう。一度に飲むのはよくない」

ヒューはうなずいた。どうしてよくないのかはわからないが、とりあえずうなずいた。

「痛むか？」

痛むが、どういうわけかいま兄に尋ねられるまで、ほとんど気にならなかった。

「大丈夫、まだちゃんと付いている」フレディがベッドの下のほうを身ぶりで示した。「脚だ」

もちろん、付いているだろう。とんでもなく痛むのだから、この脚がほかのどこにあるというんだ？

「手脚を失っても痛みを感じるのはよくあることなんだ」フレディが気遣《きづか》わしげに早口で言った。「幻肢痛《げんしつう》と呼ぶそうだ。いつだったか忘れたが、本で読んだことがある。だいぶ前だ」

それなら、おそらく事実だ。兄も自分と同じくらい記憶力がよく、昔から生物学に深い関心を抱いていた。子供の頃は外で過ごすことがほとんどで、土を掘り、標本を集めていた。ヒューも何度かあとを追っかけたことがあったが、うんざりするほど退屈だった。

おかげでヒューは早々に、カブト虫への興味はたくさん見つけたからといって深まるものではないことを学んだ。蛙《かえる》についても然《しか》りだ。

「父上は階下《した》にいる」フレディが言った。

ヒューは目を閉じた。うなずく代わりにできる精いっぱいのしぐさだった。

「知らせておいたほうがいいだろうな」自信を欠いた口ぶりだ。

「やめてくれ」

それから一分ほどおいて、フレディが言葉を継いだ。「さあ、もう少し飲むか。大量の血を失ったからな。体に力が入らないだろう」

ヒューはさらに数匙ぶんの水を含んだ。飲みこむだけでひと苦労だった。

「それと片脚の骨が折れた。大腿骨だ。医者が繋ぎあわせたんだが、骨が砕けていたと言っていた」フレディは咳払いをした。「しばらくはここでじっとしていなくてはならないだろう。大腿骨は人間の体のなかで最も大きい骨なんだ。治るまでに数カ月はかかるかもしれない」

兄は嘘《うそ》をついている。ヒューはそれを声から感じとった。つまり、数カ月より長くかかるということなのだろう。あるいは完全には治らないのだろうか。一生、片脚を引きずることになるのかもしれない。

滑稽《こっけい》な成り行きではないか。

「きょうは何曜日なんだ？」かすれがかった声で訊いた。

「三日間、意識が戻らなかった」フレディは弟の質問の意図を正確に読みとって答えた。

「三日間」ヒューは繰り返した。なんてことだ。

「ぼくはきのう来たんだ。コルヴィルが知らせてくれた」

ヒューはうなずいた。フレディに弟が死にかけているのを知らせてくれたのは、やはり執事だったのだ。「ダニエルはどうしてる？」

「ウィンステッド卿のことか？」フレディは唾を飲みこんだ。「もういない」

とっさにヒューは目を開いた。

「いや、違う、死んだわけじゃない」フレディはすぐさま続けた。「肩にけがをしたが、ぶじだ。イングランドを出たというだけのことだ。父上は判事に突きだそうとしていたんだが、おまえはまだ死んではいなかったし――」

〝まだ〟とは愉快な言いまわしだ。

「――それで、結局、父上が彼に何を言ったのかは知らない。翌日にすぐ見舞いに来たそうだ。ぼくはそこにいなかったが、ウィンステッド卿は謝ろうとしていたとコルヴィルから聞いた。だが父上が……まあ、あの父上のことだからな」フレディは唾を飲みこみ、空咳をした。「ウィンステッド卿はフランスへ渡ったんだろう」

「連れ戻さないと」ヒューはざらついた声で言った。ダニエルに罪はない。決闘を持ちかけたのは向こうじゃない。

「ああ、でも、おまえが父上に掛けあうしかないだろうな」フレディは言いにくそうに続けた。「追っ手を出すと言っていたらしい」

「フランスへ？」

「ぼくにはとうてい説得できそうにない」

「ああ、当然だ」頭のいかれた男を誰に説得できるというんだ？

「みんな、おまえが死ぬかもしれないと思っていたんだ」フレディが説明した。

「わかるよ」それで、誰もが触れたくない事情が蒸し返されたというわけだ。ヒューには容易に想像がついた。

ラムズゲイト侯爵に跡継ぎは選べない。長子相続制度に則《のっと》り、爵位も土地も資産も、限定相続を定められていないものもすべてがフレディに引き継がれることになる。だがもしラムズゲイト卿に選択権があったなら、ヒューを跡継ぎに選んでいたのはあきらかだった。

フレディはいま二十七歳で、結婚していない。ヒューは兄が結婚する望みをまだ捨ててはいなかったが、この世にフレディの目を惹《ひ》く女性がいないのはわかっていた。兄がそのような男である事実は受けとめざるをえなかった。理解はできないが、納得はしている。それでも結婚して長男の務めを果たし、弟によけいな負担がかからないようにすることも可能であるのをどうにか兄にわかってほしかった。世の中にはきっと、育児部屋がじゅうぶんに賑《にぎ》わえば、あとはもう喜んで夫と寝床を分かつ女性も大勢いるだろう。

ところが父はフレディを嫌悪し、花嫁を娶《めと》る必要はないとまで言い捨てた。いったんはフレディの手に爵位が渡るにしろ、いつの日かヒューーか、その子供に引き継がれることになればそれでかまわないと考えたからだ。

だからといって、ヒューーに深い愛情を抱いているとも思えなかった。子供たちに等しく愛情を注ぐ理由など見いだせない貴族は、なにもラムズゲイト侯爵だけではない。侯爵家の跡継ぎにはヒューーのほうが望ましく、だから次男のほうがましというだけのことだった。

父にとって大切なのはまず侯爵位、そのあとにヒューー、そしてフレディの順であるのは周知の事実だ。

そしておそらく、フレディには何ひとつ期待していない。

「アヘンチンキを飲むか」唐突に兄が問いかけた。「もし目覚めたら、少し与えておくとよいと医者が言っていた」

〝もし〟ときたか。先ほどの〝まだ〟ほどは面白みに欠けるが。

ヒューーはうなずき、兄に支えられながら上体をできるだけ起きあがらせた。「まったく、いやな匂《にお》いだ」飲みくだすと、カップをフレディに返した。

兄が空《から》のカップを嗅《か》いだ。「アルコールだな」と嗅ぎ分けた。「そのなかにモルヒネを溶かしてある」

「まさにいま欲しいのは」ヒューはつぶやいた。「さらなるアルコールだ」

「なんだって？」

ヒューは無言で首を振った。

「起きられて、ほんとうによかった」そう言った兄の口ぶりに、ヒューはアヘンチンキを飲みくだしてから起きあがったままでいたのを気づかされた。「コルヴィルに、父上に報告するよう頼んでおこう。なるべくなら、ぼくからは……」

「わかってる」ヒューは応じた。兄は父と顔を合わせないほうが賢明だ。自分もそうできれば平穏に暮らせるのだが、ときには誰かがあの嫌われ者の父と連絡を取りあわなければならず、それならば自分がその役目を担うほうが望ましいのは兄弟のどちらも承知していた。フレディがここに、セント・ジェイムズの古めかしい屋敷にやってきたのは、弟を愛していればこそのことだ。

「あす、また様子を見に来よう」フレディがドアの前で立ちどまって言った。

「もう大丈夫だ」ヒューはそう返した。

フレディは唾を飲みこみ、顔をそむけた。「では、明後日にでも」

あるいはその翌日に。たとえ兄がもう現われなかったとしても仕方のないことなのは、ヒューにもわかっていた。

フレディは弟が目覚めたのを少し時間をおいて父に知らせるよう執事に指示してくれたら

しく、ラムズゲイト侯爵がヒューの部屋にずかずかと入ってきたのはそれからまる一日近くが経ってからだった。

「気がついたか」父は怒鳴るように言った。

その非難がましい口ぶりには、ヒューもさすがに驚かされた。

「このたわけ者めが」ラムズゲイト侯爵は毒づいた。「殺されかけたのだぞ。それもなんのためにだ？　いったいなんのためなのだ？」

「お目にかかれてよかったです、父上」ヒューはそう答えた。そのときにはもうベッドに坐《すわ》った姿勢で、添え木を当てられた片脚を丸太のごとく前に伸ばしていた。実際よりも元気そうな声で言えたのは間違いないが、ラムズゲイト侯爵にはちらりとも弱さを見せてはならない。

ヒューはそのことをとうの昔に学んでいた。

父は厭《いと》わしそうなまなざしを向けつつも、息子の皮肉は聞き流した。「死んでいてもおかしくはなかったのだぞ」

「わかっています」

「面白がっているのか？」侯爵は鋭い声で訊いた。

「正確に言うなら」ヒューは答えた。「違います」

「おまえが死んでいたらどうなっていたか、わかっておるはずだ」

ヒューは穏やかに微笑んだ。「たしかに考えないわけではありませんでしたが、死んだあとに実際にどうなるかなど、誰にわかるのでしょう」

まずい返答だったが、目を剝《む》いて顔を紅潮させた父を眺められるのは愉快だ。反撃を受けるまでのことだが。

「おまえは何事も真剣に考えるということができないのか?」父が問いただした。

「真剣に考えることはいくらでもありますが、この件はまたべつです」

ラムズゲイト侯爵は息を吸いこみ、怒りで全身を小刻みにふるわせた。「おまえの兄が結婚できない男であるのは知っておるだろう」

「それがいったい、この件とどんな関わりがあるんですか?」ヒューは精いっぱい意外そうな顔を装った。

「ラムズゲイト侯爵位を他家に渡すわけにはいかん!」

父の感情を激した言葉のあとにヒューは絶妙な間をとり、答えた。「ああ、そのことでしたら、従弟《いとこ》のロバートもそう悪くない男ですよ。またオックスフォードに戻ったそうですし。いや、今年からだったかな」

「それでこんなことをしたのか?」侯爵が唾を飛ばして訊く。「私を困らせるために、わざと殺されようとしたとでも言うのか?」

「あなたを困らせたいなら、ほかにもっとはるかに楽な手段があるのではないでしょうか。それも、ぼく自身がもっとずっと楽しめるやり方が」

「私を追い払いたければ、どうしなければならないかは百も承知だろう」ラムズゲイト侯爵が言う。

「殺す？」

「いったいおまえは――」

「それほどたやすくやれるものなら、とうに――」

「ともかく、どこかの愚かな娘と結婚して、跡継ぎを産ませろ！」父は声を荒らげた。

「物事には釣り合いが大事なんです」ヒューは拍子抜けさせるほど穏やかに答えた。「やはり愚かではないほうがいい」

父は憤然と首を振り、ゆうに一分は経ってからようやくまた口を開いた。「侯爵位は、なんとしてもこの家の男子に継がせる」

「結婚しないとは言ってませんよ」だがなぜあえてそう言わずにはいられなかったのか、ヒュー自身にもよくわからなかった。「ただし、あなたの予定どおりというわけにはいきません。そもそも、ぼくはあなたの跡継ぎではないし」

「フレデリックは――」

「これからまだ結婚するかもしれない」ヒューは遮り、一語一語をはっきりと力強く発した。けれども父はただ鼻息を吐き、ドアへ向かった。

「それと、父上」ヒューは父が部屋を出る前に呼びとめた。「ウィンステッド卿には安心して国に帰られるようにと、ご家族に伝えていただけませんか？」

「ばかばかしい。あの男が地獄に落ちようと、私の知ったことか。あるいはたとえフランスにいようとな」侯爵は冷淡な含み笑いをした。「いずれにせよ、私からすれば同じことだ」

「国を追われなければならない理由はないいんです」ヒューは自分でも驚くほどの忍耐強さで言葉を継いだ。「彼にぼくを殺すつもりなどなかったのは、お互いにわかっていることなのですから」

「おまえを撃ったんだぞ」

「ぼくが先に撃ったんです」

「肩をだ」

ヒューは歯を食いしばった。いつもながら父との言いあいは疲れるうえ、アヘンチンキの効き目もとっくに切れていた。「悪いのはぼくなんだ」吐きだすように言った。

「関係ない」父が言う。「向こうはいまも何不自由なく歩いとる。おまえはもう子も授かれぬ体になってしまったやもしれないのだからな」

ヒューは愕然《がくぜん》として目を大きく見開いた。撃たれたのは脚だ。片脚だけのはずだ。

「考えもしなかったのか？」父は嘲《あざけ》る口ぶりで言った。「弾は動脈を貫いた。多量の出血で死ななかったのは奇跡だ。医者によれば脚を残せる程度には血がめぐっておるそうだが、ほかの部分については神のみぞ知るだ」ぐいとドアを開き、肩越しに捨てぜりふを放った。

「ウィンステッドは私の人生を台無しにした。あの男の人生もぶち壊してやる」

ヒューのけがの程度は数カ月経っても見きわめがつかなかった。大腿骨は修復された。おおよそのところは。

筋肉もゆっくりと戻ってきた。元どおりとはいかないが。

まだ父親になれそうなあらゆる兆候が見受けられるのも救いだった。

父親になりたいと思っているわけではない。というより、具体的にそのような予定はいまのところないと言ったほうが正しいのだろう。

だが父に尋ねられたとき……いや、問いただされたと言うべきかもしれない……それも、暗い路地ではけっして出くわしたくないドイツ人の医者の前で上掛けを剝《は》ぎとられたときには……。

慌てふためいたふりで上掛けを引き戻し、取り返しのつかない損傷を負ったと父に思わせようとした。

その後もしばらく父の家に閉じこめられ、ベッドから離れられず、アッティラ（神による禍と恐れられたフン族の王）を呼び起こさせる、独特な手並みの看護婦に毎日世話をされ、耐えがたい療養の日々を送った。

その看護婦は容貌《ようぼう》もアッティラに似ていた。少なくともヒューが想像していたフン族の王の顔とそっくりだった。ひそかにそのような喩《たと》えを用いるのは失礼にあたると思ってはいたのだが。

むろん、アッティラのほうにだ。

けれどもアッティラ似の看護婦がいかに不作法で手荒であろうと、父よりはましだった。

ラムズゲイト侯爵は毎日午後四時に、ブランデーを手にして（自分のぶんのみで息子のためではなく）やってきて、ダニエル・スマイス－スミスを追う者たちからの最新の報告を伝えた。

そして毎日午後四時一分に、ヒューはやめてくれと頼んだ。

ただ、やめろと。

しかし当然ながら、父はやめなかった。こちらか向こうのどちらかが死ぬまで、ダニエルを追いかけると、ラムズゲイト侯爵は断言した。

やがてヒューはどうにかラムズゲイト邸を出られるまでに快復した。資金はたいしてなかったが、賭け事で勝ちとった蓄《たくわ》えだけでも近侍を雇い、〈オールバニー〉のささやかなアパートメントに住むくらいのことはまかなえた。とりたてて裕福というほどでもない良家の生まれの独身紳士向けに、ロンドンで最初に建てられたものとして知られる住居だ。

それからヒューは独自に歩く訓練もした。長い距離を歩くのには杖《つえ》が必要だが、舞踏場のなかでなら二本の脚だけで動きまわれるようになった。

舞踏会に出席するわけではないのだが。

骨のひずみのせいでしじゅう襲われる痛みや、引き攣れる筋肉の疼《うず》きと上手につきあう術も身につけた。

さらに、ダニエル・スマイス－スミスの追跡をやめるよう説得するため、父のもとへ足を運んだ。だが、うまくいかなかった。父はなおも指が白くなるほどこぶしを握って憤っていた。もう孫息子を授かることは叶わない、すべてはウィンステッドのせいだと、息巻いた。

フレディは健康なのだし、まだ思いがけず結婚する可能性もあるとヒューが訴えても、効き目はなかった。長い独身暮らしのあとに妻を娶る男はいくらでもいる。それでも侯爵は唾を吐き捨てるがごとく、これを一蹴した。実際に床に唾を吐き、フレディがたとえ妻を娶ったとしても息子を授かれはしない、それにもし奇跡が起こって子に恵まれたとしても、ラムズゲイト侯爵の名を継ぐに足る男子が生まれるはずがないと言い放った。

やはり悪いのはウィンステッドで、ほんとうはおまえがラムズゲイト侯爵家の跡継ぎを授かることになっていたのだと、父はヒューを見やった。それなのに、いまではおまえも使いものにならない役立たずだ。もうひとりの息子までが子を授かれない男になってしまった、と。

この侯爵が、かつては見栄《みば》えもよく人気の高かったウィンステッド伯爵、ダニエル・スマイス－スミスを許すとは思えなかった。いまのままでは手を引くことはありえない。

それまでつねに問題はあらゆる角度から検討し、最も理にかなった解決策を導きだしてきたヒューでも、今回ばかりはなす術がなかった。自分が結婚すればいいことだと何度も考えはしたが、男の務めは果たせそうでも、実際にはうまくいかない可能性も、ないとはまだ言いきれなかった。そもそも、はたしてこんな自分と結婚したがる女性がいるのだろうかと、ヒューは不自由な片脚を見おろして考えた。

そんなある日、ふと、決闘のあとで兄と交わした言葉が頭をよぎった。

あのときフレディは自分が父を説得するのはとうてい無理だと言い、ヒューも「当然だ」と答えた。そしてこう思ったのだった。頭のいかれた男を誰に説得できるというんだ?

ついに、解答が見つかった。

自分もまた、頭のいかれた男になるしかないのだと。

# 1

## 一八二四年、秋
## ケンブリッジシャー、チャタリス伯爵領フェンズモア

ロンドンで実りなき社交シーズンを三度も過ごしたレディ・サラ・プレインズワースは、もうすぐいとこの客間となる部屋を見まわし、嘆きの声をあげた。「わたしは結婚式に呪われてるんだわ」

そこにともにいたのは妹のハリエットとエリザベスとフランシスで――それぞれ十六歳、十四歳、十一歳――三人ともまだみずからの結婚の見込みを案じる年齢ではない。それでも、少しくらいなぐさめの言葉をかけるものではないかと、大方の人々は思うに違いない。

プレインズワース家の娘たちをよく知らない人々ならば。

「芝居がかった言いまわしね」ハリエットがいったん手をとめて姉をちらりと見やり、羽根ペンをインクに浸《つ》けて、ふたたび机に向かって書き物を始めた。

サラはゆっくりと妹のほうに顔を振り向けた。「ヘンリー八世と一角獣《ユニコーン》のお芝居を書いている人が、わたしに芝居がかっているだなんて、よく言えたものだこと」

「これは諷刺文学《サタイア》だもの」ハリエットが返した。

「サタイアって何？」フランシスが言葉を差し挟んだ。「ギリシア神話に出てくる〝山野の精《サテュロス》〟のこと？」

エリザベスがいたずらっぽく笑って目を見開いた。「そうよ！」大きな声で応じた。

「エリザベス！」ハリエットが叱《しか》った。

フランシスが目を細く狭めてエリザベスを見やった。「違うのね？」

「まだわからないわ」エリザベスがさらりと返した。「あなたが頼んだせいで、血まみれのユニコーンだって出てくるくらいなのだから」

「エリザベス！」サラは妹がいやみを言おうがさして気にもならなかったが、長女としてやり過ごすべきではないのは心得ていた。いずれにしろ、せめて気にかけているふりだけでもしておかなくてはいけない。

「いやみで言ってるんじゃないわ」エリザベスが反論した。「願いが口に出てしまっただけだもの」

困惑の沈黙に包まれた。

「ユニコーンが血を流したら」エリザベスが説明した。「お芝居が面白くなる可能性も少しはあるでしょう」

フランシスが息を呑《の》んだ。「そんな、ねえ、ハリエットお姉様、ユニコーンを傷つけたりしないわよね？」

ハリエットはペンを持つ手をなめらかに動かしている。「ええ、そんなには」

今度はフランシスが脅《おび》えたように声を詰まらせた。「ハリエットお姉様!」

「そもそも、結婚式に呪われるなんてことがあるのかしら?」ハリエットが声高らかに言い、姉を振り返った。「それにたとえあったとしても、結婚式がふたつ続くだけで、どうしてそうだとわかるの?」

「わかるわ」サラは陰気に答えた。「だってなにしろ、ふた組の結婚を祝う催しが数週間にわたって続くのよ。しかも、ひと組は花嫁が親戚で、もうひと組のほうは花婿《はなむこ》が親戚で、おまけにわたしは花嫁の付添人を務めなければ――」

「花嫁の付添人を務めるのは、ひとつのほうだけでしょう」エリザベスが水をさした。

「ひとつでじゅうぶんだわ」サラはこぼした。自分が花嫁か既婚婦人か、もしくは花嫁になるにはまだだいぶ若すぎる娘でもないかぎり、ブーケを手にして教会の通路を歩きたがる女性などこの世にいない。それなのに歩かなければならないとしたら、ただつらいばかりの務めだ。

「ホノーリアから花嫁の付添人を頼まれるなんて、わたしはすばらしいことだと思うけど」フランシスが言葉をほとばしらせた。「とってもすてきだわ。ハリエットお姉様、お芝居にそういう場面も入れたらいいのではないかしら」

「名案ね」ハリエットが応じた。「新たな登場人物を加えましょうか。サラお姉様みたいな女性を」

サラは妹のほうを振り向く気にもなれなかった。「お願いだからやめて」

「いいえ、きっと面白くなるわ」ハリエットが断言した。「わたしたち三人にとっては、ちょっとした秘密の楽しみにもなるし」

「四人よ」エリザベスが指摘した。

「あら、そうよね。ごめんなさい、サラお姉様を忘れるところだったわ」

サラは言葉を返すまでもない発言と見なしたが、口もとをゆがめた。

「大事なのは」ハリエットが続ける。「ここでこうしてみんなで考えたひと時が、思い出になるということよ」

「わたしみたいな登場人物にしてもいいわよ」フランシスがせがむように言った。

「いいえ、だめよ」ハリエットは片手をひらりと返して却下した。「もう遅いわ。すでにわたしの頭のなかには絵が描かれているのだから。新しい登場人物は、サラお姉様みたいな女性よ。ええと……」意欲満々にペンを走らせはじめた。「生まれつき少し巻き毛で濃い色の豊かな髪をしていて」

「黒くて吸いこまれそうな瞳」フランシスがうっとりとなってあとを継いだ。「吸いこまれそうなくらい深い瞳でなくちゃ」

「それでちょっと怖い感じじゃね」エリザベスが言い添えた。

サラはすかさず顔を振り向けた。

「自分の役割を果たしただけだわ」エリザベスが弁解がましく言った。「それに、いまもやっぱり怖い感じがするもの」

「あたりまえでしょう」サラはそう返した。

「背は高すぎもせず、低すぎもしない」ハリエットはなおもペンを走らせている。

エリザベスはにっこり笑い、姉の朗読を引き継いだ。「痩《や》せすぎてもいないし、太りすぎてもいない」

「ねえ、聞いて、わたしも思いついたわ！」フランシスはソファから飛びあがらんばかりに元気よく声を発した。「赤くもないし、青くもない」

そのひと言で、姉妹のやりとりはひんやりと滞った。「どういうこと？」ようやくサラが沈黙を破った。

「お姉様はちょっとしたことで慌てないでしょう」フランシスが説明した。「だから、めったに顔は赤くならない。一度だけ、吐いてたのを見たけど、あのときはわたしたちみんな、ブライトンで魚にあたってしまったときだものね」

「だからそのときは青くなっていた」ハリエットが感心したふうにうなずいた。「よく考えついたわね、フランシス。見事な観察力だわ。吐き気をもよおすと、人は真っ青になる。どうしてなのかしら」

「胆汁《たんじゅう》のせいよ」エリザベスが答えた。

「いったいどうしてそんな話になるの？」サラが問いかけた。

「お姉様がそこまで不機嫌な理由がわからないわ」ハリエットが言う。

「不機嫌ではないわ」

「機嫌はよくないでしょう」

サラは言い返す気力も湧《わ》かなかった。

「わたしがお姉様なら」ハリエットが続ける。「きっと夢心地になってるわ。教会で祭壇へ向かって歩くんですもの」

「そうでしょうね」サラは哀《あわ》れっぽく、ひと言そう口にしただけで力尽きたかのようにソファに沈みこんだ。

フランシスが立ちあがり、姉のそばに行き、ソファの後ろから覗《のぞ》きこんだ。「教会の祭壇へ向かって歩きたくないの？」小鳥のごとく右に左に小首をかしげる妹の顔は、不安げな雀《すずめ》にどことなく似ている。

「そんなには」サラは答えた。ともかく、自分の結婚式でもないかぎり。けれど妹たちにこの気持ちを説明するのはむずかしい。三人とも自分とは歳が離れているし、とりわけまだ十一歳の末の妹の前では、ただでさえ言葉を選ばなくてはならない。

母はサラを産んだあと、ハリエットを授かるまでのあいだに三人の子を失っていた。ふたりを流産し、プレインズワース伯爵夫妻にとって待望の男子だったサラの弟は生後三カ月に満たずに亡くした。両親は息子を持てなかったことを落胆していたはずだが、愚痴《ぐち》は一度も聞いたことがない。爵位がサラの従弟にあたるウィリアムに引き継がれる話をするときにも、けっして不満は漏らさなかった。そのような定めなのだと受け入れているように見える。母曰《いわ》く〝一族内ですっきり丸く収める〟ために、サラをウィリアムに嫁がせるという話も出たのだが、なにぶんウィリアムはサラより歳が三つ若い。いま十八歳でオックスフォード大学に入学したばかりなのだから、あと五年は結婚するつもりはないだろう。

サラのほうもあと五年も待つつもりはなかった。ほんのかけらも。かけらのみじんのそのかけらも――

「サラお姉様！」

目を上げた。間に合った。ちょうどエリザベスが詩集をこちらに掲げたところだった。

「やめて」サラは戒《いまし》めるように言った。

エリザベスがややがっかりしたふうに眉をひそめ、詩集をおろした。「訊こうとしただけよ」おそらくはもう一度言いなおしたのだろう。「もう招待客は全員揃っているのかどうか」

「そのはずよ」じつを言えばサラが知る由もなかったものの、そう答えた。「村に宿泊している人々についてはよくわからないけど」いとこのホノーリア・スマイス－スミスは翌朝、チャタリス伯爵と結婚することになっている。結婚式はこのケンブリッジシャー北部でチャタリス伯爵家に代々引き継がれてきた所領、フェンズモアで執り行なわれる。けれどもチャタリス伯爵の屋敷がいくら大きくとも、ロンドンからやってくる招待客のすべては収まりきれず、大勢の人々が村の宿屋に部屋を取らざるをえなかった。

プレインズワース家は親戚として真っ先にフェンズモアに部屋をあてがわれ、準備を手伝うため一週間近く先にやってきた。といってもより正しく言うなら、準備を手伝っているのはもっぱら母だけだ。サラは妹たちが面倒を起こさないようにする役目を担っている。

楽な仕事ではない。

これまでどおりなら、妹たちは家庭教師にまかせ、花嫁であるホノーリアの付添人の役目に専念できたはずだったが、なにぶんその家庭教師（正確には元家庭教師）も二週間後に結婚を控えている。

ホノーリアの兄と。

つまり、チャタリス伯爵家とスマイス－スミス家の婚礼の儀がひととおり終わったら、ロンドンの住人の半分はいるのではないかと思うほど大勢の人々とともに、フェンズモアからダニエル・スマイス－スミスとミス・アン・ウィンターの結婚式が執り行なわれるバークシャーのウィップル・ヒルへ移動することとなる。ダニエルもまた伯爵なので、婚礼の儀は盛大なものとなるだろう。

ホノーリアの婚礼に負けず劣らず。

盛大な結婚式が二度。サラにとっては、ダンスをする賑やかな祝宴で、自分自身が花嫁ではないのを痛感させられる場面に二度も耐えなければならないというわけだ。

自分も心から結婚を望んでいるのに。なんてみじめなのだろう？

いいえ、そんなことはないとサラは考えなおし、背筋を伸ばした（坐りなおすことまではしなかったけれど）。なにしろこれまで自分は、スマイス－スミス一族の悪評高い四重奏でピアノを弾くことだけはさておき、花婿を見つけて嫁ぐにふさわしい女性になるべく育てられてきたはずだ。

省《かえり》みれば、その四重奏こそが、サラがこれほど結婚を望んでいる理由のひとつでもあった。スマイス－スミス一族の未婚の娘たちは毎年必ず、どれほど音楽の才が欠けていようと、年長順に四重奏団を組まなければならない。

そして演奏を披露する。

実際に観客を招く。それも当然ながら、音感がない人ばかりではない。

生き地獄だ。それ以外に表現できる言葉は見つからない。適切な言葉は存在しないと、サラは確信していた。

スマイス－スミス一族の楽器から奏でられるのは、現存する言葉ではとうてい表現しきれないほどの騒音だ。それなのにどういうわけか、スマイス－スミス一族の母親たちはみな（ブレインズワース家に嫁いだが、もとはスマイス－スミス家に生まれたサラの母も含め）娘たちには音楽の才があると頭から信じきっていて、満足げな笑みを浮かべて最前列に坐っている。そしてほかの聴衆たちはと言うと……。

それこそがまさしく謎だった。

なぜ〝ほかの聴衆たち〟が存在するのか？　サラにはどうしてもこの謎が解けなかった。

たしかに、スマイス－スミス一族の音楽会に来ても何ひとつよいことがないのは、一度は来てみなければわからないかもしれない。でも、サラが出席者名簿を見たところ、毎年欠かさず来ている人々もいる。この人々はいったいどのようなつもりで来ているのだろう。たとえ来ても、言うなれば〝聴覚を痛めつけられる〟だけであるのは承知しているはずだ。

　こちらについては、より適切な言いまわしがありそうな気もするけれど。

　スマイス－スミス一族の未婚の娘たちにとって、四重奏から逃れる方法は結婚しかない。いや、重病のふりをするという手もあるが、サラはすでに一度使ってしまったので、ふたたび同じ手が通用するとは思えなかった。

　もしくは男子に生まれていれば逃れられた。男子だったなら、楽器を練習する必要もなければ、自負心を捨てて、おおやけの場で恥をさらさずともすんだのに。

　どう考えても、間違いなく不公平だ。

　結婚の話に戻ろう。サラがロンドンで過ごした三度の社交シーズンは、まったくの失敗だったとまでは言えない。今年過ぎ去ったばかりの夏には、ふたりの紳士から結婚を申し込まれた。そして、もう一年ピアノの前に身を捧《ささ》げることになるのは承知のうえで、サラはどちらの求婚も断わった。

　なにも正気を失うほど心惹かれあえる相手を求めているわけではない。現実的な性格なので、誰もが心から愛せる相手を見つけられるとは信じていないし、誰もが心から愛する人と結婚しているとも思っていない。でも、どうして二十一の淑女が、六十三歳の男性と結婚しなければいけないのだろう。

　それに、もうひとりの求婚者は……サラはため息をついた。並はずれて愛想のよい紳士なのだが、二十まで数えるたび（それもなぜかやたらと数えたがった）必ず十二が抜けていた。

天才と結婚したいわけではないけれど、数をきちんと数えられる夫を求めるのは、高望みなの？

「結婚」サラはつぶやいた。

「どうしたの？」まだソファの後ろから覗きこんでいたフランシスが尋ねた。ハリエットとエリザベスはそれぞれの好きなことで忙しそうにしていたので、サラにはかえって都合がよかった。いまは十一歳の妹のほかに聴衆はいらない。

「今年じゅうに結婚するわ。できなければ、とてももう生きてはいられない」

ヒュー・プレンティスは客間の戸口の前でつと立ちどまり、首を振って、また歩きだした。この耳がまともに聞こえているとすれば、たいがいは聞こえているわけだが、あれはサラ・プレインズワースの声だ。

これもまた、今回の結婚式に出席したくなかった理由のひとつだった。

ヒューは元来ひとりでいるのを好み、あえて会おうとする相手はきわめて少ないが、そのぶん避けたい相手もたいしていない。

むろん、まずは父。

それに、有罪判決を受けた殺人犯。

そして、レディ・サラ・プレインズワースだ。

たとえ初対面があのように思いだすだけでぞっとする災いではなかったとしても、けっして友人にはなりえない。サラ・プレインズワースはなんでも尾ひれをつけて大げさに言いたがる、芝居がかったご婦人がたのひとりだ。ふだんは他人の話しぶりなど気にも留めないヒューだが、レディ・サラの声はいやでも耳についた。

なにせやたらと副詞を使い、いちいち感嘆符をつける。

おまけにヒューはこの女性に毛嫌いされていた。けっして思い過ごしではない。面と向かって罵られたのだ。だからといってどう思われようとかまわない相手なので、気にもならない。ただ、おとなしくするという作法も学んでほしいだけのことだ。

たとえばいまも。なんと、今年結婚できなければ、とてももう生きてはいられないらしい。

やれやれ。

ヒューは小さく首を振った。少なくとも、この女性の結婚式に自分が出席することだけはありえない。

できることなら今回の結婚式も避けたいところだった。だが、ダニエル・スマイス－スミスに説得され、きみの結婚式でもないのだからと言い返すと、ダニエルは椅子にふんぞりかえり、こう言いつのった。それでも自分の妹の結婚式なのだから、互いのあいだにわだかまりがもはやないことを社交界の人々に示すには、にっこり笑って出席してくれるのがなによりだと。

ヒューは優雅な催しに招かれることはほとんどないが、それでまったくかまわなかった。ほかの人々が本音を語り、自分を放っておいてくれるなら、むしろそのほうが都合がいい。

きい。

ただしダニエルの言うことにも、一理あった。今回こうして自分たちが顔を揃える意義は大きい。

三年半前にふたりが起こした決闘騒ぎは、想像もしなかった大事件となってしまった。ダニエルは国を追われ、ヒューはどうにか歩けるようになるまでまる一年を費やした。それからまた一年、ダニエルの追跡をやめるよう父の説得を続け、密偵を引きあげさせて暗殺の企てを父に確実にあきらめさせる方法をようやく思いついて、自分でダニエルを見つけだすまでにさらに一年を要した。

密偵に、暗殺計画。自分の人生はいつの間に、それほど芝居がかったものになってしまったのだろう。密偵や暗殺といった言葉は知っていても、実際に自分が関わるものになろうとは誰に想像できるだろう？

ヒューは深々とため息をついた。結局なんとか父を説き伏せ、ダニエル・スマイス－スミスの居所を探しあてて、国に連れ帰った。そしていまダニエルは結婚しようとしていて、これからは末永く幸せに暮らし、すべてはもともとそうなるべきだったようになるはずだ。

自分だけはべつにして。

ヒューは片脚を見おろした。当然の報いだ。そもそも自分自身が招いたことだった。一生もののしっぺ返しを食らったのも仕方がない。

それにしても、きょうは脚が痛む。前日に十一時間も馬車に揺られたので、それがまだ尾を引いているのだろう。

じつを言えば、こちらの結婚式に出席しなければならないことについては、いまだ納得がいっていなかった。ダニエルとの決闘がもはや過去のものだと人々に示すためなら、このあとのダニエルの結婚式に出席するだけでじゅうぶんではないだろうか。

あれだけの騒ぎを起こして、あえて人目など気にしていないふりを装うほど気位が高いわけではない。もともと人づきあいよりカードゲームのほうが得意な変わり者だと見られているようが、気にもならない性分だ。社交界の既婚婦人たちが自分のような変人は娘の花婿にはとても考えられないし、もし娘が興味を示してもけっして許さないと断言していたと噂に聞いても、まるで意に介さなかった。

気にしないが、忘れもしない。一言一句。

とはいえ、悪人だと思われることだけは避けたかった。もしかしたら、自分がダニエル・スマイス－スミスを殺そうとして、ダニエルが国を追われたのを喜んでいたと思っている人々もいるかもしれない……それだけは耐えられない。だからもし名誉を挽回《ばんかい》する手立てが、ダニエルに許されているのを世間に示すことしかないとすれば、この結婚式にも出席するし、ダニエルが適切だと考える提案ならなんでも受け入れざるをえない。

「あら、ヒュー卿！」

聞き憶えのある婦人の声に、ヒューは足をとめた。もうすぐレディ・チャタリスとなる花嫁本人のレディ・ホノーリア・スマイス－スミスだ。正確には、婚礼が予定どおりに始まれば二十三時間後に結婚する女性だが、時刻が守られるかはかなりあやしい。ホノーリアがこのようなところにいることにヒューは驚かされた。花嫁は女性の友人や親類に囲まれて、直前まで細かな準備に忙しくしているものではないのだろうか？

「レディ・ホノーリア」ヒューは杖を握りなおして振り返り、軽く頭をさげて挨拶した。

「あなたが結婚式に出席してくださることになって、ほんとうに嬉しいですわ」ホノーリアが言った。

ヒューはたいがいの人の常識からすればいくらか長めに相手の明るい青色の瞳を見つめ、本心からの言葉だと確信した。

「どういたしまして」そう答えてから、偽りの言葉を継いだ。「ぼくも招待していただいたことをありがたく思っています」

ホノーリアがにっこり笑い、本物の幸せからしか生みだせない輝きを放った。むろんヒューは自分のための笑顔だなどとうぬぼれはしなかった。なにしろ礼儀正しく挨拶し、花嫁となる至福の喜びに水をささずにすむよう努めただけに過ぎない。

これもいわば簡単な数式のひとつだ。

「朝食は楽しまれました？」ホノーリアが尋ねた。

朝食の感想を詳しく聞きたいわけではないのは感じとれたが、ちょうど食べてきたところなのはあきらかなので、ヒューは答えた。「とても満足しました。チャタリス卿に、すばらしい厨房《ちゅうぼう》をお持ちだとお伝えください」

「それはよかったですわ。今回はこのフェンズモアで何十年ぶりかの盛大な催しなので、使用人たちはみな気を揉んであたふたしているんです。嬉しさのせいもあるのでしょうけれど」ホノーリアは気恥ずかしげに唇をすぼめた。「でも、ほとんどは気を揉んでいるせいですわね」

とりたてて付け加えるべきこともないので、ヒューは続きを待った。

ホノーリアがそつなく続けた。「あなたにお願いごとをしようと思っていたんです」

予想外の言葉だったが、花嫁にたとえ逆立ちを頼まれようが、できるかぎり引き受けるのが自分の務めなのに違いない。

「従兄のアーサーが体調を崩してしまって」ホノーリアが言う。「その従兄が結婚式のあとの祝宴で上座につくことになっていたんです」

なんと、やめてくれ、お願いごととはもしや――

「どなたかほかの殿がたに坐っていただかなくては――」

やはりそうきたか。

「――それで、あなたにお願いしようと思いましたの。ちょうどよい機会になりますでしょう、なんていうか……」ホノーリアは唾を飲みこみ、適切な言いまわしを探すようにちらりと天井を見上げた。「事が丸く収まるようにするには。少なくとも、そうしていただければ丸く収まっているように見えますから」

ヒューはしばし黙ってホノーリアを見つめた。気が沈んだというわけではない。唖然《あぜん》となって締めつけられた胸がそうそう沈みはしないので、厳密に言えば沈んだのでも、そうきつく締めつけられたのでもないのだろう。上座につくことに脅えなければならない理由はないが、警戒せずにはいられない理由ならいくらでもある。

「けっして、丸く収まっていないということではなくて」ホノーリアは慌てて続けた。「わたしは――それに母も間違いなく同じ気持ちのはずですが――あなたに心から敬意を抱いています。なぜなら……ですからつまり、あなたがしてくださったことは兄から聞いていますから」

ヒューはまじまじと見つめた。ダニエルはいったいどのように伝えたんだ？

「もしあなたが探しだしてくださらなければ、兄はきっとイングランドに帰ってこられなかったはずですもの。ほんとうに感謝しています」

その兄をイングランドから去らせた原因をつくった張本人でもあることを省いてくれたのは、なんともありがたい気遣いだと、ヒューは受けとめた。

ホノーリアはにこやかに微笑んだ。「人の良し悪しは、どのような過ちをしたかではなく、それをどう正したかでわかるものだと、きわめて信頼できる人から教えられましたから」

「きわめて信頼できる人？」ヒューはつぶやいた。

「ええ、だって母なんですもの」ホノーリアははにかんだ笑みを浮かべた。「じつを言うと、わたしよりも兄によく言っていたことなのですが、わたしはだんだんと――兄もそうだとよいのですが――母の言うとおりだとわかるようになりました」

「お兄さんもわかっておられますよ」ヒューは静かに請けあった。

「それはそうと」ホノーリアはそう言い、話題も気分もあっさり切り替えた。「いかがかしら？　主賓《しゅひん》席に坐ってくださいますか？　坐っていただけたら、ほんとうに助かりますわ」

「あなたの従兄の代役を務めさせていただけるのなら光栄です」ヒューはそう応じた。これはまったくの偽りとは言えない。結婚式の招待客席の上座に坐るくらいなら、雪の日に泳ぐほうがまだましだが、光栄なことであるのは確かだ。

ホノーリアは幸福の目印よろしく、ふたたび顔を輝かせた。これこそが結婚が人にもたらす輝きなのだろうか？

「ありがとうございます」ホノーリアはほっとした表情で言った。「あなたに断わられたら、従兄のルーパートに頼まなければ――」

「ほかにも従兄がおられたのですか。そちらをさしおいて、ぼくに頼んだと？」ヒューは貴族社会を窮屈にしている無数の規範や慣習をさほど気にするたちではないとはいえ、それがどんなものであるかを知らないわけではなかった。

「じつは困った従兄なんですの」ホノーリアがやけに大きなささやき声で言う。「はっきり言って、とにかく不愉快な人で、玉葱《たまねぎ》ばかり食べていて」

「そういうことなら、やむをえないか」ヒューはつぶやいた。

「それに」ホノーリアが続ける。「サラとそりが合わないし」

いつもなら考えてから言葉を口にするヒューも、今回ばかりは思わず「ぼくだってレディ・サラとはそりが合わない」と言いかけて、唇を引き結んだ。

「どうかなさいました？」ホノーリアが問いかけた。

ヒューはどうにかまた口を開いた。「いや、いったいどうしてなのかと思いまして」ぎくしゃくとした口ぶりで答えた。なんと、つまりはレディ・サラ・プレインズワースと並んで坐れということなのか。それがはなはだ迷惑な提案であるのが、ホノーリア・スマイス－スミスにはどうしてわからないのだろう？

「まあ、そう言っていただけると嬉しいですわ、ヒュー卿」ホノーリアはいたく感激したそぶりで言った。「あなたが快く引き受けてくださって、ほっとしました。もしあのふたりを並んで坐らせたら――しかもあの人を上座につかせるしかないとしたら――どんな騒ぎになるかわかったものではありませんもの」

「レディ・サラと？」ヒューは低い声で訊いた。「騒ぎに？」

「ええ」ホノーリアは完全に問いかけの意味を取り違えてうなずいた。「想像できませんでしょう？　わたしとは口喧嘩《くちげんか》ひとつしたことがないのに。サラは飛びぬけてすばらしいユーモアの感性を備えていますから」

ヒューは沈黙した。

ホノーリアは晴れやかに笑いかけた。「あらためてお礼を申しあげます。ほんとうに助かりましたわ」

「お断わりできるはずがないではありませんか」

ホノーリアは束の間目を狭めたが、皮肉とは受けとらなかったらしい。ヒュー自身も皮肉だったのかどうかわからないのだから当然だろう。

「それでは」ホノーリアが言った。「よろしくお願いします。サラにはわたしから話しておきますので」

「客間にいますよ」ヒューは言った。ホノーリアがふしぎそうな目を向けたので、言い添えた。「部屋の前を通りがかったときに話し声が聞こえたんです」

なおもホノーリアが眉をひそめているので、さらに説明を加えた。「話し方にとても特徴がありますから」

「気がつきませんでした」ホノーリアはつぶやくように言った。

ヒューは会話を打ち切るのにちょうどよいきっかけだと判断し、歩きだした。

だが花嫁の考えはまた違ったらしい。「でしたら」声高らかに呼びとめた。「まだそこにいるかもしれませんから、あなたもいらして、一緒によい知らせを伝えましょう」

それだけは勘弁してほしかったが、ホノーリアにまたも笑いかけられ、この婦人は花嫁なのだとヒューは思い返した。やむなく、その提案に従った。

現実離れした小説では――サラが懲《こ》りずに読んできた数多《あまた》の本のなかでは――予兆はさりげなくではなく、はっきりと目立つように書かれている。主人公の女性が額に手をあてて、「ああ、わたしがたとえ庶子で爪先《つまさき》が退化していようと、それでもかまわないと言ってくださる紳士がいれば！」といった台詞《せりふ》を口にする。

さすがにまだ、たとえ爪先が進化しすぎていてもと書いてある本にはめぐり逢《あ》っていない。でもあったとしたら、案外楽しめるのではないだろうか。つまらない本になるとはかぎらない。

ともあれ、予兆の話に戻ろう。主人公の女性が懸命に願いを祈ると、古代の護符から飛びだしてきたかのように、いきなり紳士が登場する。

ああ、紳士が見つかりますように。たったそれだけで、現われるというわけだ。

だからサラも今年じゅうに結婚できなければ、とてももう生きてはいられないと唱えたあと(ばかげているのは承知している)戸口を見やった。だってひょっとしたら、現実にならないともかぎらないでしょう?

当然ながら、誰も現われなかった。

「そういうことね」サラはぼそりとつぶやいた。「文学の神々にまで見捨てられてしまったのかしら」

「何か言った?」ハリエットが問いかけた。

「ああ、どこかに紳士がいないかしら」サラは独りごちた。「わたしをもう生きてはいられそうにないくらい、みじめにさせて苦しめるような人が」

それならいる。

言うまでもない。

ヒュー・プレンティス卿だ。

ああ、つまりわたしの受難のときは、まだまだ終わらないということ？

「サラ！」花嫁の陽気な声がして、戸口からホノーリアが当の男性を連れて入ってきた。「よい知らせよ」

サラはソファから立ちあがり、いとこを見つめた。それから、けっして好きにはなれない相手だと付け加えずにはいられない、ヒュー・プレンティスにも目を向けた。いとこに視線を戻す。この世でいちばんの親友、ホノーリアに。そして、ホノーリアが（この世でいちばんの親友なら、そのくらいのことはわかってくれてもいいはずなのに）伝えにきたのはよい知らせではないのを悟った。いずれにしろ自分にとってはよい知らせとは思えないことだと。

表情から察するに、ヒュー・プレンティスにとってもよい知らせではなさそうだ。けれどもホノーリアは角灯《ランタン》とでも結婚できそうなほど明るく輝いていて、いまにも床から舞いあがりかねないそぶりで告げた。「従兄のアーサーが寝込んでしまったの」

すぐさまエリザベスが反応した。「たしかに、よい知らせね」

「あら、それはどうかしら」ハリエットが言う。「ルーパートよりはまだましだったのに」

「でも、よい知らせというのはそのことではないのよ」ホノーリアがすかさず言い、冷血な女たちだと思われていないか窺《うかが》うように、ヒューのほうを気遣わしげにちらりと見やった。「よい知らせというのは、あす、サラがルーパートと並んで坐らなくてもよくなったということなの」

フランシスが息を吸いこんで戸口に走った。「それなら、わたしが従兄の代わりに上座に坐ってもいいということ？　ねえ、お願い、いいと言って！　どうしてもそうしたいの。だって、ほかのところより高くなってる席なんでしょう？　それならぜひ、わたしもそこに坐りたいわ」

「ねえ、フランシス」ホノーリアがやさしい笑みを浮かべて言った。「できることならそうさせてあげたいんだけど、主賓席には子供は坐れないのよ。それに、紳士に代わりを務めてもらわなければいけないし」

「それで、ヒュー卿を連れてきたわけね」エリザベスが言った。

「喜んで代役を務めさせていただきます」ヒュー卿はそう応じたが、本心ではないのがサラにはあきらかに感じとれた。

「言葉ではお伝えできないほど、みな感謝していますわ」ホノーリアが言う。「ことにサラは」

ヒュー卿がこちらを見やった。

サラもヒュー卿に目を向けた。感謝などされていないのは、ヒュー卿には当然わかっているはずだった。

それでも、この男性は厚かましくも微笑んだ。いいえ、正確には微笑みとは言えない。これがほかの人なら微笑んだうちには入らないのだろうが、なにしろほとんど無表情の男性なので、片側の口角がほんの少し上がっただけでも、ほかの人が小躍りして喜んでいるのに等しい。

「従兄のルーパートの代わりに同席してくださるのなら、きっと楽しく過ごせますわ」サラはそう返した。楽しくというのは大げさだが、ルーパートは息が臭《くさ》いので、ヒュー卿が隣りに坐るのであれば、少なくともそれだけは避けられる。

「きっと」ヒュー卿に淡々と、それでいてどこかのんびりした声で繰り返され、サラはつい短気を起こしかけた。からかってるの？　それとも、相槌《あいづち》のつもりでただ繰り返しただけなのか見きわめられなかった。

　これもまたヒュー・プレンティス卿がこの国で誰より腹立たしい男性である理由だ。からかっているのなら、からかわれている者にはそれを知る権利があるでしょう？

「あなたはお茶と一緒に玉葱を生で食されませんわよね？」サラは冷ややかに尋ねた。

ヒュー卿が微笑んだ。いいえ、笑ったのではないのかもしれない。「食しませんね」

「でしたら、きっと大丈夫だわ」サラは返した。

「サラ？」ホノーリアがためらいがちに問いかけた。

サラはいとこに、にっこり笑い返した。昨年ヒュー卿と初めて顔を合わせた忌《い》まわしいひと時のことは、けっして忘れはしない。この男性はあのとき、かっと気を荒らげたかと思うと瞬く間に冷えきった。それに第一、こんな人にできることなら、自分にもできないはずがない。「あなたの結婚式はすばらしいものになるわ」サラは力を込めて言った。「きっと、わたしとヒュー卿はうまくやれるでしょうから」

　ホノーリアはそれがいとこの本心ではないのを聞きとり、どう解釈すべきかとまどっていた。サラからヒュー卿へ視線を移し、さらに六回はきょろきょろと瞳を往復させた。「ええ、まあ」急に気まずくなった空気にあきらかに困惑して言いよどんだ。「そうね」

サラは穏やかに笑みを湛《たた》えた。ホノーリアのために、ヒュー・プレンティスにも礼儀正しく接しなければいけない。ホノーリアのために、この男性に微笑みかけ、冗談らしきものでも言われたら笑って応じよう。とはいうものの、自分がこれほどヒュー卿を憎んでいることを、ホノーリアはどうして気づかないのだろう？　いいえ、たしかに憎んでいるとまでは言えない。その表現は本物の悪人のために取っておかなければ。たとえば、ナポレオン、それに先週、不当な代金をせしめようとした、コヴェント・ガーデンの花売りのような人物のために。

それでも、ヒュー・プレンティスは単にいらだたしいとか、癪《しゃく》にさわるというだけではすまされない人物だ。これほどまでに怒りを掻き立てられ、叩かないよう必死に両手をおろしていなければならない相手は（妹たちを除けば）ほかにいない。

あの晩ほど、サラが激しい怒りに駆られたことはなかったのだから……。

# 2

## ふたりの出会い
## (サラの回想)

### 十六カ月前
### ミスター・チャールズ・ダンウッディとミス・ネリッサ・バーブルックの婚約を祝う、ロンドンでの舞踏会

「ミスター・セント・クレアはすてきだと思わない？」

サラはホノーリアに顔を向けもせずに問いかけた。ミスター・セント・クレアを見つめ、どんな男性なのだろうかと考えるのに忙しかった。髪は明るい褐色で好ましい色ではあるけれど、後ろで束ねているのはどうしてなのだろう。海賊のようにも見えなくはないし、もしやわざと海賊みたいに見せようとしているのだろうか。

どちらであるかで印象は大きく変わる。

「ガレス・セント・クレア？」ホノーリアが訊き返した。「レディ・ダンベリーのお孫さん

でしょう？」

サラはとっさにホノーリアに目を向けた。「嘘でしょう！」息を呑んで言った。

「あら、そうなのよ。間違いないわ」

「そうだとすれば、即刻、除外ね」サラはみじんもためらわず断言した。

「わたしはレディ・ダンベリーを尊敬しているわ」ホノーリアが言う。「言いたいことをはっきりおっしゃる方ですもの」

「だからこそ、まともな女性は誰も、あの方の一族には嫁ぎたがらないんだわ。考えてもみて、ホノーリア、もしあの方とともに暮らさなければならないとしたら」

「あなたは少し口が過ぎると言われてるわよ」ホノーリアが指摘した。

「そうかもしれないわね」サラはひとまず同意してから、言い添えた。「レディ・ダンベリーほどではないけど」ミスター・セント・クレアに目を戻した。海賊、それとも海賊気どりなの？　どちらにしろ、レディ・ダンベリーの親類ならば論外だ。

ホノーリアがサラの腕をぽんと軽く叩いた。「焦らないで」

サラは皮肉っぽく冷めたまなざしで見返した。「どれだけ時間があるというの？　うっかりしていたら八十になっちゃうわ」

「誰しもまずは、目指すところを定めることが必要ではないかしら」ホノーリアが諭《さと》すように言う。

サラは瞳で天を仰がずにはいられなかった。「わたしの人生は、年単位ではなく、何十年単位で望みをつながなければいけないほど悲惨なものなの？」

「いいえ、そんなことはないけれど……」

「そんなことはないけれど、なんなの？」サラは言葉に窮したいとこにけげんな目で尋ねた。

ホノーリアはため息をついた。「わたしたちは今年じゅうに花婿を見つけられると思う？」

サラは言葉を返す気にもなれなかった。ただ黙って憂うつな表情を浮かべた。

いとこも同じような表情になり、ふたりでため息をついた。この状況はいったいいつまで続くのかという思いがこもった、げんなりしたため息を。

「みじめよね」サラはつぶやいた。

「ふたりとも」ホノーリアも同調した。

それからしばしどちらもダンスをする人々を眺め、やがてサラが言った。「でも、今夜はそうでもないわ」

「みじめではない？」

サラはいとこに茶目っ気のある笑みを見せた。「今夜はあなたがいるから」

「憐《あわ》れみあう者同士？」

「それなのにおかしなことに」サラはふしぎそうに眉根を寄せた。「今夜はどういうわけか、ちっともみじめじゃない」

「まあ、サラ・プレインズワース」ホノーリアが笑いをこらえきれない声で続けた。「あなたがこれまでわたしに言ってくれたことのなかで、いちばん嬉しい言葉かもしれないわ」

サラはくすくす笑いつつも問いかけた。「未婚のまま、よぼよぼのおばあちゃんになっても、一緒に年に一度の音楽会で演奏するのかしら？」

ホノーリアがぶるっと身をふるわせた。「その言葉だけは喜べないわ。あの音楽会は大好きだけれど――」

「やめて！」サラは我慢できずに両耳を手でふさいだ。あの音楽会を大好きだなんて思えるはずがない。

「わたしは音楽会が大好きだと言ったのよ」ホノーリアがきっぱりと言った。「演奏ではなく」

「だからといって、どんな違いがあるの？　わたしはほんとうに死にそうな思いを――」

「サラ、なんてことを」ホノーリアが叱る口ぶりで言う。「大げさだわ」

「ほんとうに大げさならよかったんだけど」サラはつぶやいた。

「あなたとヴィオラとマリゴールドとの練習はほんとうに楽しかったわ。来年は、きっともっと楽しくなる。アイリスがチェロで加わるんだもの。マリアおば様の話では、ミスター・ウェッジクームがあと何週間かでマリゴールドに求婚するそうなの」ホノーリアは眉をひそめて考えこんだ。「おば様がどうしてそれを知ったのかはわからないんだけど」

「そういう問題ではないのよ」サラは深刻そうな面持ちで言った。「それに練習がどんなに楽しくても、人前で恥をさらすのに耐えるほどの価値はない。従姉妹《いとこ》たちと過ごしたいのなら、みんなでピクニックにでも出かければいい話でしょう。ペル・メルをしてもいいし」

「それは違うわ」

「もうたくさん」サラは寒気を覚えた。スマイス－スミス一族の四重奏の一員となって初めて演奏を披露したときのことは、一瞬たりとも思いだしたくない。ただでさえ、あの記憶をよみがえらせずにいるのはむずかしかった。あの耳ざわりな四重奏、憐れむような聴衆のまなざしを思いだすたび……。

だからサラはすべての紳士を花婿候補として検討せざるをえなかった。もしまた従姉妹たちと調子はずれな演奏を披露しなければならないとしたら、とても生きてはいられない。

大げさに言っているのではない。

「ともかく」サラはきびきびと言い、口ぶりに合わせて姿勢を正した。やるべき仕事に戻らなければ。「ミスター・セント・クレアは除外するわ。今夜はほかにどなたがいらしてるのかしら？」

「誰も」ホノーリアが憂うつそうに答えた。

「誰も？　そんなことはないでしょう。ミスター・トラヴァーズはどう？　たしかあなたと――まあ」サラはいとこのしかめ面に言葉を呑みこんだ。「ごめんなさい。何があったの？」

「わからないのよ。とてもうまくいきそうだったのに……だめだったわ」

「妙な話ね」サラはつぶやいた。ミスター・トラヴァーズはいとこにとって最も優先される花婿候補というわけではなかったかもしれないが、きわめて誠実そうな男性に見えた。なんの説明もなしに令嬢との交際を断つとは考えにくい。「確かなの？」

「先週、ウェンバリー夫人の夜会で、笑いかけてみたら、急いで部屋から出ていってしまったのよ」

「そう、でも、あなたの思い過ごしかも――」

「途中でテーブルにぶつかってらしたのよ」

「あら」サラは顔をしかめた。笑うわけにもいかない。「残念ね」思いやりを込めて言った。いとこへの気遣いに偽りはなかった。自分と同じように花婿を見つけられずに傍らにいてくれるのは心強いけれど、ホノーリアにはやはり幸せになってもらいたい。

「これでよかったのかもしれないわ」楽天家のホノーリアらしく続けた。「あまりお話が合わなかったのよ。ほんとうに音楽が好きな方で、だからどうしてそもそもわたしに――まあ！」

「どうしたの？」サラは訊いた。そこがもし燭台《しょくだい》のそばだったなら、ホノーリアが息を呑みこんだ勢いで炎が消えてしまっていただろう。

「どうしてここにいるの？」ホノーリアがか細い声で言った。

「誰のこと？」サラは大広間を見渡した。「ミスター・トラヴァーズ？」

「いいえ。ヒュー・プレンティスよ」

サラは怒りで全身がこわばった。「よくも顔を出せたものね」憤然とつぶやいた。「わたしたちが出席することくらい、わかっていてもいいはずなのに」

けれどもホノーリアは首を振った。「あの人にも出席する権利は――」

「いいえ、ないわ」サラは遮った。ホノーリアのやさしさや思いやりは受けるに値しない相手だ。「ヒュー・プレンティスは」サラは奥歯を噛みしめて言った。「鞭打《むちう》ちの刑に処されて然るべき人だわ」

「サラ！」

「隣人を愛するにもそれにふさわしい時と場所があるし、ヒュー・プレンティスはそのどちらについても踏み越えてここに来たのよ」サラは顔をしかめて目を狭め、ヒュー卿らしき紳士を凝視した。ダニエルとの決闘騒ぎはサラが社交界に登場する前に起きたことなので、もちろんその後にあえてヒュー卿とスマイス－スミス一族の女性を引きあわせようとする者もなく、正式に紹介されていたわけではなかった。それでも、どのような容姿の男性なのかは知っている。

どのような容姿の男性なのかをみずから尋ねて確かめたからだ。

その男性はこちらに背を向けていたものの、髪の色からすると本人に間違いなかった――明るい褐色だ。いいえ、贔屓目《ひいきめ》に見る人からすれば、濃い金髪とも言えるのかもしれない。杖は見あたらない。以前より歩けるようになったのだろうか？　数カ月前に最後にサラが目にしたときには、はっきりとわかるくらい片脚を引きずっていた。

「ミスター・ダンウッディのご友人のひとりですもの」いまやホノーリアの声は小さく頼りなげだった。「きっとどうしても友人を祝福したかったんだわ」

「たとえあの人が結婚祝いに東インド諸島の島を贈っていようが、知ったことではないわ」

サラは言い捨てた。「あなたもミスター・ダンウッディの友人なのよ。何年も前から。ヒュー卿もそれを知っていて当然でしょう」

「ええ、でも――」

「あの人をかばう必要なんてないの。ヒュー卿がダニエルのことをどう思っていようと――」

「いいえ、わたしは気にするわ。わたしは、兄がみなさんにどう思われているか気になるもの」

「そういうことを言ってるんじゃないわ」サラは語気を強めた。「あなたは何ひとつ悪いことはしていない。それなのに、とんでもなく不当な中傷に苦しめられてきたのよ。ヒュー卿にも礼儀というものが身についているのなら、あなたが出席する可能性のある催しは避けるべきでしょう」

「たしかにそうね」ホノーリアは痛々しいほど疲れた表情で一瞬目を閉じた。「でも今回はもう仕方がないわ。とにかくここにはいたくない。帰るわ」

サラは当の男性を、いいえ正確には男性の背中をひたすら見つめた。「このままではすまされない」ほとんど独り言のように言い、いつしか足を踏みだしていた。「ひと言――」

「だめよ」ホノーリアがすばやくサラの腕をつかんで引き戻した。「そんなことをしたら騒ぎに……」

「騒ぎは起こさないわ」とはいえ、むろん何事もなくすむはずがないのは、サラにもホノーリアにもわかっていた。相手がヒュー・プレンティスならば、というよりヒュー・プレンティスのせいで、後々まで語り継がれる騒ぎになるのは目にみえている。

二年前、ヒュー・プレンティスはサラの一族をばらばらに引き裂いた。ダニエルがいなくなり、一族の集まりはいまだぽっかり穴があいたようになったままだ。ヴァージニアおばの前では誰も息子のダニエルの名を口にしない。おばは何事もなかったかのようなそぶりをしているけれど、そのじつ（ホノーリアによれば）私室に閉じこもって泣いているのだという。

一族のほかの人々にとっても、無関係ではいられなかった。決闘騒ぎはそれはかまびすしく取りざたされたため、ホノーリアとサラはその年に予定していたロンドンの社交界への登場を先送りにしなくてはならなかった。その年、つまり一八二一年は、未婚の娘を持つロンドンの母親たちにとって例年になく実り多い社交シーズンとなったことをサラは聞き逃しはしなかったし、そのことについてはいとこにも伝え、もどかしさから繰り返し話しては落胆してベッドに倒れこんでいたのだから、ホノーリアもむろん承知している。その年の社交シーズンでは妙齢の十四組の男女が結婚に至った。十四組も！　しかも、そのなかには年寄りや変人や大酒飲みの婚姻は含まれていない。

婚姻の縁にめざましく恵まれたその年にサラとホノーリアも社交界に登場していれば、どのような成果が得られていたかは誰にもわからない。たとえ浅はかだと言われようと、いとこと自分が着々と老嬢に近づいているとすれば、間違いなくヒュー・プレンティスにも責任があるとサラは考えていた。

まだ一度もまともに顔を合わせたことはないとはいえ、憎らしい。

「ごめんなさい」ホノーリアが唐突に言った。泣くのをこらえているかのように、その声は苦しげだった。「ここにはいられない。もうだめ。それに母を探さないと。もし母が気づいたら……」

ヴァージニアおば様。サラの胸は重く沈んだ。おばはきっと打ちのめされてしまうだろう。ホノーリアの母であるおばは、たったひとりの息子が不名誉な騒ぎを起こして国を追われて以来、いまだ立ち直れていない。その元凶の男ともし顔を合わせることになれば……。

サラはいとこの手をつかんだ。「来て」と、せきたてた。「一緒におば様を探しましょう」

ホノーリアは力なくうなずき、サラに導かれて歩きだした。ふたりは人込みを縫って慎重に、それでもできるかぎり急いで進んだ。サラはいとこがヒュー・プレンティスと話さざるをえないような場面は避けたかったが、逃げていると思われるのも我慢できなかった。

だから自分はここにとどまらなければと思い定めた。たとえ話さざるをえなくなったとしても、みんなを代表して一族の名誉を保たなければ。

「いたわ」大広間の扉口に近づくと、ホノーリアが言った。レディ・ウィンステッドは既婚婦人たちの小さな輪のなかにいて、屋敷の女主人のダンウッディ夫人と楽しげに話していた。

「まだ気づいてないわね」サラはささやいた。気づいていれば、こんなふうににこやかではいられないはずだ。

「なんて言えばいいかしら？」ホノーリアが訊いた。

「疲れたと」サラは即座に答えた。それなら誰も疑いはしない。いとこはヒュー・プレンティスを目にしたときから顔色が悪くなり、目の下の隈《くま》が濃くなっている。

ホノーリアはさっとうなずくと母に近づき、それとなく脇に連れだして、耳打ちした。レディ・ウィンステッドは娘とともに既婚婦人たちに挨拶をして離れ、速《すみ》やかに大広間を出て、馬車が列を成す屋敷の外へ向かった。

サラはおばといとこがヒュー卿と鉢合わせせずにすんだことに安堵《あんど》して、胸に溜《た》めていた息を吐きだした。けれども、どんな虹にもおそらくは黒く汚れた裏側があるのと同じで、ホノーリアがぶじ去ったからには、自分はせめてあと一時間程度はここにとどまらなければならない。ヒュー・プレンティス卿とダニエル・スマイス－スミスの従妹《いとこ》が同じ舞踏会に居合わせているという話が広まるまでに、そう時間はかからない。まずは視線が向けられ、それからささやきが交わされ、さらにはふたりがいつ顔を合わせ、言葉を交わすのかといったことに人々の関心が注がれる。たとえ顔を合わせることはなかったとしても、はたしてどちらが先に去るのだろうかと。

どちらが先に去るかが人々の関心事ではなくなるまで、少なくともあと一時間はダンウッディ家の舞踏会にとどまるべきだと、サラは見定めた。それならばまずは、楽しんでいるように見せなければいけないので、玄関広間の近くでいつまでもひとりでぽつんと立っているわけにはいかない。お喋りをする友人、それにダンスを踊る相手を見つけて、気がかりなことなど何もないかのように笑い、微笑んでいなくては。

しかもそうしたことをすべて、ヒュー・プレンティスがこの舞踏会に来ているのはちゃんと知ってはいても、みじんも気にしていないことをあきらかに示しつつ、やり遂げなければいけない。

体面を保つとは、なんて骨の折れることなのだろう。

サラは幸運にも、大広間に戻ってすぐに従兄のアーサーを見つけた。丸太並みに融通は利かないものの、きわだって端整な顔立ちをしていて、もともと人目を引きやすい男性だ。なにより重要なのは、袖を引っぱっていますぐダンスをしてくれと頼めば、何も尋ねず応じてくれる相手であることだった。

アーサーとダンスを終えると、友人に自分を引きあわせるようせかし、そうなれば当然ながらダンスを申し込まざるをえないその友人と今度はメヌエットを踊り、気がつけばサラは四曲も続けてダンスをしていた。そのうち三曲の相手は、ともに踊っていれば人気の令嬢だと人々に思ってもらえそうな紳士たちだったが、四人めは残念ながらうらやましがられることはまずありえない、サー・フェリクス・ファーンズワースだった。

けれどその頃にはすでにサラのほうが、ともに踊る紳士の株を上げる令嬢に見られはじめていたはずなので、剝製《はくせい》好きなのは嘆かわしくとも、以前からわりあい好感を抱いていたサー・フェリクスに光があたるのなら喜ばしかった。

サラはヒュー卿を目にしなかったが、こちらに気づいていないことは考えられなかった。

サー・フェリクスとレモネードを飲み終えると、ホノーリアが去ってまだ一時間は経《た》っていないにしろ、そろそろ芝居の幕を閉じてもじゅうぶんではないかと感じた。

一曲のダンスがおよそ五分ずつで、その合間にそれぞれ短い休みがあり、アーサーと少しお喋りもしたし、レモネードを二杯飲んだ時間も合わせると……。

一族の名誉を保つだけの努めは果たしたのではないだろうか。少なくとも今夜のところは。

「すてきなダンスのひと時をありがとうございました、サー・フェリクス」サラは礼を述べて、空《から》のグラスを従僕に渡した。「ハゲワシの剝製がうまくいくよう祈ってますわ」

「ええ、出来あがりがとても楽しみです」サー・フェリクスは意気揚々《ようよう》とうなずいた。「すべては、くちばしにかかっています」

「くちばし」サラは繰り返した。「そうですのね」

「もう帰られるのですか？」サー・フェリクスが尋ねた。「これから取りかかるものについても、ぜひご説明したかったんだが。尖鼠《シュルー》なんです」

サラは何か答えなければと唇を動かした。ところが口をついて出たのはこのひと言だった。

「母を」

「あなたの母上が、やかまし女《シュルー》だと？」

「いいえ！　いえ、ですから、そんなには」ともかく、サー・フェリクスが噂好きではないのはせめてもの救いだった。こんな話がもし母の耳に入ったら……。「母が尖鼠みたいだと言おうとしたのではないんです。ほんとうに。ただ母を探さなければいけないので。早めに帰りたいと念を押されていて……ですからあの……もう……そろそろ」

「もうすぐ十一時ですからね」サー・フェリクスが親切に言葉を補った。

サラは大きくうなずいた。「そうなんです」

それをきっかけに別れの挨拶を交わし、たとえ尖鼠には関心がなくとも愛想よく話を聞いてくれるはずの従兄、アーサーにサー・フェリクスをゆだねてサラはその場を離れた。すぐさま、予定より早く帰りたいことを母を伝えようと母を探した。プレインズワース邸はダンウッディ邸からさほど離れてはいないので、もし母にまだ帰るつもりがなかったとしても、サラだけ先に帰って、母を迎えにふたたび馬車を引き返させればすむことだった。

ところが五分探しつづけてもレディ・プレインズワースの姿は見つからず、仕方なくサラは愚痴をこぼしつつ廊下に出て、床を踏みつけるような足どりでカードゲーム用に使われているらしい部屋を目指した。

「まさかカードゲームをしているんじゃ……」既婚婦人たちがこのところどんな遊びを楽しんでいるにしろ、レディ・プレインズワースには多少の負けは気にせずともいられるゆとりはあるとはいえ、娘が一族の窮地を救うべく奮闘しているあいだに賭け事でお金をすっていたとしたら、やはり理不尽ではないだろうか。

そもそも従兄は賭け事をしたせいで一族に災いを招いたのだ。

「ああ、皮肉よ」サラはつぶやいた。「汝《なんじ》の名は……」

たしか汝の名は……。

汝の名はたぶん……。

サラはつと足をとめて、眉根を寄せた。このような皮肉をどう言い表せばいいのか、まったく思いつけない。

「情けなくなるわ」ぼそりとこぼし、母を探してまた歩きはじめた。もう家に帰りたい。お母様はいったいどこに行ってしまったの？

数メートル先のドアがわずかにあいているらしく、廊下に柔らかな灯《あか》りが漏れていた。カードゲームをしているにしては静かすぎるが、ドアがあいている部屋なら、入っても必ずしも不作法にはならないはずだ。

「お母様」サラは呼びかけて部屋に足を踏み入れた。けれども、そこにいたのは母ではなかった。

この皮肉につけるべき新たな名は、ヒュー・プレンティスであるらしい。

サラは戸口に立ちどまり、窓辺の椅子に坐っている男性を見つめることしかできなかった。のちにこの腹立たしい対面を思い起こすたび、そこですぐに立ち去っていればよかったと悔やむことになった。ヒュー卿はこちらを向いてはいなかったし、気づいてもいなかった。サラが口を開きさえしなければ。

だがもちろん、サラは口を開いた。

「おくつろぎのようですこと」冷ややかに言った。

ヒュー卿はその声に反応した。ぎこちない動きで、椅子の肘掛けに寄りかかりながら立ちあがる。「なんでしょう？」礼儀正しく訊き返し、感情はいっさい窺えない表情でじっと見ている。

この人には、わたしを見て気まずさを感じる良心すらないの？　サラは思わず両脇につけた手を固く握りしめた。「恥知らずなの？」

その問いかけにヒュー卿は瞬きをしたが、ほかに変化はなかった。「場合によりけりだが」ゆっくりとそう応えた。

サラは婦人が怒りを示すのにふさわしい罵り言葉を探し、結局はこう告げた。「要するに、あなたは紳士ではないんだわ」

それでようやく完全に注意を引くことができた。ふたりの視線が合い、ヒュー卿が若草色の目をほんのわずかに狭め、そのときサラはやっと気づいた――

この人には、わたしが誰なのかわからないのだと。

息を呑んだ。

「どういうことだろう？」ヒュー卿がつぶやくように訊いた。

この人は、わたしが誰なのかを知らない。自分が人生を台無しにした相手を知らないというの？

皮肉よ、汝の名は貶《おとし》められようとしている。

# 3

## ふたりの出会い
## (ヒューの回想)

ヒューはのちに、目の前に立っている若い婦人に紳士ではないと罵られた時点で、相手が尋常な状態ではないのを察するべきだったと悔やむことになった。大人として礼儀をわきまえた振るまいをつねに心がけてはいるが、この魂がもう何年も前から煤《すす》のごとく汚れているのは承知しているので、投げかけられた罵り言葉をきっぱり否定できるわけではなかった。

とはいうものの、なにせ「おくつろぎのようですこと」に「恥知らずなの？」ときて、「あなたは紳士ではない」とまで言われたのだ。

それなりの知性と分別を備えた大人なら、そこまで言い連ねはしないだろう。陳腐な台詞なのは言わずもがなだ。この女性は気の毒にも劇場に通いすぎてしまったか、最近流行《はや》っている奇天烈《きてれつ》な小説の登場人物にでもなりきっているのに違いなかった。

よいほうの足の踵《きびす》を返して立ち去りたいところだったが、女性のいきり立った目つきからして追いかけてきそうだし、いまはもう逃げ足の速い狐《きつね》のように動ける身ではない。このうえは厄介ごとと向きあうのが最善の策だとヒューは判断し、口を開いた。

「気分がすぐれないのかい？」慎重に切りだした。「誰か呼んでこようか？」

女性は灯火の薄明かりのなかでもはっきりとわかるほど頰を紅潮させ、沸々と言葉を噴出させた。「あなた……あなた……」

ヒューはさりげなくあとずさった。よもや実際に言葉が飛んではこないだろうが、唇のすぼまり方を見るかぎり、用心するのに越したことはない。

「坐ったほうがいいんじゃないか？」ヒューは勧め、導かずともみずから動いてくれるのを願って、そばの長椅子を身ぶりで示した。かつてのようになめらかに手を差しのべることはできない。

「十四人」女性が吐き捨てるようにつぶやいた。

ヒューはそれがなんのことなのか尋ねようとも思わなかった。

「知ってた？」そう問われ、女性がふるえているのに気づいた。「十四人も」

ヒューは咳払いをした。「ここにいるのは、ぼくひとりだが」

沈黙が落ちた。束の間のありがたい静けさだ。だがすぐにまた女性が口を開いた。

「わたしが誰かわからない？」強い調子で訊く。

ヒューはあらためて女性をじっくりと見た。見憶えがあるような気もするが、理屈からすれば、それだけではなんの意味もない。社交界の催しにはたいして顔を出していないが、これまで目にした貴族だけでも相当な数になる。つまるところそのどれもが、見憶えのある顔に思えてしまうのだろう。

今夜の催しにしても、もうしばらくとどまっていれば、この女性の正体がわかっていたのかもしれないが、大広間に入ってほとんどすぐに出てきてしまった。こちらから祝福の言葉をかけるなり、チャールズ・ダンウッディの顔が蒼《あお》ざめたので、とうとうロンドンで最後のひとりの友人までなくしたのかと不安を抱いた。するとチャールズに少し離れた場所に連れだされ、ダニエル・スマイス－スミスの母親と妹が来ていることを知らされた。

帰ってくれと言われたわけではないが、どうしたほうがよいかは話すまでもなく互いにわかっていた。ヒューはすぐさま軽く頭をさげて、大広間をあとにした。ふたりの婦人につらい思いをさせることになるのは間違いない。舞踏会にとどまれば悪役になってしまうだけのことだ。

しかもダンスなど、とうていできはしないのだから。

ところが片脚が痛みだし、屋敷の外に連なる馬車の向こうまで行って貸し馬車をつかまえるのは、いずれにしろすぐには無理だと断念した。そこで、ひとり静かに休める場所を求めて、この部屋に入ったのだ。

そうはいかなかったようだが。

安息の場になるはずだったところに押し入ってきた女性は、いまだ戸口に立ち、人間が自然発火することもありうるのではないかと考えたくなるほど、見るからに憤っている。

「あなたに人生を台無しにされたのよ」女性がとげとげしく言い放った。

それは事実ではありえなかった。ヒューはダニエル・スマイス－スミスの人生を台無しにしたし、ひいてはダニエルの妹にも迷惑をかけたかもしれないが、いま目の前に険悪な顔つきで立っている、黒みがかった髪の女性はホノーリア・スマイス－スミスではない。レディ・ホノーリアはもっとはるかに明るい色の髪をしているし、このように感情を剝きだしにする婦人ではない。かたやこの女性の憤りぶりは、もともと尋常ではなく激しやすいたちとしか思えない。あるいは、酒に酔っているのだろうかと、ヒューは思い至った。

なるほど、そちらのほうが可能性は高い。いったい何杯の果実酒を飲めば五十キロ程度のご婦人が酔えるのかはわからないが、酒を飲んでいるとすれば納得もいく。

「ご気分を害されたのなら申しわけないが」ヒューは言った。「どうやらぼくをどなたかと間違えておられるのではないかな」それから、戸口が完全にふさがれていて頼まなければ道をあけてもらえそうにはなかったので、親切心というより必要に迫られて付け加えた。「ぼくに何かお役に立てることがあれば……」

「それなら」女性は嚙みつくように返した。「ロンドンからいなくなってくれれば助かるわ」

ヒューは唸り声を吞みこんだ。さすがにうんざりしてきた。

「もしくはいっそ、この世から」女性が憎々しげに言い捨てた。

「まったく、いいかげんにしてくれ」ヒューは毒づいた。この女性が誰であろうと、これ以上我慢して紳士らしく応じなければならない筋合いはない。「これはこれは――」酒脱に、しかも皮肉っぽく頭をさげた。「――ぼくに人生をぶち壊されたとおっしゃる見知らぬご婦人から、自死をお許しいただけるとは光栄です」

女性がぽっかり口をあけ、黙りこんだ。

ようやく。

「そこをあけていただければ」ヒューは続けた。「ぜひともあなたのご要望にお応えしますよ」怒鳴るように声音を上げて言った。怒鳴るといってもヒューの場合には怒気のこもった唸り声と呼ぶほうがふさわしいものだったが。女性の左側の床に杖を突きだし、みずから脇に退いてくれるよう促した。

女性はドルリー・レーン劇場の役者並みに大げさに息を吸いこんだ。「わたしに暴力をふるうつもり？」

「いや、いまのところは」ヒューは低い声で答えた。

女性は鋭く言い返した。「あなたならやりかねないことだものね」

「同感だ」ヒューはもの憂げに目を狭めて言った。

今度は女性が心傷つけられた令嬢の役まわり程度に、先ほどよりはるかに小さく短く息を呑んだ。「あなたは紳士ではないんだわ」

「その話はすでにすんだはずだが」ヒューは切り返した。「ちなみに、ぼくは空腹だし、疲れているので、家に帰りたい。だが唯一の出口がきみに妨げられている」

女性は胸の前で腕を組み、しっかりと立ちはだかった。

ヒューは首を傾け、対処法を考えた。「選択肢はふたつにかぎられる」ゆっくりと言う。

「きみが動くか、ぼくがきみを力ずくで退かせるかだ」

女性がふてぶてしいとしか言いようのないそぶりで小首をかしげた。「やれるものなら、どうぞ」

「ぼくが紳士じゃないのは知ってるだろう」

女性は鼻先で笑った。「わたしは機敏に動けるのよ」

ヒューはいとおしげに杖を撫でた。「ぼくには武器がある」

「すばやくかわせばいいことだわ」

ヒューは穏やかに微笑んだ。「そうとも、きみがよけてくれれば、通れるんだ」空いているほうの手のひらを宙に円を描くように返した。「それでぼくがここを出られて、この天のどこかに神がおられるのなら、二度ときみとは会わずにすむだろう」

女性は退きはしなかったものの、体を片側にわずかに傾けたように見えたので、ヒューはすかさず杖を突きだし、彼女を押しのけるようにして脇をすり抜けた。そうして部屋を出られたときのことについても、あとから考えればそのまま進めばよかったと思うのだが、そこで女性がこう叫んだ。「わたしはあなたがどなたかちゃんとわかってるわ、ヒュー・プレンティス卿」

ヒューは足をとめ、ゆっくりと息を吐きだした。だが振り返らなかった。

「わたしは、レディ・サラ・プレインズワースよ」女性が名乗った。自分にご婦人の言葉の意図を解する能力があったならと悔やんだのは、それが初めてではない。その声にはほんの千分の一秒ほど息がつかえたかのような引っかかりがかすかに聞きとれたのだが、なぜなのかはわからなかった。

何を意味しているのか読みとけなかった。

それでも、この女性が相手も自分の名を知っているのかを確かめたがっていることだけは、顔を見るまでもなく感じとれた。なるべくなら知らずにいたかったが、ヒューはその名を知っていた。

レディ・サラ・プレインズワースはダニエル・スマイス-スミスの従妹だ。チャールズ・ダンウッディによれば、この女性はあの決闘騒ぎについて憤懣《ふんまん》を声高に口にしていたらしい。彼女よりはるかに憤って当然のダニエルの母親や妹以上に。

ヒューは振り返った。レディ・サラはほんの一メートル後ろで憤然と身をこわばらせて立っていた。両脇に垂らした手を握りしめ、顎を突きだした姿は、たわいないことで意地を張り、動くものかと頑張っている子供のようだった。

「レディ・サラ」ヒューはできるかぎり礼儀正しい口ぶりで応えた。相手はダニエルの従妹なのだから、この数分間にどのようなやりとりがあったにせよ、敬意を払おうと努めた。「ぼくたちはまだきちんと紹介を受けていない」

「そんなことは――」

「だがむろん」ヒューはまたも芝居がかったもの言いを聞かされる前に遮った。「きみのことは存じあげている」

「そうは思えないけど」レディ・サラは不満げに返した。

「きみはウィンステッド卿の従妹だ」ヒューはきっぱりと言った。「顔は知らなくとも、名は知っていた」

レディ・サラはうなずいた――この女性が礼儀らしきものを見せたのは、いきなり部屋に入ってきてから初めてだった。話しだした声もいままでよりわずかにやわらいでいた。ほんとうにわずかだが。「あなたは今夜ここに来るべきではなかったのよ」

ヒューはいったん沈黙した。そしてまた口を開いた。「チャールズ・ダンウッディは十年以上前からの友人だ。婚約を祝ってやりたかった」

それだけではレディ・サラには納得してもらえなかったらしい。「あなたが来れば、わたしのおばといとこが、どれほどのつらさを味わわされると思ってるの」

「そのことについては申しわけないと思っている」ヒューは心からそう思っていたし、過ちを正すために自分にできるかぎりのことはしてきた。ただし結果が伴わなければ、その努力もスマイス－スミス家にはなんの意味も持たない。ダニエルの家族に期待を抱かせるのは酷だ。さらに言えば、たとえ自分が訪ねたところで、話を聞いてもらえるとは思えなかった。

「申しわけないと思ってるですって?」レディ・サラが蔑《さげす》むように言った。「わたしにはとうてい信じられないわね」

ヒューはふたたび黙りこんだ。とっさの感情で挑発に乗るのは避けたかった。ダニエルにしてしまったことの二の舞はもうけっして踏みたくない。あのときも酒に酔っていなければ冷静に振るまえていただろうし、誰もこのような苦しみは負わずにすんだのだ。こうしてチャールズ・ダンウッディの両親の家にやってきたとしても、こんなふうに人目を避け、そのうえどうみても罵り言葉を投げつけるためだけに自分を追ってきた女性の相手などしていなかったはずだ。

「きみにどう思われようとかまわない」ヒューは答えた。この女性に言いわけしなければならない理由はない。

どちらもしばし沈黙したが、やがてレディ・サラが言った。「あなたに会わないように、ふたりは帰ったわ」

ヒューは問いかけるふうに首をかしげた。

「ヴァージニアおばとホノーリアよ。あなたが来ているのを知って、すぐに帰ったわ」

この女性がなんのためにそれを自分に伝えたのか、ヒューにはわからなかった。罪の意識を感じさせたいからなのか？　おばといとこがまだほんとうはここにいたかったのだと言いたいのか？　それとも非難したいだけなのか？　おそらくレディ・サラは、あなたが不愉快で仕方がないから、自分の親類は帰ってしまったとでも言いたいのだろう。

ならば返す言葉はない。無用な返答をする必要はない。だがひとつ胸に引っかかることがあった。謎かけのようなものだ。いわば答えが思いつかない疑問に過ぎないが、なんとも場違いで妙な発言に思えたので、どうしても解き明かしたかった。そこでヒューはやむなく尋ねた。「先ほど、きみは十四人と言っていたが、なんのことなんだ？」

レディ・サラが険しい表情で唇を引き結んだ。しかも可能であるとするなら、これまで以上に顔つきが険しくなった。

「ここに現われたとき」質問の意図は間違いなく伝わっているのは知りつつ説明を加えた。「きみは真っ先に、十四人がどうのと言っていた」

「なんでもないわ」レディ・サラはそっけなく返したが、視線がほんのわずかに右へ泳いだ。嘘をついている。あるいは困惑している。たぶんその両方だろう。

「十四は、なんでもなくはない」屁理屈も同然の指摘なのは承知しているが、なにしろこの女性には数学以外のあらゆる理責めで忍耐力を試された。十四はゼロではないし、さらに言わせてもらえば、人は喋りたくないことを持ちだすものだろうか？　説明するつもりがないのなら、はなからいっさい口に出さなければよかったのだ。

レディ・サラが今度はあきらかに脇に退いた。「どうぞ」と言う。「お通りになって」

ヒューは動かなかった。すでに好奇心を掻き立てられていたし、疑問の解答を追究することにかけては、ヒュー・プレンティスほど粘り強い男はそうそういない。

「この一時間、わたしにどけと言いつづけていたくせに」レディ・サラがいらだたしそうに言った。

「この五分だ」ヒューは指摘した。「それに静かなわが家に帰りたい気持ちは山々だが、きみの十四人とはなんのことなのかも、どうしても知りたい」

「わたしの十四人ではないわ」レディ・サラがぴしゃりと否定した。

「そりゃそうだろう」ヒューはつぶやき、さらに言葉を継いだ。「ぼくにもそれくらいのことはわかる」

レディ・サラが唖然となって口をあけた。

「十四人について教えてくれ」ヒューはせかした。

「言ったでしょう」レディ・サラは頰を見事にピンク色に染めて言い張った。「なんでもないのよ」

「でも、知りたいんだ。十四人で夕食をとったのか？　お茶会の人数なのか？　クリケットのチームとしては人数が多すぎるが――」

「やめて！」レディ・サラが大きな声を出《つ》した。

ヒューはやめた。ただし片眉を吊りあげた。

「そんなに知りたいのなら言うわ」サラの声は怒りのせいで鋭さを帯びていた。「一八二一年に、十四人の男性が婚約に至ったのよ」

長々と沈黙が続いた。ヒューはけっして無知ではないものの、だからどうだというのかわからなかった。「十四人とも結婚したのかい？」丁寧《ていねい》な口ぶりで問いかけた。

レディ・サラがじっと見ている。

「きみは十四人の男性が婚約に至ったと言ったが」

「どちらでも同じことだわ」

「彼らにとっては違うだろう」

　それで芝居じみたやりとりは片がついたと思いきや、レディ・サラが憤懣を吐きだすように声をあげた。「あなたは何もわかってないのよ！」

「だから、いったい何が――」

「自分が何をしたかわかる？」レディ・サラが問いただす口調で言った。「あなたが、のんびり家でくつろいだり、このロンドンでのうのうと――」

「やめろ」ヒューはそう言ったつもりだったが、実際に声に出したのかどうかはわからなかった。ともかくレディ・サラを黙らせたかった。話すのも、言いあうのも、なにもかもやめたかった。

　だがレディ・サラは踏みだし、敵意に満ちたまなざしを向けて、きつい声で訊いた。「自分がどれだけ多くの人の人生を台無しにしたかわかってるの？」

　ヒューは息を吸いこんだ。空気が、呼吸することが必要だ。こんなことを言われる筋合いはない。この女性からは。自分が何人の人生を台無しにしたかは正確にわかっているが、この女性はそのうちのひとりではない。

　ところがレディ・サラは口を閉じようとはしなかった。「あなたには良心というものがないの？」たたみかけるように問いかけた。

　ついにヒューの我慢も限界に達した。脚の痛みも忘れ、熱い呼気がかかるところまでレディ・サラに近づいていった。憤りの勢いのみで彼女の背が壁に張りつくまで詰め寄った。

「きみはぼくを知らない」嚙《か》みつくように言った。「ぼくが何を考え、感じて、出歩くたび、そして日々をどんな思いで過ごしているか、知らないだろう。今度自分がひどい目に遭わされていると思ったときには——きみはウィンステッド卿とは姓さえ違うが——ぼくが自分自身の人生もまたぶち壊してしまったことを思いだしてもらえればありがたい」

そうしてレディ・サラから離れ、夏の日のごとく爽《さわ》やかに別れを告げた。「よい晩を」

これでやっと決着をみたとヒューが思ったのも束の間、レディ・サラが一矢を報いる言葉を放った。

「わたしの家族なのよ」

ヒューは目を閉じた。

「わたしの家族なんだから」サラは声を詰まらせて続けた。「その家族をあなたは取り返しがつかないくらい傷つけた。だから、わたしはけっしてあなたを許さない」

「それは同じだ」ヒューは自分の耳にしか届かない程度の声で独りごちた。「ぼくも自分を許せない」

# 4

**そしてふたたび、フェンズモア**
**ホノーリア、サラ、ハリエット、エリザベス、フランシス、ヒュー卿が客間に会し**
**たところから……。**

スマイス－スミス一族の娘たちが集まっていて静まり返ることはめったにないのだが、ヒュー卿が礼儀正しく頭をさげて客間を出ていったとたん、まさしくその瞬間が訪れた。五人とも――プレインズワース家の姉妹四人とホノーリア――しばし黙りこみ、視線を交わしあって、然るべきときが経《た》つのを待った。

全員が数えている声がいまにも聞こえてきそうだとサラは思い、実際に胸のうちで十まで数えたとき、エリザベスが口を開いた。「あまり上手なやり方とは言えないわね」

ホノーリアが顔を振り向けた。「どういうこと？」

「サラお姉様とヒュー卿を取り持とうとしてるんでしょう？」

「違うわ！」ホノーリアは声を張りあげたが、サラの不服そうなため息のほうがはるかに大きく響いた。

「あら、わたしは賛成よ！」フランシスが嬉しそうに両手を打ちあわせた。「ヒュー卿のことはとても好きなの。たしかにちょっと変わってはいるけど、ものすごく頭がいい人なのよ。銃を撃つのも上手だし」

ほかの全員の視線がフランシスに注がれた。「ダニエルはあの人に肩を撃たれたのよ」サラは念を押すように言った。

「しらふのときは銃を撃つのがうまいのよ」フランシスが説明した。「ダニエルがそう言ってたもの」

「どうしてそんなことを話したのか、見当もつかないわ」ホノーリアが言う。「結婚式の直前に聞きたいことでもないし」意を決したかのように、サラのほうを向く。「あなたにお願いがあるの」

「ヒュー・プレンティスに関わること以外なら、どうぞ」

「ヒュー・プレンティスに関わることよ」ホノーリアがきっぱりと言った。「あなたの助けが必要なの」

サラは大げさにため息をついた。ホノーリアの頼みなら、なんであれ引き受けざるをえない。それは互いにわかっている。でもたとえ拒むことは許されなくても、不満をこぼさずにはいられなかった。

「あの方にフェンズモアで居心地の悪い思いをさせてしまうのが、しのびなくて」ホノーリアが言う。

その点についてサラはあえて指摘すべきことが見つからなかった。ヒュー・プレンティスが居心地の悪い思いをしようと自分はまったくかまわないし、そのような思いをしても当然の男性だ。それでも、その場に応じて礼儀をつくろう作法は身についているので、こう返した。「どうしても孤立してしまいやすいでしょうね。あまり社交的な方ではないから」

「というより、人見知りする方なのではないかしら」ホノーリアが言う。

なおも机に向かっていたハリエットが嬉々として声をあげた。「憂うつそうな男性主人公。魅力的な登場人物だわ。わたしの作品に使わせてもらうわね！」

「ユニコーンが出てくるお話？」フランシスが尋ねた。

「いいえ、先ほど思いついたばかりのお話よ」ハリエットは羽根ペンの羽根先で姉を指し示した。「そして、女性主人公のほうは赤くも青くもならない」

「あなたの従兄を撃った人なのよ」サラはすぐ下の妹に向きなおって、きつく言い返した。

「みんな、そのことを忘れてしまったの？」

「もうずっと前のことだわ」ハリエットが言う。

「それに、反省していると思うの」フランシスがはきはきと続けた。

「フランシス、あなたは十一歳なのよ」サラは鋭い声で続けた。「人の良し悪しなんて、まだわからないでしょう」

フランシスが目を細く狭めた。「お姉様たちのことならわかるもの」

サラは妹たちを眺めて、ふたたびハリエットに目を戻した。ヒュー卿がとんでもない人だということが、どうして誰にもわからないのだろう？　あの人に一族を破滅させられかけたことを、どうしてたとえ一瞬でも忘れられるの。恐ろしい男性だ。ほんの二分も話せば誰にでも――

「人が集まる場所ではほとんどいつも居心地が悪そうになさってるわ」いとこの声がサラの胸のうちの弁舌を遮った。「でも、だからこそ居心地よく過ごしてもらえるよう、わたしたちが配慮してさしあげるべきだと思うの。わたし――」ホノーリアは言葉を切り、部屋を見まわし、興味津々に自分を見ているハリエットとエリザベスとフランシスにひとりひとり目を向けてから言った。「ごめんなさい、少し待ってて」サラの腕を取り、廊下に出て、べつの客間に引き入れた。

「わたしに、ヒュー・プレンティスのお守りをしろと言うの？」サラはいとこがドアを閉めるなり訊いた。

「そんなことは言わないわ。ただ、あの方が賑やかな場でもほかのみなさんと同じように快く過ごせるようにしてあげてほしいだけよ。たとえば今夜、晩餐《ばんさん》の前に客間に集まるときにも」ホノーリアはそれとなく手助けを頼んだ。

サラは不満げな声を漏らした。

「きっとまた隅のほうにぽつんと立ってらっしゃることになるわ」

「本人が望んでいることなのかもしれないでしょう」

「あなたは人と話すのが得意だわ」ホノーリアが言う。「つねに言うべきことを心得ている」

「あの人にはべつよ」

「あの方のことはよく知らないでしょう」と、ホノーリア。「どうしてそんなに疎《うと》ましがるの？」

「もちろん、お会いしたことならあるわ。わたしがまだ会ったことのない人なんて、ロンドンにいるのかしら」サラはあらためてそのことについて考えてから、つぶやいた。「なんだか哀《かな》しくなるわね」

「会ったことがあるかどうかではなく、わたしはあの方のことを知らないでしょうと言ったのよ」ホノーリアは指摘した。「だいぶ違うわ」

「ええ、そうね」サラはしぶしぶといったふうに同意した。「細かなことにこだわりたいのなら」

ホノーリアが黙って小首をかしげ、暗にその先の言葉を促した。

「あの人のことはよく知らないわ」サラは認めた。「でも、これまで会ったときの印象では、好きになれそうにない。わたしはこの何カ月か、愛想よくしようとしてきたんだから」

ホノーリアが疑い深いまなざしを向けた。

「ほんとうなのよ！」サラはむきになって続けた。「一生懸命にとまでは言えないけど。ただこれだけは言っておくわ、ホノーリア。あの人はけっして会話の才能に満ちあふれた男性ではない」

いとこはいまにも笑いだしそうな顔をしていて、サラのいらだちは増すばかりだった。

「あの人と話そうと努力したのよ」サラは奥歯を噛みしめて続けた。「人々が集まる場所ではそうしなければいけないから。だけど、あの人はまともに応じようとしないの」

「まともに応じようとしない？」ホノーリアが訊き返した。

「いらいらさせられるのよ」サラはため息まじりに続けた。「あの人は間違いなく、わたしのことが気に入らないんだわ」

「そんなことがあるはずないわ」ホノーリアが言う。「あなたはみんなに好かれてるもの」

「いいえ」サラはあっさり否定した。「みんなに好かれてるのは、あなただわ。それに比べて、わたしはあなたのようにやさしくもないし、心清らかでもない」

「何を言いだすの？」

「つまり、あなたは誰に対してもよい面を見ようとするけど、わたしはもっと世の中を辛らつに見ているということよ。それにわたし……」言いよどんだ。どう説明すればいいのだろう？「この世の中には、わたしをいらだたしく思う人もいるの」

「そんなことはないわ」いとこが否定した。といっても条件反射のようなものだったのだろう。少し考えれば、ほんとうにそのとおりであるのはホノーリアにもわかるはずだ。

それでもやはり否定したのかもしれない。なにしろホノーリアには驚くほど律儀なところがある。

「事実だもの」サラは続けた。「それにわたしは気にしているわけではないの。いずれにしても、それほどには。ヒュー卿についても、こちらもだいぶいらいらさせられているんだから、どう思われていてもたいして気にならないわ」

ホノーリアはサラの真意を読みとる間をとり、目だけで天を仰《あお》いだ。ちらりとだったが、サラはよく知るいとこのしぐさを見逃しはしなかった。いつもはやさしく温和ないとこが、いまにも声を張りあげそうないらだちに駆られている。

「せめて機会を与えてあげてほしいの」ホノーリアが言った。「あなたはまだあの方ときちんと話をしていないわ」

きちんと話をする余地などなかったと、サラは憂うつに思い返した。それどころか、あやうく殴りあいになりかねないところだったのだから。あのときは何を話せばいいのかわからなかった。ダンウッディ邸で婚約を祝う舞踏会が開かれたときのヒュー卿との対面を思いだすたび、気分が悪くなる。自分はただ、ありきたりの罵り言葉をまくしたてただけだった。足を踏み鳴らしもしたかもしれない。あの男性にはおそらく頭の弱い女性だと思われただろうし、たしかに自分でもあとから考えれば愚かな態度をとってしまったと思う。

あの男性にどう思われようと気にしてはいない。どうでも好きなように判断してもらってかまわない。けれども、ダンウッディ邸の図書室でのヒュー・プレンティスとの忌まわしい対面で――それにそのとき交わした短い言葉のやりとりで――サラは自分ですら好きになれない人間になりさがってしまった。

それが悔しくて仕方がない。

「あなたが誰を気に入って誰を疎ましがろうと、わたしに口出しできることではないわ」ホノーリアは、いとこに話すそぶりがないのがわかると言葉を継いだ。「でも、一日くらいヒュー卿のお話し相手を務められる元気はあるでしょう」

「ものは言いようね」サラはいぶかしげに返した。「いつから皮肉が得意になったの?」

ホノーリアは微笑んだ。「あなたなら引き受けてくれると思ってたわ」

「まったくもう」サラはつぶやいた。

「あの方はそんなに悪い人ではないわ」ホノーリアはサラの腕をぽんと叩いた。「しかもなかなかの美男子だし」

「見た目は関係ないわ」

ホノーリアがすかさず反応した。「ということは、あなたもあの方を美男子だと思ってるのね」

「大変な変わり者だと思ってるのよ」サラは切り返した。「それと、もしあなたが取り持ち役を務めようとでも考えているのなら……」

「そんなつもりはないわ!」ホノーリアは降伏を訴えるかのように両腕を上げた。「ほんとうよ。わたしはただ見たままの感想を述べただけよ。とてもすてきな目をしていると思うから」

「あの人の爪先が退化していたら、少しは好感を持てたかもしれないわね」サラはぼやくように言った。もしかしたら自分にも本を書く才能があるのかもしれない。

「爪先が退化ですって?」

「ええ、目はたしかにすてきね」サラは認めた。いとこの言うとおりなのだろう。ヒュー卿の瞳は若草を思い起こさせる色で、知的で鋭敏な美しい目をしている。でも、美しい目をしているからといって、花婿候補になるわけではない。それにもちろん、独身紳士の誰もを花婿候補として見ているわけではないし――そのような考えで見ることもたしかにあるけれど、あの男性についてはありえない――これだけ不服な態度を示しているというのに、ホノーリアがヒュー卿について自分のいとこの花婿となる可能性を考えはじめたのはあきらかだった。

「あなたのために引き受けるのよ」サラは念を押した。「あなたのためならわたしがなんでもするのは知ってるでしょう。つまりいざとなれば、わたしは走ってくる馬車の前に身を投げだすこともできる」いったん間をおき、ホノーリアにいまの言葉を咀嚼《そしやく》させてから、大きな手ぶりをつけて続けた。「走ってくる馬車の前に身を投げだすこともできるのだから、命を危険にさらす必要のないことなら、なおさら引き受けるのは当然だものね」

ホノーリアがぽかんとした顔でこちらを見ている。

「あなたの結婚式のあとの祝宴で、ヒュー・プレンティス卿の隣りに坐るくらいは、なんてことないわ」

ホノーリアはその理屈を呑みこむのに少しの間を要した。「たしかに……理にかなってるわ」

「それとちなみに、わたしがあの人のお相手をしなければいけないのは一日ではなくて、二日よね」サラは鼻に皺を寄せた。「はっきりさせておかないと」

ホノーリアはにっこり笑った。「それなら、今夜の晩餐の前も、ヒュー卿のもてなし役を務めてくれるのね？」

「もてなし役」サラは皮肉っぽく繰り返した。「ダンスでもすればいいの？　だってピアノを弾くのが苦手なのは、あなたも知ってるでしょう」

ホノーリアは笑ってドアへ歩きだした。「いつもどおり、楽しいあなたでいてくれればいいわ」最後にもう一度だけ部屋のなかに顔を戻して言った。「あの方はきっとあなたを好きになる」

「冗談でもやめて」

「言動は変わってる方だけれど……」

「そういう問題ではないの」

「わたしが思うに女性には――」

「いいかげんにして」サラは遮った。

ホノーリアは眉を上げた。「シェイクスピアなら、あの方が話すことも理解できるのではないかしら」

サラはいとこにクッションを投げつけた。

けれど当たらなかった。やはりきょうはついてない。

# 同じ日の数時間後

その日の午後はチャタリス伯爵が射撃の会を用意しており、ヒューにとってはいまも参加できる数少ない競技のひとつなので、約束の時間に南側の芝地へ着くよう部屋を出た。正確にはまだ約束の時間までには三十分もあったのだが。片脚はいまだ腹立たしいほど動かしにくく、杖の助けを借りても、たいがいの人々より歩く速度は遅い。痛みをやわらげる薬はあるとはいえ、医者から処方された塗り薬は悪臭《あくしゅう》が鼻につくし、頭をぼんやりさせるアヘンチンキも使いたくなかった。

残る手段は酒で、たしかにブランデーをひと口かふた口含めば筋肉が緩んで痛みはやわらぐ。だがもとはと言えば酔ったせいで負ったけがなので、めったに酒には頼らない。日暮れ前にアルコールを体に入れるのもできるかぎり控えていた。たまについ呷《あお》ってしまったときには、その後何日も悔やむことになる。

いまはおのれの強さを確かめる術《すべ》はほとんどない。機知のみで日暮れまで痛みをしのぐのは、誇りを保つためでもあった。

とりわけ苦労させられるのが階段で、ヒューは踊り場でひと息つくと、片脚を曲げて、伸ばした。悩むまでもないことなのだろう。南側の芝地までまだ半分以上も道のりはあるのに、すでにあの鈍い疼きが太腿まで達している。向きを変えて部屋に引き返すより賢明な選択はない。

だがどうしても、射撃がしたい。この手に銃を握り、片腕を上げてまっすぐ的をとらえる。引き金を引き、肩に伝わる振動を感じる。なにより、標的の真ん中に命中させたかった。そうとも、負けず嫌いなのだ。男なら当然ではないだろうか。

むろん、自分が行けばおそらくはささやきが交わされ、好奇の目を向けられもするだろう。ヒュー・プレンティスがダニエル・スマイス－スミスのすぐそばで銃を握るのだから、人目を集めるのもやむをえまい。それでもヒューはむしろよけいにやってみたかった。ダニエルも同じ気持ちだ。朝食の席で顔を合わせたときに、そう言っていた。

「誰かが気絶することに、十ポンド賭けよう」ダニエルは提案し、〈オールマックス〉社交場に通う貴婦人の悲鳴を裏声で真似してから、さらに胸に手をあて、ご婦人たちが男性に見せるありとあらゆる憤りの顔を表情豊かに演じてみせた。

「十ポンド？」ヒューは低い声で訊き返し、コーヒーのカップのふち越しに見やった。「ぼくにか、それともきみに？」

「両方にだ」ダニエルがいたずらっぽく笑って答えた。「そのためにマーカスがいる」

マーカスはちらりと目を向けてから、ふたたび卵料理に顔を戻して食べはじめた。

「歳とともによけいに堅物になってきたな」ダニエルが言った。

寛容なマーカスは呆《あき》れたように瞳を動かしただけだった。

だがヒューは微笑んだ。そして久しぶりにいつになく愉快な気分になっていることに気づいた。紳士たちで射撃をするというのなら、ぜひとも参加しなければ。

とはいうものの、一階におりてくるだけで五分以上もかかってしまったので、南側の芝地まで屋敷の外をまわって行くより、伯爵邸の数ある客間のひとつを突っ切っていくのが最善だと判断した。

この三年半で、ヒューは最短の道筋を見つけだすのがみるみるうまくなった。

右側の三つめのドアを入って、その部屋のなかを左へ突っ切れば、両開きの格子ガラスの扉から外に出られるはずだ。途中のソファでほんのしばし休むこともできるかもしれない。ご婦人がたはほとんどみな村へ出かけてしまったので、部屋に人がいる可能性は低い。これなら計算上は、射撃の会が始まる十五分前にたどり着けるだろう。

そう考えてヒューが入った客間はとりたてて広い部屋ではなく、椅子もちらほらと設《しつら》えられている程度だった。こちらに向いている青い椅子が快適そうに見えた。その椅子と向かい合わせに置かれているソファは背だけしか見えないが、おそらく椅子とソファのあいだに低いテーブルがあるに違いない。少しばかり脚をおかせてもらうくらいなら、咎《とが》められはしないだろう。

ゆっくりと進んだが、注意が足りなかったらしい。杖がテーブルの角を突いた拍子に脛《すね》も打ちつけ、やたら表現豊かに悪態をついた挙句《あげく》、尻もちをついた。

ソファで眠りこんでいたサラ・プレインズワースにヒューが気づいたのはそのときだった。

ああ、なんということだ。

脚の痛みはあるにしろ、ここまではふだんの日より気持ちよく過ごせていた。よりにもよって、ことさら大げさなもの言いのレディ・サラとふたりきりで顔を合わせることになろうとは。この女性のことなので、おそらくは何かしらけちをつけて自分を非難し、陳腐な言いまわしで憎しみをぶちまけ、しまいには一八二一年の社交シーズンに十四人の男が婚約に至ったとかなんとか言いだすに決まっている。

だからどうだというのか、ヒューにはいまだわからなかった。

それにしても、なぜこれほど細かに憶えているのだろう。なんでもよく憶えていられるのは昔からとはいえ、なんの役にも立たない話をどうして頭から消し去れないんだ？

この女性を起こさずに部屋を通りぬけなくてはいけない。杖をつきながら足音を忍ばせるのは容易なことではないが、それで気づかれずに部屋を通り抜けられるのなら、なんとしてもやり遂げたい。

ああしかし、脚を休ませるという望みは断たれた。ヒューは細心の注意を払って、低い木のテーブルをまわり込み、絨毯《じゅうたん》と空気以外にはけっして触れないようにして進んだ。だが、外に出たことがある者なら誰でも知っているように空気はそよぐし、どうやら息遣いもだいぶ荒くなっていたらしい。ソファを行きすぎるより先にレディ・サラがうたた寝から目覚めて甲高い声を発し、ヒューは慌ててあとずさって、向かいの椅子にぶつかり、布張りの肘掛けに身を乗りあがらせて、ぶざまに座面に腰を落とした。

「な、なんなの？　ここで何してるの？」レディ・サラはせわしなく瞬きをしてから、きっと睨《にら》みつけた。「あなたなのね」

案の定、非難の言葉だ。間違いない。

「もう、驚かせないでよ」レディ・サラは目を擦《こす》った。

「やはりだ」ヒューはぼそりと毒づき、脚を椅子の前に伸ばそうとした。「いたたっ！」

「どうしたの？」レディ・サラがいらだたしげに訊いた。

「テーブルを蹴ってしまった」

「なぜ？」

ヒューは顔をしかめた。「わざとではない」

するとレディ・サラが突如、自分がいかにソファでくつろいでいたかに気づいたらしく、あたふたと姿勢を正して坐りなおした。「ごめんなさい」なおも落ち着かなげに言った。結いあげられた濃い色の髪もほつれているが、指摘するのは控えるべきだとヒューは見定めた。

「許してほしい」ぎこちない口ぶりで言った。「わざと驚かせようとしたわけじゃない」

「本を読んでたのよ。いつの間にか眠ってしまったのね。それで……あの……」レディ・サラはまた何度か瞬きを繰り返し、ようやく目の焦点が合ったらしい。こちらの顔に。「わたしにこっそり近づこうとしたの？」

「まさか」必要以上に強い調子の早口になってしまったようだ。とりあえず、外に出られる扉のほうを手ぶりで示した。「近道をしようとしただけだ。チャタリス卿が射撃の会を催してくれたから」

「そう」レディ・サラの疑わしげな表情はそれからほんの一秒ほどで消え、にわかに気まずそうな面持ちに取って代わられた。「そうよね。あなたがわたしにこっそり近づく理由はないし――だからつまり――」空咳をした。「そういうことね」

「そういうことだ」

レディ・サラはしばし待ち、念を押すように問いかけた。「芝地に行かないの？」

ヒューは見つめ返した。

「射撃をしに」サラが言い添えた。

ヒューは肩をすくめた。「まだ時間はある」

その返答には気を留めるふうもなく、レディ・サラが言う。「外は気持ちがよさそうね」

ヒューは窓の向こうへ目をやった。「そうだな」レディ・サラは自分を追い払おうとしていて、そんな気持ちを隠そうともしないのがなんともこの女性らしいとヒューは思った。だが結局はレディ・サラを目覚めさせてしまったわけだし、こちらもせっかく椅子に腰をおろして脚を休められたのだから、なにも急いで外へ出る必要もないだろう。

たとえ相手がサラ・プレインズワースであれ、十分程度なら耐えられる。

「射撃をなさるの？」サラが尋ねた。

「ああ」

「銃で？」

「たいていそうだと思うが」

レディ・サラが顔をこわばらせた。「賢明なことなのかしら」

「きみの従兄がいるからかい？　言っておくが、彼も同じように銃を握る」ヒューはつい陽気さのかけらもない笑みを浮かべた。「決闘のときみたいだよな」

「どうしてそんな冗談が言えるの？」レディ・サラはぴしゃりと返した。

ヒューはことさらまじまじとサラを見据えた。「べつの選択肢が絶望以外にないとしたら、ぼくはおおむね笑い飛ばすほうを選ぶ。たとえ絞首台に立たされるような状況であろうと」

レディ・サラの目に何かがよぎった。ひょっとすると共感の表れだったのかもしれないが、ほんの束の間のことでよくわからなかった。だがそれからすぐにつんとすまして唇をすぼめたので、やはり先ほど目にしたように思えたものは錯覚だったのだろう。

「わたしは賛同できないことをお伝えしておくわ」レディ・サラが言う。「念のため」

「それに――」顎を上げ、わずかに目をそむける。「――とんでもないことだと思うし」

「賛同できないというのと、どう違うんだ？」

レディ・サラはむっつりと黙りこんだ。

ヒューはふと思いついた。「気絶してしまうくらい、とんでもないことだろうか？」

サラはすぐさま視線を戻した。「なんですって？」

「きみがもし芝地に倒れこんだら、チャタリス卿がダニエルとぼくに十ポンドずつ払うことになる」

レディ・サラは文字どおりぽっかり口をあけ、そのまま固まった。

ヒューは椅子の背にもたれて、もの憂げに微笑んだ。「その場合には、二割をきみに渡してもいい」

サラの表情に変化があったが、言葉はなかった。意外にも、この女性をからかうのは楽しめるではないか。

「いや、いいんだ」ヒューは言った。「ぼくたちが手を組めるわけがない」

レディ・サラがようやく口を閉じた。が、すぐにまた開いた。当然だ。この女性が黙っていられたとしても、ほんのいっときに過ぎない。

「わたしを嫌ってるのね」

「いや、そんなには」嘘をつけばよかったのかもしれないが、真実とは正反対のことを言えばよけいに無礼になるような気がした。

「わたしもあなたが嫌いよ」

「ああ」ヒューは穏やかに応じた。「好かれているとは思ってないさ」

「それならどうしてここにいるの?」

「結婚式のことかい?」

「この部屋によ。もう、鈍いわね」あとの言葉は独り言のようだったが、ヒューは昔から聴覚も人並はずれて鋭敏だった。

片脚の不自由さを奥の手に使うことはめったにしないのだが、いまこそ使いどきではないだろうか。「脚が」わざとゆっくりと言う。「痛むんだ」

快い沈黙が落ちた。むろん、快いのはこちらにとってのみだ。向こうにとっては不快な沈黙だったに違いない。

「ごめんなさい」レディ・サラはくぐもった声で言い、ヒューには顔の赤らみが見きわめられないうちにうつむいた。「気がつかなくて不作法だったわ」

「それについてはかまわない。きみにはもっとひどい目に遭わされてるからな」

レディ・サラがむっとした目を向けた。

ヒューは両手の指先を合わせて、三角形の枠をこしらえた。「なにぶん、ぼくたちの初対面は不愉快きわまりないものだった」

サラがいきり立って身を乗りだした。「あなたがわたしのいとことおばを舞踏会から追いだしたのよ」

「ふたりがみずから去ったんだ。だいぶ話が違う。それにぼくはふたりがいたことすら知らなかった」

「でも、考えればわかることだわ」

「あいにく人の行動を見通せるような能力には恵まれていない」

レディ・サラは必死に怒りを抑えていた。そしてほとんど顎を動かさずに言葉を発した。

「あなたがダニエルと和解したのは知ってるけど、残念ながら、わたしはどうしてもあなたのしたことが許せない」

「ダニエルが許したのに？」ヒューは静かに問いかけた。

レディ・サラは気詰まりそうに坐りなおし、引き結んだ口もとをあらゆる角度にゆがめてから、ようやく言葉を継いだ。「従兄は寛大になれて当然よ。人生も幸福も取り戻せたのだから」

「それなのに、きみのほうは取り戻せていないと」問いかけたわけではない。相手の言葉を補っただけのことで、なんの感情も含んではいなかった。

レディ・サラは固く口を閉ざしている。

「教えてくれ」ヒューはやっと話の核心に至ったと察し、声に力を込めた。「いったいぼくがきみに何をしたというんだ？　きみの従兄はむろん、その姉妹に責められるならまだしも、レディ・サラ、きみについてはわからない。そもそもきみの名はプレインズワースだろう」

サラは敵意をあらわに睨みつけ、立ちあがった。「もう行くわ」

「卑怯者《ひきょうもの》」ヒューはそうつぶやきつつも、立ちあがった。相手がこのご婦人であれ、紳士として礼儀は欠かせない。

「話すわよ」サラは抑えきれない憤りに頰を紅潮させて口を開いた。「わたしは一八二一年に社交界に登場するはずだった」

「十四人の独身の男が婚約した年か」この女性はたしかそう話していた。ヒューはたいがいのことは記憶している。

レディ・サラはそれには答えずに続けた。「あなたがダニエルを国から追いだしたあと、わたしたち家族は人目を避けて暮らさなければいけなかった」

「父がウィンステッド卿を国から追いだしたんだ。ぼくはそのことにはいっさい関わっていない」

「なんですって？」

「父がしたことだ」ヒューは言い捨てた。


「そんなことはどうでもいいの」

ヒューは目を狭め、ゆっくりと念を押すように言った。「ぼくにとっては大事なことだ」

サラは身を堅くして、ぎこちなく唾を飲みくだした。「あの決闘のせいで」そう言い換えて、ヒューに責任を問うていることをあらためて明確に伝えた。「一年もロンドンに戻れなかった」

ついに、この女性の浅はかで安易な論理が解き明かされ、ヒューは笑いを呑みこんだ。なんとロンドンの社交シーズンに出られなかったことで、自分を恨《うら》んでいたのだ。「それで、十四人の独身の紳士を逃してしまったというのか」

「少しも笑えるようなことではないわ」

「きみが誰かに求婚されていたとはかぎらない」ヒューは指摘した。つねに物事を理詰めで考えるたちの自分からすれば、彼女の言いぶんは……理にかなわない。

「求婚されなかったとも言えないはずよ」レディ・サラが声を張りあげた。自分自身の声に驚いたかのように胸に手をあて、ぎくしゃくとあとずさる。

だがヒューは気の毒には感じなかった。それどころか、こみあげてきた辛らつな含み笑いをこらえきれなかった。「レディ・サラ、まったくきみには驚かされてばかりだ。つまりいままできみはずっと、結婚できないのをぼくのせいにしていたんだな。本邸のほうで探そうとは思わなかったのかい?」

サラは苦しげなむせび声を漏らし、口に手をあてたが、それでもこみあげてくるものをとめきれなかった。

「許してくれ」ヒューはとっさに詫《わ》びたが、もはや許されない失言であるのは明白だった。

「これまではわたしたちの一族に迷惑をかけたから、あなたを嫌いなんだと思ってたけど」サラは身をわななかせて続けた。「それだけではなかったんだわ。あなたはもともと嫌われて当然の人なのよ」

ヒューは生まれながらに身についた冷静な態度を保っていた。紳士はどんなときも自制できなければいけない。紳士ならば腕を振りまわしたり、唾を飛ばしたり、癇癪《かんしゃく》を起こしたりしてはならない。自分の人生に残された望みはさほど多くはないが、そのくらいの――誇りや品性はなくしてはいない。「きみにはなるべく近づかないよう努力しよう」あらたまった口ぶりで告げた。

「もう遅いわ」レディ・サラがつっけんどんに返した。

「どういうことだろう?」

サラが目を見つめて言う。「わたしのいとこから、結婚式のあとの祝宴で同席するように言われたでしょう」

どうやら自分にも忘れることはあるようだ。厄介なことに、すでにレディ・ホノーリアに約束してしまった。いまさら撤回するわけにもいかない。「きみさえよければ、失礼のないよう努めるが」

するると思いがけず、レディ・サラが同意のしるしに片手を差しだした。ヒューはその手を取り、握ったとたん、なんとも不可思議なことに、指に口づけたい衝動に駆られた。

「休戦ということね？」サラが言った。

ヒューは目を上げた。

それが間違いだった。

なぜならレディ・サラ・プレインズワースが彼女らしくもなく（間違いない）このうえなく清廉な表情で自分を見ていたからだ。こちらを見るときには必ず険しく冷ややかだった目がいまはやわらいでいる。そして罵り言葉を吐いていない唇はふっくらとしてほのかに色づき、ちょうどよい具合に口角が上がっていて、まさしく完璧な形をしていたのだと、ヒューは気づかされた。その唇はまるで、わたしはなんでもお見通しで、笑い方も心得ていて、自分のために魂を捧げてくれさえしたら、微笑みであなたの世界を照らしてあげるわとでも語りかけているようだった。

サラ・プレインズワースが。

ああまったく、この頭はどうかしてしまったのだろうか？

# 5

## その日の晩

サラは晩餐におりていく頃には、ヒュー・プレンティスと過ごさなければならないことをさほど苦には感じなくなっていた。昼間のやりとりでは不愉快な思いをしたし、いまも友人になろうとは考えもしないが、少なくとも互いに気持ちを吐きだせた。あすの祝宴が終わるまでそばにいなければならないとしても、こちらが好んで相手をしていると誤解されることだけはないはずだ。

それに、ヒュー卿もみずから礼儀正しく振るまうと約束した。ふたりで取り決めたことなのだから、様々な欠点はあるにしろ約束を破る男性とは思えない。ヒュー卿は礼儀正しく振るまい、ホノーリアとマーカスを快く祝福するだろうし、ふたつの結婚式が終わるまで、ひと月のばかばかしいお芝居が終わったら、もう二度と口を利く必要もない。

けれどもサラが客間に来て五分が経《た》っても、ありがたいことにヒュー卿が現われる気配はなかった。一応、探しもした。これでもう務めを怠《おこた》ったと責められはしないだろう。

サラは人々が集まる場所でぽつんとひとりで立っているのは好きではないので、暖炉のそばにいた母とおばたちの輪に加わった。予想どおり、母たちは結婚式のあれこれについて話しこんでいた。フェンズモアに来て五日になるので、どんな些細《ささい》なことであれ聞き逃してい ることがまだ残されているとは思えず、サラはうわの空で耳を傾けた。

「この時季には紫陽花《あじさい》がないのが残念ね」ヴァージニアおばが言う。「ウィップル・ヒルに咲く紫陽花は薄紫がかった青色で、教会を飾るのにぴったりなのに」

「青みがかった薄紫色ね」マリアおばが正した。「それに、あの紫陽花はまるでそぐわないのではないかしら」

「そぐわない？」

「色彩がとても変わりやすいわ」マリアおばが言いつのった。「たとえ庭園で栽培したものでも、事前にどのような色になるか見分けられないでしょう。ホノーリアのドレスに完璧に合う色になるとはかぎらないわ」

「誰も完璧にとまでは求めていないでしょう」ヴァージニアおばが言う。「花なんだもの」

マリアおばが鼻を鳴らした。「わたしはつねに完璧を求めるわ」

「花にはなおさらによね」サラはくすりと笑った。マリアおばは娘たちをローズ、ラベンダー、マリゴールド、アイリス、デイジーと名づけた。息子もひとりいて、サラはひそかにイングランドで最も幸運な子供ではないかと思っているのだが、名をジョンという。

ただし、おおむね心やさしいこのおばにはユーモアを解する才が欠けていた。目をぱちくりさせてサラを見て、わずかに微笑んで言った。「ええ、もちろんそうよ」

マリアおばに冗談が通じたのかは定かでないが、わざわざ確かめるほどのことでもない。

「ねえ、見て。アイリスだわ！」サラはいとこが部屋に入ってくるのを目にして、ほっとした。これまでアイリスとはホノーリアとほど親しくしていたわけではないものの、三人はほぼ同じ歳で、サラはアイリスの辛らつな発言をいつも楽しんで聞いていた。ホノーリアが結婚してしまうので、これからはともに過ごす時間がさらに増えるだろう。しかもどちらも一族の音楽会を心の底から嫌悪している。

「行きなさい」母がアイリスのほうへ顎をしゃくって言った。「わたしたちとここにいてもつまらないでしょう」

そのとおりなので、サラは母に感謝の笑みを返し、戸口のそばであきらかに誰かを探しているそぶりのアイリスのほうへ向かった。

「レディ・イーディスを見なかった？」アイリスがなんの前置きもなしに訊いた。

「どなた？」

「レディ・イーディス・ギルクリストよ」アイリスはどちらにもあまりなじみのない令嬢の名を答えた。

「最近、キンロス公爵と婚約された方？」

アイリスは独身の公爵が花婿候補から最近はずれたことなどどうでもいいというように、ひらりと手を振った。「デイジーはもう来てる？」

いきなり質問を変えられ、サラは目をしばたたいた。

「見てないけど」

「神に感謝ね」

アイリスがあまりに気安く主の名を持ちだしたことにサラは目を見開きつつも、指摘しようとは思わなかった。デイジーに関わることならば。

デイジーにはなるべく近寄らずにいるほうが無難だ。ともかくそれ以外に手立てはない。

「このふたつの結婚式が終わるまで、わたしがあの子の首を絞めずにいられたら、ちょっとした奇跡ね」アイリスは陰気に言った。「いいえ……ちょっとしたなんてものではないわ」

「ヴァージニアおば様には、あなたたちを同じ部屋にしないよう頼んでおいたわ」サラは言った。

その気遣いをアイリスは小さく首を振って退け、ふたたび客間のなかに目を走らせはじめた。「無駄よ。姉妹は同じ部屋に入れられる。ただでさえ部屋が足りないのだから。もう慣れてるわ」

「それなら何が問題なの？」

アイリスは淡い色の目を腹立たしげに大きく開き、その瞳と同じようにほとんど色のない顔を向けた。かつてある紳士がアイリスのことを無色の女性だと表していた――淡い青色の瞳に、うっすら赤みがかったブロンドの髪をして、肌は透けるように白い。眉も、睫毛《まつげ》も、何もかもが薄い色で目立たない――本人をよく知らない人々からすれば。

アイリスは飛びぬけて気性が激しい女性だ。「演奏したがってるの」煮えくり返った声で言う。

一瞬、サラは何を言われているのかわからなかった。けれどもすぐに悟り、ぎょっとした。

「だめよ！」言葉をほとばしらせた。

「ロンドンからヴァイオリンを持ってきてるのよ」アイリスが言い添えた。

「だけど――」

「しかも、ホノーリアはすでに自分のヴァイオリンをこのフェンズモアに移してるわ。それにもちろん、大きな屋敷にはどこにでもピアノがある」アイリスが歯を食いしばった。おそらくデイジーがそう言ったのに違いない。

「でも、あなたのチェロはないわ！」サラは懸命に反論した。

「そう思うでしょう？」アイリスが沸々とした口ぶりで続ける。「ところがあの子は策を考えついたのよ。レディ・イーディス・ギルクリストがここにいらしていて、チェロを持ってきてるの。デイジーはそれをわたしに借りさせようとしているわ」

サラは即座に辺りを見まわし、レディ・イーディスを探した。

「まだおりてきてないわね」アイリスが淡々と言う。「でも、部屋に入ってきたらすぐにつかまえないと」

「レディ・イーディスはなぜチェロを持ってるの？」

「もちろん、弾くからでしょう」アイリスがそんなことは考えればわかることだとでも言わんばかりに答えた。

サラは目で天を仰ぎたいところをこらえた。少しは瞳を動かしてしまったかもしれないけれど。「でも、どうしてここに持ってきてるの？」

「たぶん、とても上手だからでしょうね」

「上手だとどうして持ってくるの？」

アイリスは肩をすくめた。「毎日練習したいのではないかしら。多くのすばらしい音楽家はそうだから」

「知らなかったわ」サラはそう返した。

アイリスが憐れむふうな目でちらりと見てから、言葉を継いだ。「デイジーより先にレディ・イーディスを見つけないと。なんとしても、デイジーがわたしのためにチェロを借りるのを阻止するわ」

「上手に弾く方なら、人に貸したがらないものではないかしら。少なくとも、わたしたちみたいな人々には」サラは顔をゆがめた。レディ・イーディスがロンドンに来るようになったのはわりあい最近のことかもしれないが、スマイス-スミス一族の音楽会についてはおそらく耳にしているはずだ。

「あなたを置き去りにすることをあらかじめ謝っておくわ」アイリスがドアのあけ放たれた戸口へ目を向けつつ言う。「レディ・イーディスを見つけたら、話の途中でも駆けだすから」

「わたしのほうが先に離れることになるかもしれないわ」サラは言った。「今夜は特別な仕事をまかされてるのよ」

声に嫌気が表れていたのか、アイリスが興味をそそられた表情で見やった。

「ヒュー・プレンティスのお守り役」サラはいかにも荷の重そうな口ぶりで簡潔に伝えた。とはいえ重荷と呼ぶには軽いほうなのかもしれない。たとえ退屈な晩になったとしても、せめてもこうしてあらかじめ愚痴をこぼせるのだから。

「お守りって――なによ、それ」

「笑わないで」サラは釘を刺した。

「笑うわけないでしょう」アイリスが見え透いた嘘をついた。

「ホノーリアに頼まれたのよ。一族の誰かがもてなしてさしあげなければ、気まずい思いをさせてしまうからと」

「それで、あなたにお守り役をしてくれと頼んだわけ？」アイリスはいつもながら表情豊かに、いぶかしげなまなざしを向けた。水のように淡い青色の瞳に、ほとんど見分けられないくらい細い睫毛をしたアイリスの目には、ふしぎな力がある。どういうわけかどぎまぎさせられてしまう。

「正確には、違うけど」サラは正直に答えた。「はっきりそう言われたわけではないわ」実際はその言いまわしを使ったのは自分のほうで、それどころかホノーリアにはお守りではないときっぱり否定されたのだが、お守り役と呼ぶほうが間違いなく話の面白みが増す。

このように人が集まる催しでは、愚痴の種になる話題が必要だ。まさにこの春に出会ったケンブリッジの男子学生たちのように。彼らはやるべきことがどれだけたくさんあるかを嘆きあっているだけで楽しそうに見えた。

「ホノーリアはあなたにどうしろと頼んだの？」アイリスが尋ねた。

「それはいろいろよ。あすの結婚式のあとの祝宴であの人と同席してほしいとか。アーサーが寝込んでしまったんだけど、ルーパートには代わりを頼まなかったみたい」最後の言葉はついでに付け加えた。

「あら、それはせめてものなぐさめね」アイリスがつぶやいた。

サラは小さくうなずいて同意し、言葉を継いだ。「それから、こうして晩餐を待つあいだもヒュー卿の話し相手になってほしいと言ってたわ」

アイリスは肩越しにちらりと目をやった。「まだいらしてないの？」

「ええ」サラは楽しげに吐息をついた。

「安心するのはまだ早いわ」アイリスが忠告した。「きっともうすぐおりてくるわよ。ホノーリアがあなたにあの方のお相手を頼んだのなら、あの方にも当然ながら――はっきりと明確に――晩餐に出席するよう伝えているはずだもの」

サラはぎくりとしてアイリスを見返した。でもホノーリアはふたりを取り持とうとしているわけではないときっぱり否定していた。「まさか、あのホノーリアが――」

「ええ、その可能性はないわね」アイリスはふっと鼻で笑った。「ホノーリアに取り持ち役を務めようという気はないでしょう。あなたについては」

それはどういう意味なのか尋ねようとサラは口を開いたが、声を発する前にアイリスに先を越された。「ホノーリアのことはよく知ってるでしょう。何事もきちんと整えようとする。あなたにヒュー卿のお相手を頼んだのは、ほんとうにお話し相手が必要な方だと思っているからだわ」

サラはその言葉をしばし反芻《はんすう》し、同意のうなずきを返した。たしかにホノーリアらしい行動だ。「だからこそ」何かを明言するときの癖でそう言葉を継いだ。「みじめな二日間を過ごすことになるのはわかっていても、わたしはホノーリアの頼みを引き受けたのだし、自分の務めは必ずちゃんと果たすわ」

もしアイリスが何か飲み物を口にしていたなら、噴きだしてしまっていただろう。「あなたが？」

「どういう意味？」サラは強い調子で訊き返した。アイリスはいかにも笑わずにはいられないといった顔をしている。

「だって、そうでしょう」アイリスはたとえ何を言っても翌日にはまたふつうに話せる家族にしか許されそうにない、呆れかえった口ぶりで続けた。「務めを必ず果たすだなんて、あなたは誰より言えないはずの人なのだから」

サラは胸をぐさりと突かれ、たじろいだ。「どういうことかしら」

けれどもアイリスはいとこの不機嫌な顔を目にしても、傷つけたとは気づいていないようだった。あるいは気に留めていないだけなのかもしれない。「四月のことをもう忘れてしまったの？」あてつけがましく言う。「正確には、四月十四日のことよ」

音楽会。演奏する当日のお昼になって、サラは出演を取りやめたのだ。「病気だったんだもの」そう言い返した。「ピアノを弾くのは無理だったわ」

アイリスは答えなかった。返す言葉は不要だった。サラは嘘をついていて、それはふたりともわかっていた。

「ええ、そうよ、わたしは病気ではなかった」サラは認めた。「少なくとも、重病ではなかったわ」

「こうして結局は認めるのが、あなたのいいところね」アイリスは腹立たしいほど年上ぶった声で返した。

サラは落ち着かなげに片脚からもういっぽうの脚に重心を移した。この春はここにいるふたりと、ホノーリア、それにデイジーの四人で演奏することになっていた。ホノーリアは従姉妹たちと一緒にいられるからと演奏を楽しんでいたし、デイジーは自分の演奏が着々と上達していると信じている。かたやアイリスとサラはほとんどの時間を楽器がいかに凶器になるかといった話をすることに費やした。いわば絶望を茶化していた。あの苦難を乗り越えるための唯一の手段だったからだ。

「あなたのためだったのよ」サラはようやく言葉を返した。

「それはどうかしら」

「演奏会自体が取りやめになると思ったの」

アイリスはあきらかに納得していなかった。

「ほんとうよ！」サラは語気を強めた。「母が気の毒にもミス・ウィンターを音楽会に引っぱりだすなんて、想像できたはずがないでしょう？　でも結局、彼女にとってはそれでよかったのよね」

ミス・ウィンターは——二週間後にはサラとアイリスの従兄であるダニエルと結婚し、ウィンステッド伯爵夫人となる——かつてたった一度、ピアノが弾けると口を滑らせたことがあり、サラの母、レディ・プレインズワースはその言葉を忘れてはいなかった。

「いずれにしても、ダニエルはきっとミス・ウィンターに恋していたわ」アイリスはさらりと返した。「だから、あなたの良心をなぐさめる言いわけにはしないで」

「そんなつもりはないわ。わたしはただ、予想できたことではないと言いたかっただけで——」サラはもどかしげに吐息をついた。自分の気持ちがことごとくうまく表現できない。

「アイリス、あなたを助けたかったことだけはわかってほしいの」

「あなたが助けたかったのは自分自身でしょう」

「わたしたちふたりともだわ。だけど結果は——思ったとおりにならなかった」

アイリスは冷ややかに見据えた。サラは待ったが、何も応えてはもらえなかった。その場にただじっと立ちつくし、しなやかに伸びる柔らかな糖蜜のキャンディのごとく沈黙が長々と続いた。そしてついにサラはしびれを切らした。「なんとか言ってよ」

アイリスが片方の眉を上げた。

「わたしに言いたいことがあるんでしょう。ちゃんとわかってるんだから」

アイリスが唇を開き、適切な言葉を選んでいるかのようにいったん口を閉じた。それからようやく言った。「わたしがあなたを愛しているのはわかっているはずよ」

サラには予想外の言葉だった。残念ながら、それだけでは終わらなかったけれど。

「これからもずっとそう」アイリスが続けた。「ともかく、あなたのことはたぶんずっと好きでいられるし、そんなふうに言える相手は一族のなかにもほとんどいない。でも、あなたはとんでもなく身勝手だわ。それになにより問題なのは、あなたにはその自覚がないことよ」

言いがかりもいいところだとサラは思った。何か言い返そうとした。気に入らないことにはいつもそうするので、何か言わなければいけない。アイリスに身勝手だと言われて、ただ黙って聞き流すわけにはいかない。

それなのに、そのままでいるよりどうしようもなさそうだった。

唾を飲みこみ、舌で唇を湿らせたものの、言葉が出てこない。仕方なく胸のうちで否定するしかなかった。事実と違う。自分は家族を愛している。家族のためならどんなことでもできる。にもかかわらずアイリスから面と向かって身勝手だと指摘され……。

心を深く切り裂かれた。

サラはいとこの顔を黙って見つめ、アイリスが早く何か次の言葉を発し、つい先ほど身勝手だと指摘されたことなど、もうたいして重要ではなくなるときを待ちわびた。なんであれ、ほかのことのほうが重要に思えるときを。

「いらしたわ」アイリスがきびきびと言った。「レディ・イーディスよ。デイジーより先につかまえないと」踏みだして、いったん振り返って言った。「このことはまたあとで話しましょう。あなたがそうしたければ」

「もういいわ、ありがとう」サラは落ちてしまったどこかの深みからどうにか這《は》いずりあがった心地で、硬い口ぶりで答えた。けれどもアイリスには聞こえていなかった。すでにこちらに背を向けてレディ・イーディスのほうへ歩きだしていた。サラは花婿に捨てられた花嫁のごとく侘《わ》びしく部屋の片隅に取り残された。

そしてそこに――案の定――ヒュー・プレンティスが現われた。

# 6

どうして怒らなかったのだろうと、いまさらながらサラは思った。

相手の気持ちを考えもしないアイリスに憤るのは当然ではないだろうか。身勝手だと指摘したいのなら、せめて人目につかない時と場所を選ぶべきだ。

そのうえ言いっぱなしで行ってしまうなんて！　デイジーがおりてくる前にレディ・イーディスをつかまえたい気持ちはわかるけれど、ひと言詫びてから立ち去ってほしかった。

サラはそのまま部屋の隅に立ち、ヒュー卿の登場に気づいていないふりをどれくらい続けられるものだろうかと考えるうち、ふいに息がつかえた。

そして、むせび泣きを呑みこんだ。

どう考えても怒っている人間のすることではなく、サラは人がひしめくフェンズモアの客間で、いまにも泣きだしかねない深刻な危機に陥った。

すばやく背を返し、自分をいかめしく見おろしている大きな肖像画を眺めるふりをした。様式の見立てが正しければ、十七世紀にフランドルからやってきた気難しい紳士なのに違いない。どうしてこのように滑稽な襞襟《ひだえり》を身につけながら、こんなにも気どった顔をしていられるのかわからないけれど、鉤鼻《かぎばな》の上からこちらを見おろす目は、自分ならいとこに面と向かって身勝手だなどと言わせはしないと語っているかのようだった。たとえそう言わせてしまったとしても、それくらいのことで泣きはしないと。

サラは口もとをゆがめて、睨みつけた。じっと見おろされているように見えるのも、画家の技量のなせる業なのだろう。

「そちらの紳士に何か無礼なことでもされたのかい？」

問いかけたのは、ヒュー・プレンティスだった。サラはいまやその声をはっきり聞き分けられた。きっとホノーリアにこちらへ案内されたのだろう。そうでなければ、この男性がみずからわざわざ自分のところに来るとはとても思えない。

互いに礼儀正しく振るまうと約束したとはいえ、そうしたいからではないのだから。

サラは振り返った。ヒュー卿は一メートルにも満たないところに晩餐用の完璧な装いで立っていた。ただし杖を除けばだけれど。杖はすり減って傷がつき、使い古されて木目がくすんでいる。どうしてそこに目が留まったのか、サラ自身にもよくわからなかった。ヒュー卿は今回の旅にも近侍を伴ってやってきたのに違いない。ブーツは見事に磨きあげられ、首巻き《クラヴァット》も優美に結ばれている。それなのになぜ杖には同じように念入りな手入れがなされていないのだろう。

「ヒュー卿」サラはほぼふだんどおりの声で言えたことに胸をなでおろし、軽く膝を曲げて挨拶した。

ヒュー卿はすぐには返事をしなかった。肖像画のほうを向き、顎を上げてしげしげと眺めている。その絵のようにじっくり眺められずにすんだことにサラは安堵した。いとこに続いてすぐにまた何か欠点を指摘されたのでは耐えられそうにない。

「なんとも煩わしそうな襟だな」ヒュー卿が言った。

「わたしもまずそう思ったわ」サラはつい答えてからはっと、嫌いな相手だったことを思い起こした。それどころか、今夜は自分の重荷となる人物だ。

「いまの時代に生まれたのを感謝すべきなのだろうな」

サラは答えなかった。必ずしも返答の要る発言ではない。ヒュー卿はなおも肖像画をつくづく眺め、そのうち筆遣いを確かめるかのように身を乗りだした。もしやわざと気持ちを整える時間を与えてくれようとしているのだろうか。そのようなことに気づける男性とは思えないので、きっとそういうわけではないのだろう。いずれにしても、サラにとってはさいわいだった。ヒュー卿がこちらに向きなおったときには、胸を締めつけるような息苦しさもやわらぎ、結婚を控えたいとここにとってきわめて大切な何十人もの招待客の前で失態をさらす恐れはなくなった。

「今夜はとても上質なワインを楽しめるそうよ」会話の取っかかりとしては唐突だけれど、淑女らしい無難な話題だし、なにより真っ先に頭に浮かんだことだった。

「楽しめるそう？」ヒュー卿が訊き返した。

「わたし自身はいただいたことがないから」サラは説明した。ぎこちない間があき、仕方なく言葉を継いだ。「じつは誰かに聞いたわけでもないの。でも、チャタリス卿のワイン庫は有名だわ。上等なもの以外、ないはずですもの」

ああもう、なんて堅苦しい会話をしているのだろう。それでもともかく、辛抱するより仕方がなかった。今夜は務めを怠れない。いつホノーリアがこちらを見るかわからないし、もしアイリスに見られていたら――

務めを果たさなかったとはもう誰にも言わせない。

「スマイス-スミス一族の方々の前では酒は控えたい」ヒュー卿がそっけないほどさらりと返した。「よい結果になることはめったにないので」

サラは息を呑みこんだ。

「冗談さ」と、ヒュー卿。

「そうよね」サラは即座に返し、あからさまに動揺を見せてしまったことに悔しさを覚えた。冗談に決まっている。アイリスの指摘にこれほど心乱されていなかったなら、それくらいのことはすぐにわかったはずなのに。

われらが主に（そして聞き入れてくれる相手なら誰にでも）、今夜がとんでもない速さで過ぎ去りますようにとサラは祈った。

「つまらないと思わないか」ヒュー卿がゆっくりと問いかけた。「社交界の慣習に従うばかりでは」

サラはこの男性の表情から真意を読みとることなどできないのは知りつつ、とっさに顔を振り向けた。ヒュー卿は頭を片側に傾けたが、無表情の顔の陰影がわずかに変わっただけに過ぎなかった。

端整な顔立ちをしているのだとサラは思いがけず気づかされた。美しいのは瞳の色だけではない。人を見る目つきは揺るぎなく、ふいにどきりとさせられる。そのまなざしにはつい見つめ返さずにはいられない力強さがある。それに口は——めったに笑わないし、いずれにしろサラはほとんど笑いかけられたことがなかったものの、どことなく皮肉っぽさが滲《にじ》みでていた。そのようなところは好ましく思わない人もいるのかもしれないが、サラには……。

すてきに見えた。

ああ、主よ、先ほどとんでもない速さでと祈ったのはどうか忘れてくださいますように。ふだんより速い程度に過ぎればじゅうぶんですわ。

「こんなふうに」ヒュー卿はさりげなくほかの招待客たちを手ぶりで示して続けた。「ひとつの部屋に詰めこまれて。まったく、いったい何人いるんだろう？」

そんなことを聞いてどうしたいのかサラにはまったくわからなかったが、とりあえず当て推量で答えた。「四十人くらいかしら？」

「そうだな」ヒュー卿はそう応じたが、部屋のなかをざっと眺めわたしたまなざしからして、その目算に異論があるのはあきらかだった。「しかもこうして人々が集まっているからこそ——」ほんのわずかに身をかがめた。「——きみはぼくを厭わしく思っていても、いかにも礼儀正しく振るまわなくてはならない」

「わたしはこの部屋にほかに四十人もいるから、礼儀正しくしているのではないわ」サラは眉を吊りあげた。「いとこに頼まれたからだもの」

ヒュー卿が口の片端を上げた。面白がっているのかもしれない。「きみのいとこは、それがどれほど大変なことなのかわかっているんだろうか？」

「わかってないわ」サラはこわばった口ぶりで答えた。ヒュー卿に好意を抱いていないのはホノーリアも知っているものの、どれほど嫌っているかはわかっていない。

「そうだとすれば、きみには頭がさがる」ヒュー卿はおどけるふうに軽く頭をさげた。「辛抱してくれているのだから」

サラはたちまちふだんの茶目っ気が働いて、ようやく自分らしく戻れたような気がした。いとも得意げに少しだけ顎を上げる。「それほどでもないわ」

意外にもヒュー卿がくぐもった笑いらしきものを漏らした。「なにしろ、きみはぼくというお荷物を背負わされてしまったんだ」

「いとこは、あなたにこのフェンズモアで気まずい思いをさせてしまうのではないかと心配しているのよ」サラはその口ぶりで自分は心配などしていないことを暗に伝えた。

ヒュー卿が眉を上げ、またも笑みらしきものを浮かべた。「つまり、きみのいとこはきみにぼくを楽しませることができると思っているわけか」

「前にお会いしたときのことは話してないの」サラは打ち明けた。

「なるほど」ヒュー卿が呆れかえったようなうなずきを返した。「それならば納得もいく」

サラは歯を食いしばったが、むっとした鼻息はとうていとめきれなかった。なんていらだたしい言い方なのだろう。〝まったく、ご婦人の浅知恵には困ったものだ〟という心の声が聞こえてくるようだった。同じ言い方をする紳士はおそらくイングランドでヒュー・プレンティスひとりではないにしろ、これまでそのいやみっぽさを鋭利な剃刀《かみそり》のごとく磨いてきたに違いなかった。きっと誰でもこの男性との会話には数分と耐えられないのではないだろうか。たしかに見た目はなかなかにすてきだし、しかも人並はずれて賢い（との評判を聞いている）かもしれないが、言うなればまさしく石版を爪で引っ掻く音みたいに神経にさわる。

サラは身を乗りだした。「あなたの歯磨き粉に毒を盛らずにいられるのも、いとこを愛するがゆえのことだわ」

ヒュー卿も身を乗りだした。「ワインに盛るほうが確実だろう。ぼくが飲めばの話だが。それできみはワインを勧めたんだな？」

サラは負けじと続けた。「あなたはどうかしてるわ」

ヒュー卿が片方の肩をすくめ、何事もなかったかのようにあとずさった。「毒の話を持ちだしたのはぼくじゃない」

サラは啞然となって口をあけた。いまのはまさに自分が天気の話をするときの口ぶりにそっくりだった。

「怒ったのかい？」ヒュー卿が礼儀正しいそぶりで静かに尋ねた。

怒る以前にサラはとまどっていた。「あなたに親切にするのはほんとうにむずかしいわ」

ヒュー卿が目をしばたたいた。「せっかくぼくの歯磨き粉をお貸ししようと思ってたんだが」

それにしても癪にさわる。なによりいらだたしいのは、どれが冗談なのか判別できないことだった。それでもサラは咳払いをして言い返した。「あなたには、まともな会話をしようというおつもりはないのかしら」

「ぼくたちにまともな会話ができるんだろうか」

「言っておくけど、わたしはできるわ」

「ぼくとでなければばか」今度はたしかにヒュー卿が微笑んだ。間違いない。

サラはすっと背筋を伸ばした。もうそろそろ執事が晩餐の支度ができたと告げてもいい頃だ。願いが聞き入れられていないようなので、またべつの神にでも祈りなおしたほうがいいのかもしれない。

「そうだろう、レディ・サラ」ヒュー卿が言う。「ぼくたちの初対面は、とうていまともとは言えないものだった」

サラは唇を引き結んだ。この男性の指摘に同意するのは――たとえどんな指摘であれ――いやではあるものの、それについては認めざるをえなかった。

「その後は」ヒュー卿が言葉を継ぐ。「片手で数えるほどしか顔を合わせていないが、毎回いたってそっけないものだった」

「気がつかなかったわ」サラはこわばった口ぶりで答えた。

「そっけないものだったことに？」

「顔を合わせていたことに」サラは嘘をついた。

「いずれにしろ」ヒュー卿が続ける。「言葉らしい言葉を交わしたのはこれでまだ二度めだ。一度めのときにはたしか、きみにこの世からいなくなれと言われた」

サラは顔をしかめた。あのときはたしかに最上の気分とは言えなかった。

「そして今夜は……」ヒュー卿が思わせぶりな笑みを浮かべた。「なんと毒を盛る話を持ちだされた」

サラは冷ややかなまなざしを向けた。「せいぜい歯磨き粉にはお気をつけになって」

ヒュー卿が含み笑いを漏らし、サラの全身に少しぴりぴりする刺激がめぐった。相手をやり込められたわけではないけれど、しっかり一矢を射返せたのは間違いない。じつを言えば、サラは愉快な気分を感じはじめていた。いまだ心のどこかに嫌悪する気持ちは残っていても、ほんのちょっぴりでも楽しくなってきたのは認めざるをえない。

対決するには不足のない相手だ。

対決するのに不足のない相手を自分が求めていたとは思いもしなかったけれど。

だからといって――ああ、そんなことを考えて顔を赤らめるくらいなら、窓から身を投げるほうがましだ――この男性を求めているわけではない。好敵手とはそんなものではないだろうか。

たとえ相手がこれほど美しい瞳をした男性ではなかったとしても。

「どうかしたのかい、レディ・サラ？」ヒュー卿が問いかけた。

「いいえ」サラは否定した。妙に早口で。

「怒らせてしまっただろうか」

「違うわ」

「よかった」ヒュー卿がつぶやいた。

「わたし――」声が途切れ、サラは不機嫌に言葉を継いだ。「いいえやはり、怒ってるわ」

「念のため、悪気はなかったんだ」

サラは返し文句をいくつも思いついたが、切り返されずにすみそうなものは見つけられなかった。たぶんほんとうに求めていたのは、自分より少しだけ劣る好敵手だったのだろう。戦いがいはあり、けれどもけっして勝てないわけではない相手。

主よ、感謝します。ヒュー・プレンティスはそのような相手にはなりえない。

「あらまあ、ぎくしゃくした会話をしていること！」新たな声がした。見るまでもなく声の主はわかっていたが、サラは顔を振り向けた。社交界で誰より恐れられている老婦人、ダンベリー伯爵未亡人だ。かつて杖一本で（と奇術も使ったに違いないとサラは確信していたが）ヴァイオリンを破壊したこともある。だが誰もが知っているように、この老婦人の真の武器は痛烈な弁舌だ。

「ぎくしゃくしていますね、たしかに」ヒュー卿は答えて、うやうやしく頭《こうべ》を垂れた。「ですが、あなたがこちらに来られる前に比べれば、着実によくなっています」

「残念ね」老婦人は杖を握りなおした。「ぎくしゃくした会話にこそ面白みがあるのに」

「レディ・ダンベリー」サラは膝を曲げて挨拶した。「今夜お目にかかれたのは嬉しい驚きですわ」

「何を言ってるの」レディ・ダンベリーが強い調子で訊いた。「驚きでもなんでもないでしょう。わたしはチャタリスの母親の大おばなのよ。ほかにどこにいろと言うの？」

「いえ、あの」サラがそこまで言ったとたん、老婦人に遮られた。「わたしがどうしてわざわざ部屋の向こうから、あなたたちのところまで来たと思ってるの？」

「想像もつきません」ヒュー卿が答えた。

レディ・ダンベリーに横目でちらりと見られ、サラもすかさず答えた。「わたしもわかりませんわ」

「幸せな人たちは退屈なのよ。かたや、あなたたちは一触即発といったふうに見えたわ。さっそくこちらに来るのは当然でしょう」レディ・ダンベリーはヒューからサラに視線を移し、歯切れよく言った。「わたしを楽しませてちょうだい」

その場がぴたりと静まり返った。サラはそれとなくヒュー卿に目をやり、つねに無表情の顔が唖然とした面持ちに変わっているのを見て、気がやわらいだ。

レディ・ダンベリーが身を乗りだし、大きなささやき声で言う。「あなたのことは気に入っているのよ、レディ・サラ」

サラは喜んでよいことなのかわからなかった。「そうなのですか？」

「ええ。だからあなたの相談に乗るわ」老婦人はしもじもの謁見《えっけん》に応じるといった風情でサラに顎をしゃくった。「なんでも遠慮なく、お訊きなさい」

サラはすばやくヒュー卿を見やった。この男性を頼りにしようなどとなぜとっさに思ってしまったのかわからない。

「この会話についてはさておき」レディ・ダンベリーが横柄に続ける。「あなたはまずまず機知が働くお嬢さんだとお見受けしたわ」

まずまず？　サラはどう解釈すべきなのかと考えて、鼻に皺を寄せた。「お礼を申しあげてよろしいのでしょうか」

「褒めてるのよ」レディ・ダンベリーが応じた。

「まずまずでも？」

レディ・ダンベリーが鼻を鳴らした。「まだそれほどよく知っているわけではないもの」

「ええ、そうですわよね、ありがとうございます」サラは機嫌よくいるためには格好のきっかけだと判断して答えた。少なくとも、いらだちは忘れられるかもしれない。ちらりと見やると、ヒュー卿もどことなく愉快そうな顔をしていて、レディ・ダンベリーに目を戻すと、こちらは言葉を待っているかのようにまじまじと自分を見ていた。

サラは咳払いをした。「それでその、わたしを気に入っていると教えてくださったのには、何か理由があるのでしょうか？」

「なんですって？　ああ、ええ」レディ・ダンベリーは杖を床にどしんと突いた。「歳は重ねても、わたしはなんでも憶えているのよ」ひと呼吸おく。「たまに、自分が言ったことは忘れるけれど」

サラは穏やかな笑顔を保ち、胸にくすぶるいらだちは押し隠した。

レディ・ダンベリーが大げさにため息をついた。「七十にもなれば、あきらめなければいけないことも少しは出てくるものだわ」

七十というのは少なくとも十歳はさばを読んでいるのではないかとサラは思ったものの、当然ながら声に出して指摘できるはずもなかった。

「わたしが言いたかったのは」レディ・ダンベリーの声には何度となく話がそれることに辟《へき》易《えき》した気持ちが滲んでいた（といっても話しているのはこの老婦人ひとりなのだが）。「あなたがわたしに会って驚いたと挨拶したときに、お互いにそんなものは会話の取っかかりに過ぎないとわかっているから、わたしは『ほかにどこにいろと言うの』と訊いたわけだけれど、そこであなたは『礼儀正しい会話はたいして面白いものではありませんものね』と言えばよかったということよ」

サラは唇を開き、まる二秒はそのままあんぐり口をあけつづけてから、言った。「おっしゃられていることが、よくわからないのですが」

レディ・ダンベリーがいくぶんむっとした目つきで見据えた。「ぎくしゃくした会話にこそ面白みがあるのだと言ったでしょう。それなのにあなたは、お目にかかれたのは嬉しい驚きだなんてたわけた挨拶をするから、愚かだと言ったのよ」

「愚かだとはおっしゃらなかったと思いますが」ヒュー卿が低い声でぼそりと言った。

「そうだったかしら？　でも、わたしは言ったつもりだったのよ」レディ・ダンベリーは杖で力強く絨毯を突き、サラのほうに向きなおった。「どちらであれ、わたしは力になろうとしただけのことだわ。無駄な社交辞令を口にしていてもなんの役にも立たないのよ。それでは木の柱も同然じゃないの。そんなものにはなりたくないでしょう？」

「木の柱が立っている場所にもよりますわ」たとえばボンベイでは木の柱を何本見つけられるのだろうとサラは考えつつ、答えた。

「その調子よ、レディ・サラ」レディ・ダンベリーが褒《ほ》め称《たた》えた。「その舌鋒《ぜっぽう》に磨きをかけるの。今夜もぞんぶんに機知を働かせるのを期待しているわ」

「わたしも今夜は機知が働くよう心がけたいところですわ」

レディ・ダンベリーが満足げにうなずいた。「それとあなたは――」サラにとっては大いに喜ばしいことに、老婦人はヒュー卿のほうを向いた。「わたしがあなたを忘れていると思っていたのなら大間違いよ」

「なんでも憶えているとおっしゃっていましたね」ヒュー卿が答えた。

「そのとおり」レディ・ダンベリーが言う。「その点については、あなたのお父様と同じかもしれないわね」

サラは息を呑んだ。たとえレディ・ダンベリーでも言葉が過ぎるのではないだろうか。

けれどもヒュー卿のほうがさらにうわてで、いっさい表情を変えずに答えた。「ええ、ですが、それについては同じとは言えませんね。父の記憶力のよさは、きわめて限定的なので」

「でも、粘り強いわ」

「そのうえ、きわめて限定的なんです」

「それなら」レディ・ダンベリーが声高らかに言い、杖で絨毯を突いた。「そろそろ隠居なされたらよろしいのに」

「レディ・ダンベリー、父についてはぼくにできることはほとんどないのです」

「才覚のひとつも備えていない人間はいないはずよ」

ヒュー卿は頭をわずかに垂れて敬意を示した。「自分を卑下したつもりはありませんが」

サラはふたりに視線を交互に移しているうちにめまいがしてきた。

「こんな埒《らち》の明かない話はもうたくさん」レディ・ダンベリーが告げた。

「ようやく意見が一致したようです」ヒュー卿もそう応じたが、サラにはどちらの口ぶりもまだ論戦中のように聞こえた。

「この結婚式であなたにお目にかかれてよかったわ」はるかに年嵩《としかさ》の伯爵未亡人が言う。

「これで今後は平穏なときが訪れればいいのだけれど」

「ぼくはチャタリス卿の母上の大おばではありませんし、友人として招かれただけのことだと思いますが」

「あるいはあなたに目を光らせておくために」

「なるほど」ヒュー卿は口の片端を皮肉っぽくゆがめた。「しかしそれではとんだ見当違いになりませんか。ぼくが卑劣な行為に及ぶのではないかとみなさんが懸念されている相手と言えば、ウィンステッド卿のはずですし、むろん、彼もこの結婚式に出席するわけですから」

いつもの感情の読みとれない顔に戻ったヒュー卿にまじろぎもせずに見つめられ、レディ・ダンベリーが答えた。「あなたが一度にこれほど長く喋ったのを聞いたのは初めてではないかしら」

「一度にではなければ、たくさん話すのをお聞きになったことがあるのですか？」サラは尋ねた。

レディ・ダンベリーが鷹《たか》のごとく鋭い顔つきで振り返った。「あなたがいたのをすっかり忘れていたわ」

「めずらしくおとなしくしていましたから」

「要するに、わたしが言いたかったのは、それなのよ」レディ・ダンベリーが声を張りあげた。

「ぼくたちがぎくしゃくしていると？」ヒュー卿がつぶやくように言う。

「そのとおり！」

そう断言され、当然のごとく、ぎくしゃくした沈黙が落ちた。

「ヒュー卿、あなたは」レディ・ダンベリーがまくしたてた。「生まれたときから人並みはずれて口数が少なかったわ」

「出産に立ち会われたのですか?」ヒュー卿が尋ねた。

レディ・ダンベリーは顔をしかめたものの、自分に向けられたものであれ巧みな受け答えに満足しているのはあきらかだった。「この人によく我慢していられるわね?」サラに問いかけた。

「どのみち、めったにないことですから」サラは片方の肩をすくめてみせた。

「ふふん」

「ぼくの話し相手の役目を押しつけられてしまったそうです」ヒュー卿が説明した。

レディ・ダンベリーがいぶかしげに目を狭めた。「もともと無口な人にしては、今夜はずいぶんと舌がまわるじゃないの」

「迷惑はおかけできませんから」

「わたしには人のよい面を引きだす力があるのよ」レディ・ダンベリーは狡猾《こうかつ》そうに微笑んで、サラに顔を振り向けた。「そう思わないこと?」

「わたしのよい面を引きだしてくださるのは間違いありませんわ」サラは断言した。相手がいつどんなことを聞きたがっているかを察するのは昔から得意だ。

「たしかに」ヒュー卿が乾いた口ぶりで言う。「この会話には面白みがあると認めざるをえない」

「あら、ほんとうかしら」レディ・ダンベリーがさらりと返した。「あなたなら、わたしの話についてくるのにさほど頭を使う必要もないでしょうに」

サラはいまの発言を解釈しようとして、またもぼんやり口をあけていた。つまりヒュー卿は賢いとレディ・ダンベリーは言いたいのだろうか。それとも、気の利いた文句を返せなかったことを揶揄《やゆ》しているの？

さらにはつまり、こちらのお嬢さんは頭を相当に使わなければ、自分の話についてこられないのにという意味も暗に含まれていたのだろうか？

「レディ・サラ、何を困ったような顔をしているの」レディ・ダンベリーの声がした。

「もうそろそろ晩餐の席に案内してもらえないかと、切実に感じているものですから」

レディ・ダンベリーは面白がるふうに鼻息を吐いた。

サラは勢いづいて、ヒュー卿にも言った。「執事にも届くように祈ったはずなんだけど」

「祈りが届けば、きみが誰より先に案内の声を聞けるとも」

「ようやく調子が出てきたわね」レディ・ダンベリーが告げた。「ほらご覧なさい。活発に軽口を叩きあえるようになったじゃないの」

「軽口を叩く」ヒュー卿はなにくわぬ顔で繰り返した。

「わたしに言わせれば、ぎくしゃくした会話ほど面白みはないけれど、あなたたちにはこちらのほうが楽しめそうね」レディ・ダンベリーは唇を引き結び、部屋のなかを見渡した。

「ほかにわたしを楽しませてくれる人を探さないと。ちょうどうまい具合にぎくしゃくしていて、つまらなくもない人たちを探すのはむずかしいのよ」杖を絨毯に打ちつけ、もごもごとつぶやくと、歩き去っていった。

サラはヒュー卿に向きなおった。「どうかしてるわ」

「言わせてもらえば、ぼくもつい最近、きみに同じことを言われた気がするが」

反論の余地はいくらでもあるはずだったが、サラがそのうちのどれひとつとして選びだせずにいるうちに、突如アイリスが近づいてきた。思わず奥歯を噛みしめた。このいとこへのいらだちはいまだ消えてはいなかった。

「話してきたわ」アイリスが強い意志を秘めた険しい面持ちのまま報告した。「助かったわね」

サラはまだ明るく礼の言葉を返せるほど寛容にはなれなかった。それでも一応うなずいた。

アイリスはおどけた視線を返して、ついでに小さく肩をすくめた。

「ヒュー卿」サラはほんの少しだけ必要以上に力を込めて言った。「いとこのミス・スマイス-スミスをご紹介しますわ。これまでは、ミス・アイリス・スマイス-スミスでしたけれど」いらだちを抑えきれなかっただけの理由で付け加えた。「つい最近、上の従姉が嫁ぎましたので」

そう紹介されてようやくアイリスはいとこの脇に男性が立っていたことに気づいたらしく、たじろいだ。意外なことではなかった。アイリスは何かに考えをとらわれてしまうと、それ以外のことにはほとんど気がまわらなくなる。

「ヒュー卿」アイリスはすぐさま気を取りなおして言った。

「助かったとのことで、ぼくも心から安心しました」ヒュー卿が答えた。

サラは返す言葉に窮したいとこを目にして、いくらか胸がすく思いがした。

「何か災いでも？」ヒュー卿が問いかけた。「疫病かな」

サラは黙って見ていることしかできなかった。

「そうか、わかったぞ」ヒュー卿はこれまでになく陽気な口調で続けた。「イナゴだな。イナゴの大量発生ほど厄介なものはない」

アイリスは瞬きを何度か繰り返し、何か大事なことでも思いだしたかのようにあとずさった。「わたしはこれで失礼します」

「そのほうがいいわね」サラはつぶやいた。

アイリスはどうにかわかる程度の笑みを取りつくろい、人込みをなめらかに縫って歩き去った。

「やはり好奇心をそそられてしまう」アイリスの姿が見えなくなるなり、ヒュー卿が言った。

サラは無言でまっすぐ前を向いていた。こちらが黙っていてもあきらめる男性ではないので、すぐに答える必要はない。

「きみのいとこはいったいどんな恐ろしい災難から救われたんだろう？」

「あなたではなさそうね」サラは考えるより先につぶやいていた。

ヒュー卿が含み笑いし、サラは真実を隠さなければならない理由はないと判断した。「従妹のデイジーが——アイリスの妹よ——年に一度のスマイス-スミス一族の四重奏をここでも特別に披露しようと計画していたの」

「なぜそれが問題なんだろう?」

サラはいったん言いよどんでから問いかけを口にした。「つまり、あなたはわたしたちの音楽会に出席なさったことがないのね?」

「機会に恵まれなかった」

「恵まれなかった」サラは繰り返し、顎を引いて信じがたい思いを飲みくだした。

「どうかしたのかい?」ヒュー卿が訊く。

説明しようとサラは口をあけたが、ちょうどそのとき執事が部屋に入ってきて、晩餐の支度が整ったことを知らせた。

「きみの祈りは通じるんだな」ヒュー卿が皮肉っぽい笑みを浮かべて言った。

「ぜんぶではないわ」サラはつぶやいた。

ヒュー卿が腕を差しだした。「ああ。まだぼくといなければならないからだろう?」

そのとおり。

## 7

# 翌日の午後

かくして、チャタリス伯爵とレディ・ホノーリア・スマイス－スミスの聖なる結婚式が執り行なわれた。太陽は輝き、ワインはよどみなく注がれ、結婚を祝う朝食会（とは名ばかりで、もうとうの昔から実際には昼食会となっているのだが）の人々の笑い声と笑顔からすれば、誰もが楽しいひと時を過ごしていた。

レディ・サラ・プレインズワースでさえ。

サラはヒューが坐っている上座のテーブル（といっても、ほかの人々はみなダンスに行ってしまったので、いまは彼ひとりなのだが）から離れ、イングランドの気楽な令嬢の身分をぞんぶんに楽しんでいた。ほかの招待客たちと気さくに話し、よく笑い（でもけっして大きな声は立てず）ダンスをする姿は、いまにも部屋に炎が燃えつきかねないほど幸せそうに輝いていた。

ヒューもかつてはダンスをするのが好きだった。

得意でもあった。音楽は数学とそう変わらない。どちらにも必ず方式と配列がある。唯一の違いは、紙の上でするものなのか、空間で動くものなのかというだけのことだ。

ダンスもいわばひとつの雄大な方程式だ。音楽と動き、これを等式にするのが踊り手の仕事だ。

ヒューはイートン校の合唱の教師に教えられたように音楽を感じられてはいないかもしれないが、間違いなく理解はしていた。

「こんにちは、ヒュー卿。ケーキはいかが？」

ヒューは声の主に目を向けて、微笑んだ。小柄なレディ・フランシス・プレインズワースが二枚の皿を手にしていた。一枚にはケーキの大きめのひと切れが、もう一枚にはともかく大きな塊りが盛りつけられている。どちらもたっぷりのラベンダー色の糖衣と、菫《すみれ》を象《かたど》った小さなキャンディにまとわれていた。ヒューはこのうえなく華《はな》やかなそのケーキをまだ切り分けられる前にも目にしていて、見てすぐに、これほど豪華な菓子をこしらえるにはいったい何個の卵を使ったのだろうかと目算しようとした。けれども計算しようのないことだとわかると、今度はここまで仕上げるのにどれくらいの時間がかかるのかを考えはじめた。それからさらに――

「ヒュー卿？」レディ・フランシスの声に物思いを断ち切られた。少女は片方の皿を少しだけ高く上げ、自分がここにやってきた理由をあらためて示した。

「ケーキは好きだ」ヒューは答えた。

フランシスは隣りに腰をおろし、二枚の皿をテーブルに置いた。「寂しそうね」

ヒューはふたたび微笑んだ。大人ならけっして口には出さない言葉だ。だからこそ自分にとっては、ここにいる誰よりこの少女とは話しやすいのだろう。「ひとりだが、寂しいわけじゃない」

フランシスは眉をひそめて考えこんだ。ヒューがその違いを説明しようとしたとき、少女は小首をかしげて尋ねた。「ほんとうに?」

「ひとりというのは、状態を表している」ヒューは説明した。「いっぽうで、寂しいというのは――」

「それはわかってるわ」フランシスが遮った。

ヒューはじっと見返した。「そうだとすると、申しわけないが、きみの質問の意味がわからない」

フランシスは頭を片側に傾けた。「わたしはただ、人はいつでも自分が寂しいとわかっているものなのかしらと思ったの」

若き哲学者の卵というわけか。「きみは何歳なんだ?」たとえこの少女がじつは四十二歳なのだと答えたとしても、ヒューは驚かなかっただろう。

「十一歳」フランシスはフォークでケーキをつついて、崩れないよう上手に糖衣を剝がした。

「だけど、とってもおませでしょ」

「たしかに」

フランシスは答えなかったが、フォークを運んだ口もとが笑っていた。

「ケーキは好き？」少女は尋ねて、しとやかにナプキンで口角をぬぐった。

「みんなそうじゃないかな」すでにその質問には一度答えたのは指摘せず、ヒューは低い声で訊き返した。

フランシスがヒューの前にある手つかずの皿を見やった。「それなら、どうして食べないの？」

「考えてるんだ」ヒューは部屋のなかをざっと見渡し、少女の姉の楽しげな姿に目を留めた。

「食べながら考えることはできないの？」フランシスが訊いた。

言われてみればたしかにそのとおりなので、ヒューは自分の前にある厚切りのケーキに目を落とし、大きく齧《かじ》って、噛み、飲みこんでから言った。「五四一掛ける八七は、四万七〇六七」

「計算をしてたのね」フランシスが即座に言った。

ヒューは肩をすくめた。「解答をぜひ確かめてみてくれ」

「いまここではできそうにないわ」

「それなら、ぼくの答えを信じてもらうしかないな」

「だけど必要な道具があれば、わたしにだってちゃんと確かめられるのよ」フランシスが生意気そうに返した。それから眉をひそめた。「ほんとうに頭のなかで計算したの？」

「そうだ」ヒューはきっぱりと答えた。ケーキをもうひと口齧る。ほんとうに、うまい。本物のラベンダーで風味づけしたかのような糖衣だ。そういえばマーカスは昔から菓子が好きだったのだと、ヒューは思い起こした。

「すばらしいことだわ。わたしもそんなふうにできたらいいのに」

「便利なときもあるが」ヒューはさらにケーキを齧った。「そうではないときもある」

「算数は得意なのよ」フランシスが無邪気な口ぶりで言う。「だけど、暗算はできない。なんでも紙に書かないとだめなの」

「それでも、なんの問題もないだろう」

「ええ、そうなんだけど。エリザベスお姉様よりはずっとできるのよ」フランシスは得意そうな笑みを浮かべた。「お姉様はそれが気に食わないみたいだけど、わたしのほうができるのはちゃんとわかってるわ」

「どのお嬢さんのことかな」憶えていてもよさそうなものだが、本に書かれている文字はすべて憶えられても、顔と名を一致させる能力はまたべつらしい。

「わたしのすぐ上の姉よ。たまにいやだと思うこともあるけど、ふだんはだいたい仲良しね」

「誰でも時にはいやな人間になるものさ」ヒューは言った。

フランシスがぴたりと動きをとめた。「あなたも?」

「ああ、ぼくの場合はことにそうだ」

フランシスは目をぱちくりさせたが、どうやらもとの会話に戻したほうがいいと判断したらしく、ふたたび口を開いて問いかけた。「あなたにはごきょうだいがいるの?」

「兄がひとり」

「お名前は？」

「フレデリック。フレディと呼んでいる」

「お兄様のことを好き？」

ヒューは微笑んだ。「とても。でも、あまり会えないんだ」

「どうして？」

考えたくない理由も諸々《もろもろ》あるので、少女に聞かせても差し支えのないものをひとつだけ選んだ。「兄はロンドンに住んでいない。でもぼくはそこにいるから」

「それは残念ね」フランシスはフォークでケーキをつついて、なにげなしに糖衣を剝がしている。「だけどきっとクリスマスには会えるわ」

「そうだな」ヒューは嘘をついた。

「あ、訊くのを忘れるところだったわ」フランシスが言う。「あなたのほうがお兄様より計算は得意？」

「ああ」ヒューは言い切った。「でも、兄は気にしていない」

「ハリエットお姉様もそうよ。わたしより五つも年上だけど、わたしのほうが計算は得意なの」

ヒューは答えようがなく、うなずいた。

「数字には興味がないみたい」フランシスが続ける。「姉はお芝居を書くのが好きなの」

「なるほど」ヒューは相槌を打って、結婚を祝う人々のほうへ視線を戻した。レディ・サラはいま、ブリジャートン家の兄弟のひとりとダンスをしている。この角度からでは、相手が兄弟の誰なのかは見分けられない。たしか四人の男子のうち三人はすでに結婚したが、もうひとり残っていたはずだ。

「得意なのよね」フランシスが言った。

たしかに得意なようだと、ヒューはなおもサラを見ながら思った。優雅に踊っている。あのような姿を見ていると、やかましく口がたつ女性であるのを忘れてしまいそうになる。

「次の作品には、ユニコーンも入れてくれるし」

そうかユニコーンも——「なんだって？」ヒューはフランシスを振り返って、目をしばたたいた。

「ユニコーンよ」少女はぞくりとさせるほど揺るぎないまなざしで見返した。「もちろん、あなたなら知ってるでしょう？」

ひょっとして、からかわれているのか？　これほどばかばかしい問いかけでなければ、少女のとぼけたそぶりに感心させられていただろう。「もちろんだ」

「わたしはユニコーンに夢中なの」フランシスがうっとりと吐息をついた。「すばらしい生き物だと思うから」

「実在しないからこそ、すばらしい」

「そう思われているのよね」少女はいかにもわけ知り顔で答えた。

「レディ・フランシス」ヒューはしごくもっともらしい口調で続けた。「むろん知っているとは思うが、ユニコーンは伝説上の生き物だ」

「伝説には必ず、もとになった事実があるはずでしょう」

「詩人たちが空想から生みだしたものだ」

フランシスは肩をすくめ、ケーキを食べた。

ヒューは唖然となって言葉を失った。自分がよもや十一歳の少女とユニコーンが実在するかどうかを論じることになろうとは。

この件は忘れようと思い定めた。ところが、できなかった。どうやら自分はまだ、十一歳の少女とユニコーンが実在するかどうかについて論じずにはいられないようだ。

「ユニコーンを実際に見たという記録は残されていない」なんとも腹立たしいことに、自分の声が、ダニエルとの射撃の会を批判したサラ・プレインズワースの堅苦しくとりすました口ぶりにそっくりに聞こえた。

フランシスが顎を上げた。「わたしはライオンを見たことがないけど、だからといって実在してないわけではないわ」

「きみはライオンを見たことがないかもしれないが、ほかの多くの人々が見ている」

「実在しないとは証明できないでしょう」フランシスが言い返した。

ヒューは息をついた。この子の言うとおりだ。

「そうよね」少女は相手を降伏せざるをえない状況に追いつめたのを察し、得意そうに念を押した。

「たしかにそうだ」ヒューは肯定のうなずきを返した。「ぼくはユニコーンが実在しないことを証明できないが、きみも実在することを証明できない」

「そうね」フランシスがすなおに認めた。唇をすぼめ、どきりとさせる大人ぶった微苦笑を浮かべた。「ヒュー卿、あなたのことは好きよ」

一瞬、レディ・ダンベリーの声そっくりに思えた。用心すべき相手ということなのか。

「あなたはわたしがまるで子供みたいには話さないもの」フランシスが言った。

「きみは子供だ」ヒューは指摘した。〝子供みたい〟という言いまわしには、自分は実際には子供ではないのにとの意思が込められていたからだ。

「ええ、そうね。でも、あなたはわたしがまるでおばかさんみたいには話さないわ」

「きみはおばかさんではない」ヒューは答えた。〝おばかさんみたい〟の用法は正しい。だがその点にはあえて触れなかった。

「知ってるわ」フランシスの声がややいらだちを帯びた。

ヒューはしばし黙って見つめた。「つまり何が言いたいんだ?」

「だからつまり——あ、まあ、サラお姉様」少女が自分の背後に笑いかけたということは、目下わが最大の悩みの種であるご婦人が、ついに戻ってきたのだとヒューは察した。

「フランシス」いまや聞きなれたレディ・サラ・プレインズワースの声がした。「ヒュー卿」

ヒューは手間どりつつも片脚に重心をかけて立ちあがった。

「あら、その必要は――」

「ある」ヒューはぴしゃりと遮った。このうえご婦人の前ですら立ちあがれないようになってしまったら――いや、正直なところ、そんなことは考えたくもない。

レディ・サラは顔をこわばらせ――しかもどことなく気恥ずかしそうに――笑みを浮かべ、ヒューの後ろを通ってフランシスの向こう側の椅子に坐った。「何を話してたの？」

「ユニコーンのことよ」フランシスが即座に答えた。

サラは笑いをこらえるかのように唇を引き結んだ。「そうなの？」

「そうとも」ヒューは応じた。

サラが咳払いをした。「何か結論は導きだせた？」

「意見の食い違いは認めざるをえない」ヒューは穏やかな笑みを浮かべて言葉を継いだ。「人生には往々にして生ずることだ」

サラはいぶかしげに目を狭めた。

「サラお姉様もユニコーンを信じてないのよ」フランシスが言う。「お姉様たちは誰も信じてないわ」哀しげに小さく吐息をついた。「わたしの夢や希望を分かちあえる人は誰もいないの」

ヒューはサラが瞳をぐるりとまわしたのを見て、言った。「レディ・フランシス、きみがそう思うのは、ふだんは家族に愛され、慈しまれているからこそではないかな」

「ええ、ふだんはひとりぼっちではないわ」フランシスは明るく答えた。「しかも末っ子だから、間違いなく得していることもあるし」

サラがふっと鼻で笑った音が聞こえた。

「そうなのかい？」ヒューはサラのほうへ視線を向けた。

「もともと気立てがよい子でなかったら、手がつけられなくなっていたでしょうね」サラが愛情のこもったまなざしで妹に笑いかけた。「父が際限なく甘やかしてしまったから」

「そうね」フランシスが楽しげに応じた。

「こちらにいらしてるのかい？」ヒューは興味をそそられて尋ねた。これまでプレインズワース卿に対面した憶えはない。

「いいえ」サラが答えた。「デヴォンからでは遠すぎると判断したみたい。めったに本邸を離れないのよ」

「父は旅が好きではないの」フランシスが言葉を差し入れた。

サラはうなずいた。「それでも、ダニエルの結婚式には出席するわ」

「犬たちは連れてくるかしら」フランシスが訊く。

「どうかしらね」サラが答えた。

「お母様が――」

「――もちろん怒るに決まってるわ。でも――」

「犬たち？」ヒューは遮って問いかけた。どうしても聞き流せなかった。

プレインズワース家の姉妹は、そこにもうひとり聞き手がいたのを完全に忘れていたかのように目を向けた。

「犬たち？」ヒューは繰り返した。

「父は」サラは慎重に言葉を選びつつ続けた。「猟犬をとてもかわいがってるの」

ヒューがフランシスのほうを見ると、うなずきが返ってきた。

「何頭いるんだい？」ヒューは尋ねた。当然の質問に思えた。

レディ・サラは答えづらそうなそぶりを見せたが、妹のほうには何も気にする様子はなかった。「最後に聞いたときには、五十三頭いたわ」フランシスが言う。「いまはもっと多くなってるかもしれないけど。しじゅう仔犬《こいぬ》が生まれてるから」

ヒューは適切な返答を見つけられなかった。

「もちろん、一台の馬車にぜんぶは乗せられないわよね」フランシスが言い添えた。

「ああ」ヒューはどうにか相槌を打った。「無理だろうな」

「人間より動物のほうがよき友人になるというのが、父の口癖なの」サラが言った。

「否定はできない」ヒューはフランシスが話そうと口をあけたのに気づき、人差し指を立てて、言葉をとどめた。「ユニコーンは入れられないが」

「わたしは」フランシスがむくれたふりで言う。「父に犬たちを連れてきてもらいたいと言おうとしたのよ」

「どうかしちゃったの？」サラがきつく訊き返したのと同時に、ヒューも低い声で問いかけた。「五十三頭すべてを？」

「ぜんぶは連れてこないわ」フランシスはヒューに答えてから、サラに顔を向けた。「それと、わたしはどうもしてないわ。お父様が犬たちを連れてきてくれたら、遊び相手ができるでしょう。ここにはほかに子供がいないいんだもの」

「だが、ぼくがいる」ヒューはとっさに口走っていた。

プレインズワース家の姉妹がぴたりと押し黙った。これはよくあることではないのだろうとヒューは察した。

「〈オレンジとレモン〉の遊び相手になるのはむずかしいが」片方の肩をすくめて続けた。「脚をあまり使わずにすむことならなんでも喜んでお相手する」

「まあ」フランシスは何度か瞬きを繰り返した。「ありがとう」

「フェンズモアに来て、これほど会話を楽しめたのは初めてだ」ヒューは付け加えた。

「ほんとうに？」フランシスが尋ねた。「だけど、あなたのお話し相手はサラお姉様が務めることになってたのよね？」

きわめて気詰まりな沈黙が落ちた。

ヒューは咳払いをしたが、サラが先に口を開いた。「ありがとう、フランシス」気品高く言葉を継ぐ。「わたしがダンスをしているあいだ、上座のテーブルでわたしの代わりを務めてくれたことに感謝するわ」

「寂しそうだったんだもの」フランシスが言う。

ヒューは空咳をした。決まり悪かったわけではないのだが……いや、つまり、この心境をどう表現すればいいのだろう。妙に気分が落ち着かなかった。

「ほんとうに寂しがってらしたわけではなかったのよ」フランシスが急いで言葉を継ぎ、目配せするかのようにちらりとヒューを見やった。「でも、そんなふうに見えたから」板ばさみの状況にあるのをいまさらながら感じとったらしく、姉とヒューに視線を行きつ戻りつさせた。「それに、ケーキを食べたいのではないかと思って」

「そうとも、みんなケーキは食べたい」ヒューは助け船を出した。レディ・サラが気分を害そうがかまいはしないが、レディ・フランシスに居心地の悪い思いはさせたくない。

「わたしもケーキは食べたいわ」サラが告げた。

それが会話を進めるきっかけとなった。「まだ食べてなかったの？」フランシスは驚いた顔で問いかけた。「でも、どちらにしてもお勧めよ。ほんとうにおいしいんだから。従僕にお花がたくさん付いてるところを切り分けてもらったの」

ヒューはふっと笑った。たしかに花がたくさん付いていた。ケーキにあしらわれた飾りのせいで、レディ・フランシスの舌は紫色に染まっている。

「わたしはダンスをしていたから」サラが念を押すように言った。

「ええ、そうよね」フランシスは沈んだ顔をしてヒューを振り返った。「結婚式に子供がひとりだけなのは、やっぱりつまらない。ダンスのお相手をしてくれる人もいないんだから」

「ぼくでよければ、お相手させていただく」ヒューは大まじめに申し出た。「ただしなにぶん……」杖を身ぶりで示した。

フランシスが思いやるふうにうなずいた。「ええ、だけど、あなたのそばにいられただけでとても楽しかったわ。みんながダンスをしてるのに、ひとりで坐っててもつまらないんだもの」立ちあがり、姉のほうを向く。「ケーキを取ってきましょうか」

「あら、その必要はないわ」

「でも、食べたいと言ってたのに」

「お姉さんは、食べたかったと言ったんだ」ヒューは言葉を差し入れた。

サラが、突如生えてきた触手でも眺めるかのように見返した。

「もの憶えがよいもので」ヒューはさらりと言った。

「ケーキを取ってくるわね」フランシスはきっぱりと言い、歩き去った。

ヒューはレディ・サラが妹を見送ってからいったいどれくらいで沈黙を破るだろうかと、ひそかに面白がって数えはじめた。四十三秒に至ったところで（きっちり精確に計れる時計を見ていたわけではないので、わずかな誤差はあるだろう）ここは自分のほうが大人にならなければと思いなおし、先に口を開いた。「きみはダンスが好きなんだな」

サラがびくりと反応して顔を振り向けた。ヒューはその表情から瞬時に、自分が気まずい沈黙だと思って時を計っていたあいだ、彼女のほうはただ心地よく休んでいただけだったのだと気づいた。

意外に思った。それにどうも気分が落ち着かない。

「そうよ」サラはいまだ虚を衝かれたような面持ちのまま、唐突に言った。「音楽を聴くと楽しくなるでしょう。だからじっとしてるなんてとても——ごめんなさい」顔を赤らめた。片脚が不自由な者にとって不都合なことについ触れてしまったと気づくと、誰もがこのような表情になる。

「ぼくもダンスは好きだった」ほとんど言い返す口ぶりでつぶやいた。

「わたし——あの——」サラは咳払いをした。「そうなのね」

「もちろん、いまはむずかしくなってしまったが」

サラがどことなく不安げな目を向けたので、ヒューは穏やかに微笑んで、ワインを口に含んだ。

「スマイス-スミス一族の前ではお酒を飲まないとおっしゃってたのに」サラが言う。

ヒューはもうひと口含んで——この女性がゆうべ請けあったとおり、たしかに極上のワインだ——辛らつな冗談を飛ばす意欲満々で見返したのだが、ダンスをしたばかりでまだほんのり上気してうっすら汗ばんだサラの顔を目にして、気が変わった。必死に押し込めていた怒りの塊りが破裂し、染みだしてきた。

もう二度とダンスはできない。

乗馬も、木登りも、部屋のなかを颯爽《さっそう》と歩きまわることも、女性を抱きあげることも、二度とできない。もうけっしてやれないことは山ほどあるが、けがを負わなければ狩猟もボクシングも、男が好む活動をなんでもできたのだと悔しさを呼び起こされる相手は、これまでいつも男だった。ところが今回はなんと、男とダンスをするレディ・サラ・プレインズワースのきらめく瞳となめらかな足どり、それに輝くばかりの笑みに、もどかしさを掻き立てられていた。

この女性のことは好きではない。それは間違いないのだが、ともにダンスができるならば、ああきっと、魂さえ切り渡してしまうだろう。

「ヒュー卿？」サラの声は静かだったが、わずかにじれったさが感じられ、それほど長く黙りこんでいたのだろうかとヒューはわれに返った。

ワインを——今度は先ほどより多めに——もうひと口飲んでから、言った。「脚が痛むんだ」事実ではない。いずれにしろ、さほど痛みはしなかったが、そういうことにしておくほうが無難だ。この片脚を口実にすれば、たいていのことは見逃してもらえるようなので、ワインについても例外ではないだろう。

「まあ」サラは落ち着かなげに坐りなおした。「ごめんなさい」

「かまわない」ヒューは答えた。意図した以上にそっけない口調になってしまったかもしれない。「きみのせいじゃない」

「それはわかってるわ。でも、痛むのはお気の毒だもの」

ヒューはつい疑わしげなまなざしを向けてしまったらしく、サラが弁解がましく顎を引いて言った。「わたしは非情な人間ではないわ」

その顔をヒューはまじまじと見つめ、どういうわけか首筋から優美な鎖骨《さこつ》へ視線をさげた。息遣いも、皮膚のわずかな動きも見てとれた。ヒューは咳払いをした。たしかにこの女性にも生身の人間のぬくもりは感じられる。

「悪かった」あらたまった口調で言った。「ぼくは苦しんで当然の人間だと、きみに思われているような気がしたから」

レディ・サラの唇がわずかに開き、いまの言葉がその頭のなかをめぐっているのが目にみえるようだった。とまどいをあらわにして、サラがようやくゆっくりと言葉を継いだ。「たしかにそんなふうに思っていたかもしれないし、これからもあなたを思いやれるようになることは想像できないけど、それでも少しは……」声が途切れ、言葉を探しているかのようにぎこちなく頭を動かした。「よりよい人になれるように努力するわ」結局そう続けた。「あなたが痛まずにすむよう願っています」

ヒューは眉を上げた。これまで自分が知っていたサラ・プレインズワースではない。

「だけど、あなたを好きにはなれない」サラがとたんにそっけなく言い放った。

やはり、変わってはいなかった。無礼な言葉を投げかけられて、ヒューはむしろいささかほっとした。やけに疲れを覚え、サラ・プレインズワースの内面のささいな変化を読みとけるほどの気力はなかった。

なんでも声高に派手な身ぶりでやたら大ごとにしてしまう令嬢を好きになれるはずもないが、なぜかいまだけはこの女性が……好ましく思えた。

# 8

　上座のテーブルの席からはほんとうに部屋じゅうがよく見えるのだと、サラはあらためて思った。つまり臆面もなく（こうした催しでは誰もがそうするように）花嫁を眺められる。淡いラベンダー色の絹地のドレスをまとい、晴れやかな笑みを浮かべている幸せそうな花嫁を。なかには鋭利なまなざしを向けてしまう者もいるだろう（むろん故意に花嫁に気づかせようとしてではない）。とはいえ自分の場合には、先ほど末の妹と楽しくお喋りしていたときとはうって変わって無愛想になったヒュー・プレンティス卿の隣りにこうして坐っていなくてはならないのは、つまるところ花嫁のホノーリアのせいなのだ。

「わたしには、あなたのよいところを引きだせないってこと？」サラは当の相手を見もせずにつぶやいた。

「何か言ったかい？」ヒュー卿が問いかけた。同じようにこちらを見もせずに。

「いいえ」サラは嘘をついた。

　ヒュー卿が椅子の上で腰をずらした気配がして、サラは足もとをじっと見おろし、片脚をおく位置を変えたのだろうと察した。その脚を伸ばしているほうが楽《らく》らしいことは前夜の晩餐会のときに気づいていた。でも招待客がぎっしり並んでいたゆうべの晩餐の席に比べ、きょうはそれぞれがゆったりと腰かけられる余裕があるので、椅子の前にもじゅうぶん――

「痛みはない」ヒュー卿が顔の向きはみじんも変えずに言った。

「どういうこと？」サラはけっして脚をじっと見ていたわけではなかったので、訊き返した。それどころか、ヒュー卿が片脚をまっすぐにしようとしているのに気づいてからは、わざとべつのところを少なくとも六箇所は見ていた。

「脚だ」ヒュー卿が言う。「いまは痛くない」

「そう」サラは脚のことなど尋ねてないのにという言葉が喉もとまで出かかったものの、こらえる程度の礼儀は心得ていた。「ワインのおかげかしら」結局そう返した。たいして飲んではいないはずだが、先ほど本人がワインを飲んだのは脚が痛いからだと言ったのだから、効き目を疑うわけにもいかない。

「曲げにくいんだ」ヒュー卿が言い、ようやく緑色の瞳でまともにこちらを見据えた。「疑っているのなら、念のため」

「疑ってなどいないわ」サラは即座に答えた。

「嘘だな」ヒュー卿が静かに言う。

サラは息を呑んだ。たしかに嘘をついたけれど、礼儀としての嘘に過ぎない。それを咎めるのなら、そちらのほうがこのうえない不作法ではないだろうか。

「知りたいのなら」ヒュー卿はフォークの側面でケーキを小さく切りとった。「尋ねてくれ」

「わかったわ」サラは鋭い声で続けた。「肉をたくさん切りとったの？」

ヒュー卿はケーキを喉に詰まらせかけた。それだけでもじゅうぶんサラは満足した。

「ああ」

「どれくらい？」

意外にもヒュー卿はふたたび笑みのようなものを浮かべた。片脚を見おろす。「五立方センチメートルくらいかな」

サラは歯ぎしりした。そういったことを立方の単位で答えるなんて、どんな思考回路をしているのだろう？

「ごく小さなオレンジくらいの大きさかな」ヒュー卿が言い足した。親切ぶった口調で。「あるいはかなり大きな苺《いちご》のほうが近いだろうか」

「一立方センチメートルがどれくらいの大きさなのかは知ってるわ」

「そうだよな」

今度はふしぎと親切ぶった調子はまるで感じられなかった。

「けがをしたのは膝だったの？」癪にさわることに好奇心をそそられ、サラは尋ねた。「脚を曲げられないのはそのせい？」

「曲げられる」ヒュー卿が言う。「曲げにくいだけのことだ。それと、いや、けがをしたのは膝ではない」

サラは数秒待ってから、歯の隙間から吐きだすように言葉を発した。「それなら、どうして曲げられないの？」

「筋肉が」ヒュー卿は片方の肩を持ちあげて、おろした。「然るべき方向に伸びないいんだろう。きみはなんと言ったかな、五立方センチメートルの――」わざと薄気味悪そうな口ぶりで続けた。「ああ、そうだった、肉を切りとったから」

「あなたが訊けと言ったのよ」サラは奥歯を嚙みしめて言った。

「たしかに言った」

サラは思わず唇を引き結んだ。後ろめたさを感じろとでも言いたいの？　体に不自由な部分のある男性への淑女の正式な礼儀作法といったものがあるとするなら、自分はきっと学びそこねてしまったのだろう。どうあれ、この男性の弱点にはそしらぬふりをするのが得策だとサラは悟った。

助けを求められないかぎりは。助けを求められても困っている姿をただ眺めていられるのは、よほど情を欠いた人間だけだ。いずれにしろ、質問は控えたほうがいいのだろう。

ことに、どうして脚を曲げられないのかといった問いかけは。

とはいうものの、たとえ女性が失言をしてしまったとしても、気まずい思いをさせないよう配慮するのが紳士の務めではないの？

ホノーリアにはこれでひとつ貸しができた。いいえ、たぶん三つくらいは。

何の三つぶんなのかはわからないけれど、ともかくこの貸しは大きい。ものすごく。

それからさらに一分ほど沈黙が続いたあと、ヒュー卿がほんのわずかに顎をしゃくって示した。「きみの妹さんは戻ってきそうにないな」フランシスはダニエルとワルツを踊っていた。嬉しくて仕方がないといった顔をしている。

「あの子にとっては昔から大好きな従兄なのよ」サラはなにげなく答えた。ヒュー卿のほうは見なかったが、うなずいたのがなんとなく感じとれた。

「誰とでも気さくにつきあえる男なんだ」ヒュー卿が言う。

「才能ね」

「まさしく」ヒュー卿がワインを含んだ。「きみも同じような才を備えているように見えるが」

「誰とでもではないわ」

ヒュー卿がおどけるふうに微笑んだ。「ぼくとのことを言ってるのか」

サラはとっさに否定しかけたが、ごまかせるほど愚かな相手ではないと思いとどまった。仕方なく自分の愚かさを噛みしめつつ黙りこんだ。わたしは不作法な愚か者だわ。

ヒュー卿が含み笑いを漏らした。「きみの落ち度だと自分を責める必要はない。ぼくはとりわけ親しみやすい人々からも好かれづらい」

サラは顔を振り向け、困惑しきってヒュー卿を見つめた。そして、どういうつもりでそんなことを言ったのだろうと疑念が湧いた。「ダニエルとは親しそうに見えるわ」ようやくそう返した。

ヒュー卿が挑発するかのように片眉を上げた。「それでも」わずかに身を近づけて言う。「ぼくは彼を撃った」

「公平を期して言うなら、決闘だったのよね」

ヒュー卿が笑みに近い表情を浮かべた。「ぼくをかばってくれるのか？」

「いいえ」かばう？　いいえ、単に話し相手をしているだけのことだ。これもヒュー卿から言わせれば、社交の才ということになるのだろう。「教えて」サラは問いかけた。「本気で撃つつもりだったの？」

ヒュー卿が身を堅くし、サラは一瞬、立ち入りすぎてしまったのを悔やんだ。けれどもすぐにヒュー卿が笑いを含んだ静かな口ぶりで言った。「そのことについて尋ねられたのは初めてだ」

「そんなことはないでしょう」なにしろその返答しだいで事件の受けとめ方はまるで変わる。

「いま尋ねられるまで、ぼく自身も気づかなかったんだが、これまで誰ひとり、本気で撃つつもりだったのかとぼくに尋ねようとは思わなかったらしい」

サラは言葉を失った。けれどそれもほんの数秒のことだった。「それで、どうだったの？」

「本気で撃つつもりだったのか？　いや。むろん、そんなつもりはなかった」

「そう言えばよかったのに」

「ダニエルはわかってるさ」

「でも――」

「ぼくは誰にも尋ねられてはいないと言ったんだ」ヒュー卿が遮って言う。「その事実を黙っていたとは言っていない」

「わたしの従兄もたぶん誤って撃ってしまったんだと思うわ」

「あの朝はお互い、まともに理性が働く状態ではなかった」ヒュー卿が抑揚をいっさい欠いた声で言った。

サラはうなずいた。なんであれ同意するつもりなどなかったので、どうしてなのかはわからない。それでも、うなずかずにはいられなかった。応じるのが礼儀であるように思えた。

「とはいえ」ヒュー卿はまっすぐ前を向いたまま続けた。「決闘を持ちかけたのも、最初に撃ったのも、ぼくのほうだ」

サラはテーブルに目を落とした。どう応えればいいのかわからない。

今度はヒュー卿が静かに、けれども聞き逃しようのない信念のこもった声で言った。「この脚のことで、きみの従兄を恨んだことは一度もない」

そうしてサラが返す言葉を見つけられずにいるうちに、ヒュー卿は唐突に立ちあがって悪いほうの脚をテーブルにぶつけ、誰かが置き忘れていったグラスに残っていたワインのしぶきがわずかに飛んだ。サラが目を上げると、ヒュー卿は顔をゆがめていた。

「大丈夫？」それとなく問いかけた。

「大丈夫だ」ヒュー卿がそっけなく答えた。

「そうに決まってるわね」サラはつぶやいた。殿がたはいつでも〝大丈夫〟なのだから。

「それはどういう意味だ？」ヒュー卿がすかさず訊き返した。

「べつに」サラは言葉を濁して席を立った。「手を貸しましょうか？」

ヒュー卿は尋ねられただけでも心外だというようにむっとした目をしたが、「いや」と言ったのと同時に杖が床に転がった。

「わたしが拾うわ」サラはすばやく言った。

「自分ででき――」

「もう拾ってしまったもの」サラは唸るように遮った。この男性にはどうしてこうも親切にすることとすらむずかしいのだろう。

ヒュー卿がため息をつき、しぶしぶであるのをあらわにしつつも言った。「ありがとう」

サラは杖を渡し、できるかぎりさりげなく問いかけた。「戸口までご一緒しましょうか」

「その必要はない」ヒュー卿はにべもなく退けた。

「あなたはそれでいいのでしょうけど」サラはそう切り返した。

その言葉にヒュー卿は好奇心をそそられたらしい。片眉を上げて無言の問いを投げかけられて、サラは続けた。「わたしがあなたのおもてなし役をまかされたのはご存じのはずよ」

「ぼくのご機嫌とりはやめてもらえないか、レディ・サラ。癪にさわる」

「務めを怠るわけにはいかないわ」

ヒュー卿は長々とサラを見つめてから、目下ダンスをしている二十人ほどの招待客たちのほうへあてつけがましく目を向けた。

サラはその挑発に乗るまいと、深呼吸をして気を鎮めた。テーブルにこの男性を置き去りにしたのは気の毒だったかもしれないが、ダンスは好きだし、気分も華やいでいた。きっとホノーリアも最初から最後までこの男性のそばに張りついていることを望んでいたわけではないはずだ。それに、自分がテーブルを離れたときにはまだ数人が席に残っていた。戻ってきてみたら、ヒュー卿とフランシスだけになっていたのだけれど。

しかも率直に言って、フランシスと一緒にいるときのほうがヒュー卿は楽しそうだった。

「若い令嬢に務めを果たしてもらわねばならない身とは」ヒュー卿が言う。「妙な気分だ。こんな栄誉はこれまで賜った憶えがない」

「いとこに約束してしまったんですもの」サラは硬い口調で答えた。それに言うまでもなく、アイリスに批判されたからでもある。「少なくともその約束をわたしに果たさせてくださるのが、紳士の務めではないかしら」

「たしかにそうだ」その声に怒りはなかった。あきらめも、笑いも、なにひとつ感じられない。ヒュー卿は紳士なら誰もがそうするように腕を差しだしたが、サラはためらった。手をかけてもいいの？　よろめかせてしまわないだろうか。

「倒れやしない」ヒュー卿が言った。

サラはその腕に手をかけた。

ヒュー卿が頭を傾けて言う。「むろん、きみに突き飛ばされなければだが」

サラは顔を赤らめた。

「おっと誤解しないでくれよ、レディ・サラ」ヒュー卿が呆れたような面持ちで見やった。「きみなら冗談だとわかってくれるだろう。ことに、ぼく自身を種にした冗談なら」

サラはこわばった笑みを浮かべた。

ヒュー卿は含み笑いし、サラが思っていた以上になめらかな足どりで、ともに戸口へ向かった。たしかにヒュー卿は片脚を引きずってはいるものの、それをできるかぎり補う術《すべ》を身につけたのはあきらかだった。歩き方を学びなおすようなものだったに違いないと、サラは感じ入った。何カ月、もしかしたら何年もかかったかもしれない。

大変な苦労だったはずだ。

感嘆の念にも似た思いがサラの胸に湧きあがった。いまも不作法でいらだたしいし、会話を楽しめる相手ではないとはいえ、三年半前に運命を変える決闘騒ぎが起こって以来初めて、サラはヒュー卿に感心できる点を見いだした。この男性は逞《たくま》しい。当然ながら令嬢を馬の背にやすやすと持ちあげられる類いの逞しさのことではない。自分がいま手をかけている腕は少しもやわな感じはしないので、もしかしたらそんなこともできてしまうのかもしれないが。

ヒュー・プレンティスはなにより大切な内面が逞しい。そうでなければ、あのような大けがから立ち直ることはできなかっただろう。

サラはヒュー卿の傍らで歩を進めながら視線を定められるところを探し、唾を呑みこんだ。まるで床が急に数センチ傾いたか、空気が薄くなってしまったかのように気分が落ち着かなかった。なにしろもう何年も嫌いつづけてきた男性だ。その怒りは身をやつすどころか、むしろささやかな心の支えにもなっていた。

ヒュー・プレンティス卿はサラにとってずっと便利な言いわけでもあった。けっして変わらないもの。たとえ地面が傾き、周りの世界が一変しようと、この男性だけは変わらず敵意を向けられる存在だった。冷淡で、薄情で、良心のかけらもない男性。従兄の人生を台無しにして、謝りもしなかった。生来の卑劣漢としか言いようのないくらい忌まわしい人物。

それなのに、とうとうその男性に感心させられるところを見つけてしまったというの？自分らしくない。人のよいところを見つけるのはホノーリアで、咎めるべき点を見逃さないのがサラだ。

それに、サラは気が変わることもない。

でも今回はどうやら、変わってしまったようなのだけれど。

「ぼくが消えたら、心ゆくまでダンスを楽しんでくれ」だし抜けにヒュー卿が言った。

心乱される考えにふけっていたところにその声がやけに大きく耳に響き、サラはびくりとなった。「ほんとうに、そんなことは考えてもいなかったわ」

「そうしてくれ」ヒュー卿は静かに続けた。「きみは華麗な踊り手だ」

サラは思いがけない言葉に口をあけた。

「そうとも、レディ・サラ。これは褒め言葉だ」

「どう、お応えすればいいのかわからないわ」

「快く聞き入れておけばいいんじゃないか」

「経験からの助言かしら？」

「むろん違うさ。ぼくは褒め言葉を快く受け入れることはめったにないからな」

サラがヒュー卿の顔に皮肉っぽい目つきや、いたずらっぽさを探して見つめても、その表情にはまるで変化がなかった。こちらを見ようともしない。

「あなたはとても変わった人ね、ヒュー・プレンティス卿」サラは静かな声で言った。

「そうとも」ヒュー卿が言い、ふたりはサラの巨漢の大おじ（と抜きん出て長身の妻）をよけて進み、大広間の戸口にたどり着いた。けれども廊下に出る手前で、微笑みすぎて頬が痛くならないのだろうかと思うほど幸せいっぱいのホノーリアに進路を阻まれた。フランシスもその脇に立って従姉と手を繋ぎ、花嫁の輝きに浴していた。

「部屋に戻るにはまだ早いわ」ホノーリアが声を張りあげた。

さらにはスマイス－スミス一族だらけの部屋から気づかれずに去るのは不可能であることを示すがごとく、アイリスもホノーリアのもう片方の脇に駆けつけた。スコットランドの舞踊曲《リール》を踊り終えたばかりで頬を赤らめ、息をはずませている。

「サラ」アイリスがほろ酔いぎみの笑いをくすりと漏らして言った。「それに、ヒュー卿。一緒なのね。また」

「まだ、だ」ヒュー卿がサラに先んじて指摘した。アイリスに礼儀正しく頭をさげてから、ホノーリアに向きなおり、言葉を継いだ。「レディ・チャタリス、すばらしい婚礼でしたが、ぼくはそろそろ部屋で休ませていただきます」

「だからわたしはお送りしてくるわ」サラは告げた。

アイリスが鼻先で笑った。

「部屋までは行かないけど」サラは即座に言い添えた。当然でしょう。「階段まで。もしくは――」階段を上がるのにも助けは必要なのだろうか。付き添うと申し出たほうがいいの？

「あの、階段の上まで――」

「きみさえよければ」ヒュー卿はあきらかにからかうために助け船を出した。

それに対してサラは、ちくりと痛みを与えられることを期待して、腕にかけた手の力を強めた。

「でも、まだ部屋に戻ってほしくないのよ」ホノーリアがせがむように言う。

「ふたりの好きにさせてあげたらいいわ」アイリスがにこやかに言った。

「ご親切にどうも、アイリス」サラは奥歯を噛みしめて答えた。

「ヒュー卿、お目にかかれて光栄でしたわ」アイリスがいくぶんせわしなく膝を曲げて挨拶した。「わたしはもう失礼させていただきます。従兄のルーパートを見つけてダンスをすると、ホノーリアに約束したので。引き受けたことはちゃんと守らなくてはね」ひらりと手を振り、速やかに歩き去った。

「アイリスには感謝してるわ」ホノーリアが言う。「今朝ルーパートが何を食べたのかは知らないけれど、誰もそばに近づきたがらなくて。いざというときに頼りになるいとこがいるのはありがたいわ」

サラはアイリスに傷つけられた胸をまたえぐられたように感じた。これでもうヒュー卿から逃れられると思っていたのは、大きな間違いだった。

「あなたもあとでお礼を言うべきね」ホノーリアがサラに向かって続けた。「あなたとルーパートがどんなに……いえ……」そこにヒュー卿もいたのをふいに思いだしたらしく声が消え入った。ふたりのそりが合わないことはすでに伝えてあるとはいえ、おおやけの場で一族の不和を口にするのは礼儀にもとる。「だからつまり」ホノーリアは言いなおし、咳払いをしてから続けた。「おかげであなたはダンスをしなくてすむのだから」

「アイリスがするからよね」フランシスが長姉にわかるように説明しなければとばかりに言い足した。

「ほんとうに、わたしたちはもう失礼するわ」サラは告げた。

「そんな、いいえ、だめよ」ホノーリアがサラの両手を取った。「ここにいてほしいの。わたしのいちばん大切ないとこなのだから」

「わたしは若すぎるからよ」フランシスが声をひそめてヒュー卿に付け加えた。

「お願い」ホノーリアは言い、ヒュー卿に顔を振り向けた。「あなたもよ、ヒュー卿。わたしにとっては、とても大事なことなんです」

サラは歯ぎしりした。ほかの誰かの頼みだったなら、いいかげんにしてと両手を振りあげ、さっさと立ち去っていただろう。でも、ホノーリアは男女の仲を取り持つといった思惑があって頼んでいるわけではない。そんなたくらみを働かせる女性ではないし、たとえふたりを結びつけたい思いがあったとしても、けっしてあからさまにはしない。だからおそらく、自分がこのうえなく幸せな花嫁なので、ほかの人々にもその喜びを分かちあってもらいたい一心なのに違いなかった。この部屋以上に、幸せを感じてもらえる場所があるとは想像もつかないのだろう。

「申しわけないが、レディ・チャタリス」ヒュー卿が低い声で切りだした。「残念ながら、そろそろこの脚を休めさせなければならないので」

「まあ、でもそれなら客間をお使いくださればいいわ」ホノーリアがすかさず提案した。「ダンスをしたくないお客様には、ケーキを食べていただく部屋を用意してあるの」

「サラお姉様はまだケーキを食べてないのよ！」フランシスが声をあげた。「わたしが取ってくることになっていたんだけど」

「もういいのよ、フランシス」サラはきっぱりと妹に伝えた。「わたし――」

「あら、ぜひ食べてほしいわ」ホノーリアが言う。「ウェザビー夫人が何週間も試行錯誤して作りあげたケーキなんですもの」

サラはその言葉を疑いはしなかった。ホノーリアが甘いものに目がないのは昔からだ。

「わたしも一緒に行くわ」フランシスが言う。

「ありがたい申し出だけど――」

「そうしたらヒュー卿も来てくれるでしょう？」

サラはそれを聞いてフランシスに疑いの目を向けた。ホノーリアの場合は自分と同じくらい幸せな気分をみんなにも味わってほしいと願っているだけかもしれないが、フランシスがそのように純粋な理由で行動するとは考えにくい。

「わかったわ」サラは本来ならヒュー卿が答えるべきことであるのも忘れて、仕方なく同意した。

「わたしもマーカスとなるべく早く、客間にいるみなさんにもご挨拶に伺うわ」ホノーリアが約束した。

「ではあなたのお望みどおりに、伯爵夫人」ヒュー卿が軽く頭をさげた。その声にはいらだちも辛らつさも表れていなかったが、サラはごまかされなかった。ほんの一日でこの男性にそれほど詳しくなっていたとは妙なことだけれど、腹を立てているのがあきらかに感じとれた。たとえ腹を立てているとまでは言えないにしろ、多少なりとも気分を害しているのは間違いない。

それなのに表情はなおもまるで変わらない。

「では行きましょうか」ヒュー卿がつぶやくように言った。サラはうなずき、戸口の外へ歩を進めた。ところが廊下に出るなりヒュー卿は立ちどまり、口を開いた。「客間まできみに付き添ってもらう必要はない」

「あら、必要だわ」サラは低い声で答えて、痛いところを突いてくるアイリス、無邪気なホノーリア、それにケーキを持ってきてくれることになっているフランシスを思い起こした。

「でもあなたが部屋にお戻りになりたいのなら、上手に言いつくろっておくけれど」

「ぼくは花嫁に約束したんだ」

「それはわたしも同じだわ」

ヒュー卿はいくぶん気詰まりになるくらい長めに見つめてから、言った。「ぼくがきみを平気で約束を破る人間だと思っているとでも？」

　すでにサラが腕から手を離していたのはヒュー卿にとっては幸いだった。骨をぽきりと折ってやりたい心境だったのだから。「いいえ」

　またもヒュー卿がじっと見つめた。もしかしたら見つめているつもりはないのかもしれないが、言葉を返す前にいちいち長々と目を向けるのは、この男性特有のしぐさだ。ほかの人々にも同じようにしているのをサラは前夜に目にしていた。

「どうあれ、ともかく」ヒュー卿が言う。「ぼくたちは客間に向かわねばならないわけだな」

　サラはヒュー卿をちらりと見て、ふたたび前を向いた。「ケーキは好きなのよ」

「ならば、ぼくから離れたいがために、好物をがまんしようとしたわけか？」廊下を進みつつ、ヒュー卿が尋ねた。

「そういうわけではないわ」

　ヒュー卿が横目でちらりと見やった。「そういうわけではない？」

「あなたが部屋に戻ったら、大広間に戻るつもりだったから」サラは正直に答えた。「もしくはわたしの部屋に届けてもらうこともできるし」いったん間をおき、付け加えた。「それと、わたしはあなたから離れようとしたのでもないわ」

「そうだろうか」

「ええ、つまり――」サラはふっと笑った。「そういうわけではないわ」

「そういうわけではない？」ヒュー卿は繰り返した。またも。

サラは説明を加えなかった。自分でもどういうことなのかよくわからないのだから、説明のしようがない。ただし、これまでほどはこの男性が嫌いでないのは確かなようだ。少なくとも、ケーキを我慢してでも避けたいと思うほどには。

「質問があるの」

ヒュー卿が頭を傾け、その先を促した。

「きのう客間で、あなたが、つまりその……」

「きみを起こしてしまったとき？」ヒュー卿があとを補った。

「ええ」どうしてその部分を口にすることに恥ずかしさを覚えてしまうのかサラはふしぎに思いつつ、続けた。「というか、そのあとなんだけど。十ポンドがどうとか言ってたでしょう」

ヒューは喉の奥から低い含み笑いを響かせた。

「卒倒するふりはできるかと言ってたわよね」サラは念を押すように言った。

「頼めば、できたと？」ヒュー卿が訊いた。

「卒倒したふり？　たぶん。女性なら誰でも備えている才能だもの」サラはいたずらっぽく笑って、問いかけた。「わたしが芝地で気を失ったら、ほんとうにあなたに十ポンド払うとマーカスが言ったの？」

「いや」ヒュー卿はあっさり否定した。「きみの従兄のダニエルが、ふたりで銃をかまえれば、ご婦人を気絶させられるかもしれないと言いだしたんだ」

「わたしというわけではないのね」サラは指摘せずにはいられなかった。

「きみというわけではない。それでダニエルが、実際にそうなったら、チャタリス卿に十ポンドずつ払ってもらおうと持ちかけたんだ」

「マーカスは承知したの？」あのマーカスが、たとえいきなり舞台に上がってジグを踊ることはあったとしても、そのような提案に同意するとはサラには信じられなかった。

「むろんしないさ。そんなことを承知すると思うかい？」ついにヒュー卿が口角を上げるだけでなく、ほんとうに愉快そうな笑みを浮かべた。深みのある緑色の瞳まできらめかせ、サラにとってはめまいがするほど恐ろしいことに、とたんに美男子に見えてきた。いいえ、違う。もとから端整な顔立ちをしていた。でも笑うととたんに……。

つい口づけたくなってしまう顔になった。

「ああ、なんてこと」サラは息を詰まらせ、あとずさった。これまで男性とキスをしたことはないし、したいと思ったことすらないのに、よりにもよってヒュー・プレンティスに初めてそんな気持ちを抱くなんて。

「どうかしたのかい？」

「いいえあの、いいえ。つまり、そうなの。だってあの、蜘蛛《くも》がいたんですもの！」

ヒュー卿が床を見おろした。「蜘蛛が」

「あちらに行ったわ」サラは慌てて言い、左のほうを指さした。それからなにげなく右のほうも。

ヒュー卿が眉をひそめ、杖にもたれて身をかがめ、まじまじと廊下を眺めた。

「身がすくむわ」サラは言い足した。実際には身がすくみはしなかったものの、そんな気はする。蜘蛛を好きではないのは事実だ。

「ううむ、見あたらないな」

「誰かに伝えたほうがいいかしら」サラは口走り、このまま屋敷の向こうへ、いっそ使用人たちの住まいまで行ってしまいたいとすら思った。ヒュー・プレンティスが目に入らないところへ行けば、このおかしな感情もきっと消える。「そうよ」思いつくまま出まかせを続けた。「ちゃんと探してもらわないと。見つけて始末してもらいましょう。ひょっとして巣ができているのかもしれないし」

「フェンズモアの女中たちがそんなものを放置しておくとは思えない」

「それでも」声が上擦《うわず》った。あまりに耳ざわりな自分の声に、サラは思わず顔をしかめた。「呼び鈴を鳴らして従僕を呼んだほうが手っとりばやいんじゃないか？」ヒュー卿がほんの数メートル先の客間を身ぶりで示した。

サラはうなずいた。もちろんヒュー卿の言うとおりだったし、どうにかふだんの心持ちが戻ってきた。鼓動も落ち着き、ヒュー卿の口を見ないようにしているうちに、キスをしたいという衝動も鎮まった。ほとんどは。

サラは背筋を伸ばした。もう大丈夫。「一緒にいてくださってよかったわ」そう言うと、客間に足を踏み入れた。

誰もいない。

「そんな、変ね」

ヒュー卿が口もとを引き締めた。「たしかに」

「いったい……」サラはとりあえずまた口を開いたが、続ける言葉を探す必要はなかった。すでにヒュー卿がこちらを向いて、いぶかしげに目を狭めていた。「ひょっとしてきみのいとこは――」

「違うわ！」サラはとっさに声をあげた。「それはないと思うの」きちんと声音を落として言いなおした。「アイリスならともかく、ホノーリアにかぎって――」声が尻すぼみになった。ヒュー卿にスマイス－スミス一族の誰かが自分たちの仲を取り持とうとしていると思われるのだけは避けたい。

「見て！」サラはやけに明るく大きな声で言った。左側にあるテーブルにひらりと手を向けた。「空《から》のお皿だわ。ここに大勢いらしたのよ。ちょうど出ていったところなんだわ」

ヒュー卿は押し黙っている。

「坐らない？」サラはぎこちなく勧めた。

今度も返事はなかった。けれどもヒュー卿はなおさらしっかりと向きなおった。

「それで待ちましょう」サラはそう提案した。「ここにいると言ってしまったんだし」なんだかばからしく思えてきた。しかもどうしようもなく気分が落ち着かない。それでもいまはこの男性と同じ部屋にいても、ふだんどおりまるで変わりなくいられることを証明しなければと、半ばむきになっていた。

「フランシスはわたしたちがここにいると思ってるし」どうやらヒュー卿は口が利けなくなってしまったようなので、サラは言い足した。何か考えているだけなのかもしれないが、言わせてもらえば、考え事をしながらでも雑談程度はできるのではないだろうか。自分はいつもそうしている。

「きみが先に、レディ・サラ」ヒュー卿が言った。ようやく。

サラは青と金色の柄のソファへ歩いていき、ふと、前日に自分がうたた寝をしてしまったソファだと気づいた。歩を進めつつ、ヒュー卿に手助けがいるか振り返って確かめたい気持ちに駆られた。坐るくらいのことに助けが必要なはずもないので、ばかげている。

それでも確かめたい気持ちをこらえてどうにかソファに着き、腰をおろし、妙にほっとして目を向けた。ヒュー卿はほんの数歩後ろをついてきて、ほとんど間をおかず、やはりこちらも前日に坐っていたのと同じ青い椅子に腰をおろした。

きのうと同じ光景のように見えて、状況はまったく違うとサラは思った。同じなのは互いが坐っている場所だけだ。たった一日で、自分の住む世界は一変していた。

# 9

「きのうと同じ」レディ・サラがぽつりと口走った。ヒューもまさしく同じことを考えていたのだが、すべてが同じわけではないことに気がついた。テーブルがきのうあった場所からずらされている。坐った位置から見える角度が違う。

「どうかなさった？」サラが訊いた。

自然と顔をしかめていたのだろう。「いや、ただ……」ヒューは椅子の上で腰をずらした。テーブルを動かすのはむずかしいことだろうか。テーブルの上には、おそらくは片づけてよいのか使用人たちに判断のつかなかった食べ残しのある皿が並んでいる。だがそうした皿をほかのところによければ……。

「あら」突如レディ・サラが声を発した。「脚を伸ばさないと。そうでしょう」

「テーブルがきのうあった場所から少しずらされているようだ」ヒューは言った。

レディ・サラがテーブルを見おろし、こちらに目を戻した。

「きのうは脚を伸ばせる空間があった」と説明を加えた。

「そうだったのね」サラはてきぱきと答え、立ちあがった。ヒューは唸り声を漏らしかけた。椅子の肘掛けを握り、腰を上げようとしたが、片腕に軽く手をかけられ、とめられた。「やめて、あなたは立ちあがらなくていいの」

ヒューは自分の腕にかけられた手を見やったが、あっという間にサラはその手を離し、皿をべつのテーブルに運びはじめた。

「やめてくれ」自分のために働く姿を見ているのはしのびなかった。

レディ・サラはかまわず動きつづけた。「さてと」腰に手をあてて、ある程度片づいたテーブルを眺めて言った。目を向ける。「脚を床におろしておくのと、テーブルに上げるのではどちらのほうが楽かしら」

なんと。そんな質問を投げかけられたことすらヒューには信じられなかった。「テーブルに足を上げなどしない」

「家ではそうなさってないの？」

「家ではそうだが――」

「それでお返事はもうじゅうぶん」サラはぴしゃりと言い放ち、汚れた皿の移動を再開した。

「レディ・サラ、やめてくれ」

サラは片づけを続けていて、こちらを見ようともしなかった。「いやよ」

「ぼくがいいと言ってるんだ」不可思議なことだった。あのレディ・サラ・プレインズワースが汚れた皿を片づけて、テーブルを動かそうとしている。ヒューにとってもっと驚きなのは、それを自分のためにしてくれているということだった。

「おとなしく、わたしにお手伝いさせて」レディ・サラがなおさらきつく言い返した。

ヒューは唖然として口をあけた。サラはその驚いた表情をいくぶん面白がるふうに口もとをほころばせ、すぐにまたとりすました顔に戻った。

「ぼくはそれほどやわではない」ヒューはつぶやいた。

「そんなふうには思ってないわ」レディ・サラが黒い瞳をきらめかせ、ふたたび皿の片づけに戻ると、ヒューは突然、砂漠の熱風に身を貫かれたかのように感じた。

この女性が欲しい。

息がつかえた。

「どうかなさった？」サラが問いかけた。

「いや」ヒューは声を絞りだした。だがなおもこの女性が欲しい。

サラが目を向けた。「声が変ね。なんだか……いいえ、どう言えばいいのかわからないわ」ふたたび皿の片づけに戻り、動きながら言葉を継いだ。「どこか痛そうなと言えばいいのかしら」

ヒューは沈黙を保ち、客間のなかを動きまわるレディ・サラを目で追ってしまわないよう努めた。ああ、いったい何が起こったというのだろう？　たしかにこうして見ると、きわめて魅力的な女性ではあるし、体にぴったり合ったビロードのドレスのせいで乳房の程よい（まさに理想的な）ふくらみがきわだっていて、つい目を留めずにはいられない。

だが、この女性はサラ・プレインズワースだ。ほんの二十四時間前まで自分が嫌っていた相手で、いまもまだ嫌いではないとは言いきれない。

そもそも、砂漠の熱風が実際にはどのようなものなのか知りもしない。いったいどこからそんな喩えを思いついたんだ？

　サラは最後の皿を運び終えて、こちらに目を戻した。「あとはあなたの脚をテーブルに上げて、もう片方の脚に負担がかからないように、テーブルを近づければいいのではないかしら」

　ヒューはすぐには応えなかった。応えられなかった。いったい自分に何が起こったのかをなおも突きとめようとしていたからだ。

「ヒュー卿」レディ・サラが待ちかねたように言う。「脚を」

　もはやこの女性を思いとどまらせる術はないとヒューは悟り、胸のうちで屋敷の主人夫妻に詫びて、ブーツを履いた脚をテーブルに上げた。

　脚を伸ばせて楽になった。

「じっとなさってて」サラがテーブルのこちら側にやってきた。「それではまだ膝が不安定だわ」ヒューと並ぶ格好で、テーブルを引き寄せたが、斜めにずれてしまった。「まあ、ごめんなさい」そう言うと、すぐさま椅子の背にまわった。「ちょっと待ってて」

　反対側から椅子とテーブルの隙間をヒューのすぐ脇まで入ってきた。体が触れあっているわけではないが、ヒューはサラの潑剌《はつらつ》とした肌のぬくもりを感じた。

「もう少し我慢なさって」唸るような声がした。

　ヒューは顔を振り向けた。

　そうすべきではなかった。

レディ・サラはわずかに身を乗りだすように腰をかがめていて、ドレスの……襟ぐりが……すぐ目の前にあり……。

ヒューはふたたび椅子の上で腰をずらした。今回は脚のせいではない。

「ちょっとだけ脚を上げられる?」サラが尋ねた。

「なんだ?」

「脚よ」サラがこちらを見ずに言ったので、目を離せなくなっていたヒューは天に感謝した。乳房の谷間がすぐ目の前にあり、香りがふんわり漂ってくる――レモンとハニーサックルと、何かもっと素朴で本能を掻き立てられる匂いもする。

レディ・サラはこの午前中ずっとダンスをしていた。息をはずませ、めまぐるしくまわっていた。そう考えただけで、ヒューはいまにも息がとまりそうなほど欲望をそそられた。

「手助けがいるかしら」サラが訊いた。

ああ、主よ、お助けください。ヒューは脚を痛めて以来、女性と関係を持っていなかった。じつのところ持ちたいと思ったこともない。ほかの男たちと同じように欲望はあるが、片脚の悪い自分を求めてくれる女性がいるとはとても考えられず、誰にも心許すことはできなかった。

いま突然、このような気持ちに襲われるまでは――

いやだから、砂漠の熱風など知らないではないか。ともかく砂漠の熱風以外の何かに襲われるまでは。

「ヒュー卿」サラがせかすように言った。「聞いてるの？　脚を少し浮かせてくだされば、テーブルを引き寄せやすくなるんだけど」

「悪かった」ヒューはぼそりと詫び、片脚を数センチ持ちあげた。

サラはまたテーブルを引き寄せたが、ヒューのブーツのふちが擦れてわずかに引っかかり、姿勢を保つために一歩踏みださざるをえなかった。

いまや手を伸ばせば触れられるところにサラがいた。ヒューは欲望に屈しないよう椅子の肘掛けを握りしめた。

ほんとうはサラの手に触れて握り、自分の口もとに引き寄せたかった。手首の内側に口づけ、色白の肌を伝う脈動を感じたい。

そうして――ああ、艶《なま》めかしい夢想などめぐらせるのは場違いなことはわかっているが、やめられそうにない――両腕を上げさせて身をしならせ、抱き寄せれば、女性らしいしなやかな体を隅々まで感じられるだろう。さらにはスカートの下に手をもぐらせ、脚を上へたどって、敏感な太腿の付け根に至る。

この女性のふだんの体温を正確に知り、欲望で熱くほてったときにその体温がどれくらい上がるのかも試してみたい。

「これでいいわ」レディ・サラが背を起こした。ヒューはこの悶々《もんもん》とした状態にみじんも気づかれずに、理性を失いかけていることを隠しとおせるとはとても思えなかった。

レディ・サラは望みどおりテーブルを動かせて満足そうに微笑んでいる。「楽になったでしょう?」

ヒューはどうにも話せそうにはないので、うなずいた。

「大丈夫? 少し顔が赤いわ」

ああ、もうおしまいだ。

「何か欲しいものはある?」

きみだ。

「ない!」とっさに大きすぎる声を出していた。これはいったいどういうことなんだ? 自分はいまサラ・プレインズワースを血気盛んな少年のように見つめていて、唇の形や色以外、何ひとつ目に入らない。

あの唇の感触を確かめたい。

サラがヒューの額に手を伸ばした。「ちょっといいかしら」そう尋ねたが、言い終わらないうちに触れていた。

ヒューはうなずいた。ほかにどうすればいいというのだろう。

「体調があまりよくなさそうね」サラが低い声で言う。「フランシスがケーキを持ってきたら、レモネードも頼みましょう。きっと気分がさっぱりするわ」

ヒューはふたたびうなずき、フランシスに考えを向けようとした。十一歳で、ユニコーン好き。

そして、どんな理由があるにせよ、自分がこのような状態のときに部屋に入れるのは避けるべき相手だ。

サラが額から手を離し、眉をひそめた。「少し熱っぽいわ。高い熱が出ているわけではなさそうだけど」

その程度のものなのだろうかとヒューはいぶかった。ほんの少し前まで、燃えあがってしまいそうな気がしていたというのに。

「大丈夫だ」機先を制するかのように続けた。「ただもう少しケーキを食べたい。レモネードもいいな」

サラはまるでヒューにもうひとつ耳が伸びてきたかのように見つめた。あるいは髪の色が一変してしまったかのように。

「どうかしたのかい？」ヒューは問いかけた。

「いいえ」サラはそう答えたが、本心とはとうてい思えない口ぶりだった。「ただ、あなたらしくないお返事だったから」

ヒューは努めて軽い口調で言った。「そんなふうに言えるほど、お互いをよく知る間柄だっただろうか」

「変よね」サラは同意して、ソファに腰を落とした。「でもなんとなく――なんでもないわ」

「いや、聞かせてくれ」ヒューはせかした。話をするのは名案だ。ほかのことは考えずにすむし、ソファに坐っていてもらえれば、こちら側に前かがみになる可能性はないのがなによりありがたい。

「あなたは頻繁《ひんぱん》に間を取りながら話すわ」サラが言う。

「差し支えがあるだろうか？」

「いいえ、もちろんないわ。ただちょっと……変わってるわね」

「慎重に言葉を選ぶ癖がついてしまっているのかな」

「違うの」サラがつぶやくように続けた。「そうではなくて」

ヒューはふっと笑いを漏らした。「つまり、ぼくは慎重に言葉を選んではいないと？」

「違うわ」サラも笑って答えた。「ちゃんと考えているのはわかってるわ。あなたはとても賢いし、わたしがそれを知っているのも承知している」

ヒューは思わず微笑んだ。

「うまく説明できないんだけど」サラが続けた。「あなたは話す前に、相手を見て――いいえ、まわりくどい言い方はやめるわ――あなたはわたしに話すときによく間を取るけど、言葉を慎重に選んでいるからとは思えないのよ」

ヒューはじっと見据えた。今度はあのサラ・プレインズワースが押し黙り、考えを整理しようとしている。「あなたの顔を見ていると」ようやく言葉を継いだ。「言うべきことを選んでいるようにはどうしても思えない」ふいに気を取りなおしたふうに目を上げた顔からはもう、思案の表情は消えていた。「ごめんなさい。立ち入ったことだったわ」

「謝る必要はない」ヒューは静かに言った。「この世の中には無意味な会話があふれている。そうではない話ができて、光栄だ」

サラが少し誇らしげに頬を染め、気恥ずかしそうに目をそらした。その瞬間ヒューは、それがふだんからよく見せるしぐさではないとわかる程度には、いつの間にかこの女性のことをわかるようになっていたのだと気づかされた。

「それで」サラが膝の上で両手を組み合わせた。咳払いをして、また空咳をする。「たぶんわたしたち――フランシス！」

とたんに活力がみなぎった声に、ヒューは安堵らしきものを聞きとった。

「とても時間がかかってしまってごめんなさい」フランシスが部屋に入ってきて言った。「ホノーリアがブーケを投げたから、どうしても取らなきゃと思って」

サラがぴんと背を伸ばした。「わたしがいないところで、ホノーリアはブーケを投げたの？」

フランシスは瞬きを何度か繰り返した。「そういうことね。でも、どうせ同じことよ。アイリスより早く走れるわけないもの」

「アイリスが走ったの？」サラはぽっかり口をあけ、ヒューから見るかぎり、どういうわけか恐れと喜びが入りまじったような表情を浮かべた。

「すばやかったわ」フランシスが力を込めて言った。「ハリエットお姉様は床に倒されてしまったんだから」

ヒューは口を押さえた。

「笑いをこらえなくてもけっこうよ」サラが言う。

「アイリスにお目当ての方がいるなんて思わなかった」フランシスは言い、ケーキを見おろした。「サラお姉様、ちょっとだけもらってもいい？」

サラは手ぶりでケーキを勧めてから、答えた。「そんな方がいるとは思えないけど」

フランシスがフォークの先についた糖衣を舐めとって言う。「花嫁のブーケを取れば、きっと本物の愛が早く見つかると思ってるのね」

「そうだとしたら」サラは皮肉っぽく言った。「アイリスより早く走って取りにいったのに」

「花嫁がブーケを投げる慣習の成り立ちは知ってるかい？」ヒューは問いかけた。

サラが首を振った。「知ってるから訊いたの？　それとも知りたいから尋ねたの？」

ヒューはささやかな皮肉は聞き流して答えた。「花嫁はいわば幸運をつかんだ女性だ。それで何百年も前に、その幸運をおすそ分けしてもらおうと、若い娘たちが文字どおり花嫁のドレスを引きちぎって奪おうとした」

「乱暴ね！」フランシスが声をあげた。

ヒューは笑みを返した。「そこで、ぼくが思うに誰か賢い人物が、ほかに何か幸せになる夢が叶った証しとなるものを分け与えれば、花嫁の身の安全が保たれると考えたのではないかな」

「きっとそうよ」フランシスが賛同した。「そうしないと、花嫁はみんなもみくちゃにされてしまうもの」

レディ・サラがくすりと笑い、残りのケーキに手を伸ばした。フランシスは糖衣をどんどん食べ進めている。ヒューもサラのダンスを眺めていたときにすでにひと切れは口にしていたが、自分にも取り分けてほしいと頼もうとした。とはいえテーブルに片脚をのせている体勢では思うように身を乗りだせず、ふたりの前に皿を差しだすこともできない。

やむなくサラがケーキを食べるのを眺め、フランシスのたわいないお喋りを聞いているしかなかった。そうしているのが思いのほか心地よく、いつしか束の間まどろんでしまったらしい。フランシスの声に目を覚まされた。

「ついてるわ」

ヒューは目をあけた。

「ここ」フランシスが自分の口を示して姉に伝えた。

ナプキンはなかった。フランシスにはまだケーキと一緒に持ってこようという気遣いは働かなかったのだろう。サラは舌で口角についた糖衣を舐めとった。

レディ・サラの舌と、唇。

わが身の破滅。

ヒューはテーブルから片脚を引きおろし、そそくさと椅子から立ちあがった。

「どうかなさったの?」サラが訊いた。

「レディ・チャタリスにお詫びを伝えてください」ヒューはあらたまった口調で言った。

「こちらでお待ちすることになっていたが、どうしても脚を休めたいのでと」

サラはとまどい顔で目をしばたたいた。「でもさっきまで――」

「また変わったんだ」ヒューは遮って言った。ほんとうは脚の状態に何も変わりはなかったのだが。

「まあ」レディ・サラはなんとも不明瞭な相槌を返した。驚いているのか、喜んでいるのか、まさか落胆しているのではあるまい。ヒューには聞き分けられなかった。それにじつのところ、知りたいとも思わない。レディ・サラ・プレインズワースのような女性を欲することなど、もってのほかなのだから。

的外れにもほどがある。

# 10

## 翌朝

フェンズモアの車道には、これからケンブリッジシャーを発《た》ち、南西のバークシャーへ、さらに細かく言うならウィンステッド伯爵家の本邸があるウィップル・ヒルでの結婚式へ移動する招待客の馬車が長い列を成していた。サラが名づけた〝最大最悪の英国貴族の旅遊団〟の出発だ（ハリエットは羽根ペンを手に、そういった名称は大文字表記にしなければと公言した）。

目的地はロンドンからさほど離れてはいないところなので、近くの宿屋をあてがわれてしまった招待客たちのなかには、いったん街屋敷に戻ることにした人々もいる。だがほとんどは、ふたつの結婚式を三週間にわたる泊りがけの祝宴として楽しむつもりで訪れていた。

「当然でしょう」レディ・ダンベリーはふたつの結婚式の招待状を受けとったとき、そう声を張りあげた。「あいだの十日間だけわざわざロンドンの家を開くなんてばかばかしい」

この老婦人の本邸はフェンズモアとウィップル・ヒルのちょうど中間に位置するサリーにあり、ロンドンまで戻るまでもないことをあえて指摘する者もいなかった。

とはいえ、レディ・ダンベリーの言いぶんももっともだった。一年のうちでもこの時季は貴族たちがロンドンを出払い、ほとんどが北部や西部、つまりはむろんケンブリッジシャーでもバークシャーでもその中間でもないところに帰っている。せっかくもてなしてもらえるところがあるのに、二週間足らずのためにロンドンの住まいをわざわざ開く理由は見あたらない。

念のために言うなら、誰もが同意見というわけではなかったのだが。

「あらためて訊くが」ヒューはフェンズモアの玄関広間を通り抜けながらダニエル・スマイスースミスに言った。「どうして家に戻ってはいけないんだ？」

フェンズモアからウィップル・ヒルまでは馬車で三日かかり、急げば二日でも行けないことはないのだろうが、そのような無理をする者はいない。たしかにいったんロンドンに帰って一週間後にまたバークシャーまで来るよりは馬車のなかで過ごす時間は短いかもしれないが、苦痛な長旅であることに変わりはない。誰かが（誰なのかは知らないが、ダニエルではないのは間違いない。その手のことはあまり得意な男ではないからだ）旅路を選び、その道沿いのすべての宿屋（とそれぞれの部屋数）を調べ、全員が泊まれるよう手配がなされていた。

おかげで宿屋はどこも満室のはずなので、この間はチャタリス伯爵家とスマイスースミス伯爵家の結婚式に参列しない旅人が通りがからないことを祈るばかりだ。

「どうせ帰っても退屈するからだ」ダニエルがヒューの背中をぱんと叩いて答えた。「それに、きみは馬車を持っていないのだから、ロンドンに帰りたければ、母の友人のどなたかに同乗させてもらわなくてはならない」

ヒューは話そうと口をあけたが、ダニエルの話はまだ続いていた。「つまり言うまでもなく、ロンドンからウィップル・ヒルに来るときもまた同じだ。母の子守だった婦人と同乗できるかもしれないが、空きがなければ、郵便馬車に席を確保しなければならない」

「それで理由は以上か？」ヒューは訊いた。

ダニエルはもうひとつあるとでも言いたげに一本の指を立て、結局その指をおろした。

「ああ」

「人でなしめ」

「事実を言ったまでだ」ダニエルは言い返した。「そもそも、どうしてウィップル・ヒルに行くのをいやがるんだ？」

ひとつは間違いなく理由を挙げられる。

「着いたらすぐにいろいろと催しが始まる」ダニエルが言葉を継ぐ。「結婚式まで盛大な浮かれ騒ぎが続くだろう」

はたしてこのダニエル・スマイス－スミスほど、陽気に愉快なことだけを考えていられる男がほかにいるだろうか。麗しきミス・ウィンターとの結婚を控えているのも理由のひとつではあるにしろ、ダニエルは昔からほんとうに気さくに友人をつくり、よく笑う男だった。

そんな友人の人生をぶち壊したのは自分なのだが、大陸へ逃れたと知ったときには、もうもとのダニエルに戻るのはむずかしいだろうとヒューは内心で思っていた。ところがイングランドに帰ってきたダニエルが相変わらずの明るさと陽気な機知でもとの暮らしを取り戻したのには、いまだ感嘆させられるばかりだ。たいていの人間なら、復讐心《ふくしゅうしん》を燃やすものではないだろうか。

それどころかダニエルは感謝の言葉を口にした。イタリアで自分を探しだし、父親に魔女狩りまがいの追跡をやめさせたこと、さらには友人のままであることにまで、ヒューに礼を述べた。

この男のためならば、どんなことでもしようとヒューは誓った。

「第一、ロンドンに帰って何をするんだ？」ダニエルは問いかけ、車道へ自分についてくるようヒューに合図した。「ただじっと坐って暗算でもするつもりか」

ヒューはじろりと友を見やった。

「尊敬しているから、こんな冗談も言えるのさ」

「なるほど」

「すばらしい才能だ」ダニエルが強調した。

「おかげできみは発砲させられて国を追われたのにか？」ヒューは尋ねた。レディ・サラにも言ったとおり、もはや悪い冗談にする以外に語りようのないこともある。

ダニエルがつと足をとめ、表情を曇らせた。

「きみもわかっているはずだ」ヒューは続けた。「ぼくが昔からカードゲームで負け知らずなのは、ずば抜けた計算能力のせいにほかならないと」

ダニエルの目が翳《かげ》ったように見えた。それから友人は瞬きをして、うんざりしたふうな顔をした。「もういいじゃないか、プレンティス。終わったことだ。ぼくたちはもとどおりの暮らしに戻ったんだ」

「ぼくたちはどちらも愚かだった」ダニエルが静かに言う。

きみはな、とヒューは思い、そんなふうに考えてしまう自分に嫌気がさした。

「どちらも愚かだったかもしれないが」ヒューはそう返した。「決闘を持ちかけたのは、そのうちのひとりだ」

「ぼくは断わることもできた」

「もちろんそうだ。断われば、体面は保てなかったわけだが」ロンドンの若い紳士たちのかかげた決闘作法とはいえ、けっして破ることのできない不文律だ。カードゲームでいかさまをしたと非難されたら、潔白を示さなくてはならない。

ダニエルがヒューの肩に手をかけた。「ぼくはきみを許したし、きみもぼくを許してくれたんじゃなかったのか」

じつのところヒューに許した憶えはなかったが、なぜなら許すことなど、はなから何もなかったからだ。

「気がかりなのは」ダニエルが穏やかな声で言う。「きみがきみ自身を許しているかだが」

ヒューが答えずとも、ダニエルは返答を求めはしなかった。代わりにふたたび陽気な声に戻って高らかに言った。「一緒にウィップル・ヒルへ行こう。みんなでよく食べ、飲みたい者は飲み、楽しくやろうじゃないか」

ヒューは小さくうなずいた。ダニエルはもう酒を飲まない。ふたりの運命を変えた晩以来、一滴も口にしていないと言っていた。ヒューも時おり友人を見習うべきだと考えるのだが、歯を食いしばるほどの痛みをやわらげるものが必要な晩もある。

「それに」ダニエルが言う。「きみにはどのみち早めに来てもらわなくてはならない。事前の催しにも参加してもらおうと思っていたんだ」

ヒューはぴたりと固まった。「どういうことだ？」

「むろん花婿の付添役はマーカスに頼んであるが、さらに何人かの紳士に付き添ってもらいたい。なにしろアンのほうにはご婦人がたがまさしくひと群れついてるんだ」

ヒューはそのような栄誉を快く引き受けられない自分が情けなく、唾を飲みこんだ。誇らしいことなのだから、光栄だと答えたかった。自分にとってはきわめて大きな意味のあることだし、真の友人を持つとはいかに心安らげることなのかを思いださせてくれた相手だというのに。

だが結局、ぎこちないうなずきを返すことしかできなかった。前日にサラに言ったことは偽りではない。ヒューは褒め言葉を快く受けとる術《すべ》が身についていなかった。おそらくはまず自分が褒められるに値する人間だと思えなくてはいけないのだろう。

「それなら決まりだ」ダニエルが言う。「おっと、それはそうと、きみはぼくのお気に入りの馬車に乗ってもらうことになっている」

「どういうことだ？」ヒューはいぶかしげに問いかけた。ふたりはすでに屋敷を出て、車道への階段をおりきろうとしていた。

「ええと」ダニエルが問いかけを無視して言う。「向こうの……あれだ」先頭から数えて五番めに車道に並んでいる、わりあい小ぶりの黒い馬車をさっと指し示した。紋章は付いていないが、上質な造りでよく手入れされているのがあきらかにわかる。高位の貴族の二台めの馬車といったところだろう。

「どなたの馬車なんだ？」ヒューは強い調子で訊いた。「レディ・ダンベリーとの同乗は勘弁してくれよ」

「レディ・ダンベリーの馬車ではない」ダニエルが答えた。「言わせてもらえば、あの老婦人はすばらしい旅の友になると思うが」

「それなら、どなたなんだ？」

「乗ってからのお楽しみだ」

ヒューはきのうの午後から晩のほとんどの時間を、あのサラ・プレインズワースへの尋常ではない欲望は……たまたま何かのきっかけによって引き起こされた、いっときの異変だと自分に言い聞かせることに費やした。そのいっときの異変はふたたび起こりかねない。一度めはたまたま起きてしまったことであれ、狭苦しい空間でまる一日ともに過ごすようなことだけは避けるのが賢明だ。

「ウィンステッド」ヒューは警戒する口ぶりで言った。「きみの従妹も困る。言っておくが、ぼくはもう――」

「ぼくに何人の従姉妹がいるか知ってるのか？　その全員を避けられると思うか？」

「ウィンステッド」

「心配無用、そのなかでも間違いなく最善の馬車を選んでおいた」

「肉屋に引き渡されるような気分なのはなぜだろう」

「まあたしかに」ダニエルが応じた。「ひとりで立ち向かうのには無理があるが」

ヒューはすばやく顔を振り向けた。「なんだと？」

「さあ、着いた！」

ダニエルが馬車の扉をぐいと引きあけた。

「お嬢さんがた」かしこまって呼びかけた。

誰かがひょいと顔を覗かせた。「ヒュー卿！」

レディ・フランシスだった。

「ヒュー卿」

「ヒュー卿」

このふたりも姉妹なのだろう。だがどうやらレディ・サラはいないらしい。

ヒューはほっと息をついた。

「この三人のお嬢さんがたと過ごしたひと時は、ぼくにとって最上の思い出のひとつとなっている」ダニエルが言う。

「きょうの旅は九時間はかかるんだよな」ヒューは乾いた声で返した。

「すばらしい九時間を過ごせるだろう」ダニエルが前かがみに身を近づけた。「だが少々忠告しておくなら」ささやいた。「彼女たちのお喋りはすべて追おうとしないほうがいい。めまいがしてくるからな」

ヒューは踏み段に足をかけて立ちどまった。「なんだって?」

「乗ってくれ!」ダニエルがヒューを後ろから押しあげた。「昼食の休憩のときにまた会おう」

ヒューは言い返そうと口をあけたが、ダニエルに馬車の扉を閉められてしまった。

馬車のなかを見まわした。ハリエットとエリザベスが前方を向く側の席に並んで腰かけ、ふたりのあいだには本や紙の束が積みあげられていた。ハリエットは耳の後ろに羽根ペンを差し、膝を机代わりに書き物をしようと姿勢を整えている。

「あなたをこの馬車に乗せてくれるなんて、ダニエルは気が利くわ」ヒューが隣りに腰を据えるなりフランシスが言った。いや正確には、腰を据えるより少し先だったかもしれない。この少女がさほど気長なたちではないのは、ヒューにもだんだんとわかってきた。

「まったくだ」ヒューはつぶやいた。たしかに感謝すべきなのだろう。気位の高い老婦人や安物の葉巻を吸う紳士よりはレディ・フランシスと過ごすほうがはるかに好ましい。姉たちも気立ては悪くなさそうだ。

「わたしが特別にお願いしたの」フランシスが言う。「きのうの結婚式でとても楽しく過ごせたから」姉たちに顔を向けた。「ふたりでケーキを食べたのよ」

「見てたわ」エリザベスが答えた。

「あなたは後ろ向きで馬車が進んでも平気かしら」フランシスが訊く。「ハリエットお姉様とエリザベスお姉様は気分が悪くなってしまうの」

「フランシス！」エリザベスが叱った。

「ほんとうなんだもの。最初からヒュー卿に言っておくのと、ほんとうに気分が悪くなってしまってから説明するのと、どちらのほうが恥ずかしい？」

「ぼくとしては先に言っておいてくれたほうがありがたい」ヒューは言葉を差し挟んだ。

「これからずっとお喋りしつづけるつもり？」ハリエットが問いかけた。三人のなかでは最もサラに似ている。髪は姉よりもう少し明るい色だが、輪郭が同じだし、笑顔はそっくりだ。そのハリエットがいくぶんばつが悪そうにヒューを見やった。「ごめんなさい。もちろん、妹たちに言ったんですわ。あなたではなく」

「気になさらずに」ヒューは穏やかな表情で答えた。「だが念のために言っておくなら、ぼくはこれからずっとお喋りしつづけるつもりはありません」

「書き物をしようと思っていたので」ハリエットは言い、膝の上に載せた小さな紙の束を身ぶりで示した。

「無理よ」エリザベスが言う。「あちこちにインクがついてしまうわ」

「そんなことにはならないわ。新たな方法を考えだしたから」

「馬車のなかで書くための方法？」

「インクをなるべく使わずにすむ方法よ。それから、誰かちゃんとビスケットを詰めてきた？　昼食の休憩までに間違いなくお腹がすいてしまうもの」

「フランシスが持ってるわ。それと、もしインクをつけたら、お母様にどれだけ叱られるか――」

「肘に気をつけて、フランシス」

「ごめんなさい、ヒュー卿。痛くなかったらいいんだけど。それと、わたしはビスケットを持ってきてないわ。エリザベスお姉様が持ってくると思ってたから」

「わたしのお人形の上に坐ったでしょう」

「ああ、困ったわ。そんなことなら朝食をもっとしっかり食べておけばよかった。そんな目で見ないでよ。インクをクッションにつけるはず――」

「お人形ならそこにあるわ。インクを使わないでどうやって書けるの？」

ヒューは黙って見ていることしかできなかった。十六種類もの話題が一度に話されているらしい。話しているのは三人だけなのだが。

「あら、だって、あらすじだけ走り書きしておけば――」

「そのあらすじにユニコーンは出てくる？」

どの言葉を誰が発しているのか、ヒューにはまったくわけがわからなくなっていたが、そのひと言でようやく追いついた。

「ユニコーンはもうなしよ」エリザベスが唸るように言った。ヒューのほうを見て続ける。「妹がうるさくてごめんなさい。ユニコーンのことしか頭にない子なので」

ヒューはフランシスを見やった。少女は怒りで身を堅くして、姉を睨みつけている。無理もない。エリザベスの口ぶりはいかにも年上ぶって妹を見くだす気持ちが三分の二と、残りの三分の一は嘲笑で占められていた。ヒューもこの年齢の頃にはエリザベスと同じくらい生意気だったので咎められる立場ではないが、ふいに妹のほうを助けたいという正義感に駆られた。

誰かを救いたいと思ったのは、どれくらいぶりのことだろう。

「ぼくもユニコーンは好きだ」ヒューは言った。

エリザベスが唖然となった。「あなたが？」

ヒューは肩をすくめた。「みんなそうなんじゃないかな」

「ええ、でもあなたは信じてはいらっしゃらないでしょう？」エリザベスが言う。「フランシスは実在すると思いこんでいるんです」

ヒューは目の端に不安そうに見つめるフランシスの表情をとらえた。

「必ずしも実在しないとも、証明できない」

フランシスが嬉しそうな声を漏らした。

エリザベスは太陽を長く見つめてしまったかのような顔をしている。

「ヒュー卿」フランシスが言った。「わたし――」

「お母様！」

フランシスが言葉を切り、全員がいっせいに馬車の扉のほうを見やった。外から聞こえたのはサラの声で、しかも機嫌はよさそうではない。

「お姉様もこの馬車に乗るのかしら？」エリザベスが声をひそめて問いかけた。

「きっと通りがかっただけよ」ハリエットが答えた。

まさかレディ・サラも同じ馬車に乗るのだろうか。それ以上の恐ろしい責め苦があるとは、ヒューには想像もつかなかった。

「妹たちか、アーサーとルーパートのほうか、どちらかに乗ってちょうだい」レディ・プレインズワースの声だった。「申しわけないけれど、ほかにはもう乗れるところが……」

「わたしはあなたの隣りには坐れないわね」フランシスが申しわけなさそうにヒューに言った。「向こうに姉たち三人では窮屈だから」

つまりレディ・サラが隣りに坐る。同じ馬車に乗るだけでなく、さらに恐ろしい責め苦があったというわけだ。

「心配なさらないで」ハリエットが力を込めて言った。「サラお姉様は後ろ向きに馬車に乗っても気分が悪くはならないから」

「違うの、それはいいのよ」サラの声がした。「一緒に乗るのはかまわないんだけど――」

扉が開かれた。サラは踏み段に片足をかけつつ馬車に背を向けて母と話しつづけていた。

「ただ疲れてるし――」

「もう出発する時間だわ」レディ・プレインズワースがきっぱりと遮って告げた。長女を軽く押しやった。「みなさんをお待たせしてはいけないわ」

サラはいらだたしげに息を吐き、後ろ向きのまま馬車に乗りこんでから身を返し――ヒューを見た。

「おはよう」ヒューは挨拶した。

サラが愕然として口をあけた。

「わたしがそちらに行くわ」フランシスがつぶやくように言い、腰を上げて向かいの座席に移り、エリザベスから窓ぎわの席を奪おうとしたが叶わず、結局姉たちの真ん中に腕を組んで坐った。

「ヒュー卿」レディ・サラはあきらかに困惑していた。「ですからその……こちらで何をなさってるの？」

「失礼なこと言わないで」フランシスがむっとして言った。

「失礼なことを言うつもりなんてないわ。ただ驚いたから」サラは先ほどまでフランシスが坐っていたところに腰をおろした。「それにふしぎなんだもの」

この女性は前日に何が起こったのかを知らないのだとヒューはいまさらながら思った。実際には何も起こってはいないのだからあたりまえだ。自分の頭のなかだけのことなのだから。それにおそらく体のいくつかの部分にも変化はあった。けれども重要なのは、この女性のほうはまったく気づいていなかったという点だ。しかも、消えてなくなることなので、今後も知られる可能性はない。

いっときの異変であれば、当然ながら、そのいっときで終わる。

それなのに、わずか数センチ隣りにレディ・サラの腰があるのをヒューが意識しないようにするには、かなりの努力が必要だった。

「ヒュー卿、いったいどのようなわけで、こちらで楽しいひと時を過ごしてくださることになったのかしら？」サラは婦人帽《ボンネット》の顎下のリボンをほどきながら尋ねた。

やはり間違いなく、何も気づいていない。そうでなければ、うかつに〝楽しいひと時〟などという言い方をするはずがない。

「きみの従兄によれば、この旅の馬車で最も快適な席を取ってくれたそうだ」ヒューは答えた。

「旅遊団よ」フランシスが口を挟んだ。

ヒューはサラから姉妹の末っ子に目を移した。「どういうことだろう」

「〝最大最悪の英国貴族の旅遊団〟」フランシスが得意げに言う。「わたしたちはそう呼んでるの」

ヒューは思わずにやりとして、呼気が含み笑いのように吐きだされた。「それは……うまい呼び名だ」どうにかそう返した。

「サラお姉様が考えたのよ」フランシスが片方の肩をすくめた。「とても賢いわよね」

「フランシス」サラが戒めるように言った。

「ほんとうなんだもの」フランシスはヒューがいままで聞いたこともないようなわざとらしいひそひそ声で言った。

サラが気詰まりなときの癖で視線をあちこちにさまよわせ、それからようやく首を伸ばすようにして窓の外を見やった。「もうそろそろ出発しないのかしら」

「〝最大最悪の英国貴族の旅遊団〟」ヒューはつぶやいた。

すぐさまサラがいぶかしげな目を向けた。

「気に入った」ヒューはさらりと言った。

サラはぼんやりと唇を開き、何か長い返し文句を考えているようなそぶりだったが、結局はこう答えた。「褒めてくださって嬉しいわ」

「まあ、やっと出発よ！」フランシスが嬉々として言った。

車輪が動きだした。ヒューは座席の背にもたれ、静かに馬車の揺れに身をあずけた。片脚を悪くするまで馬車の旅はまるで苦にならず、いつしか寝てしまうのがつねだった。いまも寝られないことはないが、脚を伸ばす広さがないときにはつらく、翌日には耐えがたい痛みに悩まされることになる。

「大丈夫？」レディ・サラがさりげなく尋ねた。

ヒューは頭を傾けて低い声で訊き返した。「何が？」

サラがほんのちらりとヒューの片脚に視線を落とした。

「問題ない」

「伸ばしたほうがいいでしょう？」

「昼食のときでいい」

「でも――」

「大丈夫だ、レディ・サラ」ヒューは強引に打ち切ったが、少しも言い返す調子にはならなかったのは自分でも意外だった。咳払いをする。「気遣ってくれてありがとう」

サラは目を狭め、その言葉を真に受けてよいものか決めかねているらしい。ヒューはわずかでも支障があるとは思われたくなかったので、向かいで窮屈そうに坐っているプレインズワース家の娘たち三人になにげなく視線を移した。ハリエットはペンの羽根先で額をとんとんと打ち、エリザベスは小さな本を開いている。フランシスがその姉の前に身を乗りだし、窓の向こうを眺めようとした。

「まだ車道を出てもいないのよ」エリザベスが本から目を上げもせずに言った。

「見たいんだもの」

「見るものなんてないでしょう」

「あるわよ」

エリザベスがてきぱきと本のページをめくった。「いつまでそんなふうに――痛いっ！」

「わざとじゃないわ」フランシスが言った。

「わたしは足を蹴られたわ」ハリエットが誰にともなく言う。

ヒューはいくぶん面白がってそのやりとりを見ていたが、これが一時間も続けば楽しむどころか煩わしくなるだけなのは間違いなかった。

「ハリエットお姉様のほうの窓から見ればいいでしょう？」エリザベスが言った。

フランシスはため息をついたが、姉に言われたとおり、反対側の窓のほうに向きなおった。

だが少しして、かさこそと紙の音が聞こえてきた。

「フランシス！」ハリエットが声をあげた。

「ごめんなさい。窓の外を見たかっただけよ」

ハリエットが助けを求めるようにサラを見やった。

「だめよ」サラはそう返した。「いま居心地が悪くても、フランシスの代わりにわたしがそちらに移れば、もっと窮屈になるわ」

「フランシス、じっとしてて」ハリエットはきつく言い放ち、膝の上の紙の束に視線を戻した。

ヒューはサラに肘で軽く突かれ、顔を向けると、手を見るよう視線で促された。

一……二……三……。

サラは声に出さずに指を一本ずつ伸ばして数えていた。

四……五……。

「フランシス！」

「ごめんなさい！」

ヒューがちらりと目をくれると、サラはあきらかに得意そうに微笑した。

「フランシス、わたしに寄りかかるのはやめて」エリザベスが鋭い声で指摘した。

「それなら、窓ぎわに坐らせて！」

全員から視線を注がれ、エリザベスはとうとう不機嫌そうに大きく息を吐いて、座席の前にいったんしゃがみ、妹を窓ぎわに坐らせた。ヒューが興味深く眺めていると、エリザベスはそれから必要以上に大げさに身をくねらせて座席に腰を戻し、ふたたび本を開いて、文字を凝視した。

ヒューは隣りに目をやった。サラが目顔であきらかにこう言った。〝もう少し見てて〟。

フランシスは予想を裏切らなかった。

「もう飽きちゃった」

# 11

サラはいつもながらのプレインズワース家の姉妹喧嘩をヒュー卿に見せて面白がっていていいのか恥じるべきなのかわからず、ため息をついた。

「いいかげんにしなさいよ、フランシス！」エリザベスがつかみかからんばかりの形相で妹を睨みつけた。「席を替えてから五分も経《た》ってないでしょう！」

フランシスがどうしようもないんだものといったふうに肩をすくめた。「だって飽きちゃったんだもの」

サラはさりげなくヒュー卿に目をやった。笑いをこらえているように見える。そうしていてもらうよりほかに仕方がない。

「何かできることはない？」フランシスが駄々をこねるように言う。

「わたしはあるわ」エリザベスが嚙みつくように答えて、本を掲げた。

「そういうことを言ってるんじゃないのは知ってるくせに」

「まあ、大変！」ハリエットが叫んだ。

「インクをこぼすだろうと思ってたのよ」エリザベスが大きな声で言う。そしてすぐに悲鳴をあげた。「わたしにつけないで！」

「あまり動かないで」

「わたしにまかせて！」フランシスが元気よく申し出て、姉たちの言いあいに割って入ろうとした。

サラがとりなそうとしたとき、ヒュー卿が腕を伸ばしてフランシスの襟首をつかみ、向かいの座席から軽々と持ちあげて、サラの膝の上に坐らせた。

ほんとうに鮮やかな手並みとしか言いようがなかった。

フランシスは呆然《ぼうぜん》としている。

「きみは口を挟まないほうがいい」ヒュー卿が忠告した。

その間サラは片方の肘でどうにか自分の胸を守っていた。「息ができない」声を絞りだした。

フランシスが坐りなおした。「楽になった？」陽気に問いかけた。

サラは答える代わりに大きく息を吸いこんだ。どうにかこうにかヒュー卿のほうに首をまわす。「見事に危機を回避してくださってお礼を申しあげたいところだけれど、このままだと脚の感覚がなくなりそう」

「それでもまだ、ちゃんと息はしている」ヒュー卿が言った。

そのとたん――主よ、お助けください――サラはいきなり笑いだした。息をしているだけで褒められたのがあまりにばかばかしく思えた。もしくは、まだ息をしているのがせめてもの救いだとすれば、あとはもう笑うしかなかったからなのかもしれない。

ともかくサラはそうせずにはいられずに笑った。可笑《おか》しくてたまらなくて笑いがとまらず、とうとうフランシスがみずから姉の膝をおりた。それでもサラは笑いつづけ、涙すら流すうち、エリザベスとハリエットも言いあいをやめ、啞然となって姉を見つめた。

「サラお姉様はどうしてしまったの？」エリザベスが訊いた。

「息が苦しくなって、こうなってしまったみたい」フランシスが馬車の床から答えた。

サラは妹たちの会話にくっくっと笑い、胸を押さえて、息を切らしつつ言った。「息ができないわ。笑いすぎて」

人のほんとうに愉快そうな笑いが往々にしてそうであるように、サラの笑いもいわば誘い水となり、ほどなく馬車のなかは笑い声で満たされ、あのヒュー卿までもが、サラには想像もつかなかった楽しげな声で笑いだした。もちろん、これまでも鼻で笑ったり、たまに含み笑いを漏らしたりといったことはあったが、こうして南のスラプストンへ向かって走るプレインズワース家の馬車のなかで、ヒュー卿はついにほかのみんなと同じように無防備に笑っていた。

驚くべき瞬間だった。

「もう、どうしちゃったのかしら」サラはようやく言葉を発した。

「どうして笑いだしたのかもわからないわ」エリザベスがなおもすっかり頰を緩ませたまま言う。

サラは目から涙をぬぐい、説明しようとした。「だって――この人が――いいえ、やめておくわ、いまになって話せばきっとそれほど可笑しいことではないのでしょうから」

「ともかく、インクの汚れはきれいにしたわ」ハリエットが気恥ずかしそうな顔で言う。「この手だけはべつだけど」

サラは妹を見やり、顔をしかめた。ハリエットの指で汚れていないのは一本だけのようだ。

「ぬかるみに手を浸けてしまったみたいに見えるわ」エリザベスが言う。

「あなたのほうこそ首に気をつけるのね」ハリエットは悪びれもせず言い返した。「フランシス、床から立ちなさい」

フランシスはさりげなく窓ぎわの席に戻っていたエリザベスを見やった。エリザベスがため息をつき、真ん中の席に腰をずらした。

「またすぐに飽きちゃうけど」フランシスが腰をおろすなり言った。

「いや、だめだ」ヒュー卿がきっぱりと言った。

サラはそれを面白がると同時に感心もして、ヒュー卿の顔を見やった。プレインズワース家の娘たちを諭そうとするとは勇ましい。

「何かみんなでできることをしよう」ヒュー卿が提案した。

サラはその程度の呼びかけではどんな返事も期待できないことにヒュー卿が気づくのを待った。妹たちも姉に倣《なら》い、ゆうに十秒は経ってからようやくエリザベスが口を開いた。

「何か考えがあるの？」

「この方はものすごく数字に強いのよ」フランシスが言う。「暗算で、何桁《なんけた》もの掛け算ができるんだから。やってみせてもらったもの」

「ぼくが九時間も計算を披露しつづけても楽しんでもらえるとは思えない」ヒュー卿が言う。

「ええ、でも十分くらいなら楽しめるわ」サラは本心からそう言った。この男性の卓越した計算力については知らずにいられるはずもなかった。ダニエルもマーカスも、並はずれて賢いと口を揃えて評していたし、カードゲームでは負け知らずだとの評判も聞いている。それゆえに引き起こしてしまった出来事を考えても、その点の能力の高さについては疑いようがない。

「どれくらいの桁数の計算ができるの？」ほんとうに知りたいのだから、訊かずにはいられなかった。

「少なくとも四桁はできるわ」フランシスが答えた。「結婚式のあとのパーティのときにやってみせてくれたから。すばらしかったわ」

サラはヒュー卿をじっくりと眺めた。頰が赤らんでいるように見える。といっても、ほんのかすかにだけれど。それとも思い過ごしだろうか。頰が赤らんでいると思いたいからそう見えてしまうのかもしれない。この男性が照れているのかもしれないと思うと、なんとなく愉快だった。

けれどそのとき、ヒュー卿の表情にまたべつの変化が表れた。どう表現すればいいのかわからないものの、サラにはなぜかすぐに感じとれた。

「四桁より大きな桁数の暗算もできるのね」感嘆して言った。

「ぼくにとっては」ヒュー卿が言う。「便利であると同時に厄介でもある才能だ」

「わたしが出題してもいいかしら？」サラは逸る気持ちを押し隠して問いかけた。

ヒュー卿はふっと笑い、身をかがめるようにして言った。「ぼくからも出題させてもらえるのなら」

「いちいち水をさす人ね」

「お互い様だ」

「ではのちほど」サラはてきぱきと言った。「のちほど、やってみせてもらうわ」サラはヒュー卿の才能を披露してもらうことに心そそられていた。ちょっとした方程式なら、すらすら解けてしまうのだろう。すでにフランシスにやってみせたというのだから。

「わたしが書いた物語を読むのはどうかしら」ハリエットが提案した。膝の上にある紙の束をさっそくめくりはじめた。「ちょうど、ゆうべ書きはじめたばかりのお話があるの。ほら、女性の主人公は赤くも――」

「青くもならない！」フランシスとエリザベスが元気よく声を揃えて言い終えた。

「まあ」サラはうろたえて声を発した。「そんな、だって、それはだめよ」

ヒュー卿がいくぶん面白がるふうに見やった。「赤くも青くもならない？」低い声で訊く。

「残念ながら、わたしのことなんですって」

「なるほど」

サラはじろりと見返した。「笑えばいいんだわ。どうせそうなさりたいんでしょうから」

「太ってても痩せてもいない」フランシスが言葉を差し入れた。

「サラお姉様本人ではないわ」ハリエットが説明した。「お姉様をもとにした登場人物というだけのことよ」

「とてもそっくりの」エリザベスが言い添えた。にっこり笑って。

「さあ、どうぞ」ハリエットが向かい側から小さな紙の束を差しだした。「一部しかないから、これをお読みになって」

「もう題名はついているのかい？」ヒュー卿が尋ねた。

「まだよ」ハリエットが答えた。「書きあげるまで題名が決まらないこともよくあるのよ。でも、うっとりしてもらえるような題名にするわ。恋物語なんですもの」ひと呼吸おき、口もとをゆがめて考えこんだ。「幸せな結末になるかはまだわからないんだけど」

「恋愛の物語なのか」ヒュー卿はいぶかしげに片方の眉を吊りあげた。「すると、ぼくに男性の主人公をやれと？」

「フランシスにやらせるわけにはいかないし」ハリエットは屈託なく答えた。「それに一部しか台本はないから、サラお姉様が女性の主人公なら、相手役はお隣りに坐っているあなたにやってもらわないと」

ヒュー卿は原稿に目を落とした。「ぼくの名は、ルドルフォ？」

サラは吹きだしかけてこらえた。

「スペイン人なのよ」ハリエットが言う。「でも、母親がイングランド出身だから、完璧に英語を話せるの」

「訛《なま》りがあるのか？」

「もちろんよ」

「どうして尋ねてしまったのやら」ヒュー卿がつぶやいた。それからサラのほうを向く。「ほら、見てくれ。きみの名は〝ご婦人〟だ」

「これまたぴったりの役名ね」サラは皮肉った。

「ふさわしい名がまだ思い浮かばなくて」ハリエットが言いつくろった。「だけど、執筆を遅らせたくなかったの。よい名を考えるのに何週間もかかりそうだったから。それにそんなことをしていたら、名案をことごとく忘れてしまいそうだし」

「創作の過程というのは、それぞれに独特のものだからな」ヒュー卿がぼそりと言った。

サラはハリエットが説明しているあいだに原稿を読みはじめ、憂慮をつのらせていった。

「あまりよい作品とは思えないわ」二ページめをめくり、さらに先へ読み進める。

いいえ、間違いなく、よい作品ではない。

「やっぱり走っている馬車のなかで読むのはむずかしいし」サラは急いで言い添えた。「後ろ向きに乗っている側ではなおさらに」

「お姉様はいつも酔わないじゃない」エリザベスが指摘した。

サラは三ページめを読みつつ答えた。「そうだけど」

「書かれていることを実際にする必要はないわ」ハリエットが言う。「お芝居をするわけではないのだから。読むだけなのよ」

「ぼくもあらかじめ読んでおいたほうがいいだろうか」ヒュー卿がサラに尋ねた。

サラは無言で二ページめを手渡した。

「おお」

さらに三ページめも。

「おおっ」

「ハリエット、これは無理ね」サラはきっぱりと言った。

「そんな、お願い」ハリエットがせがむように言う。「とても助けになるのよ。お芝居の台本を書くには特別なむずかしさがあって、実際に声に出して読んでみてもらうのが大切なの」

「あなたの書いた物語をわたしがうまく演じられたためしがないのは知ってるでしょう」サラは言った。

ヒュー卿がいぶかしげな目を向けた。「そうなのかい?」

その表情にサラは引っかかりを覚えた。「どういう意味かしら?」

ヒュー卿が小さく肩をすくめた。「きみは芝居がかった話し方をするから」

「芝居がかった?」その言いまわしがサラの癇にさわった。

「ああ、だってそうだろう」ヒュー卿は閉ざされた馬車のなかで身の危険も省みずに、呆れたふうな口ぶりで言った。「きみも自分を、もの静かで控えめだとは思っていないはずだ」

「ええ、だけど、自分がそんなに芝居がかっているとも思わなかったわ」

ヒュー卿はしばしじっと見返してから、答えた。「きみは大げさに言うのを楽しんでいる」

「サラお姉様、それは事実だわ」ハリエットが口を挟んだ。「たしかにそうだもの」

サラはすばやく顔を振り向け、まなざしで妹をねじ伏せんばかりに睨みつけた。

「これは読めないわ」そう言うと、口をきつくつぐんだ。

「たかがキスじゃない」ハリエットが不満げに返した。

たかがキスですって？

フランシスが口と同じくらい大きく目を開いた。「サラお姉様とヒュー卿にキスをさせたいの？」

たかがキス。そんな簡単なことではすまされない。相手はこの男性なのだから。

「ほんとうにキスをするわけではないのよ」ハリエットが言う。

「キスのふりをするの？」エリザベスが問いかけた。

「いいえ」サラは嚙みつくように否定した。「しないわ」

「誰にも言わないと約束するわ」ハリエットが食いさがった。

「あきらかに不適切な行為だわ」サラはこわばった声で一蹴した。しばらくひと言も口を利いていないヒュー卿に顔を向ける。「あなたもそう思うでしょう」

「もちろんだ」ヒュー卿がやけに歯切れよく応じた。

「当然よ。いいわね、だからわたしたちはこれは読みません」サラは紙の束をハリエットに突き返し、妹はしぶしぶそれを受けとった。

「それならフランシスがルドルフォのところを読むなら、どうかしら？」ハリエットが小さな声で問いかけた。

「だけどあなたはさっき――」

「ええ、でもどうしても声に出して読んでみてもらいたいのよ」

サラは胸の前で腕を組んだ。「その台本は読まない、以上よ」

「でも――」

「だめと言ってるの」サラは思わず声を荒らげ、自制心をかろうじて繋ぎとめていた最後の糸がふつりと切れた。「ヒュー卿とキスはしません。ここでも、いつでも、何があろうと！」

馬車のなかに慄然《りつぜん》とした沈黙が垂れこめた。

「ごめんなさい」サラはつぶやいた。首から頭のてっぺんまで熱がいっきに駆けのぼったかのように感じられた。ヒュー卿に当意即妙の切り返しをされるだろうと身がまえたが、何も言われなかった。ハリエットも、エリザベスも、フランシスも黙っている。

しばしの間をおいて、ようやくエリザベスがぎこちない咳払いをして言った。「それなら、読書に戻るわ」

ハリエットは自分の原稿を揃えた。

フランシスまでもが窓を向き、退屈さを嘆きもせず外を眺めはじめた。

ヒュー卿についてはわからない。サラはあえて隣りを見ようとはしなかった。許しがたい不作法な言葉を見苦しく投げつけてしまった。当然ながら、馬車のなかでキスはできない。

たとえここが客間で、演技だとしても、そんなことはできない。ハリエットが言うように読むだけであろうと、身を近づけて（十五センチ以上の距離は保つにしろ）キスをする雰囲気を表現することになる。

でも、ヒュー卿とはかつていがみあっていただけになおさら気まずい間柄だ。たとえ読むだけとはいえ、キスをする役を演じるのは……。

もう考えないほうがいい。

その後は沈黙の旅となった。フランシスはとうとう眠ってしまい、ハリエットはぼんやり虚空を見つめている。エリザベスは本を読んではいたが、時おり目を上げてはサラとヒューを交互にちらちらと見やった。一時間が経ち、ヒュー卿も眠ってしまったのだろうかと、サラは思った。誰も話さなくなってから一度も動いていないし、これほど長く片脚をずらさずにいるのは容易なことではないはずだ。

ところが、サラが思いきってちらりと目をやると、ヒュー卿は起きていた。ほんのかすかな目の表情の変化で、こちらの視線に気づいたのも見てとれた。

ヒュー卿は言葉を発しなかった。

サラも黙っていた。

そのうちにやっと馬車の走る速度が落ち、サラが窓越しに見やると、陽気な柄の小ぶりの看板を掲げた宿屋へ近づいているのがわかった。〈薔薇《ばら》と王冠〉一六一二年築。

「フランシス」口を開いて当然の理由を見つけ、ほっとして言った。「フランシス、起きる時間よ。もう着くわ」

フランシスが眠そうに目をまたたき、隣りの姉にぐらりと寄りかかったが、エリザベスは文句ひとつこぼさなかった。

「フランシス、お腹すいた？」サラは粘り強く問いかけた。前かがみになり、妹の膝を押す。馬車が完全に停《と》まったときには、逃げることしか考えられなくなっていた。これまで懸命にじっと口を閉じていた。何時間も息をとめていたような気分だった。

「あら」フランシスがようやくあくびをして言った。「わたし寝ちゃったのね」

サラはうなずいた。

「お腹すいた」フランシスが言う。

「だからビスケットを持ってくればよかったのに」と、ハリエット。

サラは姉としてそのような小言は叱らなければと思いながらも、いつもどおりに戻れた気がして、何も言わずに胸をなでおろした。

「わたしがビスケットを持ってくることになってたなんて、知らなかったんだもの」フランシスが拗《す》ねるような声で言い返し、立ちあがった。同じ年頃の子供たちより小柄なので、馬車のなかでも身をかがめずに立っていられる。

馬車の扉が開かれ、ヒュー卿が杖を手にして、無言で降りた。

「知ってたはずよ」エリザベスが言う。「わたしがそう言ったじゃない」

サラは扉口に歩を進めた。

「わたしの外套《がいとう》を踏んでる！」フランシスがわめくように言った。

サラは外に目をやった。ヒュー卿が手助けしようと腕を差しだしている。

「何も踏んでないわ」

サラはヒュー卿の手を借りた。ほかにどうしようもない。

「足を上げ――きゃあ！」

甲高い声があがり、サラは誰かに後ろから押しだされた。前のめりになり、姿勢を立てなおそうと空いているほうの手を振りまわしたが無駄だった。まず踏み段に落ち、それから硬い地面にヒュー卿も引きずって倒れた。

足首に裂けるような痛みが走って悲鳴を漏らした。落ち着くのよ、と自分に言い聞かせた。ちょっと驚いただけだわ。うっかりつまずいたときと同じだ。一瞬はびっくりするくらい痛んでも、すぐに思ったほどたいしたことではなかったと気づく。

サラはそう考えて息を詰め、痛みが治まるのを待った。

痛みは治まらなかった。

# 12

束の間、ヒューは片脚が悪いことを忘れていた。

馬車のなかで何が起こったのかは定かでないが、レディ・サラが温かな手で自分の手をつかむなり悲鳴をあげ、倒れこんできた。

ヒューは抱きとめようと両手を広げた。ごくあたりまえの行動だが、片脚が不自由な男ならば、あたりまえの行動ができないことを忘れてはならなかった。

サラを受けとめたものの、いや、少なくとも自分では受けとめたと思ったのだが、ふたりぶんの、しかも落下の勢いも加わった体重を支えきることはできなかった。痛みを感じる間もなく筋肉がつぶれて膝からくずおれた。

つまり受けとめられても、そうではなかったとしても、結局は同じことだった。ふたりとも地面に転がり、ヒューはしばしあえぐ以外にどうすることもできなかった。衝撃で息がつけなくなり、脚が……。

ヒューは頬の内側を噛んだ。ふしぎなもので新たな痛みはべつの痛みをやわらげる。ともかく、たいがいはそうだ。今回は効き目がなかった。血の味がして、そのうえ脚には針を突き刺されているような痛みが走っていた。

低く毒づき、這うようにして、そばに倒れているサラに近づいた。

「大丈夫か」必死に問いかけた。

サラはうなずいたが、ぎこちない曖昧なしぐさで、どうみても大丈夫には思えなかった。

「脚を痛めたのか？」

「足首を」サラが哀れっぽい声で答えた。

その傍らにひざまずくと、無理に曲げた片脚が苦痛の叫びをあげた。サラを〈薔薇と王冠〉のなかへ運ばなければいけないが、その前に骨が折れていないか確かめたほうがいいだろう。「ちょっといいだろうか」ヒューは声をかけて、サラの脚に手を伸ばした。

サラはうなずいたが、ヒューが触れるより早く人々に取り囲まれてしまった。ハリエットが馬車から飛び降り、レディ・ブレインズワースも宿屋のなかから駆けつけ、ほかにもどんどん人が集まってきて、ヒューは脇に押しやられた。それでもどうにか杖に頼りつつ体を起こし、立ちあがった。

まるで太腿の筋肉に焼いたナイフが突き刺さっているかのようだったが、けっして憶えのない痛みではなかった。悪いほうの脚に新たなけがを負ったわけではなく、いわばこれ以上は負担をかけられない限界に達したのを知らせる合図が出ているだけのことだ。

ふたりの紳士も駆けつけ――サラの従兄たちなのだろう――さらにダニエルがそのふたりを押しのけた。

その場を取り仕切るために。

ヒューの視線の先で、ダニエルがサラの足首を確かめ、サラは従兄の首に両腕をまわした。

そうしてサラがダニエルに抱きあげられ、人々が空けた道を宿屋のなかへ運ばれていくのをヒューはじっと見ていた。

自分にはあのようなことはできない。乗馬もダンスも銃猟も、銃弾に太腿の骨を砕かれてからできなくなって口惜しかったことはみな忘れればそれですんだ。そのどれもがいまやちっぽけなことに思えた。

自分にはもう女性を抱きあげて運ぶこともできないとは。

男としてこれほどのみじめさを感じたことはなかった。

**一時間後**
**宿屋〈薔薇と王冠〉にて**

「何杯めだ？」

宿屋の酒場でヒューが目を上げると、ダニエルが隣りの椅子になめらかに腰をのせた。

「何杯飲んでる？」ダニエルがあらためて問いかけた。

ヒューはエールをごくりと飲み、さらにひと口含んで、ジョッキの中身を飲み干した。

「たいして飲んでいない」

「酔ってるのか？」

「残念ながら、まだだ」ヒューは店主にもう一杯持ってくるよう合図した。

店主がこちらを見て問いかけた。「そちら様にもお持ちしますか?」

ダニエルは首を振った。「できれば茶を頼む。まだ飲むには早い」

ヒューは鼻で笑った。

「みんな食堂にいる」ダニエルが言った。

二百人もか、とヒューは言いかけて、昼食をとるためにいくつかの宿屋に分散されていたのを思い起こした。このささやかな幸運に感謝すべきなのだろう。自分の醜態は大旅団の五分の一に見られただけですんだのだから。

「一緒に来ないか?」ダニエルが訊いた。

ヒューはまじまじと友人を見やった。

「そんなつもりは、はなからない」

店主がヒューの前に新たなジョッキを置いた。「お茶もただいまお持ちいたしますんで」

ヒューはジョッキを口もとに持ちあげ、三分の一をいっきに飲んだ。こんなものは酒のうちにも入らない。頭が働かなくなるまでに時間がかかりすぎる。

「折れてたのか?」ヒューは訊いた。質問などしたくはなかったが、これだけは尋ねずにはいられなかった。

「いや」ダニエルは答えた。「だが、ひどく捻《ひね》ってしまったらしい。腫《は》れているし、相当痛みがあるようだ」

ヒューはうなずいた。それだけ聞けばじゅうぶんだ。「旅は続けられるのか」

「たぶん。べつの馬車に移さなければいけないが。脚を高くしておけたほうがいいだろう」

ヒューはさらにたっぷりと飲んだ。

「ぼくは何が起きたのか、見ていない」ダニエルが言う。

ヒューは動きをとめた。ゆっくりと友人に顔を振り向ける。「何を訊きたいんだ?」

「起きたことだ」ダニエルは友人の過敏な反応に意外そうに口もとをゆがめた。

「馬車から落ちたんだ。ぼくが受けとめきれなかった」

ダニエルは何秒か見つめたあと、言葉を継いだ。「おい、まさか、それで責任を感じてるのか?」

ヒューは答えなかった。

ダニエルが片手で払いのけるようにして話を続けた。「受けとめられるわけがないだろう」

ヒューはカウンターの端をつかんだ。

「誤解するなよ」ダニエルが低い声で言う。「脚のことを言ってるんじゃない。ぼくだっておそらく受けとめられなかった」

「いや」ヒューはすかさず言い返した。「きみなら受けとめられた」

ダニエルはいったん押し黙り、また口を開いた。「サラの妹たちが言いあいをしていたらしい。たぶん馬車のなかで妹のひとりが姉を押してしまったんだろう。だから落ちたんだ」

どうして落ちたのかは問題ではないとヒューは胸のうちで言い返し、もうひと口飲んだ。

「言うなれば、突き落とされたようなものだ」

ヒューはどうにかいったんジョッキから目を上げ、つっけんどんに訊いた。「だからどうだと言うんだ？」

「馬車から落ちるときにはだいぶはずみがついていたはずだ」ダニエルが答えた。友人が辛抱強く話してくれているのはヒューにもわかっていた。だがその辛抱強さに感謝できる気分ではなかった。酒を飲んで、自分を憐れみ、そんな自分にうかつに近づいてきた者には誰彼かまわず八つ当たりしたい気分だ。ヒューはエールを飲み干すと、ジョッキを叩きつけるように置き、お代わりを合図した。店主がすぐに応じた。

「ほんとうにそんなに飲みたいのか？」ダニエルが訊く。

「そうとも」

「たしか前にきみは」ダニエルがもどかしげな低い声で言った。「日が暮れなければ飲まないと言ってなかったか」

自分が言ったことを忘れたとでも思ってるのか？　痛みをまぎらわせる方法がほかにあるなら、ここでじっとうまくもないエールを何杯も飲みつづけるだろうか。今回は脚の痛みのせいだけではない。まったく、自分の身ひとつ支えきれない役立たずな脚をかかえて、どうして平気な顔をしていられるというんだ？

怒りで鼓動が速まり、呼吸も浅く切れぎれに荒立ってきた。いまダニエルに言えることは幾とおりもあるだろうが、気持ちを率直に表現できる言葉はただひとつだった。

「消えてくれ」

長々と沈黙が続き、やがてダニエルが椅子からおりた。「その状態では、きょうはぼくの従妹たちと同じ馬車には乗せられない」

ヒューは口もとをゆがめた。「ぼくは酔っていてまともじゃないとでも？」

「いまのは聞かなかったことにする」ダニエルが静かに言った。「だからきみもしらふに戻ったら、忘れてしまうのをお勧めする」扉口へ歩きだした。「ぼくたちは一時間後に出発する。きみが乗る馬車はあとで誰かに知らせに来させよう」

「ぼくのことはほっといてくれ」ヒューはそう返した。かまわないだろう？　自分がウィップル・ヒルへ急いで行かねばならない理由はない。この〈薔薇と王冠〉に一週間入り浸ろうが支障はないはずだ。

ダニエルが陽気さを欠いた笑みを浮かべた。「きみはいつもそうなんだよな」

ヒューは肩をすくめた。横柄に見せようとしたものの、おかげで姿勢が不安定になり、椅子から滑り落ちかけた。

「一時間後だ」ダニエルは言いおいて、歩き去った。

ヒューはジョッキにかがみ込むようにうなだれたが、一時間後には自分がまた旅を続けるために〈薔薇と王冠〉の玄関口に立っているのはわかっていた。もしほかの誰かに――誰でもいい――自分の前に立たれて、一時間後に出発する準備をしておけと命じられたなら、さっさと宿屋を出て、振り返りもせずに去っていただろう。

だが、相手がダニエル・スマイス－スミスであればそうはいかない。もしやダニエルもそれを承知しているのではないだろうか。

## 六日後
## バークシャー、サッチャム近隣
## ウィップル・ヒル

ウィップル・ヒルへの道のりはサラにとってみじめこのうえないものだったが、到着して振り返れば、足首を腫らしてから三日間、プレインズワース家の大型馬車に閉じこめられていたのはかえって幸いだったようにも思えた。馬車は揺れたし窮屈だったとはいえ、少なくとも自分には脚を伸ばしておける正当な理由があった。さらに言うなら、ほかの人々はみなそれぞれの座席にじっと坐らされていたのだから。

いやというほど。

ダニエルは結婚式までの一週間を語り継がれるものにするべく、考えうるかぎりの気晴らしと楽しみを用意していた。近隣の散策、ジェスチャーゲーム、ダンス、狩り、ほかにも必要に応じて十二種類以上もの趣向を凝らした催しでもてなした。ダニエルならたとえ芝地で曲芸の講座を開いてもサラは驚かなかっただろう。ちなみに、この従兄が実際に曲芸もできることは知っていた。十二歳のとき、巡業曲芸団がロンドンにやってきた際に、見ようみまねで学んだのだという。

サラはウィップル・ヒルに着いてからまる一日、ハリエットとともにあてがわれた部屋で積み重ねたクッションに片脚をのせてじっと過ごした。ほかの妹たち、それにアイリスやデイジーも部屋にやってきたが、ホノーリアは新婚の夫とふたりきりで数日を楽しんでから来たいとのことで、まだフェンズモアにいた。そのうえ退屈しないようにと親族が部屋に来てくれるのはありがたいものの、寝室の外でのとびきり楽しそうな催しについて嬉しそうに詳しく説明されるのは、サラにはさほど愉快なことではなかった。

二日めもほとんど同じように過ぎたが、ハリエットが姉を気の毒に思い、題名を『悲運のヘンリー八世とユニコーン』から『羊飼《ひつじか》いの娘とユニコーンとヘンリー八世』に変えた作品の全五幕を読んで聞かせてくれた。どこにも羊飼いの娘は登場しないのだから、どうしてそのように題名を変えたのかはわからない。うとうとしていたのはほんの数分なので、題名に入れるほど重要な登場人物を聞き逃したとは思えないのだけれど。

三日めは最もつらい一日だった。デイジーがヴァイオリンを取りだしたのだ。

なにしろデイジーは短い楽曲を知らない。

そんなわけで、ウィップル・ヒルに来て四日め、サラは朝目覚めると、なんとしてでも大階段をおりて、ほかの人々と交流しなければとても耐えられないと思い定めた。

まさしく一大決心だ。女中が蒼ざめ、胸の前で十字を切ったほどなので、強い覚悟がなければ、なし遂げられない。

ところがいざ実行に移す段になり、すでに婦人たちの半分は村に出かけてしまったことを知らされた。残りの半分もこれからまさに出かけようとしているところだった。

紳士たちは狩りを楽しむ予定だという。

サラは従僕の助けを借りてまで（どのように大階段をおりたのかの説明は差し控える）朝食の席におりてきた苦労が水の泡となるのが悔しくて、ほかの招待客たちが全員席を立ってしまうとすぐに自分も席を立ち、恐るおそる足を踏みだした。慎重にであれば足首にわずかながらも重心をかけられた。

そうして壁に寄りかかった。

図書室までなら行けるかもしれない。本を選び、腰をおろして読もう。それなら脚は使わずにすむ。たしかここからそう遠くはない。

サラはまた歩を進めた。

なにも屋敷の向こう側まで行くわけではないんだもの。

唸るように息をついた。なぜそんな強がりが言えるの？　このぶんでは図書室に着くまでに半日を費やしてしまいかねない。

杖があればいいのに。

サラは足をとめた。ふと、ヒュー卿を思い起こした。もう一週間近く、姿を見ていない。といってもフェンズモアからウィップル・ヒルに移動してきた人々は総勢百人以上もいるのを考えれば、たまたま顔を合わせなくともなんらふしぎはなかった。それに言うまでもなく、療養中の婦人の部屋をヒュー卿が訪れる理由もない。

にもかかわらず、サラはずっとヒュー卿のことを考えていた。ベッドで、積み重ねた枕に片脚をのせて横たわりながら、ヒュー卿はどのくらいこのような時を過ごしたのだろうと思いめぐらせた。深夜に起きて便器へ這いつくばるようにして向かったときにも、つい思い起こし……男女の体の違いによる不公平に愚痴をこぼした。男性なら、つまりヒュー卿はこんなふうに便器まで這いつくばっていく必要はなかったのでしょう？　きっとベッドの上でなんらかの方法で用を足せたのだろう。

ただしベッドの上のヒュー卿は想像してはいない。

もちろん部屋で便器を使う姿は言うに及ばず。

それでも、どのように不便さを乗りこえたのだろう。それにいまはどうしているの？　髪を掻きむしったり天にわめいたりもせず、どうやって思うようにならないことをこなしているのだろう。かたや自分は人に頼ってばかりだと、サラは恥ずかしくなった。今朝も母を女中に呼んできてもらい、母の判断で従僕に朝食の席まで運んでもらうことになった。

だからこそいまはどこへであれ、ともかく自分の力だけでたどり着きたい。この決意は誰にも伝えていない。重心をかけるたびずきずきする足の痛みに襲われようと、それでかまわない。自分の部屋から離れられるだけでも我慢する価値はある。

話を戻そう。ヒュー卿が脚をたくさん使ったあとで痛みに悩まされているのは知っているけれど、歩くたび痛みを感じるのだろうか。どうしていままで尋ねなかったのだろう？　一緒に歩いたことはあるし、たいして長い距離ではなかったとはいえ、脚の痛みを慮《おもんぱか》るのは自然なことだ。ちゃんと尋ねるべきだった。

サラはまた脚を引きずりつつ少し廊下を進み、急に気力が萎《な》えて椅子に腰を落としてしまった。そのうち誰かが通りがかるだろう。女中でも、従僕でも、この屋敷のなかでは人々がせわしなく動きまわっているのだから。

膝を両手で小刻みに打った。母が見たら卒倒してしまうかもしれない。淑女ならしとやかに坐っていなくてはいけない。穏やかに話し、歌うように笑い、自分にとってはまるで性に合わないことばかりを強いられる。それでも母を大好きでいられるのは驚くべきことだ。意見の食い違いは、首を締めあってもふしぎではないほどたくさんあるのだから。

数分が経《た》ち、角の向こうから足音が聞こえてきた。呼びかけたほうがいいのだろうか。助けが必要だけれど――

「レディ・サラ？」

彼だった。どうして自分がこんなに驚いているのかわからない。喜んでいる理由も。それでもたしかにサラは驚いていたし、喜んでもいた。思いだすだけでぞっとする会話を最後に別れたきりだったというのに、廊下をこちらにやってくるヒュー・プレンティス卿を目にして、サラは自分でも思いがけず心からほっとしていた。

ヒュー卿はそばに来て、辺りをきょろきょろ見まわした。「ここで何をしているんだい？」

「情けないけど、休んでるの」サラは片脚をほんの数センチ蹴りだした。「自分の能力を超えた野望を抱いてしまったわけね」

「まだ動きまわらないほうがいい」

「三日もベッドに縛りつけられていたようなものなのよ」

急にヒュー卿がどことなく落ち着きをなくしたように思えるのは気のせい？

サラは話しつづけた。「その前も三日も馬車に閉じこめられて――」

「みんなそうだ」

サラはむっとして唇を引き結んだ。「ええ、だけど、あなたたちは外に出て歩きまわれたでしょう」

「脚を引きずりながらだが」ヒュー卿が乾いた声で言う。

サラは即座に顔を見やったが、その目にどのような感情が隠されているにしろ、読みとることはできなかった。

「きみにお詫びしなくてはいけない」ヒュー卿があらたまった口ぶりで言った。

サラは目をしばたたいた。「どうして？」

「きみを転ばせてしまった」

サラはヒュー卿があきらかに事故だった出来事に責任を感じているのを知り、呆然と見つめた。

「おかしなことを言わないで」語気を強めた。「どのみちわたしは落ちてたのよ。エリザベスがフランシスの外套の裾を踏んで、フランシスがその裾を引っぱっているときにエリザベスが足をずらしたの。それで――」肩をすくめて手のひらを返した。「もういいわ。気にならないで。ともかくどういうわけか、わたしにぶつかってきたのはハリエットだった。あれがフランシスだったら、落ちずに持ちこたえられたんでしょうけど」

ヒュー卿は何も言わず、その気持ちを読みとる手がかりはいまだ見つけられなかった。

「踏み段にいたときなのよ」サラはとっさに続けた。「足首を捻ったのは。地面に落ちたときではないの」その違いにどんな意味があるのか自分でもよくわからないものの、気が高ぶってくると言葉を選んで話す能力が働かなくなるのは昔からだった。

「わたしもお詫びしなくてはいけないわ」ためらいがちに言い添えた。

ヒュー卿がもの問いたげな目を向けた。

サラは唾を飲みこんだ。「馬車のなかで、わたしはあなたにとても不親切だったから」

ヒュー卿が何か、おそらくは〝そんなことはない〟とでも言おうとしたのだろうが、サラは遮って口を開いた。

「わたしが大げさに反応してしまったのよ。ハリエットが書いたものがとても……恥ずかしいものだったから。相手が誰であれ、わたしは間違いなく同じ態度をとっていたわ。だからどうか、侮辱とはとらないでほしいの。ともかく、そんなつもりではなかったのよ」

ああいったい、わたしは何をわけのわからないことを喋りつづけているのだろう。もともと謝るのは苦手だ。だからなるべくなら言わずにすませてきたのに。

「あなたもこれから狩りに？」思いつきで問いかけた。

ヒュー卿が口角を引き攣らせ、眉を上げて苦笑した。「ぼくにはできない」

「あ、あの」そんなことを考えなしに尋ねてしまうなんて、愚かなのにもほどがある。「ごめんなさい。ほんとうにぶしつけなことを訊いてしまって」

「レディ・サラ、よけいな気は遣わないでくれ。ぼくは廃馬も同然だ。これは事実だ。それにむろん、きみのせいでもない」

サラはうなずいた。「それでも、ごめんなさい」

ほんの束の間、ヒュー卿は何か迷っているようなそぶりを見せたが、すぐに静かな声で言葉を継いだ。「気持ちだけ受けとっておく」

「でも、その言い方は気に入らないわ」サラは言った。

ヒュー卿が眉を上げた。

「廃馬よ」サラは鼻に皺を寄せた。「馬じゃないんだから」

「代案があるだろうか？」

「ないわ。だけど、わたしの務めは指摘するだけで、そうした問題を解決することではないもの」

ヒュー卿がじっと見た。

「冗談よ」

するとようやく、ヒュー卿が微笑んだ。

「といっても」サラは続けた。「まったくの冗談というわけでもないわ。わたしは上手な言い方を知らないし、そうした問題を解決する能力もないのかもしれない。でも言わせてもらうなら、これまでそういったことをする機会を与えられなかったのよ」反論を待ちかまえるかのように、いたずらっぽく目を狭めて見返した。

意外にも、ヒュー卿は笑っただけだった。「教えてくれ、レディ・サラ、きょうはこれから何をして過ごすつもりなんだい？　きみが一日じゅう廊下に坐っている姿はどうも想像しづらいんだが」

「図書室で本を読もうと思ったの」サラは正直に答えた。「この数日、部屋でもそうしていたんだから、自分でもばかげているとは思うんだけど、どうしても寝室を出たくて。景色を変えたいだけなら、衣装部屋のなかで読めばよかったのよね」

「たしかに景色はだいぶ変わる」ヒュー卿が言う。

「暗いものね」サラは調子を合わせた。

「羊毛だらけだ」

サラは笑いを呑みこもうと唇を引き結んだが失敗に終わった。「羊毛だらけ？」訊き返した。

「ぼくの衣装部屋はそうなんだ」

「羊が思い浮かんで恐ろしくなるわ」サラはいったん口を閉じて、顔をしかめた。「ハリエットの物語に出てきそうな情景だし」

ヒュー卿が片手を上げて制した。「話題を変えよう」

サラは小首をかしげ、ふと自分がおもねるような笑みを浮かべていることに気がついた。すぐに笑みを消した。それでもなお、どういうわけか気分がはしゃいでいた。

それでまた微笑んだ。もともと笑うのも楽しい気分も好きだし、なによりヒュー卿のほうも自分が好かれて微笑みかけられているわけではないのはわかっているはずだ。実際、この男性に惹かれてなどいない。ただ気分がはしゃいでいるだけで。きっとここしばらくひとつの部屋に閉じこめられて、妹や従姉妹たちとしか会っていなかったせいだ。

「図書室に行こうとしていたのか」ヒュー卿が言った。

「そうよ」

「それでどこから……」

「朝食をとった部屋」

「まだたいして進んでいない」

「ええ」サラはすなおに認めた。「そうなの」

「もしかしたら」ヒュー卿は慎重な口ぶりで問いかけた。「まだ歩くべきではなかったと？」

「じつを言うと、そう思うわ」

ヒュー卿が片方の眉を上げた。「意地か」

サラは不服そうにうなずいた。「そんなものはもういいわ」

「これからどうしようと？」

サラはままならない足首を見おろした。「誰か呼んで、運んでもらうしかないわね」

長い間があき、サラは待ちきれず目を上げた。けれどもヒュー卿はすかさず顔をそむけたので、見えたのは横顔だけだった。そのうちやっとヒュー卿が咳払いをして、申し出た。

「ぼくの杖を貸そう」

サラは虚を衝かれて唇を開いた。「でも、あなたも必要でしょう？」

「短い距離ならいらない。これは助けになるが」だけど杖を持っていない姿はまだ見たことがないとサラが指摘する前に、ヒュー卿は続けた。「どうしても必要というわけじゃない」

サラは申し出を受けようと杖に手を伸ばしかけて、ためらった。この男性が騎士道を重んじてばかげたことでもしてしまう人であるのを思いだしたからだ。「杖がなくても歩けるでしょうけど」まっすぐ目を見据えて言った。「あとで脚によけいな痛みが出てしまうのよね？」

ヒュー卿は黙りこみ、ややおいて答えた。「たぶん」

「嘘をつかないでくれてありがとう」

「ほんとうは嘘をつこうとした」ヒュー卿がぼそりと言った。

サラは微笑んだ。「知ってるわ」

「だがどうか、使ってほしい」ヒュー卿は杖の中ほどを握り、柄をつかめるように差しだした。「せっかく正直に答えたのが報われないじゃないか」

サラはヒュー卿の体を思いやれば受けとるべきではないのはわかっていた。助けてくれようとしている気持ちは嬉しいけれど、あとで脚の痛みで苦しめてしまうことになる。不要な苦しみだ。

でもどういうわけか、断われれば、脚の痛み以上のつらさを味わわせてしまう気がした。サラはこの男性が自分を助けることを必要としているのを察した。

自分が助けを必要としている以上に、ヒュー卿にとっては助けることが必要なのだと。

束の間、サラは口を開けなかった。

「レディ・サラ？」

目を上げた。ヒュー卿がふしぎそうな表情でこちらを見ていた。その目が……見るたびごとにますます美しい瞳になっているように思えるのはどうしてだろう。微笑んでいるわけではない。そもそもめったに笑わない。それなのに、サラにはその瞳のなかに笑みが見えた。温かい幸せそうなきらめきが。

フェンズモアで再会したときには、このきらめきは見えなかった。

そしていまサラは、そのきらめきが消えてほしくないと自分が心から願っていることに気づき、愕然とした。

「ありがとう」はっきりと感謝を伝えたが、杖ではなくヒュー卿の手をつかんだ。「立ちあがるのに手を貸してくださる？」

どちらも手袋はしていなかったし、にわかに体が熱を帯びたせいもあってふるえだした。

サラはヒュー卿にしっかりと手首をつかまれ、軽く引っぱられて立ちあがった。といってもほとんど片脚立ちで、けがをしていないほうの脚のみに重心がかけられていた。

「ありがとう」もう一度礼を述べて、かすれがかった自分の声に少し不安を覚えた。

ヒュー卿が無言で杖を差しだし、サラはそれを受けとり、なめらかな柄を握った。ヒュー卿にとっては体の一部も同然のものだと思うと、なんとなく親密なことをしているように感じられる。

「きみには少し長いな」

「うまく使えば平気よ」サラは足を踏みだしてみた。

「いや、そうじゃない」ヒュー卿が言う。「もう少し体を乗せるようにしないと。こんなふうに」後ろにまわり、サラの手の上から杖の柄を握った。

サラは息がとまった。ヒュー卿があまりに近くにいて、温かい息に耳の先をくすぐられた。

「サラ？」低い声がした。

サラはうなずき、いっときおいて声を取り戻した。「も、もう自分で持てるわ」

ヒュー卿が離れ、とたんに心細さに襲われた。ぞくりとして、それからまごつき……。寒くなった。

「サラ？」

おかしな幻想を振り払おうとした。「ごめんなさい」つぶやいた。「ついぼんやりしてしまって」

ヒュー卿が口もとを緩めた。にやりとしたつもりなのかもしれない。やさしげな笑みだったが、それでもいたずらっぽさが感じられた。

「どうしたの？」ヒュー卿のこのような笑みを見るのは初めてだ。

「近くに衣装部屋はないかと考えていたな」

サラは少しかかってその冗談の意味に気づき――これほど心乱されていなければ、すぐに気づけたはずだ――にっこり笑い返してから言った。「サラと呼んだわね」

ヒュー卿がいったん口をつぐんだ。「ああ、呼んだ。すまない。考えなしに言ってしまった」

「いいのよ」サラはヒュー卿が言い終わらないうちにすかさず言った。「かまわないわ。むしろそのほうがいいと思うの」

「そのほうがいい？」

「ええ」サラはきっぱりと答えた。「わたしたちはもう友人だと思うから」

「思う、か」今度はあきらかにいたずらっぽい口ぶりだった。

サラはわざとあてつけがましく見やった。「異論はないわよね？」

「ああ」ヒュー卿は低い声で答えた。「そうだな」

「まあいいだろうというのでは失礼な言いぐさよ」

「だが褒められている気がするというのも、あまりにぶしつけだろう」

サラはきつく唇を引き結んだ。笑ってはいけない。これは皮肉の機知比べで、なぜかわからないけれど笑えば負けになる気がした。けれど同時に、負けるのもそんなに悪くないことに思えた。この勝負にかぎっては。

「さあ」ヒュー卿がまじめくさって言った。「図書室まで歩いてみてくれ」

サラは言うとおりにした。たやすいことではなく、痛みが消えたわけでもなかったけれど──やはりまだ歩きまわるべきではなかったのだろう──歩きだした。

「とても上手だ」目指す場所のすぐ近くまでくると、ヒュー卿が言った。

「ありがとう」サラはヒュー卿に褒められたのが自分でも滑稽に感じられるほど嬉しかった。「すばらしいことだわ。こんなふうに自分の力でやれるのは。誰かに頼んで運んでもらうなんてみじめだもの」肩越しに見やった。「あなたもそうなのでしょう?」

ヒュー卿は口もとをゆがめて苦笑した。「どうかな」

「どうして? だって──」サラはふっと息がつかえた。「なんでもないわ」わたしはなんて愚かなの。もちろんヒュー卿とは立場が違う。自分はこの一日を過ごすために借りればすむものだけれど、ヒュー卿にとっては手放せない杖なのに。

その瞬間からサラはもう、どうしてヒュー卿はあまり笑わないのだろうとは思わなくなった。それどころか、いまも笑えていることに感嘆せずにはいられなかった。

# 13

## その日の午後八時
## ウィップル・ヒルの青の客間にて

社交界の催しに出席する際にはいつも、どちらのほうがましなのかでヒューは悩んだ。早めに行って、ご婦人が現われるたび椅子から立ちあがることに労力を費やすべきか、遅く登場して片脚を引きずる姿を衆目にさらすことに耐えるべきか。だが今夜は意思に代わって片脚が決断をくだしてくれた。

今朝サラに言ったように、やはり晩には脚が痛みだした。それでも杖を受けとってもらえたのは嬉しかった。自分でも驚くほど苦々しさは消え、サラを腕に抱いて安全な場所に運んだのと同じくらい誇らしい気持ちだった。

情けないが、男とはどんなことであれ得意な気分に浸りたいものなのだ。

ヒューがウィップル・ヒルの大きな客間に足を踏み入れたときには、ほとんどの招待客がすでに集まっていた。目算が正しければ、おおよそ七十人だ。いわゆる大旅団の半数以上が近隣の宿屋に部屋をとっていて、日中はこの屋敷で賑やかなときを過ごすが、晩には宿泊先へ戻ってしまう。

ヒューは脚を引きずりがちに客間の戸口を入ると、もうあえてサラ以外の誰かを探すようなふりはしなかった。サラとはその日だいぶ長いあいだ図書室にいて、たまにお喋りもしたがほとんどはどちらも読書をして、いたってなごやかな時を過ごした。サラに数学の卓越した才能（あくまでサラの言葉だ）を見せてほしいとせがまれて、応じた。ふだんは頼まれて〝披露〟するのは気が進まないのだが、サラが見るからに喜んで楽しそうに見つめ、耳を傾けてくれるので、渋る態度はとてもとれなかった。

この女性のことを誤解していたとヒューは気づいた。たしかにやたら芝居がかったしぐさで、もの言いもずいぶんと大げさだが、いままで自分が思っていたような頭の軽い令嬢ではなかった。自分に敵意を抱いていた事情もいまではわからなくもない。サラには迷惑をかけてしまった――そのつもりはなかったとはいえ、これは事実だ。ダニエルと決闘騒ぎを起こさなければ、あの年レディ・サラはロンドンで初めての社交シーズンを迎えていただろう。

人生を台無しにされたとの言いぶんには同意できないにしても、レディ・サラ・プレインズワースの本来の姿を知ったいまとなっては、あの年に妻を娶って語り草となった十四人の紳士たちのうちの誰かを魅了していた可能性は否定できない。

だからといって気の毒だったとまでは思わないが。

ようやく目に留まったレディ・サラは――目に留まるより先に笑い声でわかったのだが――部屋の真ん中で椅子に坐り、背なしの小さな腰かけに片脚をのせていた。従姉妹の色白の女性がそばに付き添っている。たしかアイリスという名だ。ふたりはどうやらいくぶん対抗心もある、少し複雑な間柄のようだ。自分がご婦人についてわかることと言えば三つ程度のもの（それだけ挙げるのもむずかしいかもしれない）だろうが、ふたりがお互い口を利くたび目を狭め、首をかしげているのはあきらかだ。

それでもいまは楽しい時を過ごしているようなので、ヒューは近づいていき、礼儀正しく頭を垂れた。

「レディ・サラ」と言ってから「ミス・スマイス－スミス」

ふたりの令嬢は微笑み、挨拶を返した。

「こちらにいかが？」サラが勧めた。

ヒューはサラの左側の椅子に腰をおろし、さりげなく片脚を前に伸ばした。おおやけの場ではいつも人目を引かないよう脚を伸ばすのは控えていたのだが、こうするほうが楽なのはサラも知っているし、ついでに言うなら、この女性なら臆せず楽な坐り方を勧めるだろう。

「その後、足首の具合はどうだい？」ヒューは問いかけた。

「平気よ」サラはいったんそう答えてから、鼻に皺を寄せた。「いいえ、嘘。ひどい有様だわ」

アイリスがくすくす笑った。

「それにしてもやっぱり」サラがため息まじりにこぼした。「今朝は無理をしてしまったのかしら」

「ずっと図書室にいたのかと思ってたわ」アイリスが言う。

「そうよ」サラが答えた。「でもヒュー卿がご親切に杖を貸してくださったの。それで自分ひとりで屋敷のなかを歩いたから」眉をひそめて自分の足を見おろした。「だけどそのあとは安静にしていたのよ。だからこんなに痛みが出た理由がわからない」

「そういったけがは治るのに時間がかかる」ヒューは言葉を差し入れた。「思った以上に痛めてしまったのかもしれない」

サラは顔をしかめた。「踏み段で足首を捻ってしまったとき、いやな音がしたの。何かが裂けるみたいな」

「いやだ、ぞっとするわ」アイリスがぶるっと身をふるわせた。「どうしてそれを言わなかったの？」

サラが黙って肩をすくめたので、ヒューは口を開いた。「残念ながら、それは好ましいしるしではないな。後遺症が残るようなものではないにしろ、当初の見立てより、けがが重い可能性もある」

サラは深々とため息をついた。「フランスの王妃みたいに、私室でお客様をもてなす練習でもしようかしら」

アイリスがヒューを見やった。「念のために言っておくと、いとこは本気よ」

ヒューも疑いはしなかった。

「もしくは」サラが目に危険なきらめきを灯して続けた。「わたしを運んでもらう輿《こし》でもこしらえてもらわないと」

ヒューはその大げさな嘆きように含み笑いを漏らした。ほんの一週間前なら、そうした言いまわしにいらだっていただろう。ところがサラの人柄を知ったいまとなっては、愉快にしか思えなかった。この女性は独特な方法で人々の気持ちをなごませる。前にも本人にそれを才能だと言ったのはヒューの本心だった。

「金の杯《はい》から葡萄《ぶどう》の実を差しあげましょうか？」アイリスがからかった。

「そうしてもらおうかしら」サラは高慢な表情で応じたが、二秒ともたずに笑顔になった。

三人はいっせいに笑いだし、おそらくはそのせいでデイジー・スマイス－スミスがすぐそばまで来ていることに誰も気がつかなかった。

「サラ」デイジーがお節介じみた口ぶりで言った。「ちょっといいかしら？」

ヒューは椅子から腰を上げた。こちらのスマイス－スミス一族のお嬢さんとは話したことがなかった。まだ勉強部屋にいそうなくらい若く見えるが、晩餐会に出席できる年齢には達しているわけだ。

「デイジー」サラが挨拶の言葉で応えた。「こんばんは。ヒュー・プレンティス卿にはもうご挨拶していたかしら？　ヒュー卿、こちらはミス・デイジー・スマイス－スミスです。アイリスの妹よ」

なるほど。この一家のことはヒューも聞き及んでいた。スマイス－スミス家の花々、と誰かが呼んでいた。全員の名は思いだせない。デイジー、アイリス、それにローズヒップにマリゴールドだっただろうか。クロッカスは使われていないことを祈るばかりだ。

デイジーはさっと膝を曲げて挨拶したが、まったく関心がないのはあきらかで、すぐさまブロンドの巻き毛の頭をサラのほうへ戻した。「今夜あなたはダンスができないのだから」そっけなく言う。「母が一緒に演奏したらって」

サラが顔色を変え、ヒューは即座に、フェンズモアでの最初の晩にサラが一族の音楽会について何か言おうとしていたのを思い起こした。話が途中で中断されてしまったので、結局何を話そうとしたのかはわからずじまいだった。

「アイリスお姉様は加われないのよ」デイジーがサラの表情の変化にはまるで気づかずに続けた。「チェロを持ってきてないし、レディ・イーディスはこちらの結婚式には招待されていないから。いらしていたとしても、なんの意味もなかったわけだけれど」むっとして鼻息を吐いた。「フェンズモアでチェロを貸してくださらなかったのは、ほんとうに不親切だわ」

サラがすがるような視線をアイリスに投げたのにヒューは気づいた。アイリスのほうはどうみても同情としか思えないものをまなざしで返した。それに恐れも。

「でも、ピアノは完璧に調律されてるわ」デイジーが言う。「それにもちろん、わたしはヴァイオリンを持ってきてるから、二重奏にしましょうよ」

今度はアイリスが目顔でサラに何かを伝えた。ふたりはどうやらまた男には解釈不能な暗黙の会話をしているらしい。

デイジーが粘り強く続けた。「唯一の問題は、何を演奏するかね。練習する時間はないから、わたしはモーツァルトのピアノ四重奏曲第一番がいいと思うの」ヒューのほうを向く。

「今年の音楽会で演奏した曲なんです」

サラが詰まりがちな声を発した。「でも――」

けれどもデイジーはよどみなく話しつづけた。「自分のパートは憶えているでしょう？」

「いいえ！　憶えてないわ。デイジー、わたしは――」

「たしかに」デイジーが言葉を継ぐ。「わたしたちふたりだけの演奏になるけど、変わらないと思うのよ」

「変わらない？」アイリスがどことなく不機嫌そうに訊き返した。

デイジーは姉にちらりと目を向けただけだった。たとえちらりとでも、蔑みといらだちを驚くほどたっぷり含んだまなざしであるのがヒューにも見てとれた。

「チェロと第二ヴァイオリンがなくても演奏はできるわ」デイジーが言い放った。

「あなたが第二ヴァイオリンでしょう」サラが指摘した。

「ヴァイオリンがひとりしかいないのだから第一だわ」デイジーが言い返した。

「さっぱり意味がわからない」アイリスが口を挟んだ。

デイジーはますますいらだたしそうに鼻息を吐いた。「たとえこの春と同じように、わたしが第二のパートを演奏するとしても、唯一のヴァイオリン奏者だわ」しばし同意を待ってから、仕方なく進めた。「だからおのずと、わたしが第一ヴァイオリンということになるでしょう」

これはさすがにヒューですら理解しかねる言いぶんだった。

「第一がなければ、第二とは呼べない」デイジーがもどかしげに言う。「そんな数え方はありえないもの」

おいおい、こんな話に数字の論理を持ちだすのはやめてくれと、ヒューは胸のうちでつぶやいた。

「デイジー、今夜は弾かないわ」サラが言い、ゆっくりと怖気《おじけ》をふるうように首を振った。

デイジーが唇を引き攣らせた。「あなたのお母様も賛成してるのよ」

「母は――」

「じつはレディ・サラは」ヒューはなめらかに言葉を差し入れた。「今夜はぼくの相手をしてくれると約束していたんだ」

いつから自分は英雄気どりに味をしめるようになったのだろうか。しかもいま目の前にいるのはユニコーンに夢中の十一歳の少女ではない。

デイジーは知らない言語を耳にしたかのような面持ちでヒューを見やった。「意味がわからないわ」

サラの表情も同じ気持ちであるのを物語っていた。ヒューは精いっぱいにこやかな笑みを浮かべて言った。「ぼくもダンスはできない。レディ・サラが今夜はずっと隣りに坐っていると言ってくれたんだ」

「だけど――」

「ウィンステッド卿が今夜の音楽はすでに手配しているはずだ」ヒューはそう続けた。

「だけど――」

「それに、ぼくにとってはこうした夜会で話し相手がいてくれるのはめったにないことなんだ」

「だけど――」

しかしなんと根気強い娘なのだろう。「申しわけないが、ぼくとしては約束は破ってほしくない」ヒューは言った。

「ええ、そんなことはしないわ」サラがようやく芝居に加わった。仕方がないのよといったふうにデイジーに肩をすくめてみせた。「約束したんだもの」

デイジーはその場から頑として動かず、計画を完全に阻止されてしまったことを徐々に悟って顔をゆがめた。「アイリス……」と言いかけた。

「わたしはピアノを弾かないわよ」アイリスがほとんど叫ぶように遮った。

「どうしてわたしが言おうとしたことがわかったの？」デイジーが悔しそうに眉をひそめた。

「あなたが生まれてからずっと、あなたの姉ですもの」アイリスがつっけんどんに返した。

「あなたが言おうとしたことくらいわかって当然だわ」

「みんな弾き方は教わったはずよ」デイジーが哀れっぽい声で言う。

「でも弦楽器の担当になってからは練習してないわ」

「要するにアイリスが言いたいのは」サラはヒューにちらりと目をくれてから、デイジーにしっかりと向きなおった。「自分のピアノの腕前は、あなたのヴァイオリンほどではないということよ」

アイリスは喉を詰まらせたような音を漏らしたが、ヒューが目を向けたときにはすでに話しだしていた。「そうなのよ、デイジー。あなたもそれはわかるでしょう。恥ずかしい思いをさせないで」

「わかったわ」デイジーはようやく了承した。「わたしひとりでも演奏できるものはあるものね」

「だめ！」サラとアイリスが同時に声を張りあげた。

完全に叫び声だったので、人々が振り返り、サラは気恥ずかしそうな笑みをつくろって言った。「失礼しました」

「どうしてだめなの？」デイジーが訊く。「わたしは喜んで弾くし、ヴァイオリンのソロで弾ける曲はいくらでもあるじゃない」

「ヴァイオリンのソロでダンスをするのはとてもむずかしいわ」アイリスがすかさず言った。

ヒューはそれが事実なのかはわからなかったが、あえて尋ねようとも思わなかった。

「そうかもしれないわね」デイジーが言う。「ほんとうに残念だわ。せっかくの一族の結婚式なのだし、一族の誰かが音楽を演奏すればすてきな思い出になるのに」

そのひと言で自己満足のための提案ではなかったと言いきることはできない。自己満足のためのみではなかったというだけのことだ。ヒューがちらりとサラとアイリスを見やると、ふたりともいささか困惑ぎみの表情をしていた。

「またべつの機会があるわ」サラはそう言ったが、演奏を披露できる場を具体的に挙げはしなかった。

「あすもあるし」デイジーが小さくため息をついた。

サラもアイリスも押し黙った。ふたりが息をしているのかすらヒューには定かでなかった。

晩餐の支度が整ったことを知らせる鐘が鳴り、デイジーは歩き去った。ヒューが椅子から立ちあがると、サラが言った。「アイリスといらして。ダニエルがわたしを運んでくれるそうだから。従兄に感謝しなくてはいけないわね」鼻に皺を寄せた。「従僕に頼んだら人目を引いてしまうもの」

ヒューはダニエルが来るまでここにいようと言いかけたが、いつもながら時間に正確な友人は、まだこちらがアイリスに腕を差しだしてもいないうちに、サラのそばに来て抱きあげ、食堂へ運び去った。

「いとこ同士でなければ」アイリスがどうやらこの女性の特徴らしい淡々とした口ぶりで言った。「きっと恋人同士になってたわね」

ヒューはじっと見やった。

「いとこ同士でなければと言ったのよ」アイリスが力を込めて視線に応えた。「いままではもう、もし天井から真っ裸の女性たちが降ってきても気づかないくらい、ミス・ウィンターにのぼせてるんだから」

「いや、気づきはするだろう」ヒューはアイリスがわざと自分を挑発しようとしているのをしっかりと読みとって言った。「だからといって何もしないだけで」

そうして本来の相手ではない女性の手を肘にかけさせて食堂へ導きながら、自分もやはり何もしないだろうと思い至った。

たとえ天井から裸の女性たちが降ってこようとも。

## 晩餐後、夜も更けて

「結局」サラはヒュー卿に言った。「夜もわたしといなければならないはめになったわね」

ふたりは芝地に腰をおろし、外套を着て毛布をかけていれば肌寒さが気にならない程度には外気を温めている松明《たいまつ》に照らされていた。

心地よい夜気に誘われて外に出てきたのはふたりだけではなかった。舞踏場から出られる草地には椅子や寝椅子がいくつも用意され、そのうちのおよそ半分はつねに埋まっていた。そこにずっと居坐っていたのはサラとヒューだけだったが。

「あなたがわたしから離れれば」サラは続けた。「わたしはすぐにデイジーに見つかって、ピアノを弾かされることになる」

「それにしても、そこまでいやがるほどのことなのかい？」ヒュー卿は訊いた。

サラはじっと目を見据えて、答えた。「次の音楽会には間違いなく招待状をお送りするわ」

「楽しみにしていよう」

「いいえ」サラが言う。「やめて」

「どうも腑《ふ》に落ちないな」ヒュー卿は椅子の背にゆったりともたれて続けた。「これまでの経験から言えば、若い令嬢たちはたいがいピアノの腕前を披露したがるものだろう」

「わたしたちは」サラは主語をじゅうぶん強調できるだけの間をおいてから続けた。「並はずれて下手なのよ」

「そんなことはないだろう」ヒュー卿は言いつのった。「そうだとすれば、音楽会が毎年開かれはしない」

「理屈ではそうなんだけど」サラは顔をゆがめた。「それに、慎みがあれば」明白な事実をいまさら隠しても仕方がない。運悪く一年のその時期にロンドンにいれば、いつかはわかることだ。

ヒュー卿が含み笑いし、サラは空を見上げて、一族の悪評轟《とどろ》く音楽会について、これ以上無駄に悩まされずにすむことを願った。そんなことを考えている時間が惜しくなるほど快い晩だ。「星がいっぱい」つぶやいた。

「天文学に興味が？」

「あまり」サラは正直に答えた。「でも、空が澄みわたった晩に星を眺めるのは好きだわ」

「あれが、アンドロメダ座だ」ヒュー卿はサラがひそかに音叉《おんさ》を傾けたようだと思っていた星座を指さした。

「あれは？」Wの文字のように曲がりくねった星座を示して尋ねた。

「カシオペア座だ」

サラは指を少し左にずらした。「それならあれは？」

「知らないな」ヒュー卿があっさり認めた。

「数えたことがある？」

「星をかい？」

「あなたはなんでも数えるでしょう」サラはからかう口ぶりで言った。

「星は無限大にある。いくらぼくでもそこまで数えてはいられない」

「あら、そんなことはないわ」サラは愉快になっていたずら心が働き、星空全体を示して言った。「簡単よ。無限大引く一、無限大、無限大足す一」

ヒュー卿はわざとふざけているのは承知しているとばかりにじろりと見やったが、答えた。

「それでは数えられない」

「数えてるわ」

「でも間違っている。無数に一を足しても無数なのだから」

「あら、そんなのおかしいわ」サラは満足の吐息をついて、毛布をさらにしっかりと体に巻きつけた。あんなにダンスが好きだったのに、いまはほんとうに、芝地でこれほどすばらしい空を眺められる晩に舞踏場のなかにとどまっている人々の気が知れない。

「サラ！　それにヒュー！　これは嬉しい驚きだな！」

ダニエルが楽しげに婚約者をしたがえて近づいてくると、サラはヒューと視線を交わした。ミス・ウィンターがもうすぐ妹たちの家庭教師から従兄の妻、ウィンステッド伯爵夫人になるという事実を、サラはまだ受け入れられてはいなかった。身分の違いが気になっているわけではない。少なくとも意識しているつもりはないし、自分はそんな人間ではないと思いたい。アンのことは好きだ。そのアンと幸せそうにしているダニエルの姿も微笑ましい。

ただどうしても、まだとてもふしぎな気がしてしまう。

「肝心なときに、レディ・ダンベリーはどこにいるんだ？」ヒュー卿が言った。

サラは面白がるふうに笑い返した。「レディ・ダンベリー？」

「ぼくたちがここにいても驚きでもなんでもないと返すべきところだ」

「あら、それはどうかしら」サラはおどけた笑みを浮かべた。「わたしの知るかぎり、ここにはわたしの姪《めい》の孫息子はいないもの」

「今夜はずっとここにいたのか？」ダニエルがアンとともにそばに来て問いかけた。

「そうとも」ヒュー卿が簡潔に答えた。

「寒くありません？」アンが問いかけた。

「毛布をしっかりかけてるから」サラは答えた。「それに正直なところ、ダンスを踊れないなら、こうして外の爽やかな空気のなかにいるほうが楽しいわ」

「今夜はずいぶんと仲がよさそうじゃないか」ダニエルが言う。

「どちらも廃馬だからな」ヒューが皮肉っぽく返した。

「その言い方はやめて」サラは叱った。

「おっと、失礼」ヒューはダニエルとアンを見やった。「こちらのお嬢さんはむろん治るのだから、ぼくと一緒にしては申しわけない」

サラは背を起こして坐りなおした。「そういう意味で言ったのではないわ。たしかにあなたとわたしとでは立場が違うけれど、それが言いたかったのではないわ」ダニエルとアンがとまどい顔でこちらを見ているので、サラは説明した。「この人がいまのような言い方をしたのは三度め――いいえ、四度めなのよ」

「廃馬、か」ヒュー卿が繰り返し、松明の薄明かりのなかでも面白がっているのが見てとれた。

「そんな言い方を続けるのなら、わたしは失礼させていただくわ」

ヒュー卿が片方の眉を吊りあげた。「今夜はずっと一緒にいなければならないと言っていただろう」

「廃馬だなんて言うべきではないわ」サラはきつく返した。激しい口ぶりになってしまったが、感情を抑えきれなかった。「いやな言いまわしだもの」

ヒュー卿はいつもどおり落ち着き払っている。「的を射た言い方さ」

「いいえ、違うわ」

ヒュー卿が含み笑いした。「また馬じゃないとでも言いたいのかい？」

「部屋のなかにいるより、こっちのほうがはるかに面白い」ダニエルがアンに言った。

「いいえ」アンはきっぱりと否定した。「そんなことはないわ。それに、わたしたちはたぶん関わらないほうがいいのよ」ダニエルはアンに腕を引かれても、名残惜しそうにサラとヒューを見ていた。

「関わったっていいじゃないか」と、ダニエル。

アンはため息をつき、目で天を仰いだ。「好奇心がありすぎるのね」それからダニエルはアンから小声で何か耳打ちされ、しぶしぶながら引きずられるように歩き去っていった。

アンのいかにもそそくさとした去りようにサラはいくぶん当惑しつつ、従兄たちを見送った――ふたりきりにさせなければとでも思ったのだろうか。なんとも不可解だった。とはいえ、話はまだ片がついていないので、ヒュー卿に向きなおって言った。「どうしても必要なときには、片脚が不自由だと言えばいいんだわ。でも、廃馬という言い方は、わたしが許さない」

ヒュー卿が驚いたふうに腰を引いた。それにたぶん、面白がってもいるのだろう。「許さない？」

「ええ、そうよ」サラは湧きあがってくる感情にとまどい、唾を飲みこんだ。今夜芝地に出てきてから初めて完全にふたりきりとなり、いまならできるかぎり声をひそめても話せそうだった。「片脚が不自由だというのもほんとうは気に入らないけど、一部分のことだからまだましね。廃馬では、あなたのすべてをけなしているように聞こえるんだもの」

ヒュー卿はひとしきり見つめつづけたあと立ちあがり、少ししか離れていないサラの椅子に近づいた。身をかがめ、幻聴ではないかと思うほど静かな声で言った。「レディ・サラ・プレインズワース、ぼくとダンスをしていただけませんか?」

ヒューはレディ・サラの瞳を見つめ、思いがけない表情を目にした。サラが顔を上向かせ、唇を開いて吐息を漏らし、太陽のごとくまばゆい笑みを浮かべた瞬間、ヒューは頭がくらりとした。

椅子に寄りかかるようにして、ほとんどささやき声で続けた。「きみが言うように、ぼくもみんなとさほど変わらない男ならば、ダンスもできるはずだ」

「本気なの?」サラがささやき返した。

「試してみよう」

「優雅には踊れないわ」サラが悔しそうに言う。

「だからこそ、ぜひお相手願いたい」

サラは腕を伸ばし、片手をヒューの手にあずけた。「ヒュー・プレンティス卿、ダンスを申し込んでくださって光栄ですわ」

サラが椅子の上で慎重に腰を前にずらし、手を引かれて立ちあがった。といってもほとんど片脚立ちだったが。滑稽と言ってもよい光景だった。ヒューは椅子に寄りかかり、サラはそのヒューに寄りかかっていて、それなのにどちらも笑みをこらえきれず、ついにはくっくっと笑いだした。

ともに背を伸ばしてどうにかダンスらしいかまえがとれたところで、ヒューは夜風に運ばれてくる音楽の調べに耳を澄ました。聴こえてきたのはカドリールだった。

「どうやらワルツのようだ」ヒューは言った。

サラが目を見つめ、あきらかに正そうとして口を動かしかけた。ヒューはその唇を一本の指で押さえた。「ワルツなんだ」そう言うと、サラも即座に意図を読みとった。今夜のふたりにはリールもメヌエットもカドリールも踊れない。おそらくワルツでも斬新《ざんしん》な工夫を取り入れなければ無理だろう。

ヒューは手を伸ばし、椅子の側面に立てかけておいた杖をつかんだ。「ぼくがここに手をおいて」説明しながら杖の柄を握る。「きみがぼくのところに……」

サラが示されたとおり杖の柄をつかんでいる腕に手をかけると、ヒューはもう片方の手をサラの腰のくびれに添えた。サラは目を見つめたまま片手をヒューの肩に移した。「これでいい？」低い声で訊く。

ヒューはうなずいた。「それでいい」

これ以上にないほど不恰好でぎこちないワルツだった。本来は互いに優雅に肘を上げて手を握りあうべきところを、どちらも杖の助けを借りている。それでもそうして向きあっていれば互いを支えあえるので、さほどは杖に頼らずにすむ。ヒューは鼻歌で四分の三拍子を刻み、サラの背を軽く押して導きつつ、まわる代わりに杖を動かした。

ダンスをするのはほぼ四年ぶりだった。その間、音楽に自然に身を揺らしたこともなければ、ご婦人の手のぬくもりを感じたこともない。ところが今夜は……現実とは思えないような喜びに心満たされていた。このようなひと時を自分にもたらし、魂の一部を取り戻させてくれたことを、サラにどう感謝すればよいかわからない。

「あなたはとてもすてきに踊れているわ」サラが目を上げて、謎めいた笑みを浮かべた。きっとロンドンではいつもこんなふうに微笑んでいるのだろう。舞踏会でダンスをして、相手の紳士を見つめ、褒め言葉を口にするときに。ヒューはふいに自分がまるでどこも不自由ではない男に戻れた気がした。

微笑みかけられるのが、これほど嬉しいものとは考えもしなかった。

わずかに頭をかがめ、秘密を打ち明けるかのようにささやいた。「何年も練習していたんだ」

「そうだったの？」

「ああ、そうだとも。まわってみるかい？」

「まあ、ええ、やってみましょう」

ふたりで杖を持ちあげ、そっと右へずらして、ふたたび草地におろす。

ヒューは頭をかがめた。「才能を発揮するのに最適なときを待っていたんだ」

サラが眉を上げた。「最適なとき？」

「最適な相手だ」ヒューは言いなおした。

「わたしが馬車から落ちたのには、きっと理由があると思ってたのよ」サラは笑い、いたずらっぽく瞳をきらめかせた。「あなたがわたしを受けとめなかったのにも理由があったとは言わないの？」

それについては軽口では受け流せなかった。「ああ」静かにきっぱりと否定した。「言わない」

サラは視線をさげていたが、ヒューはその頬のふくらみから楽しんでいるのを察した。少し間をおいて、サラが言った。「あなたはわたしの落下を邪魔したのよ」

「ぼくにも特技はあったようだ」冗談めかした皮肉のやりとりに戻れたことにヒューはほっとした。これで安心して会話を続けられる。

「あら、それについてはどうなのかしら、閣下。たしかに特技はたくさんあるでしょうけど」

「閣下というのは、ぼくのことかい？」

今度はサラの息遣いから笑いが聞きとれた。それからすぐに言葉が続いた。「そのようね」

「そう呼ばれるにふさわしいことは何もした憶えはないが」

「大事なのは、あなたがそう呼ばれるにふさわしいことをしたかどうかではなく」サラが言う。「わたしがあなたをそう呼ぶにふさわしいと思うかどうかだわ」

ヒューはいったん動きをとめた。「ぼくがご婦人がたを理解できない理由はそこにあるのかもしれない」

サラは笑い声を立てた。「多くの理由のひとつに過ぎないのでしょうけど」

「言ってくれるな」

「褒めてるのよ。本心からご婦人を理解しようとしている殿がたなんて、ひとりも知らないんだもの。あなたがほんとうにそうしようとしてくれているんだとしたら、どこにも文句のつけようがないわ」

「あのナポレオンにもかい？」

「もう死んだ人だもの」

「天候には？」

「こんなにすてきな晩に、あなたはまだ何か不満があるのかしら」

「ない」ヒューは認めて、星空を見上げた。「これ以上には望めないほどすばらしい晩だ」

「ええ」サラが穏やかに相槌を打った。「ええ、ほんとうに」

これだけでもじゅうぶん満足できたはずなのだが、ヒューは欲が湧き、ダンスを終わらせたくないばかりに、さらにしっかりとサラの腰を抱いて言った。「ぼくがいったいどんなことをしたから閣下と呼ぶにふさわしい男だときみが思ってくれたのか、まだ聞かせてもらっていない」

サラが茶目っ気たっぷりの目で見返した。「じつは、正直に答えるとするなら、口からつい出てしまったということになるわ。浮かれて思わせぶりなことを言ってしまったのね」

「がっかりだ」

「あら、でもわたしは正直に答えるつもりはないもの。だからあなたにはぜひ、わたしが浮かれてしまった理由のほうを考えていただきたいわ」

「きみの助言に従おう」

ふたたびまわるときにサラは低い鼻歌を奏でた。

「どうしてなのか尋ねてもいいだろうか？」

「あなたが望まれるなら」

ヒューはサラの視線をとらえ、見据えた。「望んでいる」

「わかったわ、わたしが浮かれた気分になってしまったのは――」

「ちょっと待ってくれ」ヒューは遮った。尋ねたのはこちらなのだから、待ってもらう権利もあるはずだ。「もう一度まわってからだ」

今回は完璧に、つまりふたりともよろけずにまわれた。

「続けてくれ」ヒューはせかした。

サラがとりすまして目を見つめた。「考えを断ち切られて忘れてしまったとしても仕方のないことよね」

「だが、きみは忘れない」

サラはやや申しわけなさそうな顔をした。「ええ、でも、それが忘れてしまったみたいなの」

「サラ」

「どうしてそんなふうに脅かすように呼べるのかしら？」

「肝心なのは、ぼくが脅かすように言ったかどうかではなく」ヒューは続けた。「きみが脅かされているように感じるかどうかなんだ」

サラは目を大きく見開き、ぷっと吹きだした。「あなたの勝ちね」いまだ互いに支えあうように立っているのでなければ、サラはきっと両手を掲げて負けを認めていたに違いない。

「そのようだ」ヒューは低い声で応じた。

それはこのうえなく不恰好でぎこちないワルツで、しかもヒューの人生のなかでこのうえなくすばらしいひと時だった。

# 14

## 数日後の夜もだいぶ深まった頃
## サラとハリエット・プレインズワース姉妹にあてがわれた来客用の寝室にて

「ひと晩じゅう本を読んでるつもり?」

サラは心おきなく小説を読み進めていた目を〝連翹《れんぎょう》〟という文字の上でとめた。「どうして」思ったままを声に出した(しかもいらだちを十二分に込めて)。「人の行動について、そのような疑問を抱けるのかしら? ひと晩じゅう読んでいるわけがないでしょう。ひと晩じゅう読みつづける人間がどこにいるというの?」

そう問い返してしまったことをサラは即座に後悔した。というのも自分の隣りに寝転んでいるのはハリエットで、もしこの世に『いるかもしれないじゃない』と答える者がいるとすれば、間違いなくこの妹だからだ。

かくしてハリエットはそう答えた。

「でも、わたしはそうじゃない」サラはすでに一度答えたも同然のことをあらためてつぶやいた。たとえ繰り返しになろうと、姉妹のやりとりでは自分が最後に言葉を発して終わらせるのが肝心だ。

ハリエットは横向きに寝そべり、頭の下に枕を引き寄せた。「何を読んでるの？」

サラはため息を呑みこんで、読みかけのページに人差し指を挟んで本を閉じた。さしてめずらしいやりとりではない。サラは眠れないときに小説を読むし、ハリエットは眠れなければ姉に難癖をつけてくる。

「『バターワース嬢といかれた男爵』よ」

「前にも読んでたわよね？」

「ええ、でもまた読み返してるの。ばかばかしいお話だけど、楽しめるわ」サラはふたたび本を開き、〝連翹〟の文字を見つけて、先へ読み進めようとした。

「今夜の晩餐では、ヒュー卿にはお目にかかった？」

サラは本のページに人差し指を挟んだ。「ええ、もちろん会ったわ。どうして？」

「べつに理由はないわ。とてもすてきだと思ったのよ」ハリエットはその晩、大人たちと食事をとったので、エリザベスとフランシスはたいそう悔しがっていた。

結婚式は三日後に迫り、ウィップル・ヒルはいっそう慌しくなってきた。マーカスとホノーリア（もうチャタリス伯爵夫妻と呼ばなければいけないのだとサラは思い返した）も顔を上気させ、幸せでたまらないといったふうに笑いあいつつ、フェンズモアからすでに到着していた。率直に言うなら、このふたりは猿《さる》ぐつわを噛ませたくなるほどのはしゃぎようだったが、サラもヒュー卿と冗談を言って笑いあい、思いのほか楽しい時を過ごせていた。

信じがたいことだけれど、毎朝、目覚めて最初に頭に浮かぶのはヒュー卿の顔だった。朝食の席にヒューを探しにおりていくと、必ずといってよいほどそこにいて、目の前の皿にまだたっぷり盛られた料理から、ほんの少し前に来たばかりであるのが見てとれた。

ふたりはいつものんびりと朝食をとった。どちらも日中に予定されている多くの催しに参加できないのを言いわけにして（だがじつのところ、サラの足首はだいぶ治り、村まで歩くのはまだとても無理であれ、芝地で球遊びをするくらいはできないわけではなかった）。長々と朝食の席にとどまり、サラはお茶を飲むふりを続けた。ほんとうに何時間もお茶を飲みつづけていたら、会話を短く切りあげて席を立たずにはいられなくなる。

一時間にも及ぶ会話を切りあげたところで、短くなるとは言えないのかもしれないけれど。ふたりが朝食の席に長らくとどまっていても、ほとんど誰も気に留めてはいないようだった。ほかの滞在客たちは食堂にやってきて食器台から料理を取り分け、コーヒーや茶を飲み、去っていく。サラとヒューはたまに人々の会話に加わり、そうしないときもあった。

そうしてとうとう使用人たちが朝食用の部屋を片づけなければならない時間がくると、サラは席を立って、午後に本を読もうと思っている場所をさりげなく告げる。

ヒュー卿は同行するとはけっして言わないものの、必ずそこにやってきた。

ふたりは友人になっていた。そしてサラは時おりふとヒューの唇を見つめ、誰にでも初めてのキスは一度きりなのだから、もしこの男性とできたならどんなにすてきだろうと思った……もちろん、けっして口には出さなかったけれど。

とはいうものの、肝心の読むものが尽きてきた。ウィップル・ヒルの図書室はとても大きいのだが、残念ながらサラが読みたい類いの本は不足している。バターワース嬢の物語も『神曲』と『じゃじゃ馬馴らし』のあいだにむぞうさに挟み込まれていた。

サラは手もとの本に目を戻した。バターワース嬢はまだ男爵に出会っていない。もっと先まで読み進めたい。

連翹……連翹……。

「すてきだと思わなかった？」

サラはいらだたしそうに唸り声を漏らした。

「ヒュー卿は美男子だと思わなかった？」ハリエットが返答をせかした。

「べつに、いつもどおりだったわ」最初の部分は嘘だ。そう思ったし、胸がどきりとするほどすてきな男性であることはすでに知っている。つまり、美男子なのはすでにわかっていたことなのだから、あとの部分は本心ということになる。

「フランシスはあの方に恋しているのではないかしら」ハリエットが言う。

「そうかもしれないわね」サラは同意した。

「とてもやさしくしてもらってるから」

「ええ、そうね」

「きょうの午後にはピケットのやり方を教わっていたわ」

自分がアンの最後の花嫁衣装合わせを手伝っていたときだろうと、サラは胸のうちで思った。ほかにはそのような時間はなかったはずだ。

「わざと勝たせるようなことはなさらないの。フランシスは勝たせてもらえると思ってたんでしょうけど、そういうことはなさらないからこそ、きっとあの方を好きなんだわ」

サラはうんざりしたように大きくため息を吐いた。「ハリエット、だからあなたはいったいどうしたいの？」

ハリエットはきょとんとして顎を引いた。「べつに。ただお喋りしてるだけだけど」

「時間は――」サラはあてつけがましく時計を見やった。「――考えず？」

ハリエットはまる一分は押し黙っていた。サラが〝連翹〟を越えて〝鳩《はと》〟まではどうにか読み進めたところで、妹はふたたび口を開いた。

「お姉様を好きなのではないかしら」

「なんの話をしてるの？」

「ヒュー卿よ」ハリエットが言う。「お姉様に気があるんだと思うわ」

「そんなことないわよ」サラは即座に否定した。嘘をついたわけではない。さらに言えば、むしろそれが嘘になることを祈っていた。なぜなら、自分がヒューに惹かれはじめているのはすでにわかっていたので、相手も同じ気持ちでないとしたら、とても耐えられそうにないからだ。

「お姉様は間違ってるわ」ハリエットが言う。

サラは決然とバターワース嬢の鳩に気持ちを振り向けた。

「お姉様はあの方に惹かれてないの？」

サラの我慢も限界に達した。妹にそのようなことを話せるはずがない。なにしろ初めて経験することで、人に明かすのはこのうえなく恥ずかしい問題だし、考えるたび心臓が体から飛びだしそうな気がする。「ハリエット、いまは話す気になれないわ」

ハリエットはいったん考えてから言った。「あすならいい？」

「ハリエット！」

「ええ、わかったわ、もう言わない」ハリエットはこれ見よがしにベッドの上で反対側に向きを変え、ついでにふたりで使う上掛けをぐいと自分のほうに引き寄せた。

サラは鼻を鳴らし、いらだちをはっきりと示してから、毛布を引き戻して読書を再開した。とうてい集中できなかったけれど。

三十三ページめからいっこうに目は進まなかった。傍らでかさこそ音を立てていたハリエットもいつしか静かになり、低く穏やかな寝息が聞こえてきた。

ふと、ヒュー卿はいま何をしているのだろう、やはり寝つけない夜もあるのだろうかと考えた。ベッドに入るときに脚が痛むこともきっとあるだろう。晩に痛みだしたら、朝までその苦しみは続くのだろうか。痛みで目覚めてしまうこともあるの？

さらに、ヒュー卿にはどうしてあれほどの数学の才が養われたのだろうと考えた。サラがとんでもなく大きな桁数の掛け算をやってみせてほしいと頼んだとき、ヒューは暗算の方法を説明してくれた。実際に数字が見えるわけではないものの、頭のなかで自然と数字が整理されて解答が出るのだという。サラは理解できているふりをしようとしたわけではなく、もどかしそうなヒューの表情が微笑ましくて、ついつい質問を重ねた。

自分と一緒にいるときのヒューは笑っている。もとからよく笑っていた男性とは思えないのに。

これほど短い期間で恋に落ちてしまうこともありうるのだろうか。ホノーリアはずっと昔から知っていたマーカスと恋に落ちた。ダニエルはミス・ウィンターにひと目惚れしたと言っていた。いずれにしても、自分の場合より理にかなっているような気がする。

ひと晩じゅうでも考えていられそうなほど疑問は尽きなかったが、サラはにわかに気分が落ち着かなくなってベッドをおり、窓辺に歩いていってカーテンを開いた。月は完全にではないけれど半分以上は満ち、銀色の光で草地がきらめいている。

露だ。サラはふと、すでに上靴を履いていたことに気づいた。屋敷は静まり返っていて、部屋から出るべきではないのは承知していた。でも心誘われるのは月光ではなく……。

そよ風だった。木の葉はとうに舞い落ちていたものの、軽くなった梢《こずえ》がさわさわと擦れあって手招いている。サラがいまなにより求めているのは爽やかな空気だった。それと、髪をくすぐる風。もう何年も前から髪をおろして部屋を出ることは許されなくなっていた。だからいまはともかくこの屋敷を出て……。

風を感じたい。

# 同じ日の晩
# べつの部屋で

ヒュー・プレンティスはけっして寝つきがよいほうではない。幼い頃は物音が耳について眠れなかった。ラムズゲイト侯爵家の子供部屋がなぜ自分がこれまで訪れたほかのすべての屋敷のように、大人たちの部屋から離れたところになかったのかはわからない。だがそのせいで時おり、それも唐突に（つねに恐れていたのだから、唐突にとは言わないのかもしれないが）ヒューとフレディは母の叫び声を耳にした。

初めて聞いたときにはヒューはベッドから飛び起き、すかさずフレディの手に押しとめられた。

「でも、母上が……」

フレディは首を振った。

「それに父上……」ヒューは父の声も耳にしていた。父は怒鳴っていた。それから今度は笑いだした。

フレディはふたたび首を振った。五つ年下のヒューは兄の目つきを見ただけで仕方なくベッドに戻り、上掛けを耳の上までかぶせた。

でも目は閉じなかった。翌日にもし誰かに尋ねられたなら、瞬きすらしなかったと答えただろう。あのときは六歳で、できるはずもない多くのことをできるとうそぶいていた。

翌日の晩、夕食の前に会った母は何事もなかったかのようなそぶりだった。痛めつけられているような声を発していたはずなのに、どこにもけがはなく、具合が悪そうにも見えなかった。ヒューは昨夜のことを尋ねようとしたが、フレディに足を踏まれた。

理由もなくそのようなことをする兄ではない。だからヒューは口をつぐんだ。

それから数カ月、ヒューは注意深く両親を観察した。それで初めて、ふたりを同じ部屋のなかで目にすることはほとんどないのに気がついた。ただし子供は子供部屋で夕食をとるので、両親が食堂で一緒に食べていたかどうかはわからない。

ふたりがともに居合わせたところを見かけても、言葉を交わしている様子はなく、互いにどのような感情を抱いているのかは読みとれなかった。数カ月が過ぎ、ヒューはきっと何もかも順調なのだと思うようになった。

ところがまたも兄弟は同じ声を耳にした。そしてヒューは、まったく順調などではないことを悟った。自分にはどうしようもないことであるのも。

ヒューが十歳のとき、母は犬に嚙まれたのがもとで熱病に罹《かか》って死んだ（嚙まれた傷自体は小さかったのだが、急激に容態が悪化したのだ）。母と過ごしたのは毎晩二十分ずつだけだったが、それなりの哀しみは抱いた。以来、毎晩寝る前に耳を澄ます癖もなくなった。

だがそのときには遅きに失していた。すでに考えごとをする習慣のせいで眠れなくなっていたのだ。ベッドに横たわると、考えが騒ぎだし、走りまわり、回転し、落ち着く以外のほとんどのことをやってのけた。フレディには頭のなかを真っ白なページだと想像すればいいと言われ、ヒューはほんとうに笑いだしてしまったものだ。なにしろけっして想像できないことがあるとすれば、それは頭のなかを真っ白だと思うことだったからだ。ヒューの頭には一日じゅう、花びらや地面を蹴る馬の蹄《ひづめ》といったものの数字や形が思い浮かんでいた。一瞬ちらりとよぎるだけのものもあれば、ベッドで休むときまで片隅に残っているものもある。それがひとたび呼び起こされると、突如足したり引いたり並べ替えたりが始まるのだから、そんな状態でも眠れると兄はほんとうに思ったのだろうか（いまはフレディもうそんなことは思っていない。ヒューが眠ろうとするときに頭のなかで起こっていることを打ち明けてから、兄は二度と真っ白なページを想像しろとは言わなくなった）。

いまヒューがすんなり眠りに落ちることができないのには数多《あまた》の理由がある。片脚の痛みにしつこく悩まされているせいもあるし、疑り深いたちなので、父との確執ではいまのところ自分が優位に立ってはいても信用しきれず穿《うが》った目を向けつづけているせいでもあった。さらにときには昔ながらの癖で数字や形が頭のなかをめぐり、とめられなくなることもある。

だがヒューは新たな仮説を立てるに至った。眠れなくてどうしようもない状態に慣れてしまっているから、眠れないのではないかと。どういうわけか、丸太のごとく何時間も横たわっていれば、いつか体が休息を欲して眠れるものと思いこんでいた。明確な理由もわからず眠れない日々もずいぶんと過ごしてきた。脚の痛みはほとんどなく、父のことなどかけらも考えてはいないのに、それでも眠れなかった。

ところが最近、事情が変わってきた。すんなり眠れるようになったわけではない。そのような日は永遠にこないのかもしれない。だがその理由は……。

いままでとは違っていた。

片脚をけがしてからこの数年、ふいに目覚めては女性を欲していることに気づく晩が幾日もあった。ヒューも男で、使いものにならないのは左の太腿だけなのだから、そのほかのところは不自由なく動かせる。落ち着かない気分を強いられるときが多々あろうと、しごく自然なことだ。

けれどいま思い浮かぶ女性は顔も名もはっきりしており、日中は完璧に礼儀正しく振るまってはいるものの、晩にベッドに横たわると、呼吸が速まり、体が熱を帯びてくる。ヒューは生まれて初めて、長年悩まされていた数字や図形を恋しく思った。代わりに頭をめぐりつづけるのは、数日前にサラが図書室の絨毯につまずき、自分が受けとめたときの光景だ。ほんの一瞬、手が彼女の乳房の脇をかすめて、ヒューは昂《たかぶ》った。サラはビロードのドレスを着ていて、その下にどんなものを身につけているかは神のみぞ知るだが、ふくらみとしなやかな柔らかさを感じ、ひそかに徐々に強まっていた疼きが全身に広がった。

そんなわけでヒューはこの晩もベッドで寝返りを繰り返して懐中時計を取りだし、午前三時だと知ってもさほど驚きはしなかった。本を読むとうとしてくることもあるので、試してみたがだめだった。一時間ほど面白みもない方程式を頭のなかで解いてみたが、これも効き目はなかった。ついにはあきらめて窓辺に歩いていった。眠れないのなら、せめて頭のなかでは思い浮かべられないものを見よう。

そうして目にしたのは、彼女だった。

唖然としたが、驚いたというほどではない。とはいえむろんいまは真夜中で、自分は窓辺に立っているのだから、毎晩夢に現われていた。サラ・プレインズワースはもう一週間以上もサラは外の芝地にいるということになる。そうだとすれば、どこか理屈がねじれていた。

ヒューは瞬きをして頭をはっきりさせようとした。いったいサラは何をしているんだ？

いまは午前三時半で、自分がこうして窓から見ているのだから、ほかにも窓からその姿を見られる者は少なくとも二十人はいるだろう。ヒューは船乗りたちにならば褒めてもらえそうな罵り言葉をつぶやきつつ、大股で衣装部屋へ歩いていってズボンを引っぱりだした。

そうとも、どうしても不可欠なときには大股でも歩けるのだ。なめらかではないし、あとでつけを払うことになるだろうが、用は足りる。あっという間に身支度をおおむね整え（足りないところは外套で隠した）、ウィップル・ヒルの誰一人として起こさないよう、そしてできるかぎり急いで廊下を進んだ。

裏口のドアを出て、つと足をとめた。片脚が引き攣りかけていて、いったんとまってさすってやらなければ、くずおれてしまうのはわかっていた。そのあいだにもヒューは芝地に目を走らせてサラを探した。先ほど見たときには外套は着ていたものの白い寝間着を隠しきれてはいなかったので、すぐに目に留まるはず……。

いた。サラは彫像と見まがうほどじっと草の上で坐っていた。膝を胸に抱き寄せ、穏やかに澄んだ表情で夜空を眺めている。こんなにも心配と怒り、それにいまは安堵も加わって心乱されていなかったなら、その姿に息を奪われていただろう。

ヒューはもはや急がせる必要がなくなった脚をいたわりつつ、ゆっくりと進んだ。サラに気づいている様子はないので、考えにふけっているのかもしれない。けれどもあとおよそ八歩のところまで来たとき、サラがはっと息を吸いこんで振り返った。

「ヒュー？」

ヒューは何も言わず、歩を進めた。

「ここで何をしてるの？」サラは問いかけ、そそくさと立ちあがった。

「それはこちらの台詞だ」ヒューはきつく言い返した。

サラは怒気にびくりと怯《ひる》んだ。「眠れなかったのよ。それで――」

「それで午前三時半に、外をうろつこうと思ったと？」

「よくないことなのはわかって――」

「よくない？」ヒューは強い調子で返した。「よくないだと？　きみはぼくをからかってるのか？」

「ヒュー」サラは腕に触れようとしたが、ヒューはその手を振り払った。

「ぼくがきみを見つけなかったらどうなっていたと思う？」問いつめるように続けた。「もしほかの誰かが先にきみを見つけていたらどうなっていた？」

「すぐに戻るつもりだったのよ」途方に暮れた表情でサラに探るように見つめられ、ヒューはたじろぎかけた。それほどやわな女性ではなかったはずだ。ヒューは屋敷のなかを駆け抜けてくるあいだ――歩くのがやっとのときもある男がこんなばかでかい屋敷のなかを駆けてきたのだ――よみがえってくる母の叫び声を頭から振り払うことができなかった。

「世の中の誰もが善人だとでも思ってるのか？」ヒューはまくしたてた。

「いいえ、でも、ここに来ている人たちに悪い人はいないと思ってるわ。それに――」

「サラ、ぼくたちが生きている世界にも、人を傷つける者はいる。女性を傷つける男たちが」

サラはぼんやりとした顔で、押し黙っている。

ヒューは記憶を呼び起こすまいと努めた。

「部屋の窓から外を見ていたんだ」声を絞りだした。「午前三時半に窓の外を見たら、なんときみがいて、男を誘う亡霊か何かのように、草の上をすうっと進んでいた」

サラの大きく見開かれた目がたとえ警戒心で満たされていたとしても、ヒューは気づけないほど取り乱していた。

「それを見たのがもしぼくではなかったらどうなっていた？」サラの両腕を指が食い込むくらい強くつかんだ。「もしほかの誰かがきみを見て、べつの目的でここにおりてきたとしたら……」

父なら何事にも女性の意思を確かめようとはしない。

「ヒュー」サラがか細い声で言った。こちらの口もとを見つめて。なんと唇を見つめられているのだとヒューは気づき、体が燃えついたように熱くなった。

「それで……それでもし……」舌がまわらなくなり、息が乱れ、自分が何を言おうとしていたのかもわからなくなった。

そのときサラが下唇を噛んだのを目にして、自分の唇がその歯で軽く押さえつけられているように思えて……。

われを忘れた。

ヒューはサラを抱き寄せ、間合いも加減も考えず、剝きだしの熱情と欲望にまかせて唇をむさぼった。片手を髪に差し入れ、もう片方の手で背中をたどり、みずみずしい尻のふくらみを探りあてて、引き寄せた。

「サラ」呻くように呼ぶと、サラもまた自分に触れてくれているのをぼんやりと感じた。小さな手で頭の後ろを支え、唇を甘やかに開き、ヒューをぞくりとさせる吐息をついた。

唇は片時も離さず、ヒューは外套を脱いで地面に落とした。ともに自然と膝をつき、サラが仰向けに横たわり、ヒューはその上にのしかかって、唇が触れあっているうちにこの瞬間を永遠に刻みつけようとばかりに激しく深いキスを続けた。サラの寝間着は白い木綿で、戯れより寝るのにふさわしいものだったが、胸もとはあいていたので、ヒューはすぐさま白くなめらかな肌に唇を滑らせ、邪魔な身ごろのふちを噛みきらずにそそられる乳房にたどりつく方法に考えをめぐらせた。

サラが腰をずらし、ヒューはふたたび呻くように名を呼んで、彼女の脚のあいだに身を据えた。ズボンの前が突きあげられている理由をサラが知っているのか見当もつかないが、遠まわしに尋ねる言いまわしも思いつかなかった。互いの服が擦れあうだけなのは承知のうえで腰をそらし、サラの敏感な部分に自分を押しつけようとした。

サラが押されて小さな驚きの声を漏らし、もどかしげにヒューの髪を探り、さらには背中をたどって、ズボンから出ていたシャツの内側に手を滑りこませた。

「ヒュー」サラがささやき、一本の指でヒューの背筋をたどった。「ヒュー」

ヒューは自分でも感心する辛抱強さでわずかに腰を引き、サラの目を見つめた。「そんなつもりは――ぼくはけっして――」あろうことか、ひと言発するだけでも容易ではなかった。鼓動は高鳴り、まるで何かに胸を締めつけられているようで、息をしているのかすらたまにわからなくなる。

「サラ」あらためて言いなおした。「けっしてきみを奪うつもりはない。いまはしないと約束する。でも、教えてほしい」もうキスをするつもりもなかったのだが、サラに見上げられ、その首がしなやかにそらされると、差しだされているかのような思いにとらわれた。鎖骨のくぼみに舌をめぐらせ、そこでようやくまた言葉を継いだ。「教えてほしいんだ」繰り返し、ふたたびわずかに身を引いて顔を見おろした。「きみも望んでいることなのか？」

サラは困ったように見つめ返した。欲望はその全身から感じとれたが、ヒューはどうしても本人の口から返答を聞きたかった。

「望んでいるのか？」祈りのごとくかすれ声になって尋ねた。「ぼくを求めているのか？」

サラが唇を開き、うなずいた。それから、か細い声で言った。「ええ」

ヒューはざらついた安堵の息を吐きだした。と同時にサラがいかに大切なものを与えてくれたのかに気づいて胸を打たれた。サラは自分に心を許し……信じてくれた。あらかじめ純潔を奪いはしないと伝えたし、ともかく今夜はその約束を破るつもりはない。とはいえ、いままで望んだどんなものより自分はこの女性を求めていて、このまま背中のボタンをとめなおして部屋まで送るだけで満足できるほど高潔な男でもない。

ヒューは片手を伸ばして寝間着の裾に届かせた。その内側に指を滑らせるとサラは息を呑んだが、ヒューも唸り声を発したせいでその音には気づかず、彼女の脚の温かな肌を上へたどった。

まだ誰も触れてはいないところへ。まだ誰もこの膝から上に触れた者はいないはずだ。そこがもうすぐ自分のものになる。

「気に入ってもらえるかな」ささやきかけて、軽く皮膚をつまんだ。

サラがうなずいた。

ヒューはさらに少しのぼり、まだ彼女の中心までは少しあるものの、今度は親指で太腿の内側の柔らかな肌を撫ではじめた。

「こちらはどうだろう」

「ええ」かすかな声だったが、どうにか聞きとれた。

「これは？」それまで髪をもてあそんでいたほうの手で、寝間着の上から乳房を包みこんだ。

「まあ――ああ、ヒュー」

ヒューはゆっくりと深くキスをした。「気に入ってもらえたということかな」

「ええ」

「きみを見たい」サラの耳もとに唇を移して言った。「きみを隅から隅まで見たい。むろんいますぐにとはいかないが、少しでもきみを感じたいんだ。わかってくれるだろうか」

サラはうなずきを返した。

「ぼくを信じてくれるかい？」

サラは目を合わせて、答えた。「心から」

束の間、ヒューは動けなかった。サラの言葉が体のなかに染み入り、心臓をつかんで、握りしめた。そしてこれでもかと握りしめてから、下へおりていった。すでに自分がこの女性を欲しているのはわかっていたが、その言葉がささやくように発せられるなり突きあげてきた欲望は、これまでとは比べものにならないほどだった。

自分のものだと、ヒューは思った。サラは自分だけのものだ。

襟ぐりを慎ましく狭めている小さなリボンの結び目をふるえがちな手でほどき、こんなもので男女の戯れを阻止できると思った者がいるとすれば、なんと愚かなのかと考えた。なにせ蝶結びをほどくだけで襟ぐりが大きく開いてしまうのだから。

軽くリボンを引き、天からの贈り物の包みを開き、もう少しドレスを引きさげると、片方の見事な乳房があらわになった。両方が見えるほど襟ぐりは開かなかったが、片方だけのほうがかえって艶めかしい。

ヒューは唇を舐めて、ゆっくりとサラの瞳に視線を戻した。何も言わず、視線をそらさずに手のひらをそっと乳首に擦らせた。

今回は感想を尋ねはしなかった。尋ねるまでもない。サラはヒューの名をささやいて、何も尋ねられずともうなずいた。

自分のものだと、ヒューはあらためて思った。しかもどんなことより信じがたいことだ。なにしろつい最近まで、自分のものだと思える女性が現われるとは想像もしていなかった――いや、現われるはずがないと確信していた。

サラにやさしく口づけた。それから鼻にキスをして、さらにまぶたにも片方ずつ口づけた。ヒューはいままでは胸がはちきれんばかりにこの女性を愛していたが、もともと気持ちを口に出す男ではなく、息苦しさで声を発することもできなかった。だから最後にもう一度、魂を捧げるつもりであることが伝わるよう、心を込めて深々とキスをした。

きみのものだと、胸のうちでつぶやいた。ぼくはきみのものだ。

# 15

真夜中に外へ出るべきではないのはサラにもわかっていた。ロンドンでは付添人を伴わなければ屋敷の外へは一歩たりとも出ることは許されない。バークシャーであれ夜半過ぎに出歩くのがもってのほかなのはじゅうぶん承知していた。

けれどどうしても気分が落ち着かず……むずむずして仕方がなかった。実際に肌がむずがゆくなり、ベッドから出て絨毯に足をおろすと、部屋があまりに狭く感じられた。屋敷全体が窮屈に思えた。外に出て、夜気にあたらずにはいられなかった。

こんなふうに感じたのはこれが初めてで、まったく理由がわからなかった。つい先ほどまでは。

いまならわかる。

自分が何を求めていたのかを。ヒューだ。

いまに至るまで気づいていなかっただけのことだった。

馬車に同乗したり、ケーキを一緒に食べたり、芝地で滑稽なワルツを踊ったりしているうちにいつしか、サラ・プレインズワースは誰より惹かれることは考えられなかった男性に恋していた。

そしてついにキスをされ……。

いまはただ、それ以上のことを望んでいる。

「きみはとても美しい」ヒューにささやかれ、サラは生まれて初めて自分は美しいのだと心から信じられた。

ヒューの頬に触れる。「あなたもよ」

ヒューが返した半ば呆れたような笑みは、その言葉をみじんも信じていないことを物語っていた。

「ほんとうよ」サラは語気を強めた。真剣な顔つきをしようとしても、笑みは消せなかった。「わたしの言葉を信じて」

それでもヒューは黙っている。サラはかけがえのないものでも見るようなまなざしを向けられ、自分が大切に思われているのを感じ、そのとたん、ヒューにもどうしても同じように感じてほしいという願いに駆られた。

ヒューは自分と同じようには感じていない。サラにはそれがはっきりとわかった。

ヒューが口にする言葉……といっても口数は少なく、誰も気に留めはしないだろうと思っているのか、たまにぽろりと漏らす程度だが、それをサラは聞き逃さなかった。そして憶えていた。だから……ヒュー・プレンティスが幸せではないことを知っている。それどころか、自分には幸せになる資格はないと思いこんでいることも。

ヒューはみずから進んで大勢の人々の輪に入っていく性格ではない。集団の中心人物になりたがりもしない。反対に人に付き従うのも好まないこともサラは気づいていた。ヒューは独立心がきわめて強く、ひとりでいるのが苦にならない男性だ。

けれどこの数年は単にひとりでいただけではなかった。ひとりで罪悪感に苛《さいな》まれつづけていたのだろう。ダニエルがイングランドにぶじ帰国できるようヒューが父親をどのように説得したのかはわからないし、イタリアまで行ってダニエルを探しだし、連れ帰ってくるのがどれほど大変なことだったのかは、サラには想像もつかなかった。

それでも、ヒューはやり遂げた。ヒュー・プレンティスは過ちを正すために人ができることをすべてしてきたというのに、いまだ安らぎを手に入れてはいない。

信じられないくらい善良な人だ。生意気な少女たちにもユニコーンにも味方する。杖をついてワルツを踊る。そんな人がただ一度の過ちで、一生苦しめられていいわけがない。

サラ・プレインズワースはけっして中途半端なことはできないたちなのだから、愛してしまった男性のためなら、たったひとつの事実をわからせるためであろうと命を懸けることも厭わない。

ヒューはかけがえのない男性だ。そして、人生で得られる幸せを一滴残らず享受《きょうじゅ》する資格がある。

サラは腕を伸ばし、ヒューの唇に指を触れさせた。初めて知る柔らかな手ざわりで、呼気を感じられただけで誇らしい気分になった。「朝食のときに」ささやくように言った。「あなたの唇から目を離せなくなってしまうことがあるの」

ヒューがぞくりと身をふるわせ、サラは自分がそうさせたのだと思うと嬉しかった。

「それにあなたの目も……」ヒューの反応に励まされて言葉を継ぐ。「自分が女性たちをうっとりさせる瞳をしているのは気づいてた？」

ヒューが首を振った。当惑し、気圧《けお》されているかのようなその表情に、サラはどういうわけか心がはずんで微笑んだ。「あなたは美しいわ」ささやきかけた。「それに……」鼓動が高鳴り、下唇を嚙みしめた。「ほかには誰もそのことに気づかなければいいのにと思ってしまうの」

ヒューが身をかがめ、そっと口づけた。次は鼻に、それから眉にキスをしてから、しばし目を見つめ、もう一度口づけて、今度はそのまま唇を離そうとはしなかった。

サラはヒューに唇で口をふさがれ、もどかしげなかすれ声を漏らした。飢《う》えているかのように貪欲《どんよく》なキスに、生まれて初めて熱情というものを知った。

いいえ、これは熱情を超えている。

欲望だ。

わたしはヒューに求められている。それは彼のあらゆる所作から感じとれた。荒々しくざらついた息遣いからも。こうしていろいろなところに触れ、舌をめぐらせて、自分と同じくらいの欲望を焚《た》きつけようとしているのだろう。サラは人がこんなにも誰かを激しく求めることができるとはこれまで考えもしなかった。

ズボンから出ているシャツの裾に自然と指を届かせ、内側に手を滑りこませると、そっと肌をたどった。筋肉がぴくりと動き、ヒューがふっと吸いこんで吐いた息がキスのごとくやさしくサラの頰をくすぐった。

「きみはわかっていない」ヒューが苦しげな声で言う。「きみはぼくに何をしているか、わかっていないんだ」

サラはヒューの目に熱情を見てとり、自分の女性の魅力に自信を得た。「教えて」ささやいて首をそらし、かすめるようなやさしいキスをせがんだ。

ヒューは一瞬キスをしようとするしぐさを見せたが、結局は首を振り、低い声で言った。「とても身がもたない」それからふたたび口づけた。こうしていてもらえるのなら、サラは自分が彼にいったい何をしていようと知りたいとも思わなかった。

「サラ」ヒューが束の間唇を離して呼びかけた。

「ヒュー」サラは呼びかけ返し、自分の声に笑いが含まれているのに気づいた。

ヒューがわずかに身を引いた。「笑ってるのか」

「とめられないの」サラはすなおに認めた。

頰に触れられ、ヒューに熱っぽく見つめられると、息をするのも忘れかけた。その目のなかに見えるのは愛なの？　口に出して言われたわけでもないのに、愛されている心地がする。

「やめなければ」ヒューが言い、やさしい手つきでサラの寝間着をもとのように戻した。

サラはそのとおりなのは知りながら、か細い声で言った。「こうしていたいわ」

ヒューが苦しげにも聞こえるほどかすれた含み笑いを漏らした。「ああ、ぼくだってどんなにそうしたいか、きみにはわからないだろう」

「夜明けまでまだ時間があるわ」サラは静かに言った。

「きみの評判を穢《けが》すわけにはいかない」ヒューはサラの手を口もとに引き寄せた。「こんなことで」

サラの心は浮き立った。「つまりまたべつの方法で穢すということ？」

ヒューが熱っぽい笑みを浮かべて立ちあがり、サラを引っぱり起こした。「ぜひともきみとしたいことはある。でも、それを穢すとは呼びたくない。評判は穢れるものでも、男女のあいだに起こることはそうじゃない。いずれにしろ」思わせぶりに声を落として続けた。「ぼくたちのあいだに起こることは」

サラは嬉しさでぞくりとした。体がいっそう活気づき、生きているのを心から感じられた。屋敷までちゃんと歩いて戻れるのか不安になった。足は駆けたがっているし、腕は傍らの男性を抱きしめたがっていて、喉は笑いだしそうで、体の奥底のほうでは……。

奥底のほうでは……。

サラはめまいを覚えた。恋をした嬉しさで頭がくらくらする。

ヒューが部屋まで送り届けてくれた。誰の姿も見あたらず、物音さえ立てなければ恐れるものは何もなかった。

「あす、また会おう」ヒューがサラの手を取って口づけた。

サラは黙ってうなずいた。いま胸のうちにあるものをすべて表現できるような言葉は見つからなかった。

自分は恋している。レディ・サラ・プレインズワースは恋に落ちた。

しかもすばらしい気分だった。

## 翌日の朝

「何かおかしいのよね」

サラが眠気覚ましの瞬きをして見やると、ハリエットが四柱式のベッドの端に腰かけて、いかにも疑わしげにこちらを見ていた。

「なんの話をしてるの？」サラは面倒そうに尋ねた。「何もおかしなことなんてないわ」

「笑ってるんだもの」

これには内心、不意を討たれた。「笑ってはいけないの？」

「朝いちばんにすることではないわ」

まともに相手をしても無駄だとサラは判断し、いつもの朝の手順に戻った。けれどもハリエットは興味津々に洗面台までついてきて、目を狭め、小首をかしげて、けげんそうなつぶやきを不規則な間隔で発しつづけた。

「どうかしたの」サラは問いかけた。

「どちらへ？」

まったく、この妹のほうこそ〝芝居がかっている〟と呼ばれて然るべきだ。「顔を洗うのよ」サラは答えた。

「ぜひ、そうすべきね」

サラはたらいに手を浸したものの、水をすくうなりハリエットが両手と鼻のあいだに顔を突きだした。

「ハリエット、いったいどうしたっていうの？」

「お姉様こそ、いったいどうしたのよ？」ハリエットが訊き返した。

サラはすくった水を戻した。「あなたが何を言いたいのかわからないわ」

「笑ってるんだもの」ハリエットが問いただすように言う。

「わたしをどんな人間だと思っているのか知らないけど、機嫌よく目覚めてはどうしていけないの？」

「あら、もちろんかまわないわ。ただ、お姉様がそういうこともできる人だったとは信じられないだけ」

たしかにサラは寝起きがよいほうではない。

「それに、顔が赤いし」ハリエットが言い添えた。

サラは妹に水を撥《は》ねかけたい衝動をこらえ、自分の顔に浴びせた。小さな白い布で顔を拭《ふ》いてから言う。「それはたぶん、あなたに煩わしい会話を強いられているせいね」

「いいえ、そうとは思えない」ハリエットは姉の皮肉などまるで意に介さず否定した。

サラは妹の脇をすり抜けた。これまではどうあれ、いまは間違いなく顔は赤らんでいた。

「どうもおかしいのよ」ハリエットが大きな声で繰り返し、急いであとを追ってきた。

サラは立ちどまったが振り返らなかった。「便器までついてくるつもり？」

胸のすく沈黙がおりた。やがて声がした。「いいえ、どうぞ」

サラは肩をいからせ、小さな化粧室に入り、ドアを閉めた。

そして鍵を掛けた。なにしろあのハリエットのことなので、十まで数えて姉がじゅうぶん用を足し終えられたと判断するや押し入ってくるともかぎらない。

外から侵入できないよう閂《かんぬき》が掛かったのを確かめると、サラは背を返してドアにもたれ、大きく息を吐いた。

ああ、なんてことなの。

ああ、ほんとうになんてこと。

ゆうべの出来事で、妹から見てあきらかにわかるくらい自分の顔つきは変わってしまったのだろうか。

たった一夜のひそやかなキスでそれほど変わってしまったのだとすれば、これからまた何か起きたら……。

いいえ、それはあくまで〝仮定〟の話だ。

でも、サラの心は〝何か起きる〟と勝手に思いこんでいた。もうすっかりヒュー・プレンティス卿とこれからの人生を過ごすつもりになっている。ともかくそれ以外の将来はいまや考えられなかった。

サラが朝食をとりにおりていく頃には（ハリエットは姉につきまとって、笑うたび理由を問いかけた）天候が目にみえて変化していた。この一週間、機嫌よく空にとどまっていた太陽は不穏な暗灰色の雲に隠され、嵐を予感させる風が吹きつけている。

紳士たちの外出（南のケネット川への乗馬）は取りやめとなり、ウィップル・ヒルは時間と体力を持て余した貴族たちであふれていた。サラは日中はおおむね静かな屋敷で過ごすのがあたりまえとなっていたので、なんとなく水をさされたようで自分でも意外なほど気が立った。

さらにハリエットが姉につきまとって質問を投げかけるのをその日の使命と定めたらしいことで、よけいに煩わしさは増した。ウィップル・ヒルは大きな屋敷とはいえ、ただでさえ好奇心旺盛《おうせい》で意志の強い妹がよりにもよって隅々まで抜かりなく目を配ろうとすれば、不可能なほどは広大ではない。

ヒューはいつものように朝食の席に現われたが、ハリエットに首を突っこまれずに話をするのはとうてい無理だった。サラが小説を読みに小さな客間に行くと（そうすることは朝食の席でそれとなく伝えていた）すでにハリエットが書き物机に執筆中の原稿を広げていた。

「サラお姉様」ハリエットがにこやかに言った。「ここで会うなんて奇遇ね」

「ほんと、奇遇だこと」サラはまったく抑揚のない声で応じた。妹は昔から言いつくろうのがけっして得意ではない。

「読書をするの？」ハリエットが問いかけた。

サラは手にした小説にちらりと視線を落とした。

「読書をすると言ってたものね」ハリエットが念を押すように言う。「朝食のときに」

サラはドアを振り返って、午前中にほかにやれることがないか思案した。

「フランシスが〈オレンジとユニコーン〉遊びを一緒にやってくれる人を探してるわ」と、ハリエット。

そのひと言で、あきらめがついた。サラはソファに腰をおろし、バターワース嬢の物語を開いた。ページをめくり、読みさしのところを探しつつ、眉をひそめた。「そんな遊びがあるの？〈オレンジとユニコーン〉だなんて」

「〈オレンジとレモン〉を作り替えたものだそうよ」ハリエットが説明した。

「どうしてレモンをユニコーンに替える必要があるの？」

ハリエットは肩をすくめた。「そもそも本物のレモンを使うわけではないし」

「そうだとしても、せっかく韻《いん》を踏んでいる歌詞が台無しになってしまうわ」サラは首を振り、子供の頃に口ずさんだ遊び歌を呼び起こした。「オレンジとユニコーン、とセント……」目顔で妹にその代案を促した。

「クルニコーンは？」

「どうかしら」

「ムーニコーン」

サラは頭を片側に傾けた。「まだましね」

「スプーニコーン、ズーミコーン？」

あとは……もうじゅうぶんだ。サラは本に目を戻した。「もうやめましょう、ハリエット」

「パーユニコーン」

そんな言葉をいったいどこから思いついたのか、サラには見当もつかなかった。それでも本を読みつつ、自然に口ずさんでいた。

オレンジとレモン、とセント・クレメントの鐘が鳴るよ

そのあいだもハリエットは机に向かってぶつぶつ唱えつづけた。「ポントゥーニコーン、ジルーニコーン……」

おまえに五ファージングの貸しがある、とセント・マーティンの鐘が鳴るよ

「あら、ねえ、そうよ、見つけたわ！　ヒューニコーン！」

サラは凍《こお》りついた。反応せずにはいられなかった。人差し指をわざとゆっくりと本の読みかけのところに挟み、目を上げる。「いまなんて言ったの？」

「ヒューニコーンよ」妹はしごく当然のことよとでも言いたげな口ぶりで答えた。いたずらっぽい目で姉を見る。「もちろん、ヒュー卿から思い浮かんだのよ。このところよく話題にのぼる方のようだから」

「わたしはそうは思わないけど」サラは即座に言った。目下自分が考えることと言えば、ほ

とんどがヒュー・プレンティス卿のことで占められているとしても、妹たちとの会話では自分から話題にした憶えは一度もない。

「より正確に言うなら」ハリエットがそれとなく挑発する口ぶりで続けた。「お姉様との会話で話題にのぼるということね」

「どう違うの？」

「お姉様の話によく登場するということよ」ハリエットはみじんも怯まず言いなおした。

「あの方とのお喋りは楽しいわ」否定しても好ましい反応は望めないので、サラはそう答えた。ハリエットはあなどれない。

「じつを言うと」ハリエットが探偵さながらに目をいぶかしげに狭めて言う。「それを考えると、お姉様がいつになくご機嫌なのは、あの方のせいではないかと思ったの」

サラは小さく憤慨の鼻息を吐いた。「だんだん機嫌が悪くなってきたわ、ハリエット。いつからわたしはそんなに無愛想な女性だと思われていたのかしら」

「毎朝欠かさずそうだわ」

「ひどい言われようね」これも否定しても間違いなく自分に利はない。

要するに、なんであれまぎれもない事実を否定しても通用しない。ハリエットには。

「お姉様はヒュー卿に惹かれてるのね」ハリエットが率直に言った。

そしてサラはちょうど『バターワース嬢といかれた男爵』を読んでいて、この物語に登場する男爵は（いかれていてもいなくても）自分の名が話題にのぼるや必ず戸口に現われるので、一応ドアに目をやった。

誰もいない。

「ここで痛快に場面が転換するのに」サラはつぶやいた。

ハリエットが姉をちらりと見やった。「なんて言ったの？」

「あなたが名を口にしても、ヒュー卿が戸口に現われなかったのが少し意外だっただけ」

「それは残念だったわね」ハリエットはしたり顔で言った。

サラは呆れたふうに瞳をまわした。

「念のため繰り返させてもらえば、わたしはさっき、お姉様がヒュー卿に惹かれてると言ったんだけど」

サラは戸口を見やった。二度もそんな幸運が続くとは思えなかったからだ。

今度もヒューは現われなかった。

つまり、またまったくべつの物語だと考えなくてはいけない。

サラはしばし指でとんとんと本を打ってから、低い声で唱えてみた。「ああ、三人の生意気な妹たちがいても、わたしの爪先が退化していても――」とりあえずこれは付け加えておかないと「――それでもかまわないと言ってくれる紳士がどこかにいないかしら？」

戸口を見る。

と、彼が立っていた。

サラはにっこり笑った。でもあらためて考えてみれば、爪先が退化していてもという条件は加えないほうがよさそうだ。そうすればきっと爪先が進化した赤ちゃんを授かることもあるかもしれない。

「お邪魔しただろうか」ヒューが尋ねた。

「とんでもない」ハリエットがいたく意気込んで答えた。「姉は読書をしていて、わたしは書き物をしているので」

「ならばやはり邪魔をしてしまった」

「いいえ」ハリエットはすかさず否定した。視線で姉に助けを求めたが、サラはとりなす理由を見いだせなかった。

「静かではなくても書けますから」ハリエットが言いつくろった。

ヒューはもの問いたげに眉を上げた。「馬車のなかでは、お喋りしないでほしいと妹さんたちに頼んでいましたよね」

「ああ、あれはまたべつですわ」とハリエットは答えて、どうしてなのかを問われる前にヒューのほうに向きなおって勧めた。「こちらにおかけになりません？」

ヒューは礼儀正しくうなずいて、部屋に入ってきた。高い背もたれのある袖付き椅子をまわり込んで進むその姿を、サラは見つめた。いつもより杖に頼っているのが足どりから見てとれた。サラは眉をひそめ、はっと、ゆうべヒューが部屋から外へ相当に急いで出てきたことに思い至った。杖も手にせずに。

ヒューがソファの向こう端に腰をおろすのを待ち、サラは静かに尋ねた。「脚が痛むの？」

「少しだけ」ヒューは杖を立てかけて、なにげなく片脚をさすった。無意識のしぐさなのかもしれない。

ハリエットが突如立ちあがった。「ちょっと用事を思いだしたので」唐突に言う。

「どんな？」サラは尋ねた。

「それは……その……だからほら……フランシスの！」

「フランシスがどうしたの？」

「あの、たいしたことではないのよ、ほんとうにちょっとしたことで……」ハリエットは原稿を掻き集めて、何枚かが折れていてもかまわず束にしてかかえた。

「気をつけて」ヒューが声をかけた。

ハリエットがきょとんとして見返した。

「皺になってしまう」ヒューが原稿を手ぶりで示した。

「まあ、いけない。これではなおさら急がないと」ハリエットが横歩きで戸口へ進んでいく。

「ではわたしはこれで……」

サラはヒューとともにじっと見ていたが、妹は急いでいたわりにはいっこうに戸口から出ようとしなかった。

「フランシスを探しに行かなくていいの？」サラは訊いた。

「ええ」ハリエットは踵を上げ、ふたたびおろして答えた。「そうね。では、ごきげんよう」それでようやく歩き去った。

サラはヒューと数秒見つめあい、くっくっと笑いだした。

「いったいいまの――」ヒューが言いかけた。

「ごめんなさい！」大きな声がして、ハリエットが部屋のなかに戻ってきた。「忘れ物をしてしまって」小走りに机に戻り、空気としか思えないものをつかんで（公平を期して言うなら、サラのところからは遮るものもなく見えたわけではなかったが）そそくさと部屋を出て、ドアを閉めた。

サラは唖然として口をあけた。

「どうしたんだ？」

「あの子ったら。ドアを閉めるために忘れ物をしたふりで戻ったんだわ」

ヒューがおどけたふうに片眉を上げた。「気に入らないのかい？」

「いいえ、そうではないわ。でもあの子がそんな手の込んだことをするとは思わなかったから」サラはそう言ってから、あらためて考えた。「取り消すわ、わたしは何を言ってるのかしら。あの子ならもちろん、やりかねないことだもの」

「興味深いのは」ヒューが言う。「きみの妹さんがそこまでしてぼくたちをふたりきりにさせようとしたことだ。ドアまで閉めて」含みを持たせて付け加えた。

「あなたに惹かれてるのかと問いただされていたところなの」

「あの妹さんがそんなことを？　きみはなんと答えたんだい？」

「まともには答えずにやり過ごしたわ」

「さすがだ、レディ・サラ。だが、ぼくはそんなに安々とかわされはしない」

サラはソファの向こう端にいるヒューのほうへわずかに腰をずらした。「そうなの？」

「ああ、そうとも」ヒューは腕を伸ばしてサラの手を取った。「ぼくが尋ねたのなら、きみはそう簡単にはやり過ごせない」

「あなたから尋ねられていたら」サラはすなおに引き寄せられた。「きっとやり過ごそうとは思わなかったわ」

「きっと？」ヒューがかすれがかったささやき声になって訊き返した。

「だって、少しは自信を与えてもらわないと……」

「少しだけ？」

「少しあれば、きっとじゅうぶんだわ」サラは体が触れあうと小さく吐息をついた。「ほんとうは、たくさんあったほうがいいのかもしれないけど」

ふたりの唇が擦れあった。「ぼくは身を粉にして励まなければ」

「あなたが大変な仕事も厭わない方で、わたしにとっては幸運ね」

ヒューが男っぽく微笑んだ。「約束しよう、レディ・サラ、きみに楽しんでもらうためなら、ぼくは懸命に努力する」

なんてすてきな言葉なのだろうと、サラは心から思った。

# 16

サラはキスを始めてからどれくらいの時間になるのかわからなかった。五分かもしれないし、十分かもしれない。わかるのはヒューの唇がとてもみだらなことと、身につけているものは何ひとつ脱がされてても乱されてすらいないのに、巧みな手つきで大胆に体をまさぐられていることだけだった。

まるでお腹のなかにふしだらなものが湧いてきて、とろりとした熱い液体となって染みだしているような気がする。ヒューの唇が喉に触れると、猫のように伸びをしたくなり、首をそらせるうちに全身の筋肉が温まってしなやかになってきた。できることなら室内履きを脱ぎ捨てて、ヒューのふくらはぎを足の指で擦りたい。ほんとうはもっと体ごとそらせて腰を触れあわせ、彼をやさしく包みこんでしまいたい。

サラはヒューのせいで、淑女が口に出すのも考えるのさえ許されないことをしたい気分にさせられていた。

しかもそれが心地よかった。してみたいことのどれひとつとして行動に移しはしなかったけれど、そうしたいと掻き立てられているだけでもじゅうぶんだった。そんな奔放《ほんぽう》な気分が、つまりもっとヒューを引き寄せて溶けあいたいという不可思議な欲求が、快くて仕方がない。これまで男性とキスをしたいと思ったことすらなかったのに、いまはヒューにゆうべ素肌を触れられたときのすばらしい心地をつい思い起こしてしまう。

「ああ、ヒュー」太腿をたどられ、柔らかなモスリンの布地の上からつかまれて、吐息を漏らした。親指がのんびり円を描くたび、ゆっくりと最も秘めやかな部分に近づいていく。

ああ、ドレスの上からでもこんなふうに感じるのなら、じかに触れられたらいったいどうなってしまうの？

とたんに体にふるえが走り、サラは想像しただけで熱くなってしまうことに驚かされた。

「きみにはわからないだろう」ヒューがキスの合間にささやいた。「ぼくがいまどれほど、ここがべつの場所であればと思っているか」

「べつの場所？」サラは茶目っ気たっぷりに問いかけた。片手をヒューの黄褐色の髪に差し入れ、すぐにくしゃりとなってしまう感触を楽しんだ。

「ベッドがあって」ヒューはサラの頬にキスをして、さらに喉から首の付け根の敏感な肌に唇を滑らせた。「ドアに鍵がかかるところだ」

サラはその言葉に胸躍らせ、同時にふとぼんやり理性を呼び起こされた。この小さな客間のドアは閉じられているものの、鍵は掛かっていない。鍵を掛けられるのか確かめようとすら考えなかったし、より端的に言うなら、そもそも鍵を掛けてはならないことは承知していた。誰かがドアをあけようとして閂が差されているのに気づけば、すぐさま部屋のなかで何が起きているのだろうかと勘ぐるはずで、そうなればふたりのうちのどちらかが窓からおよそ四メートル下の地面へ思いきって飛び降りないかぎり、誰かが鍵の掛かっていないドアをあけて入ってきた場合と変わらない騒ぎになるのは目にみえている。

すでにヒュー・プレンティス卿との結婚をひそかに決意しているとはいえ（求婚されれば即答するし、求婚してくれないようなら、そうしてくれるよう自分で仕向けるしかない）従兄の結婚式の直前に結婚を急がされるような醜聞を立てられることはあまり想像したくない。

「やめないと」サラはたいして意志の感じられない声で言った。

「わかってる」けれどもヒューはキスをやめようとはしなかった。少しばかり緩やかにはなったようだが、やめる気配はない。

「ヒュー……」

「わかってる」ヒューはまたもそう応じたが、身を離す前にドアの取っ手が力強くまわされ、ダニエルがアンを見なかったかというような言葉を口にして、すたすたと部屋のなかに入ってきた。

サラは驚いて息を呑んだが、その場を取りつくろうには遅すぎた。体の上にはまだヒューがほとんど覆いかぶさった格好で、床には少なくとも三本以上のヘアピンが落ちているし……。

いいえ、そんなことより、ヒューがまだ自分にのしかかったままだ。

「どういうことだ？」ダニエルは啞然となって凍りついたが、すぐに生来の機転を取り戻し、ドアを蹴って閉じた。

ヒューが片脚に痛みがあるとは思えないすばやさで立ちあがった。同時にサラも起きあがり、ドレスのボタンはひとつもはずれていないものの、思わず両腕で胸もとを隠した。

裸でいるのと変わらない気がした。ヒューの体のぬくもりがまだ残っているし、ダニエルが激しい憤りと落胆に満ちた顔でこちらを見ていて、とても目を合わせられなかった。

「プレンティス、きみを信用していたのに」ダニエルは威嚇《いかく》するような低い声で言った。

「これはまた話がべつだ」ヒューはサラも驚くほど真剣みの欠いた口ぶりで答えた。

ダニエルが詰め寄っていく。

サラはすぐさま立ちあがった。「やめて。あなたが考えているようなことではないのよ！」

いかにも小説のなかで使われがちな言いわけだった。

「ええ、認めるわ」サラはふたりのいぶかしげな表情を見て言いなおした。「ご想像のとおりよ。でも、殴ってはだめ」

ダニエルが唸るように言う。「だめとはどういうことだ」

サラは従兄の胸に手をあてた。「だめよ」きっぱりと言ってから、今度はヒューのほうに指を振ってみせた。「あなたもよ」

ヒューは肩をすくめた。「ぼくは何もするつもりはなかった」

サラは目をしばたたいた。これまでの経緯を省みれば、拍子抜けさせられるほどヒューは淡々としている。

サラはダニエルに顔を戻した。「あなたには関わりのないことだわ」

ダニエルがむっとして身をこわばらせ、感情を押し殺すようにして言った。「自分の部屋へ戻れ、サラ」

「わたしの父親でもないくせに」サラは言い返した。

「きみの父上が到着するまで、ぼくがしっかり親代わりを務めさせてもらう」ダニエルが噛みつかんばかりに言い放った。

「そんなことを言える立場かしら」サラは鼻で笑った。なにしろダニエルの婚約者はプレインズワース家に暮らしていた女性だ。だからこの従兄との婚約に至るまでのいきさつが、清らかなことばかりだったわけではないのも、むろんサラは気づいていた。

ダニエルが腕組みをした。「いまはぼくの話は関係ない」

「あなたがこうしていきなり部屋に入ってこなければ、そうだったでしょうけど」

「これできみの気がすむのかはわからないが、念のため」ヒューが言う。「プレインズワース卿が到着しだい、ぼくはお嬢さんとの結婚を願い出るつもりだった」

サラはとっさに顔を振り向けた。「求婚のつもり？」

「不満はあちらに言ってくれ」ヒューはダニエルに顎をしゃくった。

ところがダニエルは予想外の行動に出た。ヒューに歩み寄り、その顔に突き刺すようなまなざしを据え、口を開いた。「プレインズワース卿に結婚を願い出るなどもってのほかだ。ほんとうのことをぼくの従妹に伝えてからでなければ、ひと言足りとも、おじとは話させない」

ほんとうのこと？　サラはダニエルからヒューに視線を移し、ふたたび従兄を見やった。

ふたりの顔を交互に見る。けれどふたりとも、ほかにもうひとりそこにいることは忘れてしまったかのようだった。サラといえども口をつぐんだ。

「いったい」ヒューがついに感情をあらわにして、つっけんどんに訊き返した。「ぼくにどうしろと言うんだ？」

「よくわかっているはずだ」ダニエルが怒りを沸き立たせて言う。「よもや自分がばかげた取引をしたことを忘れたわけではあるまい」

「きみを守るための取引のことか」ヒューが強い調子で返した。

サラは気圧されてあとずさった。何が起きているのかわからないが、恐れを抱いた。

「ああ」ダニエルがなめらかな声に力を込めた。「それだ。きちんと話してから求婚の返事をもらうべきだとは思わないのか？」

「何を話すの？」サラは恐るおそる問いかけた。「なんの話をしてるの？」だがどちらもこちらをちらりとも見ようとはしなかった。

「結婚とは一生、責任を負うものだ」ダニエルが凄《すご》みを利かせた声で言う。「一生なんだぞ」

ヒューが顎をこわばらせた。「いま話すことではない、ウィンステッド」

「いま話すことではない？」ダニエルは繰り返した。「いま話すことではないだと？　だったらいつなら話せるのか言ってみろよ」

「言葉に気をつけろ」ヒューが鋭い声で返した。

「どうせ従妹だ」

「従妹だろうとご婦人だ」

「わたしのことかしら」サラは片手を上げて、弱々しく申し出た。

ダニエルがくるりと顔を向けた。「無礼なことなどしてないよな」

「一度もってこと?」サラは緊迫した空気をやわらげたい一心で問い返した。ダニエルは場違いな軽口を利いた従妹をひと睨みして、ヒューに顔を戻した。「話すのか？　それともぼくから話そうか？」

誰も口を開かなかった。

数秒が経《た》ち、ダニエルにいきなり顔を向けられ、サラはめまいを起こしかけた。「決闘のあと」従兄がいかめしい口ぶりで言う。「ヒュー卿の父親が、どれほど頭に血がのぼっていたかは知ってるよな？」

返事を求められているのかわからないまま、サラはうなずいた。このふたりが決闘に及んだときはまだ自分は社交界に登場していなかったが、母がおばたちとひそやかに話していたことは耳にしていた。ラムズゲイト侯爵は頭がどうかしていると母たちは言っていた。正気を失ったとしか思えないと。

「それなのにどうして」ダニエルはなおも恐ろしげな声で続けたが、自分に向かって話しながらヒューに聞かせようとしているのだとサラは気づいた。「ぼくをもう追わないよう、ヒュー卿が父親を説得できたかわかるか？」

「いいえ」サラはゆっくりと答えた。ほんとうにわからなかった。いずれにしても数週間前なら考えようとすら思わなかっただろう。「たぶん……やっぱりわからないわ。あなたが帰ってきた。それが何より重要なことだったから」

サラは自分がどうしようもない愚か者に思えた。ヒューがどうやってダニエルを連れ帰ってきたのか、どうしていままで考えなかったのだろう。ふしぎに思って当然のことなのに。

「ラムズゲイト侯爵に会ったことはあるか？」ダニエルが訊いた。

「たしか、どこかでお目にかかってるわ」サラは答えて、ヒューとダニエルにそわそわと目をくれた。「でも――」

「とんでもない男なんだ」ダニエルが怒声を発した。

「ダニエル！」サラは従兄がそのように人を非難するのを聞いたのは初めてだった。それもこんな怒鳴り声で。ヒューを見ると、平然と肩をすくめてこう言った。「その表現にはなんの異論もない」

「だけど……」サラは言葉に窮した。自分も父とはたいして会っていない。父はめったにデヴォンを離れないし、こちらは飽くなき理想の花婿探しで母に連れられて本邸を出ていることのほうが多いからだ。それでも父はやはり父に変わりなく、愛しているし、誰かに父を罵《ば》倒《とう》されて平気でいるなどということは考えられない。

「誰もが、五十三頭の猟犬を飼っていて温和でやさしい父親を持っているわけじゃない」ヒューが言う。

いまの言葉に蔑みが含まれているように聞こえたのはきっと気のせいだと、サラは思いたかった。

「それがいったい、どう関係しているというの？」いらだたしげに尋ねた。

「つまり、ぼくの父はろくでなしなんだ。人を傷つけるし、卑劣にもそうすることを楽しんでいる。しかも——」ヒューは怒りからますます冷淡な声になって、近づいてきた。「——ほかの人々に自分がどう思われようとまるで気にしない、完全に頭のいかれた男なんだ。いったん怒らせたらけっして、繰り返して言うが、けっして説き伏せられない」

「最後の部分はぼくとのことだ」ダニエルが説明を加えた。

「どんなことでも同じだ」ヒューはすぐさま正した。「だがむろん、きみとのこともそうだ。だがきみは」気詰まりそうに声をやわらげてサラに言った。「父に好かれる」

サラは吐き気を覚えた。

「チューダー王家の時代から続く名門貴族の生まれで、おそらくはじゅうぶんな花嫁持参金もある」ヒューはソファの肘掛けに腰の片側を寄りかからせて、不自由な片脚を前に伸ばした。「だがそれ以上に重要なのは、きみがいたって健康で、出産に適した年齢だということだ」

サラは呆然と目を見張った。

「父はきみを気に入るに決まっている」ヒューは肩をすくめて締めくくった。

「ヒュー」サラは口を開いた。「わたしは……」でもどう言葉を継げばいいのかわからなかった。いままでのヒューとは違う。いかめしく冷ややかで、先ほどの口ぶりはまるで牝馬《ひんば》か乳牛のことを話しているかのようだった。

「ぼくは父の跡継ぎではない」そう言うヒューの声には激しい感情が滲みでていた。いまにもこぶしを突きだしかねない怒りが。

「つまり本来はぼくの花嫁が子を産めるかどうかなど、気にせずともいいはずなんだ」ヒューはこれまで以上に語気を強めて続けた。「フレディがいるのだから。兄に望みを託すべきだし、ぼくも何度もそう話して――」

突如ヒューは背を向けたが、その寸前に低く毒づいたのをサラは聞き逃さなかった。

息苦しい沈黙が一分近く垂れこめたあと、ダニエルが言った。「きみのお兄さんには会ったことがない」

サラが目をやると、従兄は眉間に皺を寄せていた。驚いているというより、けげんそうな面持ちだった。

ヒューは振り返らなかったが、妙に乾いた声で答えた。「兄はきみたちと顔を合わせるようなところには来ない」

「あの、どこか悪いところでも？」サラはためらいがちに尋ねた。

「違う！」ヒューがわめくように否定し、すばやく振り返った拍子に足を滑らせて転びかけた。サラはすぐさま支えようとしたが、ヒューが突きだした片腕に追いやられてしまった。

「大丈夫だ」不機嫌そうな声だった。

でも、大丈夫ではないのがサラにはあきらかにわかった。

「兄に悪いところなどない」ヒューは転びかけたせいで息を乱しつつも、低い声できっぱり否定した。「いたって健康だし、子をもうけるのになんの支障もない。ただ――」ちらりと含みのあるまなざしをダニエルに向けた。「――結婚する意思がないんだ」

ダニエルが瞳を翳らせ、了解のうなずきを返した。

けれどもサラにはわからなかった。「どういうことなの？」せかすように訊いた。なにしろふたりがまるで自分の知らない言語で話しているように思えた。

「淑女には聞かせられない」ダニエルがさらりと言った。

「あら、そうなの？」サラは粘った。「〝とんでもない男〟だとか、〝ろくでなし〟は聞かせられるのに？」

これほどいらだっていなければ、ヒューと従兄が顔をしかめたのを見られただけで、だいぶ満足できていたかもしれない。

「男のほうが好きなんだ」ヒューがそっけなく答えた。

「どういうことなのかわからないわ」サラは鋭い声で返した。

ダニエルが苦々しげに悪態をついた。「おい、いいか、プレンティス、相手は良家の子女なんだぞ。しかも、ぼくの従妹だ」

サラにはいまだどういうことなのか見当もつかなかったけれど、さらに尋ねるより早く、従兄がヒューに詰め寄り、唸り声で言った。「これ以上言えば、腸《はらわた》をくり抜いて、その体を引き裂くぞ」

ヒューはサラに視線を据えたまま、それを聞き流した。「ぼくがきみを好きなように」ゆっくりと噛んで含めるふうに言う。「兄は男が好きなんだ」

サラはすぐには呑みこめず、呆然と見つめ、ややおいて「まあ」と会得した。なぜかわからないが思わずダニエルを見やった。「そういうこともあるの？」

ダニエルは頬を赤らめてそっぽを向いた。

「正直、ぼくもフレディのことを理解できているわけじゃない」ヒューは慎重に言葉を選びつつ続けた。「どうしてそのようになったのかも。でも兄に変わりはないし、ぼくは兄を愛している」

サラはどう答えるべきかわからなかった。ダニエルに助けを求めようとしたが、従兄はまだ顔をそむけたままだ。

「フレディは善良な男だ」ヒューが続けた。「それに兄——」

サラが顔を戻すと、ヒューは喉をひくつかせていた。このように取り乱したところは見たことがなかった。

「ぼくが子供時代をどうにか生き抜くことができたのは、まさしく兄のおかげなんだ」

ヒューは瞬きをして、哀しげに、それでもまぎれもなく微笑んだ。「兄もぼくのおかげだと言うだろうが」

ああ、この兄弟はいったい父親にどんな目に遭わされたのだろうと、サラは内心で思った。

「兄は……ぼくとは違う」ヒューは唾を飲みこんだ。「だが、会えばきみたちにも、いかに高潔で思いやりのある善良な男なのかをわかってもらえるはずだ」

「ええ」サラはゆっくりと答えて、これまでの話を頭のなかできちんと整理しようと努めた。「あなたが善良な方だと言うのなら、わたしもきっとほんとうのお兄様のように愛せるわ。でも、そのことが……どう関わっているのかしら？」

「父がきみの従兄にあれほど執拗《しつよう》に復讐しようとしていた理由は、そこにあるんだ」ヒューはダニエルのほうに顎をしゃくって指し示した。「いまもと言うべきなんだろうが」

「でもあなたは――」

「ぼくが父を押しとめている」ヒューが遮って続けた。「父の気持ちを変えさせることはできない」そう言って重心を移し替えたヒューの目に、ちらりと苦痛の影がよぎったようにサラには思えた。その視線の先を追うと、ソファのそばの絨毯に横にして置かれた杖に行き着いた。ヒューがそちらに踏みだすと、サラは先んじて杖を拾いあげた。

けれども杖を手渡したとき、ヒューの顔に浮かんでいたのは感謝の表情ではなかった。何を言おうとしたにしろ、その言葉はいったん辛らつな顔つきで飲みくだし、あらためて誰にともなく大きな声で言った。「決闘をした直後、ぼくは生きられるかどうかわからなかったそうだ」

サラはダニエルを見やった。従兄はいかめしくうなずいた。

「父は思いこんでいるんだ。だがたしかに……」声が尻すぼみになり、ヒューは疲れとあきらめの入り混じった息を吐きだした。「父が正しい可能性もある」ようやくそう言葉を継いだ。ともかく自分自身を納得させせようとするかのように。「たしかにフレディは結婚しないかもしれない。ぼくはいつか兄が結婚するかもしれないと願ってきたが……」またも声が途切れた。

「ヒュー？」一分近くおいて、サラは静かに呼びかけた。

向きなおったヒューの表情はさらに険しくなっていた。「ぼくが何を願っているかはどうでもいい」投げやりに言い捨てた。「問題は、父がそう思いこんでいて、ぼくに跡継ぎをもうけさせようとしていることだ。だがウィンステッドとの決闘でぼくが死にかけたから……」

ヒューは肩をすくめ、その先はサラとダニエルそれぞれの解釈にゆだねた。

「だけど、あなたは死ななかったわ」サラは言った。「だからまだ……」

全員が押し黙った。

「だからその、まだ大丈夫なのよね？」サラはどうにか言葉を継いだ。淑女ぶって恥ずかしがっている場合ではない。

ヒューは陰気に含み笑いを漏らした。「大丈夫ではない理由は見あたらないが、じつを言うと父にはあえてそう断言してはいない」

「でも、大丈夫だと言ってあげたほうがいいのではないかしら」サラは強い調子で続けた。「そうすればもうダニエルに何かしようとはしないでしょうし――」

「ぼくの父は」ヒューは鋭い声で遮った。「そう簡単に復讐をやめはしない」

「そのとおりだ」ダニエルが請けあった。

「わたしにはまだよくわからないわ」サラは言った。跡継ぎの問題と、ヒューがダニエルをイタリアから連れ戻せたことが、どう繋がるというのだろう。

「きみがヒューと結婚したいと言うのなら」ダニエルが言った。「邪魔立てはしない。ぼくもヒューのことは好きだ。ずっと昔から、愚かな決闘騒ぎで野原で向きあっていたときでさえ、そう思っていた。でも、真実を知らないまま結婚するのを認めるわけにはいかない」

「どんな真実なの？」サラはあらためて訊いた。要点を明かさないまま話を続けるふたりに、いいかげん腹が立ってきた。

ダニエルがひとしきり従妹を見つめてから、ヒューに視線を移した。「どうやって父親を説き伏せたのか話してやってくれ」きびきびとした口ぶりで告げた。

サラも目を向けると、ヒューはサラが見えていないかのように、その後ろのどこか一点を見ていた。

「話せよ」

「父にとって、ラムズゲイト侯爵位ほど大事なものはないんだ」ヒューは異様に淡々とした声で言った。「ぼくも父からすればそれを守る手段のひとつに過ぎないわけだが、手段がひとつしかないとすれば、貴重なものということになる」

「だからどうだというの？」サラはせかした。

ヒューはサラに視線を戻し、焦点を定めようとするかのように目をまたたいた。「わからないか？」静かに言う。「そんな父とぼくが取引できるものがあるとするなら、ぼく自身だけだ」

サラは胸騒ぎを覚えた。

「誓約書を作ったんだ」ヒューが続ける。「そこに、きみの従兄に危害が与えられれば、どうなるかを明記した」

サラはダニエルを見やり、ふたたびヒューに目を戻した。「何を？」恐ろしさで息が詰まりそうになりながら尋ねた。「どうなるというの？」

ヒューは肩をすくめた。「ぼくが命を絶つ」

# 17

「なぜなの、わからない」サラの声は苦しげで、目は懸念に満ちていた。「どうして、そういうことになるの？」

ヒューはこめかみを押さえたいのをこらえた。頭がずきずきして、おそらくダニエル・スマイス－スミスの首を思いきり絞めでもしないかぎり、この痛みは治まりそうにない。やっと人生が順調に――それも申しぶんなく完璧に――動きだしたかのように思えたのに、ダニエルにいらぬ水をさされた。どうして、いまなんだ。

このような形で話すつもりはなかった。

いや、心のどこかに、この件にはいっさい触れずにすむのではないかという気持ちもなかったとは言いきれない。ほとんど考えていなかった。レディ・サラにのぼせあがり、恋に落ちた喜びに酔いしれて、父との〝取り決め〟については思い起こしもしなかった。

だがきっと――サラならきっと、ほかに選択肢がなかったことを理解してくれるはずだ。

「冗談よね」サラがきつい声で訊いた。「冗談なら、面白くもなんともないわ。ほんとうはなんて言ったの？」

「冗談ではない」ダニエルが答えた。

「嘘よ」サラは信じていない面持ちで首を振った。「そんなことはありえない。ばかげてるわ。どうかしてるわよ、だって――」

「父に手出しさせないためには、それしか方法がなかったんだ」ヒューはきっぱりと言った。「でも本気ではなかったんでしょう」サラが必死な声で続けた。「そういうことにしておけばいいと思ったのよね？　ただの脅しでしょう。嘘の脅し」

ヒューは答えなかった。本気だったのかどうか自分でもわからない。悩みつづけていて――悩みすぎて打ちひしがれて――ようやく見いだせた解決策だった。本音を言えば、喜んでいたくらいだ。名案だと思いこんでいた。

父はラムズゲイト侯爵位を新たに継ぐ男子が所領を歩きまわれるようになるまでは、次男を失いかねない危険は冒さない。ただし望みが叶ったなら、その時点で取り決めは白紙に戻るのだと、ヒューはいまさらながら気がついた。健康な孫息子がひとりかふたり生まれて跡継ぎが確保されれば、次男がどうなろうと涙ひとつ見せやしないだろう。

いや、体面上、涙のひとつくらいは流すかもしれない。だがそれ以降は、橋の下を流れる川の水のごとく、忘れ去られてしまうに違いなかった。

ああ、父にあの誓約書を突きつけたときには、すばらしい考えに思えたのだが。残酷な息子かもしれないが、呆然となって要求も反論も口にできずにいる父を見たときには……。

してやったりの心境だった。

何をするかわからないと思わせておくのが得策だと、ヒューはあのとき考えていた。父はわめき、毒づいて、茶器の盆をひっくり返した。けれどもヒューは父をよけいにいらだたせることになるのは承知で、ただ平然と、愉快に見物するかのように眺めていた。

するとラムズゲイト侯爵は、そんなばかげた脅しが通用すると思っているのかと言い放ち、ようやく息子の顔を見た。ヒューが憶えているかぎり、父がまともに自分の顔を見ようとしたのはそれが初めてだった。侯爵は息子のふてぶてしいうつろな笑みと、固い意志の表れた顎を見て、蒼白になり、瞳は落ちくぼんだ。

父は誓約書に署名した。

以来、ヒューはその取り決めについてじっくり考えることをしなかった。たまに悪い冗談の種にすることはあっても（もともと物事を辛らつに笑い飛ばすたちだ）、ヒューからすれば、父と自分は互いに身を滅ぼしかねない袋小路で動きがとれない状態を保っていた。

率直に言ってしまえば、憂う理由は何もない。それがどうやらほかの人々にはわかってもらえないらしい。

むろん、いまもその誓約書のことを知っているのはダニエルとサラだけのわけだが、ふたりとも知性は高く、解釈を誤るとは考えにくい。

「どうして答えてくれないの？」サラが興奮ぎみに声を上擦らせて訊いた。「ヒュー、本気ではなかったと言って」

ヒューは黙ってじっとサラを見つめた。ひたすら考え、記憶を呼び起こしているうちに、心はいつしかその部屋を離れ、どこかの静かな片隅で自分の侘びしい身の上をつくづく思い返していた。

　このままではサラを失うだろう。理解してはもらえなかったのだ。取り乱した目つきと手のふるえから、それが読みとれた。どうして勇敢な決断をしたと解釈してはもらえないのだろう。彼女の大切な従兄を救うために、この身を犠牲に——さいわいにも脅しだけですんだとしても——しようとしているというのに。せめてもその誠意は認めてくれてもいいではないか。

　ダニエルをイングランドに連れ帰り、身の安全も確保している。それでどうして咎められなければいけないんだ？

「何か言って、ヒュー」サラが切実な声でせかした。ダニエルのほうを見て、それからまたヒューに目を戻し、ぎこちなく首を動かしている。「どうして何も言ってくれないのかわからない」

「誓約書に署名したんだ」ダニエルが静かに言った。「ぼくも写しを持っている」

「写しを渡したの？」

　そうだとしたら何が変わるのかヒューにはわからなかったが、サラは脅えていた。顔から血の気《け》が引き、両脇に垂らした手のふるえを必死にこらえようとしている。「破り捨てて」ダニエルに言った。「いますぐ。破り捨てて」

「そんなことをしても——」

「ロンドンに置いてきたの？」サラが遮って続けた。「それなら、わたしがいますぐ取りに行くわ。あなたの結婚式は出られないかもしれないけど、それどころではないもの。すぐに帰って、取ってくるから――」

「サラ！」ダニエルはほとんど叫んでいた。従妹の注意を引き戻すと、言葉を継いだ。「そんなことをしてもどうにもならない。写しなんだからな。それに、彼の言うとおりなら――」ヒューのほうを身ぶりで示した。「――ぼくの身を守る唯一の手段なんだ」

「だけど、そのせいでこの人も死んでしまうかもしれないのよ」サラが泣き声で言う。

ダニエルは腕組みをした。「それについてはヒュー卿本人にゆだねられている」

「正確には、ぼくの父にだ」ヒューは正した。それこそが、いかれた連鎖の大もとなのだから。

サラは身を堅くしたが、どうにか頭を働かせようとするかのように首を振り動かした。

「どうしてそんなことをするの？」ヒューにとっては完璧に筋がとおっていることを、サラは問いかけた。「間違ってるわ。そ、そんなの、どうかしてるわよ」

「理にかなっている」ヒューは答えた。

「理にかなっている？　理にかなっているですって？　ほんとうにどうかしちゃったの？　どう考えても筋がとおらないし、無責任だし、身勝手――」

「サラ、やめるんだ」ダニエルがサラの肩に手をかけた。「きみは気が動転している」

だがサラは従兄を振り払った。「子供あつかいしないで」ぴしゃりと言い捨てた。ヒューはサラに正面から見つめられ、もっとうまく話せたならと悔やんだ。自分では正論を話しているつもりだった。反対の立場だったなら、納得できていただろう。

「自分以外の人のことは考えられないの？」サラが詰め寄った。

「きみの従兄のことを考えたんだ」ヒューは静かに返した。

「でも、いまは事情が違う」サラは声を張りあげた。「お父様を脅したときには、自分だけのことですんだかもしれない。でもいまは――」

ヒューは待ったが、その続きは聞けなかった。サラは、いまはあなただけのことではないとは言わなかった。いまはわたしもいるのよとは。

「実行しなければいいんだわ」これで問題は解決したとばかりにサラが言い切った。「もしダニエルに何かあっても、あなたがほんとうにそんなことをする必要はない。そんな誓約書、あなたに実行しろと迫る人はいないわ、誰も。もちろん、あなたのお父様も。だってそのときにはもうダニエルはいないんだから」

静寂が落ちて、サラはぎょっとした面持ちで口を手で覆った。「ごめんなさい」口走り、慌てた目を従兄に向けた。「ほんとうにごめんなさい。ああ、わたしったら、なんてことを」

「もういいだろう」ダニエルは話を打ち切り、煩わしげな視線をヒューに投げかけた。サラの背中に腕をまわし、耳もとに何かささやいた。ヒューには聞こえなかったが、その言葉だけでは、すでにサラの頬を伝っていた涙はとめられなかった。

「ぼくは荷造りをする」ヒューは言った。

誰も引きとめはしなかった。

サラはダニエルに導かれて客間を出たものの、階段の前で抱きかかえられると拒んだ。

「お願い、やめて」詰まりがちな声で言った。「取り乱した姿を誰にも見られたくないの」

取り乱しているとは強がりもいいところだった。取り乱しているどころか、打ちのめされているのに。

心は砕け散っていた。

「部屋まで送ろう」ダニエルが言う。

サラはうなずき、すぐに撤回した。「だめよ！　ハリエットがいるはずだから。あれこれ問いただされるのはいやだし、あなたもあの子の性格は知ってるでしょう」

結局、ダニエルはこの屋敷のなかで誰にも邪魔されずに休める数少ない場所のひとつだからと、自分の寝室にサラを案内した。そして去りぎわにもう一度だけ、母親でもホノーリアでも、来てほしい者がいれば呼んでくるがと尋ねたが、サラは首を振り、従兄のキルトの上掛けにくるまって身を丸めた。ダニエルはさらに毛布を持ってきてかけ、サラがほんとうにひとりになりたがっているのを見定めると部屋を出て、静かにドアを閉めた。

十分後、ホノーリアがやってきた。

「兄から、あなたにひとりにさせてほしいと言われたと聞いたんだけど」サラが疲れきった顔でちらりと目をやるなり、ホノーリアは言った。「それは違うのではないかと思って」

家族らしい決めつけ方だった。あなたは間違っていると臆面もなく指摘する。サラは自分もきっと負けず劣らずそうなのだろうと後ろめたさを覚えた。それどころか、とりわけひどいほうかもしれない。

ホノーリアはそばに来てベッドに腰かけ、サラの顔にかかった髪をやさしく払いのけた。

「何かわたしにできることはない？」

サラは枕から頭を起こさず、いとこのほうを見もしなかった。「ないわ」

「何かやれることがあるはずよ」ホノーリアが言う。「まだ何もかも台無しになったわけではないでしょう」

サラはわずかに体を起こし、いぶかしげにいとこを見やった。「ダニエルから何も聞いてないの？」

「少しは聞いたわ」ホノーリアはサラの不機嫌な口ぶりにもまるで動じず、そう答えた。

「それなら、どうしてまだ見込みがあるようなことが言えるの？　わたしはあの人を愛していると思ってた。あの人もわたしを愛してくれていると思ってたのよ。それなのに結局――」サラはいとこに向けるのはお門違いの怒りで自分の顔がゆがむのがわかったものの、どうすることもできなかった。「希望を持たせるようなことは言わないで！」

ホノーリアは下唇を嚙んだ。「あの方とちゃんと話したほうがいいわ」

「話したわよ！　そうでなければこんなふうになると思う？」サラはつい腕を振りまわした。いかにも――

いかにもわたしは怒っていて、傷ついていて、どうすればいいのかわからないのよ、とでも言わんばかりに。

無駄に腕を振りまわすしか、ほかにどうしようもないの。

何を訊けばいいかわからないんだから、教えてよとでもいうように。

「正確に事情をつかめているか自信はないんだけど」ホノーリアは慎重な口ぶりで切りだした。「兄はとても怒っていて、あなたが泣いていると言うから、わたしは急いでここへ……」

「ダニエルはなんて言ってたの？」サラは淡々と尋ねた。

「兄によれば、ヒュー卿が……」ホノーリアは自分が言おうとしていることがいまだ信じられないといったふうに顔をしかめた。「つまり、ヒュー卿が、兄に手出しさせないよう父親をどうやって説得したかを聞いたわ。それで……」そこでまたも信じがたい気持ちを示す表情を少なくとも三種類は見せてから、言葉を継いだ。「正直なところ、とても賢い手立てだと思ったわ。でもたしかにちょっと……」

「いかれてる？」

「いいえ、違うわ」ホノーリアはゆっくりと答えた。「考えなしにそうしたのなら、いかれているのでしょうけど、わたしはヒュー卿が熟慮せずにそのような手立てに出るとは思えない」

「あの人はみずから命を絶つと言ったのよ、ホノーリア。悪いけど、わたしにはどうしても——ああもう、それなのに、みんなから〝芝居がかっている〟と言われてるのは、わたしのほうだなんて！」

ホノーリアは笑みを噛み殺した。「それは……なんだか……皮肉よね」

サラはじろりといとこを見やった。

「可笑しいと言ってるんじゃないわよ」ホノーリアは慌てて付け加えた。

「わたしはあの人を愛してると思ってた」サラは小さな声で言った。

「思ってた？」

「いまはもうわからないの」サラは顔をそむけ、ベッドに背を戻した。いとこの顔を見ているのがつらかった。ホノーリアはとても幸せそうで、幸せになれて当然の女性だし、かたや自分はそんないとこを少しも妬《ねた》まずに祝福することすらできない。いまだけはどうしても。

ホノーリアが何秒か沈黙したあと、静かに問いかけた。「愛はそれほどいっきに冷めてしまうものなのかしら」

「わたしの場合はそのようね」サラはぎこちなく唾を飲みこんだ。「たぶんもともと本物の愛ではなかったのよ。本物の愛だと信じたいだけだったのかも。結婚式が続くし、あなたもマーカスもダニエルもアンも、みんなが幸せそうで、わたしも心からそうなりたいと思っているから。それだけのことだったのよ」

「ほんとうにそう思う？」

「あんな脅しをかける人をわたしが愛せると思う？」サラはつかえがちな声で訊き返した。

「あの方はほかの人の幸せを守るためにそうしたのよ」ホノーリアが念を押すように言った。

「わたしの兄のために」

「わかってるわ」サラは答えた。「それについては尊敬できるわ、心から。だけど、わたしがあくまで脅しなのよねって訊いたとき、あの人は、そうだとは言ってくれなかった」ひくつく喉に唾を飲みくだし、呼吸を整えようとした。「あの人は……必ずしも——」声がつかえた。「——そうするわけではないとすら、言わなかった。わたしはまっすぐあの人の顔を見て訊いたのに、答えてくれなかったのよ」

「サラ」ホノーリアが言う。「答えが返ってこなかったとしても——」

「これがどれほど恐ろしい話なのか、わかってる？」サラは泣き声で訊いた。「あなたのお兄様が殺されたらどうなるかを話してるのよ。こんな……こんな話……ヒューが何をしたにしろ、そんなひどい話がある？」

ホノーリアはサラの肩にやさしく手をかけた。

「わかってるわ」サラはいとこのやさしさに応えるかのように声を絞りだした。「あの人ともう一度話せと言うんでしょう。でも、たとえそうしたとしても、あの人は本気だと言うでしょうし、もしも父親の気が変わってダニエルの身に万一のことでもあれば、拳銃を取って自分の口に入れかねない」

身の毛立つ沈黙が落ちて、サラは突如こみあげてきたむせび泣きを押しとめようと口を覆った。

「深く息を吸って」ホノーリアはなだめるように声をかけたが、その目は脅えていた。

「そんなことをどうやって話せというの？」サラは声を上擦らせた。「ヒューを恐ろしいと感じてしまうし、ダニエルが死ぬことを前提に話されるのは腹立たしいし、もうどうにかなってしまいそうで――そうでしょう、ホノーリア、人の道理に反することなんだもの。わたしにはどうしても――どうしても――」

サラはいとこの腕のなかに倒れこみ、泣きながら言葉を継いだ。「納得できない」ホノーリアの肩に顔をあずけてむせび泣いた。「あきらかに間違ってるわ」

「ええ、そうね」

「あの人を愛してるの」

ホノーリアはサラの背中をさすりつづけた。「知ってるわ」

「それで、かっとなってしまう自分が怪物みたいに感じるの。だってあの人が――」サラは思わず大きく吸いこんでしまった空気で喉を詰まらせた。「――あの人がみずから命を絶つなんて言うから、わたしは実際にそうする必要はないでしょうって頼んだけど、ほんとうはそもそもダニエルに何か起こるかもしれないことを心配するべきなんだもの」

「でもあなたは、ヒュー卿がそんな取引をした事情を理解している」ホノーリアが言う。

「そうなんでしょう？」

サラは顔を伏せたままうなずいた。肺がひりついている。体じゅうが痛い。「でも、もう考えなおすべきなのよ」か細い声で続けた。「考えなおしてくれてもいいはずだわ。わたしの気持ちはわかっているのだから」

「あなたも」ホノーリアは励ますように言った。「わかっているはずよ。あなたたちは誰にも見られていないと思っていたかもしれないけれど、わたしは見つめあうふたりに気づいていたわ」

サラはわずかに身を引き、いとこの顔をあらためて見やった。ホノーリアはかすかに笑みを浮かべていた。サラが昔からうらやんでいた鮮やかなラベンダー色の瞳はうららかに澄んでいる。

自分たちの違いはどこにあるのだろうと、サラは思いめぐらせた。ホノーリアはあたかも世界がきらきらした青い海とやさしい潮風で出来ているかのように日々を送っている。かたや自分の世界には次から次へと嵐が訪れる。これまで穏やかなときは一日としてなかった。

「あの方があなたを見つめているのをわたしは見てたわ」ホノーリアが言う。「あの方はあなたを愛してる」

「そんなことは言われてないわ」

「一度も？」

サラは沈黙で応えた。

ホノーリアが腕を伸ばし、サラの手を取った。「あなたが勇気を出して、先に言ってもいいのではないかしら」

「あなたにとっては簡単なことなのでしょうけど」サラは昔からきわめて高潔で思慮深いマーカスを思い起こして言った。「なにしろイングランドで誰より寛容で、魅力的で、わかりやすい男性と恋に落ちたんですもの」

ホノーリアは気の毒がるふうに小さく肩をすくめた。「誰も恋に落ちる相手は選べないわ。

それにあなただって、イングランドで誰より寛容で、わかりやすい女性というわけではないでしょう」

サラは横目でちらりと見やった。「魅力的のところは省いたのね」

「ええ、そこは否定できないから」ホノーリアが茶目っ気のある笑みを浮かべた。肘でサラを軽く突く。「ヒュー卿はきっとあなたを誰より魅力的だと思ってるわ」

サラは両手に顔を埋めた。「わたしはどうしたらいいの？」

「あの方と話してみるべきだと思うわ」

サラはいとこの言うとおりなのはわかっていたものの、どのような結末になるのかをあれこれ思い悩まずにはいられなかった。「あの人がどうしても誓約は守ると言ったらどうすればいいの？」脅えた低い声でようやく問いかけた。

何秒かおいて、ホノーリアが口を開いた。「それでも少なくとも相手の気持ちはわかるわ。でも尋ねなければ、あの方がどうするつもりなのかを知ることもできない。もしロミオとジュリエットがちゃんと話していたらと考えてみて」

サラはしばし唖然となって、目を上げた。「悪趣味な喩えではないかしら」

「ごめんなさい、ええ、あなたの言うとおりだわ」ホノーリアは気恥ずかしそうな顔をしたが、すぐに気持ちを切り替えて、得意げにサラを指さした。「でも、あなたを泣きやませたわ」

「あなたに文句を言いたかっただけよ」

「それであなたに笑顔が戻るなら、好きなだけわたしに文句を言いなさい。でも、あの方と話をすると約束して。つまらない誤解で幸せをつかむ機会を逃してはだめ」

「つまり、人生を台無しにするかどうかは、自分しだいだと言いたいの？」サラは乾いた声で尋ねた。

「そう言ったつもりはないんだけど、そういうことになるわね」

サラはいったん押し黙り、ふと思いだしたように問いかけた。「あの人が何桁もの掛け算を暗算でできるのは知ってた？」

ホノーリアはにこやかに微笑んだ。「いいえ、でも、そうだとしても驚かないわ」

「すぐに答えが出るのよ。一度、頭のなかでどのように計算しているのかを説明してくれたんだけど、わたしには何がなんだかわからなかったわ」

「暗算はふしぎな能力よね」

サラはぐるりと瞳をまわした。「愛とは違って？」

「愛こそ理解不能なものだわ」ホノーリアが言う。「暗算はただふしぎなだけ」肩をすくめて立ちあがり、片手を差しだした。「それとも、その反対なのかしら。確かめに行きましょうよ」

「一緒に来てくれるの？」

「あの方を探すところまでは」ホノーリアは片方の肩を小さくすくめた。「大きな家だから」

サラはいぶかしげに片方の眉を上げた。「わたしが怖気づくとでも思ってるんでしょう」

「当然でしょう」ホノーリアは認めた。

「そんなことはないわ」サラはたしかにみぞおちで蝶が舞っているかのように感じていたし、不安は覚えていたものの、屈することはありえなかった。怖いからと逃げだすようなことはしない。それに幸せをつかむために全力を尽くさなかったなら、一生後悔することになる。ヒューの幸せのためにも。この世に必ず幸せにならなければいけない人間がいるとするなら、間違いなくあの人なのだから。

「でも、すぐには行けないわ」サラは言った。「身なりを整えないと。あきらかに泣いていたのがわかる姿では会いたくないもの」

「あの方のせいで泣いていたのをわからせてあげればいいんだわ」

「あら、ホノーリア・スマイス－スミス、あなたがそんなにきびしいことを言うのを聞いたのは初めてではないかしら」

「もう、ホノーリア・ホルロイドになったのよ」ホノーリアはとりすまして正した。「それと、きびしく言うのは当然だわ。女性を泣かせるより悪いのは、女性を泣かせても罪の意識を感じない男性なのだから」

サラは新たな尊敬の念を覚えて、いとこを見やった。「あなたには結婚生活が合っていそうね」

ホノーリアがいくぶん満足げに微笑んだ。「そうでしょう？」

サラはさっそくベッドの端に移動し、足をおろした。筋肉がこわばってしまっていたので交互に脚を伸ばし、膝を曲げて戻した。「あの人はわたしが泣いていたのはもう知ってるわ」

「よかった」

サラはベッドの側面に寄りかかって、両手を見おろした。指が腫れている。どうしてなのだろう。泣くとソーセージみたいに指が太くなるの？

「どうかした？」ホノーリアが尋ねた。

切なげにサラはいとこを見やった。「どうせならヒュー卿に、目を潤ませて麗しく泣く女性だと思われたかったから」

「赤く腫れぼったい目をした女性ではなく？」

「つまり、ひどい顔をしてると言いたいの？」

「髪は結いなおしたほうがいいわね」ホノーリアがいつもながら気配りの利く女性らしい助言を返した。

サラはうなずいた。「ハリエットがどこにいるか知ってる？　同じ部屋を使ってるんだけど、この姿は見られたくないわ」

「からかうような子ではないでしょう」ホノーリアが安心させるように言った。

「わかってるわ。でも、質問されるのは耐えられない。あなたも知ってるように、あの子はきっといろいろ訊いてくるわ」

ホノーリアが笑みをこらえた。いとこもハリエットのことはよく知っている。「それなら」ホノーリアが言う。「わたしがハリエットの気をそらしておくわ。そのあいだにあなたは部屋に戻って……」顔の前で両手をひらりと動かし、身なりを整えるそぶりを大雑把《おおざっぱ》に示してみせた。

サラはうなずきを返した。「ありがとう。それとホノーリア……」すでに歩きだしていたいとこが振り返るのを待って続けた。「愛してるわ」

ホノーリアが泣きそうな笑みを浮かべた。「わたしも愛してるわ、サラ」涙がこぼれそうな目をぬぐって問いかけた。「三十分後に、あなたがお目にかかりたがっているとヒュー卿に伝えておきましょうか」

「一時間ではだめ？」サラは心を決めたものの、まだ勇気が足りなかった。自信を固める時間が必要だ。

「音楽室でいいかしら？」ホノーリアは提案し、またドアのほうに歩きだした。「静かなところがいいでしょう。あそこはこの一週間、誰も使っていないはずだから。きっとみなさん、わたしたちが音楽会の練習に使っているかもしれないと思って、怖がって入らないんだわ」

サラはつい笑みを浮かべた。「それでいいわ、一時間後に音楽室で。わたし――」

ドアをせわしなく叩く音に遮られた。

「変ね」ホノーリアが言う。「ダニエルお兄様がちゃんと――」その先は肩をすくめて言葉を濁《にご》した。「どうぞ」

ドアが開き、従僕が部屋に足を踏み入れた。「お嬢様」ホノーリアを見て驚いたふうに目をしばたたいた。「旦那様をお探ししているのですが」

「兄からこの部屋を使うよう許しを得たのよ」ホノーリアは言った。「何かあったの？」

「いえ、ですが、厩《うまや》から伝言をあずかってまいりましたので」

「厩から？」ホノーリアはおうむ返しに尋ねた。「めずらしいわね」そのやりとりをじっとおとなしく聞いていたサラを見やった。「ジョージに兄の寝室まで伝えに来させるなんて、そんなに急ぎの用件なのかしら」

サラはこの従僕がジョージという名なのだろうと察して肩をすくめた。いとこはこのウィップル・ヒルで育ったのだから、当然ながら従僕の名も知っている。

「わかったわ」ホノーリアは従僕に顔を戻した。片手を差しだす。「わたしから兄に渡しておきましょう」

「失礼ながら、お嬢様、書付ではないのです。旦那様にお伝えするよう言づかりまして」

「それなら、わたしから伝えておくわ」ホノーリアが答えた。

従僕は迷うそぶりを見せたが、ほんの束の間のことだった。「ありがとうございます、お嬢様。ヒュー卿が馬車でサッチャムへ行かれたと旦那様にお伝えするよう言づかりました」

サラは鋭敏に反応した。「ヒュー卿が？」

「は、はい」ジョージが答えた。「片脚が不自由な紳士でらっしゃいますよね？」

「どうしてサッチャムへ？」

「サラ」ホノーリアが言葉を挟んだ。「ジョージはそこまで聞いては――」

「いえ」ジョージが口早に続けた。「あ、いえ、すみません、お嬢様。遮るつもりはなかったのですが」

「いいのよ、続けて」サラはせかすように言った。

「お父上に会いに〈白い雄鹿《ホワイト・ハート》〉亭へ行かれたと伺っております」

「お父上?」

ジョージはわずかだがたじろぎかけた。

「どうして父親に会いに行くの?」サラは強い調子で訊いた。

「ぞ、存じません、お嬢様」ジョージは助けを求めるようにちらりとホノーリアを見やった。

「いやな予感がするわ」サラは言った。

ジョージが蒼ざめた。

「もうさがっていいわ、ジョージ」ホノーリアが言い、従僕はさっと頭をさげて立ち去った。

「あの人の父親がどうしてサッチャムにいるの?」ふたりきりに戻るなりサラは問いかけた。

「わからないわ」その声からホノーリアも同じくらい困惑しているのが聞きとれた。「結婚式には招待されていないはずだし」

「やっぱり変だわ」サラは窓を見やった。いまや雨は激しく打ちつけていた。「村へ行かないと」

「この雨では無理よ」

「ヒューは出かけたわ」

「そういう問題ではないでしょう。あの方はお父様に会いに行かれたんだもの」

「ダニエルを殺したがっている人なのよ！」

「そんな、やめて」ホノーリアが首を振って言う。「だんだんおかしな話になってるわ」

サラはそれには答えずに急いで廊下に出て、さいわいにもまだ階段をおりていなかったジョージを呼びとめた。「馬車をまわしてちょうだい。すぐに」

従僕を見送って振り返ると、ホノーリアが戸口に立っていた。「車寄せで待ちあわせましょう。わたしも行くわ」

「だめよ、あなたは」サラは即座に言った。「わたしがマーカスの恨みをかってしまうわ」

「それなら、彼も連れて行けばいいわ。兄も」

「だめ！」サラはまだほとんど戸口を出ていないとこの手をつかんで、部屋のなかに引き戻した。「ダニエルをラムズゲイト侯爵に会わせるわけにはいかないでしょう」

「兄に隠そうとしても無駄だわ」ホノーリアは食いさがった。「どのみち兄はもう――」

「わかったわ」サラは遮った。「ダニエルも連れてきて。わたしはかまわない」

かまわないですませられるはずもなかった。ホノーリアが夫と兄を呼びに行くや、サラは外套をつかんで厩へ向かった。馬に乗って行けば、どの馬車より早く村に着ける。たとえ雨のなかでも、いいえ、だからこそなおさらに。

ダニエルとマーカスとホノーリアにはあとから〈ホワイト・ハート〉亭に来てもらえばいい。必ず来てくれるのはわかっている。でも少しでも自分が早く着ければ、といってもじつを言えば何をすればいいのかは見当もつかないけれど、きっと何かできることはある。ダニエルが怒りに駆られて戦う意欲満々で駆けつける前に、ラムズゲイト侯爵をなるべくなだめられるよう手を打たなければ。

誰もが満足できる結末には至らないかもしれない。正直なところ、自分にそんなことができるとは思えない。三年以上も抱いてきた憎しみや敵意が、たった一日でさっぱり水に流せるわけがない。それでも、いくらかでも怒りを鎮め、こぶしを振りあげさせず――ああ、どんなことをしてでも、誰ひとり命を落とさずにすみさえすれば……。

幸せな結末ではなくても、どこかで折りあいをつけることはきっとできる。

# 18

## その一時間前
## ウィップル・ヒルのべつの部屋で

もしヒューがいつかラムズゲイト侯爵となる日がきたとしたら、真っ先にするのは家訓を変えることだろう。それだけはせずにいられない。なにせ〝誇り高き者こそ勇敢なり〟は、当世のプレンティス家の男たちに照らせば理にかなわない。いや、ヒューに意見を言わせてもらえるなら、いっそ〝物事は必ず悪いほうにまわる〟とでも置き換えたいところだった。

今回もまさしくこれに当てはまる。小さな客間でサラを傷つけて泣かせ、すっかり悪者となっているあいだに、ウィップル・ヒルで自分にあてがわれている部屋には、ごく簡単な書状が届いていた。

父からの手紙だ。

父。

見憶えのある鋭角な筆跡を目にしただけで、じゅうぶん気分は沈んだ。そのうえ内容を読んで、ラムズゲイト侯爵がこちらに来ていることを知った。それもこのバークシャーのウィップル・ヒルからまっすぐ道を行った村にある、地元で最も洒落《しゃれ》た宿屋〈ホワイト・ハート〉亭に。

近隣の宿屋は結婚式の招待客でどこも埋まっているはずなのだから、侯爵がどうやって部屋を取ったのか、ヒューは想像したくもなかった。父はなんであれ強引に押し通して生きてきた。部屋が欲しければ無理やりにでも奪うに決まっているので、なだれ式に格下の部屋に移らされた客たちは気の毒だし、挙句にいつの間にか納屋で寝かされることとなった哀れな酔っ払いもいるかもしれない。

だが父の手紙には、バークシャーまでわざわざやってきた理由は記されていなかった。父は何事も説明しようとは考えないから、ヒューはさして意外には思わなかった。〈ホワイト・ハート〉亭にいて、ヒューと話したい、それもいますぐに。

書かれていたのはそれだけだ。

父と接するのはできるかぎり避けてきたが、本人からの呼びだしを無視するほど愚かではない。近侍には、あとでまた指示するので、とりあえず荷物をまとめておいてくれるよう頼んで、村へ向かった。ウィンステッド伯爵家の馬車を一台拝借するのはダニエルに気が引けたが、雨はまだ容赦なく地面に打ちつけているし、杖をついて歩く身なので……じつのところ手立てはほかに見つからなかった。

言うまでもなく、自分を呼びつけたのはあの父だ。ダニエルがどれだけ憤ろうと——手がつけられないほど憤るに違いない——侯爵に会わねばならないことだけはわかってもらえるだろう。

「まったく、こんなときに」ヒューは独りごちて、どうにかこうにか馬車に乗り込んだ。そしてふと、事あるごとに大げさにしたがるサラの癖が自分にも移ってしまったのだろうかと考えた。なにしろいまはこんな言葉しか思い浮かばない――

これでもう、いっかんの終わりだ。

## バークシャー、サッチャム
## 宿屋〈ホワイト・ハート〉亭

「こちらで何をなさってるんですか」ヒューは〈ホワイト・ハート〉亭の宿泊部屋に付いた食堂に足を踏み入れるなり、強い調子で言葉をほとばしらせた。

「挨拶もなしか」父は椅子から腰を上げようともせずに言った。「『父上、なぜまたこのうららかな日にバークシャーに?』とでも尋ねるべきだ」

「雨が降っています」

「おかげで大地が潤うのだ」ラムズゲイト侯爵は愉快そうに返した。

ヒューは冷ややかな視線を投げた。この男に父親ぶった態度をとられるのは、ことに腹立たしい。

父がテーブルを挟んだ向かいの椅子を身ぶりで示した。「坐れ」

そのように命じられるとよけいに立っていたいところだったが、脚が痛むし、つらい思いをしてまで意地を張るのもばかばかしいので、腰をおろした。

「ワインは？」父が尋ねた。

「けっこうです」

「どうせ、たいしたものではないからな」父が言い、グラスに入っていた残りを飲み干した。「やはり旅には持参すべきだ」

ヒューはいかめしく押し黙り、父が用件に入るのを待った。

「チーズはまだましだ」侯爵はテーブルに置かれたチーズ切り用板からひと切れのパンをつまんだ。「これがパンか？　こんなものを一斤も焼いて――」

「いったい何をしにいらしたんです？」ヒューはとうとう業を煮やした。

父はあきらかにこのときを待っていた。悦に入った笑みを広げ、椅子にふんぞりかえった。

「わからんのか？」

「わかりたいとも思いませんね」

「おまえを祝福に来たのだ」

ヒューは疑念をあらわに父を見つめた。「何をです？」

父が人差し指を立てて振った。「恥ずかしがることはない。おまえが婚約するとの噂を耳にしてな」

「誰からです？」サラとはまだゆうべ初めてキスをしたばかりだ。求婚しようとしているのをいったいどうして父が知っているんだ？

ラムズゲイト侯爵はひらりと手を払った。「私の密偵はどこにでもいる」

それについてはヒューにも疑う余地はなかった。たとえそうだとしても……いぶかしげに目を狭めた。「誰を見張らせていたんです」ヒューは尋ねた。「ウィンステッド、それともぼくですか」

父は肩をすくめた。「そんなことが問題なのか」

「もちろんです」

「どちらもだな。ひとつの石で二羽の鳥を仕留めるほうが手っとりばやい」

「そのような喩えは、ぼくの前ではお使いにならないほうがよろしいかと」ヒューは片眉を上げた。

「いつもながら頭が固いな」ラムズゲイト侯爵は舌打ちした。「おまえには冗談というものが通じない」

ヒューは唖然となって父を見つめた。なんとこの父から面白みがないと非難されるとは。あいた口がふさがらない。

「婚約はしていません」一語一語を正確にはっきりと発した。「ちなみに、当面そのような予定もありません。ですから、荷造りをして、どちらへでも、わざわざ出てこられたところへお戻りください」

父がこの無礼な言いまわしにも含み笑いを漏らしたので、ヒューは内心でたじろいだ。ラムズゲイト侯爵はけっして侮辱を聞き流しはしない。いつもならいらだちと鬱憤《うつぷん》を固く握りしめたこぶしに詰めこみ、罵声を浴びせ返す。

そして高笑いする。

「ご用件はそれだけですか」ヒューはそっけなく尋ねた。

「なぜそれほど急ぐ？」

ヒューは苦笑いを返した。「あなたが嫌いだからです」

すると父は今度もくっくっと笑った。「おい、ヒュー、いつになったらわかるのだ？」

ヒューは沈黙した。

「おまえが私を嫌おうとかまわん。どうでもよいことだ。私はおまえの父親だ」侯爵は粘つくような笑みを浮かべて身を乗りだした。「おまえは私を追い払えはしない」

「ええ」ヒューはテーブル越しにまっすぐ冷ややかなまなざしを突きつけた。「でも、あなたはぼくを追い払える」

ラムズゲイト侯爵が顎を引き攣らせた。「おまえが私に署名させた、ばちあたりな文書のことを言ってるのか」

「誰もあなたに無理やり署名させたわけじゃない」ヒューはそしらぬふりで肩をすくめた。

「ほんとうにそう思ってるのか？」

「ぼくがあなたの手にペンを握らせましたか？」ヒューは言い連ねた。「あの誓約書は正式な手続きに則ったものです。あなたもご存じのはずだ」

「あんなものは――」

「あなたがウィンステッド卿に危害を与えれば、どうなるかをご説明し」ヒューは落ち着き払った声で続けた。「明記したことを、ご確認いただきましたよね」

これは事実だった。ヒューは誓約書を作成させ、父と事務弁護士の前に提示して、自分が本気であることを示してみせた。父にとって大きな意味を持つ正式名と爵位を署名させ、ダニエルへの復讐をやめなければみずからが失うものをわからせたかったからだ。

「誓約は守っている」ラムズゲイト侯爵が唸るように言った。

「ええ、いまのところウィンステッド卿は生きてますから」

「私――」

「言っておきますが」ヒューは父の発言をわずか一語で遮れたことに大いに満足して続けた。「ぼくはあなたにさほど多くのことを求めているわけじゃない。大方の人々にとっては、ほかの人間を殺さずに暮らすのはごく当然のことなのですから」

「おまえはあの男に、自由の利かない身にさせられたのだぞ」父が吐き捨てるように言った。

「いいえ」ヒューはウィップル・ヒルの芝地での魔法にかけられたかのような晩を思い起こし、穏やかに否定した。自分はワルツを踊ったのだ。ダニエルが放った銃弾に太腿を引き裂かれてから初めて女性を腕に抱き、ダンスをした。

サラはみずからを廃馬だと呼ぶことを許さなかった。あのひと時で自分は恋に落ちたのだろうか。それともあれも、数あるきっかけのひとつに過ぎなかったのか？

「ぼくは片脚が悪いだけのことです」ヒューはつぶやくように返した。微笑んで。

「どう違うというのだ？」

「自由の利かない身では、ぼくのすべて――」ヒューが目を上げると、父の顔は赤らみ、頭に血がのぼっているせいなのか飲みすぎなのかは知らないが、血管が浮きあがって、まだら模様になっていた。

「なんでもありません」と打ち切った。「あなたにわかるはずもない」だが自分も初めからわかっていたわけではない。その違いをレディ・サラ・プレインズワースにわからせてもらうまでには時間がかかった。

サラ。それがいま彼女を想《おも》うときの呼び名だ。レディ・サラ・プレインズワースでも、レディ・サラでもない。ただのサラ。すぐそこにいたのに、失ってしまった女性。その理由はいまだよくわからない。

「息子よ、おまえは自分を卑下しておる」ラムズゲイト侯爵が言った。

「自由の利かない身だとまでおっしゃりながら」ヒューは言い返した。「今度は自分を卑下していると責めるのですか？」

「運動能力の話をしているのではない」父が言う。「もっともご婦人に好まれるのは、馬に乗り、フェンシングも狩猟もできる男ではあろうが」

「あなたのお得意なことばかりだ」ヒューは言い、父の太鼓腹に視線を落とした。

「以前はな」父は気を悪くするふうもなくそう答えた。「おかげで選《え》りすぐりの血統の娘を妻に娶れたわけだ」

血統。父はほんとうにそのような目で女性を見ているのだろうか。

間違いない。

「公爵の令嬢がふたりに侯爵家の令嬢が三人、それに伯爵家の令嬢もひとりいた。私はどれでも選び放題だった」

「母上は幸運だ」ヒューはそっけなくつぶやいた。

「そうとも」ラムズゲイト侯爵は皮肉とは気づきもせずに答えた。「ファリンドン公爵の令嬢とはいえ、娘はほかにも五人いたし、花嫁持参金もさほどではなかった」

「それでも、もうひとりの公爵の令嬢よりは多かったと？」ヒューは間延びした声で訊いた。

「いや。だがファリンドン公爵家はバロン・ド・ヴーヴェクロ家の血筋を引いている。初代は知ってのとおり――」

むろん、ヒューは知っていた。いらだたしいが知っている。

「――征服王ウィリアムとともに戦った」

ヒューは六歳で家系図を教えこまれた。そうしたことの才に恵まれていたのは幸いだった。フレディは弟ほど恵まれてはいなかったため、手を鞭で打たれて何週間も腫らしていた。

「もういっぽうの公爵家は」父は見下すように言葉を継いだ。「わりあい歴史が浅かった」

ヒューは首を振らずにはいられなかった。「気位はとどまるところを知らないわけか」

父はかまわず続けた。「先ほども言ったが、おまえはやはり自分を卑下しておるようだ。不自由な身であれ、おまえにも魅力はある」

ほんとうにヒューはむせかけた。「魅力？」

「姓の代わりにそう呼んでみただけのことだ」

「でしょうね」それ以外には考えられない。

「おまえは爵位の第一位継承者ではないにしろ、私からすればいらだたしくもあるが、いずれはおまえの息子がラムズゲイト侯爵位を継ぐのは少々調べれば誰にでもわかることだ」

「フレディはあなたが考えている以上に思慮深いのですよ」ヒューは指摘せずにはいられなかった。

ラムズゲイト侯爵は鼻を鳴らした。「おまえがプレインズワース家の娘の尻を追っかけているのは知っておる。あの娘の父親にフレディのことを隠しとおせるとでも思うのか？」

プレインズワース伯爵はデヴォンに五十三頭の猟犬とこもっているのだから、知られはしないだろうが、これで父の考えは読みとけた。

「おまえが望む女性なら誰でも手に入るとは言わんが」ラムズゲイト侯爵が続けた。「プレインズワース家の小娘をつかみ逃す理由も特に見あたらん。なにせ一週間も毎朝、見つめあって食事をとっていたのだからな」

ヒューは頬の内側を噛んで言葉をこらえた。

「否定せんのか」

「相変わらず、あなたの密偵は鼻が利く」ヒューは言った。

父は椅子の背にもたれ、両手の指先を打ちあわせた。「レディ・サラ・プレインズワース」感嘆のこもった声で言う。「祝わずにはいられまい」

「やめてください」

「よいではないか。照れることはあるまい」

ヒューはテーブルの端をつかんだ。このテーブルを乗り越えて父の首を絞めたら、どうなるだろうか？　こんな老いぼれの死を悼《いた》む者などいないだろう。

「私もすでに会っておる」父が言う。「むろん何年か前に舞踏会で紹介を受けただけで、よくは知らんが。しかし父上は伯爵だ。居合わせる機会も多かろう」

「彼女の話はやめてください」ヒューは警告するように言った。

「独特の愛らしさがある女性だ。髪は巻き毛で、ふっくらとした美しい唇をしておるし……」ラムズゲイト侯爵はおどけたふうに眉を上げて見やった。「男の隣りの枕にもなじむ顔だ」

ヒューは全身の血が滾《たぎ》るのを感じた。「その口を閉じてください。いますぐ」

父は仕方がないといったしぐさを見せた。「自分のことは話したくないというわけか」

「ぼくにはもう関わらないのではなかったのですか」

「ああ、だが結婚するとなれば、花嫁については私もいろいろと関わらずにはいられまい」

ヒューは即座に立ちあがった。「あなたはまさか――」

「いや、待て」父は笑いながら言った。「そんなことを言っておるのではない。たしかにいまになって考えてみれば、フレディについてはそのような解決策もあったわけだが」

ああ、なんということを。ヒューは気分が悪くなった。この父ならばフレディを結婚させて、自分でその妻に子を産ませることもやりかねない。

爵位継承の大義名分のもとに。

いや、そんなことができるものか。兄はもの静かな男だが、そのような偽りの結婚に従うようなことはしない。それにたとえもし……。

いや、そのときには必ず阻止する。自分が結婚すればすむことだ。そうして父に、ラムズゲイト侯爵の跡継ぎがそのうち生まれることを信じさせる。

そうなれば満足だ。

自分を愛してはいない女性とであろうと。

父のためであろうと。

結局は自我を殺すことになるとは皮肉なものだ。

「花嫁持参金もそこそこはある」侯爵は目の前で息子が殺気だった目を向けていることにもまるで気づいていないかのように話しつづけた。「ともかく、坐ってくれ。そのように傾いて立っていられると、落ち着いて話もできん」

ヒューは気を鎮めようと息を吸いこんだ。無意識に片脚をかばっていた。ゆっくりと、また腰をおろす。

「そういうわけで」父が続けた。「事務弁護士に調べさせたところ、おまえの母親を選んだときと同じような状況らしい。プレインズワース家の花嫁持参金はさほどではないが、レディ・サラの血筋と親族を考慮すれば、じゅうぶんな額だ」

「彼女は馬ではない」

父は皮肉っぽい笑みを浮かべた。「そうかな？」

「あなたを殺す」ヒューは唸った。

「いや、できまい」ラムズゲイト侯爵はパンをもうひと切れつまんだ。「それと、おまえも何か食べておいたほうがいい。どのみちまだ――」

「食べるのはやめてもらえませんか？」ヒューは声を荒らげた。

「きょうはやけに機嫌が悪いな」

ヒューはどうにかもとの声の調子に戻して言った。「父親と話をすると、たいがいこうなるもので」

「立ち入りすぎたか」

この日ふたたび、ヒューは啞然となって父を見つめた。息子の言いぶんが的を射ていると認めたのか？　ほんのささいなことであれ、父がそのように受け流すことはこれまでけっしてなかった。

「おまえの口ぶりからすると」ラムズゲイト侯爵は続けた。「どうやらまだレディ・サラに求婚はしておらんようだ」

ヒューは押し黙った。

「私の密偵によれば――なかなか愉快な呼び名だな――脈はじゅうぶんあるとのことだが」

それでもヒューは口を開かなかった。

「問題は――」父はテーブルに両肘をついて前のめりになった。「――私にどのような力添えができるかだが」

「ぼくの人生に関わらないでください」

「いや、そうもいかん」

ヒューは疲れの滲んだため息を吐いた。父の前で弱さは見せたくないが、ほとほとうんざりしてきた。「どうして放っておいてくれないんだ」

あきらかに独り言とわかる文句に父が返した。「尋ねるまでもないことだろう」

ヒューは額に手をあて、こめかみをつまんだ。「兄さんはまだこれから結婚するかもしれない」とは言ったものの、いまではもはや口癖以外の何ものでもなくなっていた。

「その話はやめろ」父が言った。「あいつはご婦人に大事なところを引っぱりだされても、どうすればよいのかわからないような男――」

「やめろ！」ヒューは怒鳴り、よろけてテーブルをひっくり返しかけた。「黙れ。ともかくその迷惑な口を閉じててくれ！」

父は息子の憤りぶりにとまどっているようにも見えた。「事実だからな。さらに言うなら、確かめた事実だ。いったい私が何人の女たちを――」

「ええ」ヒューは遮って言った。「あなたが何人の女たちを兄さんの部屋に入れて鍵を掛けたのかは正確に知っています。この厄介な頭のおかげで。ご存じでしょう、ぼくは数えるのをやめられないんだ」

父が声を立てて笑いだした。何がそれほど可笑しいのかとヒューはいぶかり、じっと見つめた。

「私も数えていた」ラムズゲイト侯爵は身を折るようにして笑いながら、息をつく合間に言った。

「知っています」ヒューは淡々と応じた。昔から兄とは並びあう部屋を使っていたので、何もかもが聞こえていた。ラムズゲイト侯爵はフレディの部屋に街娼《がいしょう》を連れこむと、みずからもそこにとどまって見ていたのだ。

「どれもこれもだめだった」父が続ける。「助けになると思ったんだが。言うなれば調子を整えてやろうとな」

「ああ、やめろ」ヒューは呻くように声を発した。「やめてくれ」そのときの声が、いまも聞こえてくるようだった。たいがいは父のものだったが、たまにその気になった女性の声も加わった。

ラムズゲイト侯爵はなおも含み笑いを漏らしつつ背を起こした。「一……」卑猥《ひわい》な手ぶりをつけて数える。「二……」

ヒューは怯んであとずさった。記憶が呼び起こされた。

「三……」

決闘。数を唱える声。ずっと思いださないよう気をつけていた。身のすくむ父の声を記憶から必死に掻き消そうとした。

そして気がつけば引き金を引いていた。

ダニエルを撃つ気はなかった。べつのところに狙いをつけていた。だが誰かが数えだすと、ヒューはいつの間にか、放っておいてほしいと父に懇願する兄の声をベッドで身を丸めて聞いていた子供時代に戻っていた。

ヒューはフレディからけっして口を出してはならないと教えられていた。

数を唱えるのは娼婦を連れこんだときだけではなかった。ラムズゲイト侯爵は艶《つや》やかに磨きあげられたステッキをいたく気に入っていた。息子たちが気に食わないことをすれば、ためらわずそれを持ちだした。

フレディはしじゅう父の機嫌を損ね、ラムズゲイト侯爵はいつも数えながらステッキをふるった。

ヒューは父を見つめた。「あなたが嫌いだ」

父も見つめ返した。「知っているとも」

「もう失礼します」

父は首を振った。「いや、行かせない」

ヒューは身を堅くした。「何を――」

「こんなことはしたくなかったのだが」父はいくぶん弁解がましく言った。いくぶんだが。

そうしてブーツを履いた足で息子の悪いほうの脚を蹴った。

ヒューは苦痛の呻きを漏らし、くずおれた。痛みをこらえようとうずくまった。「なんてことを」あえぐように続けた。「なんのためにこんなことを？」

ラムズゲイト侯爵は息子の傍らにしゃがんだ。「おまえを行かせぬためにだ」

「あなたを殺す」ヒューはなおも苦しげに息を乱して言葉を吐きだした。「いつかきっと――」

「いや」父は甘い香りのする湿った布をヒューの顔に押しあてた。「そうはさせん」

19

# 〈ホワイト・ハート〉亭の〝ヨーク公特別室《スイート》〟

目を覚ますと、ヒューはベッドにいた。しかも片脚がとんでもなく痛む。「どうなってるんだ」唸るようにつぶやき、悲鳴をあげている筋肉を揉みほぐすため手を伸ばそうとした。ところが――

ばかな！　ヒューはベッドに括《くく》りつけられていた。

「おお、気がついたか」父の声がした。穏やかな口ぶりで、どことなく……もしや退屈しているのか？

「殺してやる」ヒューは唸った。括りつけられた身をよじると、父が部屋の隅の椅子に坐り、新聞の上端越しにこちらを見ていた。

「できるかもしれんが」ラムズゲイト侯爵が言う。「きょうは無理だな」

ヒューはもう一度、括りつけられた身をよじった。そして粘り強くもがいたが、手首が擦れ、めまいがひどくなるだけのことだった。平衡感覚を取り戻そうとしばし目を閉じた。

「いったいどういうつもりだ」

ラムズゲイト侯爵は考えているようなふりをした。「心配なのだ」ようやくそう答えた。

「何がです」ヒューは嚙みつくように訊いた。

「おまえはどうも麗しきレディ・サラに手間どっておる。これを逃せばもういつ――」侯爵は厭わしげに顔をしかめた。「――おまえの世話をしてくれるような娘が見つかるかわからんからな」

この程度の侮辱には何も感じなかった。こうしたいやみを言われるのには慣れきっていて、いつからか、かえって気持ちが鼓舞されるようにすらなった。だが、父の〝手間どっている〟という言いまわしに不穏な懸念を抱いた。「レディ・サラと知りあってから――」少なくとも現世ではと、心ひそかに付け加えた。「――まだ二週間足らずですが」

「そんなものか？　もっと長いように思えるがな。待つ身には長いというわけか」

ヒューは愕然とした。天地がひっくり返りでもしたとしか思えない。自分がそっけなく蔑んだ態度をとれば、たいていは怒鳴って罵倒する父が、眉を上げただけでこちらをじっと見ている。

かたやヒューのほうはいまにも頭に血がのぼりかけていた。

「もっと交際が深まっているものと思っていたのだが」ラムズゲイト侯爵は新聞のページをめくった。「そもそも始まったのはいつだったのだ？　おお、そうか、フェンズモアでのあの晩か。レディ・ダンベリーもいたときだな。まったく、あのばあさんときたら」

ヒューは気分が悪くなった。「どうして知ってるんだ？」

父は片手を上げて、指を擦りあわせてみせた。「いわばまた人を雇ったわけだ」

「誰を」

ラムズゲイト侯爵は打ち明けるべきか思案しているかのように首をかしげた。やがて肩をすくめて言った。「おまえの近侍だ。もう言ってもかまわんだろう。いずれはわかることだ」

ヒューは吐き気をもよおすほどの衝撃を受けて天井を見上げた。「二年のつきあいになるというのに」

「誰しも金《かね》には弱いものよ」侯爵は新聞をさげて、紙の上端越しに見やった。「私から何も学ばなかったのか？」

ヒューは息を吸いこみ、気を鎮めようとした。「いますぐこれをほどいてください」

「まだだ」ラムズゲイト侯爵はふたたび新聞を顔の前に持ちあげた。「おっと弱ったな、アイロンがかかっていないではないか」新聞を置き、黒いインクの筋がついた手をいらだたしげに眺めた。「旅は好かん」

「ウィップル・ヒルに戻らなくてはいけないんです」ヒューはできるかぎり冷静な声で言った。

「そうなのか？」父がそしらぬふうに笑った。「おまえは帰り支度をしていると聞いたが」

ヒューは手をきつく握りしめた。自分の行動は気味が悪いくらい父に把握されている。

「おまえが寝入っているあいだに、近侍から書付が届いたのだ」ラムズゲイト侯爵は続けた。

「おまえから荷造りの指示を受けたと書かれていた。ならば心配せずにはいられんだろう」

ヒューは自力で解き放たれようともがいたが、紐《ひも》はみじんも緩まなかった。父は人の括り方も得意らしい。

「長くかからなければいいのだが」ラムズゲイト侯爵は立ちあがり、小ぶりのたらいに歩いていき、そのなかに両手を浸した。小さな白い布を取り、肩越しにヒューを振り返った。

「麗しきレディ・サラの到着を待っている」

ヒューは呆然と父を見つめた。「いまなんと？」

父は几帳面《きちょうめん》に両手を拭いてから、懐中時計を取りだし、ぱちんと蓋《ふた》を開いた。「そろそろだと思うのだが」ぶきみなほど落ち着いた表情で息子を見やった。「おまえの近侍に居場所を伝えるよう指示しておいた」

「彼女がここに来るとどうしてわかるんだ」ヒューは憤りをぶちまけた。だがその声には切実さが滲んでいた。自分の声に怖気立った。

「わからん」父は答えた。「だが来るのを願っている」息子を見やる。「おまえもそうすべきだろう。来なければ、ベッドでそうしていなければならないのだからな」

ヒューは目を閉じて唸った。どうしてこの父に隙を与えてしまったのだろう？「あの布はなんだったんだ？」問いただした。いまだに頭がくらくらする。それにこの疲れは、まるで全速力で一マイルも駆けたあとのようだ。いや、それとはまた違う。息切れしているわけではなく、ただ――

呼吸が浅いだけだ。肺がしぼんでいる。それ以外に説明がつかない。

ヒューはもどかしさで声を大きくして質問を繰り返した。「あの布はなんだったんだ？」

「なんだと？　おう、あれか。〝甘い礬油《ばんゆ》〟だ。便利なものだろう？」

ヒューはいまだ視界にちらつく点を振り払おうと瞬きをした。自分なら便利なという表現は選ばない。

「彼女はここには来ない」努めて淡々とした口ぶりで言った。あざ笑うかのように。父に計画はうまくいきそうにないと思わせたかった。

「来るに決まっている」ラムズゲイト侯爵が言う。「なぜなのかは神のみぞ知るだが、あの娘はおまえを好いておるからな」

「あなたの息子へのご親切にはいつもながら感心しますよ」ヒューは皮肉を強調しようと、括りつけられている手足をまたわずかに引いた。

「もし彼女が宿屋に連れ去られたら、おまえも助けに行くだろう」

「それとこれとは違う」ヒューは撥ねつけた。

ラムズゲイト侯爵は無言で笑った。

「こんなことをしても無駄な理由は数えきれないほどある」ヒューは冷静な声を装った。

父がちらりと目を向けた。

「まずは、土砂降りだ」ヒューは思いつきで言い、窓のほうに顎をしゃくった。「この雨ではとても出かけられない」

「おまえは来た」

「あなたから呼びつけられれば仕方がない」ヒューはきつい声で返した。「さらに言えば、ぼくがあなたに会いに来ようと、レディ・サラが心配する理由はない」

「ちょっと待て」父が冷ややかに笑った。「われわれは不仲を隠してはいない。いまや誰でも知っていることだ」

「たしかに、ぼくたちは仲が悪い」ヒューは思わず早口で言葉をほとばしらせた。「ですが、彼女はどれだけ深く憎しみあっているかは知らない」

「レディ・サラに話しておらんのか——」ラムズゲイト侯爵はせせら笑った。「——例の誓約書のことを」

「話すわけがない」ヒューは嘘をついた。「話したら、求婚を受けてもらえると思いますか？」

父はいったん考えてから、言葉を継いだ。「ならばなおさら、この計画を成功させなければ」

「どんな計画です」

「むろん、おまえを結婚させるための計画ではないか」

「ベッドに括りつけて？」

父は得意げに微笑んだ。「そして、あの娘に紐をほどかせる」

「どうかしている」ヒューはつぶやいたが、思いがけず下腹部がざわついてぎょっとした。サラがそばにきて前かがみになり、ベッドの支柱に結ばれた紐をほどこうとしている姿を想像すると……。

きつく目をつむり、代わりに亀や魚の眼や、少年時代を過ごした村の太った教区牧師を思い浮かべようとした。サラ以外のものを。サラでなければなんでもいい。

「おまえに喜んでもらえると思ったのだがな」ラムズゲイト侯爵が言う。「あの娘が欲しいのではないのか」

「こんなことは望んでいない」ヒューは奥歯を噛みしめて返した。

「少なくとも一時間はここにふたりきりで閉じこめてやろう」父が言い連ねた。「おまえが事に及ぼうが及ぶまいが、それであの娘の評判はじゅうぶんに穢れる」身を乗りだし、卑猥な目つきで見やった。「そうなればすべてうまく収まる。おまえは欲しいものが手に入り、私も自分の欲しいものを手に入れる」

「彼女の希望はどうなるんです？」

ラムズゲイト侯爵は片方の眉を吊りあげ、首をかしげてから、肩をすくめた。サラの希望や夢について考える時間はもうそれでじゅうぶんだとでも言わんばかりに。「喜んでもらえるだろう」そう結論づけた。さらに何か言いかけたが口をつぐみ、耳をそばだてるかのようにドアのほうに頭を傾けた。「到着したようだ」つぶやいた。

ヒューには何も聞こえなかったが、父の言葉どおり、それからすぐに慌しいノックの音が響いた。

ヒューは紐から解き放たれようとあがいた。サラ・プレインズワースが欲しい。ああ、主よ、サラを全身全霊で求めています。主とみなの前にふたりで立ち、サラの手に指輪をはめて、永遠の愛を誓いたい。そしてベッドに導き、この想いの丈を全身で伝え、いつの日かふたりの子を宿したサラを慈しみたい。

だが、そうしたものを無理やり奪いとろうとは思わない。サラにも同じように自分を求めてもらわなくては。

「面白くなってきたぞ」ラムズゲイト侯爵は絶妙な茶化し口調で息子の神経を逆なでした。「なんとこの私が女学生のように浮かれている」

「彼女には触れるな」ヒューは怒鳴るように言った。「もし少しでも触れたら……」

「ばかばかしい」父が言う。「レディ・サラは私の孫息子の母親になるご婦人だ。手を出すなど夢にも思わん」

「もうやめてくれ」喉がつかえ、〝頼む〟とは付け加えられなかった。懇願はしたくない。そんなことをするのはとうてい耐えられないと思っていたのだが、今回は、サラのためならば、そうするしかないのだろう。サラは自分との結婚を望んではいない。今朝、ダニエルを守るための誓約を知られたときのことを振り返れば、それは火をみるよりあきらかだ。サラがこの部屋に入ってくれれば、父に閉じこめられ、運命を定められてしまう。そうなれば自分は愛する女性を手に入れられるかもしれないが、そんなことが許されるはずもない。

「父上」ヒューは口走り、互いに弾かれたように目を合わせた。かつて最後にそんなふうに呼びかけたのはいつだったのか、おそらくはどちらも思いだせなかった。「お願いですから、このようなことはやめてください」

けれども、ラムズゲイト侯爵は愉快げに両手を擦りあわせ、ドアへ歩いていった。「どちら様かな？」と問いかけた。

ドアの向こうからサラの声が返ってきた。

ヒューは耐えがたい思いで目を閉じた。とうとうこの時がきてしまった。もはやとめようがない。

「レディ・サラ」ラムズゲイト侯爵はドアを開くなり言った。「お待ちしていた」

ヒューは仕方なく戸口のほうに顔を向けたが、見えたのは父の後ろ姿だけだった。

「ヒュー卿にお目にかかりたいのですが」これほど冷ややかなサラの声はヒューも聞いたことがなかった。「あなたの息子さんに」

「入るな、サラ！」ヒューは大声で言った。

「ヒュー？」サラが驚いた声をあげた。

ヒューはまたも紐から逃れようともがいた。断ち切れないのはわかっていても、腑抜けよろしくじっとしてはいられない。

「まあ、なんてこと、いったいどうしてこんなことに？」サラは甲走った声を発し、ラムズゲイト侯爵を戸枠に押しのけるようにして入ってきた。雨で濡れそぼり、髪は顔に張りつき、ドレスの裾は泥で汚れ、すり切れている。

「あなたのために整えておいたのではありませんか、お嬢さん」ラムズゲイト侯爵が笑いながら言った。そしてサラに言葉を返すいとまを与えず部屋を出て、ドアを叩きつけんばかりに閉めた。

「ヒュー、何があったの？」サラは急いでベッドに駆けつけた。「まあ、ベッドに括りつけるなんて。どうしてこんなことに？」

「ドアを」ヒューは吼えるように言い、顎で指し示した。「ドアを確かめるんだ」

「ドアを？　でも――」

「早く」

サラは大きく目を見開いたが、言われたとおりドアを確かめに向かった。「鍵が掛かってるわ」首を振り向けて言う。

ヒューは荒々しく毒づいた。

「どうなってるの？」サラはすぐさまベッドに戻ってきて、ヒューの足首を縛りつけている紐を手早くほどきにかかった。「どうしてあの人はあなたをベッドに括りつけたの？　どうしてあなたはあの人に会いに来たの？」

「父に呼びつけられたら」ヒューはこわばった口ぶりで答えた。「知らぬふりはできない」

「だけど――」

「きみの従兄の結婚式の直前ならばなおさらに」

サラの目に納得の光が灯った。「そうね」

「括りつけられたことについては」ヒューは嫌悪を剝きだしにして続けた。「きみのためだそうだ」

「どういうこと？」サラはぽかんと口をあけ、それからすぐに「ああもう、痛い」と発し、人差し指を口にやった。「爪が折れてしまったわ」不満げにこぼした。「結び目がとんでもなく固いのよ。どうやったらこんなに固く縛れるの？」

「抵抗できなかった」ヒューは悔しさを隠しきれない声で返した。

サラが即座に顔を見やった。

だがヒューは顔をそむけ、サラの目を見ずに続けた。「気を失っているうちに縛られてしまったんだ」

サラは唇をわずかに開いたが、実際に何か言葉をつぶやいたのか、ため息をついただけなのかは聞き分けられなかった。

「〝甘い礬油〟だそうだ」ヒューはぶっきらぼうにつぶやいた。

サラは首を振った。「いったい……」

「それを沁《し》みこませた布を顔に押しつけられたら、人は気を失う」ヒューは説明した。「本で読んで知ってはいたが、みずから経験するとは思わなかった」

サラは首を振った。おそらくは無意識のしぐさなのだろう。「でも、どうしてそんなことをするの？」

やったのがあの父親でなければ、もっともな質問だ。ヒューはこんなことを答えなければならない屈辱に耐えかね、しばし目を閉じた。「父は、ぼくたちを部屋にふたりきりで閉じこめれば、きみが穢れるものと信じている」

　サラはひと言も発しなかった。

「そうすれば、ぼくと結婚せざるをえなくなるというわけだ」言わずもがなのこととは思いつつヒューは付け加えた。

　サラは懸命にほどこうとしていた結び目に視線を据えたまま固まった。ヒューは暗く重い何かに胸を押されているように感じた。

「よくわからないわ」ようやくサラがそう応えた。言葉を間違えれば不愉快な出来事がなだれのごとく押し寄せてくるのではないかと心配しているかのように、ゆっくりとした慎重な口ぶりだった。

　ヒューはどう説明すればよいものかわからなかった。自分たちが生きる社会で定められている規範は互いに承知している。ベッドのある部屋にふたりでいるところを人に見られれば、サラはいずれかの選択を迫られることになる。結婚か、身の破滅か。そうだとすればたとえサラが今朝知らされたことを考慮しても、結婚のほうがまだましな選択肢であるのは間違いない。

「あなたがベッドに括りつけられているのでは、わたしが穢されるもなにもないと思うけど」サラはいまだヒューに目を向けずに言った。

　ヒューは唾を飲みこんだ。自分にそのような嗜好《しこう》はなかったはずだが、ベッドに括りつけられたままでも穢せる、あらゆる手立てをつい考えずにはいられなかった。

サラが下唇を噛みしめた。「あなたをこのままにしておいたほうがいいのかしら」

「ぼくを……このままに?」ヒューは声を絞りだした。

「だって、そうでしょう」サラは眉をひそめ、不安げに口に手をあてた。「そうすれば誰かが駆けつけたとしても――ダニエルが来るまでにそんなに時間はかからないはずよ――何も起こりえなかったことがわかるから」

「ここに来ることをきみの従兄に伝えたのか?」

サラはうなずいた。「ホノーリアがどうしても伝えると言ってきかなかったから。でもわたしは――あなたのお父様が――どうしても――」濡れた髪を額から払った。「わたしが先に来れば、きっと何か――よくわからないけど、ともかく大ごとにならないようにできると思ったの」

ヒューは唸り声を漏らした。

「だって」サラは、ヒューが思わず苦笑いせずにはいられない目つきで続けた。「考えもしなかったのよ……」

「……こうなっているとは?」ヒューは代わりに言葉を補った。ついでに自嘲を込めて手ぶりでこのざまを示したいところだったが……なにぶんベッドの柱に括りつけられていて動かせない。

「ダニエルが来たら、大変なことになるわ」サラがか細い声で言った。

ヒューはあえて答えなかった。そうなることは明白だ。

「あなたのお父様はダニエルに手出しをしないと約束したと、あなたは言ってたけど――」サラはふと思いついたかのように目を輝かせ、話を変えた。「わたしがドアを叩いたらどうかしら？　大声で助けを呼ぶのよ。ダニエルより先に誰かが駆けつけてくれれば……」

ヒューは首を振った。「それでは父の思うつぼだ。駆けつけた者は、きみが穢されたことの証人になる」

「だけどあなたはベッドに括りつけられているのよ！」

「きみには想像もつかないことだろうが、きみがぼくを括りつけたと思われる可能性もあるんだ」

サラは唖然となって息を呑んだ。

「そういうことだ」

サラはうっかり熱いものに触れてしまったかのようにベッドの傍らから飛びのいた。「でもそんな――そんなこと――」

今回は言葉を補う必要はないとヒューは判断した。

「ああ、どうしたらいいの」

ヒューはサラの脅えた表情には気づかないふりをした。やれやれ、たとえ今朝の出来事でまだ愛想を尽かされたわけではなかったとしても、今度こそ見限られただろう。ふるえる息を吐いた。「何か手を考えよう」そう言ったものの、いまのところ何も浮かばなかった。「きみはいいんだ……ぼくが考える」

サラが目を上げた。壁に視線を据えているので、ヒューからは顔の片側しか見えなかった。それでも表情が落ち着かなげにこわばっているのがわかる。「ダニエルに事情を説明すれば……」サラは唾を飲みこみ、柔らかな喉がわずかにゆっくりと動いた。そこにキスをしたのだとヒューは思い返した。一度ではない。レモンとかすかに塩気の味もして、女性らしい香りに鼻をくすぐられ、あまりにサラが欲しくなって、われを忘れてしまいそうなほどだった。

ところがいまは、いわばあらゆる夢が盛られた大皿を目の前に差しだされ、そこに手をつけずにすむ方法を考えださなければならない。たとえ自分が心の底から望んでいることであろうと、サラにやむなく結婚を強いることになれば、一生後悔せずにはいられないだろう。「きっとわかってもらえると思うの」サラがつかえがちに言った。「それに、誓約を守れとは言われるはずはないし。わたしは……」サラは顔をそむけ、ヒューからはまったく表情が窺えなくなってしまった。「誰も責任を感じるようなことは……」

声は途切れた。ヒューはうなずき、その言葉をどう解釈すべきか考えた。こちらが求婚しようとしていたのはサラも知っている。もうあきらめてほしいと遠まわしに言ったつもりなのかもしれない。こうなってなお、自分に屈辱を感じさせないよう慮ってくれているのだろうか。

「心配いらない」ヒューはそう応じた。沈黙を埋めるために無用な相槌を打っただけに過ぎない。もはやどうすればいいのか見当もつかなかった。

サラがふたたび唇を嚙んだ。それからそっと舌で唇を湿らせたのをヒューはただじっと見ていた。するとたったそれだけのことで、体がかっと燃え立った。考えうるかぎりなにより場違いな反応だが、その唇を今度は自分の舌でひとめぐりなぞる夢想をとめられなかった。そうしてさらに首の付け根までおりて――

「頼む、ほどいてくれ」ヒューはかすれがかった声で言った。

「でも――」

「手の感覚がないんだ」真っ先に思いついた言いわけを口走った。まったくのでたらめでもなかったが、急激に体が昂りだし、すぐに解き放たれなければ欲望を隠しようがなかった。

サラはためらったが、ほんの一瞬のことだった。ベッドの頭のほうに進み、右の手首の結び目をほどきはじめた。「まだドアの向こうにいるのかしら」ささやき声で訊いた。

「間違いないだろう」

サラが呆れたように顔をゆがめた。「そんな……」

「ばかげてるだろ?」ヒューは言葉を補った。「ぼくの子供時代にようこそ」

そう言ってすぐに後悔した。憐れみに満ちたサラの目を見て、苦いものが喉の奥からこみあげた。片脚にも、子供時代のことにも、彼女を守る男には望ましくない点に憐れみをかけられるのは耐えられない。ヒューはただふつうの男として、サラにもそう思い、そう感じてほしいだけだった。ベッドで身を重ね、じかにぬくもりを感じあい、どんなに求めていたかをサラにわかってほしかった。彼女は自分のもので、その温かくなめらかな肌はもう、ほかの男には触れさせはしないことを。

だが、自分は愚かだった。サラには、あの父にたやすくだし抜かれてしまう役立たずではなく、彼女の身を守ってやれる男がふさわしい。蹴られて、眠らされ、ベッドに括りつけられて――そんな男をどうして信頼しろと言えるだろう？

「もうほどけるわ」サラが言い、紐をぐいと引いた。「そのまま、じっとしてて……できた！」

「四分の一か」ヒューは弱気を隠して愉快げに言った。

「ヒュー」サラに呼びかけられたが、そのあとにどんな言葉や問いかけがくるのか、見当もつかなかった。

しかも結局、わからずじまいだった。廊下から騒々しい物音がして、苦しげな呻き声と、罵り言葉を連ねる大声が聞こえた。

「ダニエル」サラはわずかにたじろいだ。

そしてヒューは、やはりベッドに括りつけられた姿をさらすことになるのかと、沈みこんだ。

# 20

サラが目を向けるやドアが開き、やわな錠前の周りの木が引き裂かれる音が響きわたった。

「ダニエル！」サラは甲高い声をあげた。どうして驚いた声を出してしまったのかわからない。

「いったいどうなって――」

けれどダニエルの怒鳴り声は、背後から戸口を抜けて襲いかかってきたラムズゲイト侯爵に遮られた。

「何をする、放せ――」

サラは慌てて仲裁に入ろうとしたが、ヒューの解き放たれたばかりの片手に引き戻された。その手を振りほどいて駆け寄ったものの、ダニエルがいきなり向きを変えたせいで、その背中にしがみついていたラムズゲイト侯爵の肩に撥ね返された。

「サラ！」ヒューが叫んだ。ベッドをじりじりと動かすほどの激しさで、括りつけられている手足を懸命に引き離そうとしている。

サラはよろよろと立ちあがったが、ヒューもすぐさま片腕を伸ばして、濡れそぼったサラのスカートを鷲《わし》づかみにした。

「行かせて」サラはベッドに引き戻されて、きつく言い放った。

ヒューはスカートを握りしめたまま片腕でサラをかかえこんだ。「なにがなんでも放さない」

その間にダニエルはしつこくまとわりついていた侯爵をようやく壁に叩きつけた。「気がふれてるのか」唸り声で言う。「ぼくにかまうな」

サラはスカートを引き戻してまた進もうとした。「あのままでは、あなたのお父様を殺してしまうわ」

ヒューが非情に蔑むようなまなざしで見返した。「それでいい」

「それでいいですって？　わたしの従兄が絞首刑になってしまうじゃない」

「目撃者はぼくたちだけだ」ヒューがさらりと返した。

サラは唖然となって、ふたたびスカートを引き戻そうとしたが、ヒューに驚くほどの力で押さえられていた。身をよじって逃れようとしたとき、恐ろしいほどに赤紫がかったダニエルの顔が目に入った。「首を絞められてるわ！」甲走った声をあげると、ヒューも目を向けたらしく、いきなりスカートを手放したので、サラは体勢を立てなおしきれないまま滑るようにふたりに行き着いた。

「放して！」声を張りあげ、ラムズゲイト侯爵のシャツをつかんだ。何か頭に打ちつけられるものを探して部屋を見まわす。たったひとつしかない椅子はとても持ちあげられそうにないので、口早に祈りを唱え、こぶしを突きだした。

「ううっ」痛みに小さな悲鳴を漏らし、握りしめていた手を振った。人の顔を殴るのがこれほど痛いこととは誰も教えてくれなかった。

「何するんだ、サラ」ダニエルが息を切らして片目を押さえている。

サラは殴る相手を間違えていた。

「まあ、ごめんなさい！」叫ぶように詫びた。それでもともかく、ふたりを引き離すことはできた。ラムズゲイト侯爵はダニエルの首から手を放さざるをえなくなり、ふたりとも床に転がった。

「殺してやる」侯爵が呻くように言い、まだ無防備な体勢のダニエルのほうへ這いつくばっていく。

「やめて」サラはすかさず言って、侯爵の手を思いきり踏みつけた。「従兄を殺したら、あなたの息子も殺すことになるのよ」

侯爵はとまどっているのか憤慨しているのかわからない面持ちで見返した。

「嘘をついたんだ」ベッドからヒューの声がした。「取り決めのことは話してある」

「こんなこと、いいかげんにやめたらどうなの」サラは強い調子で問いただした。「どうなのよ」完全に叫んでいた。こんな男性たちの揉め事につきあわされるのはもううんざりだ。

ラムズゲイト侯爵が懇願するようなそぶりで、サラのブーツに踏まれていないほうの手を上げた。サラがじっと見つめたままゆっくりと足を持ちあげると、侯爵はダニエルから一メートルほど離れた。

「大丈夫？」従兄にうわべばかりの声をかけた。ダニエルは片目の下を紫色に腫らしていて、見栄えよく結婚式を挙げるのはもう無理そうだ。

不満げな唸り声が返ってきた。

「よかった」不満げな唸り声は元気なしるしと受けとって、サラは言った。そしてふと気がついた。「マーカスとホノーリアは?」

「馬車であとから来るはずだ」ダニエルが憤然と言う。「ぼくは馬で来た」

考えてみれば訊くまでもないことだったとサラは納得した。自分がひとりで先に向かったのを従兄が知れば、間違いなく馬で追ってくることくらい、どうして思いつかなかったのだろう。

「手の骨が砕けてしまったかもしれん」ラムズゲイト侯爵が哀れっぽくこぼした。

「砕けてはいないわ」サラはそっけなく答えた。「それなら音が聞こえたはずだもの」

ベッドから押し殺した笑い声が聞こえた。サラはじろりとヒューを睨んだ。可笑しくなどない。笑えるところは何ひとつない。それがわからないとすれば、自分が思っていたような男性ではなかったということだ。絞首台を引きあいに出すような冗談は、実際には絞首刑にならないからこそ笑えるのだから。

サラは速やかに従兄に顔を戻した。「ナイフを持ってる?」

ダニエルが目を見開いた。

「紐を切るのよ」

「そうか」ダニエルはブーツに手を伸ばし、短剣を取りだした。サラはいくぶん驚きつつそれを受けとった。じつはたいして期待せずに問いかけたのだ。

「イタリアで武器を携帯する癖がついた」ダニエルが淡々と言った。

サラはうなずいた。無理もない。なにしろ従兄はラムズゲイト侯爵が差し向けた熟練の殺し屋に追われつづけていたのだ。「動かないで」サラは侯爵にぴしゃりと言い、ヒューのところに戻った。

「あなたも動かないのが身のためよ」ベッドの反対側にまわり込み、ヒューの左手を括りつけている紐の結び目を慎重に眺める。ちょうど半分ほど切れたとき、ラムズゲイト侯爵が立ちあがろうとしているのに気づいた。「あら、だめよ」きんと響く声で言い、短剣の刃先を向けた。「床に戻って」

ラムズゲイト侯爵は従った。

「ぼくでも脅えてしまう」ヒューがつぶやいた。感嘆している口ぶりだったが。

「殺されるところだったのよ」サラはきつい声で返した。

「いや」ヒューが真剣な目で否定した。「ぼくにだけは手を出さないのを忘れたのかい？」

サラは口をあけたものの、突如考えがめぐりだし、言いかけたことは頭から消え去った。

「サラ？」ヒューが心配そうに呼びかけた。

それは違うと、サラは気づいた。侯爵が手を出さないのはヒューだけではないと。

紐が切れると、ヒューは唸りつつ腕を脇に戻し、無理に伸ばされていた肩をさすった。

「足首のほうは自分で切れるわね」サラは柄を向ける気遣いも忘れて短剣をヒューに渡した。

ラムズゲイト侯爵のほうへ戻っていく。「立ちなさい」命じる口調で言った。

「坐れと言っただろうが」侯爵が間延びした声で返した。「わたしに口答えできる立場ではないはずよ」

サラは威嚇するように低い声で言う。

「サラ」ヒューが諌めるように呼びかけた。

「黙ってて」サラは顔を向けもせずに一蹴した。ラムズゲイト侯爵が立ちあがり、サラは侯爵の背が壁につくまで詰め寄った。「ちゃんと耳を澄まして聞いて、ラムズゲイト侯爵。一度しか言わないから。わたしはあなたの息子と結婚するわ。その代わり、あなたはわたしの従兄には、二度と手出しをしないと誓いなさい」

ラムズゲイト侯爵が話そうと口をあけたが、サラの話はまだ終わってはいなかった。「それから」侯爵にひと言も口にするいとまは与えずに続けた。「わたしやわたしの家族に二度と近づかないこと。もちろんヒュー卿にも、わたしたちのあいだに生まれる子供たちにも」

「待ってくれ――」

「息子をわたしと結婚させたいんでしょう？」サラは大きな声で遮った。

ラムズゲイト侯爵の顔が怒りで赤らんだ。「いったい誰にそんな口を――」

「ヒュー」サラは背後に手を伸ばした。「ナイフを」

すでに足首の紐も切り終えたらしく、ベッドよりもはるかに近くからヒューの声がした。

サラが振り返ると、ヒューは一メートルと離れていないところに立っていた。「それはよい案とは言えないな、サラ」

癪にさわるけれど、ヒューの言うとおりなのだろうとサラは胸のうちで認めた。いったいどんな悪魔に魂を乗っとられてしまったのか、いまはどうしようもなく腹が立って、ひと息にラムズゲイト侯爵の首を絞めてしまいたいくらいだった。

「跡継ぎが欲しいんでしょう？」侯爵を怒鳴りつけるように訊いた。「いいわよ。この身をかけて産んであげるわ」

ヒューが咳払いをした。おそらくは、もとはと言えばすべては自分が死んでいたかもしれないことに端を発した騒動であるのを思いださせようとでもしたのだろう。

「あなたも、何か言える立場ではないでしょう」サラは顔を振り向けて語気鋭く言い放ち、いらだたしげに指さした。ヒューはすぐ後ろで、杖を軽く握って立っていた。「あなたもあなたも、あなたも——」サラは最後に、早くも黒ずんできた片目を押さえてまだ壁にもたれて坐っていたダニエルをすばやく振り返った。「——もたもたしていて何も解決しないんだもの。役に立たない人ばかり。三年以上も経《た》ってるのに、みずから命を絶つと脅かすしか平穏を保つ方法がないなんて」ヒューに顔を向け、凄むように目を狭めた。「そんなことはさせないわ」

ヒューはじっと見返し、答えたほうがいいようだと気づいたらしい。「しない」

「レディ・サラ」ラムズゲイト侯爵が口を開いた。「言わせてもらうが——」

「黙ってて」サラは間髪を入れずに遮った。「ラムズゲイト卿、あなたが跡継ぎを欲しがっていることは聞いてるわ。それとも、すでにふたりいる跡継ぎのほかにと言うべきかしら」

侯爵はぞんざいにうなずきを返した。

「それに第一、あなたがそんなにも跡継ぎを欲しがっているから、ヒュー卿は自分の命と引き換えに、わたしの従兄を守る取引をしたのよね」

「つまらん交渉をしおって」ラムズゲイト侯爵が吐き捨てた。

「その点については、わたしも同感だわ」サラは言った。「でも、あなたは肝心な部分をお忘れではないかしら。そんなに孫を望んでいるのなら、わたしがいなければ、たとえヒュー卿が生きていても、いわば無意味だということを」

「よもや、きみまでわが身を絶つと脅すつもりではなかろうな」

「そんなことはしないわ」サラは冷ややかに鼻先で笑った。「だけど少しお考えになって、ラムズゲイト卿。あなたの息子とわたしが健康で幸せに暮らせなければ、あなたが欲しがっている孫息子は生まれない。だからこの際、はっきり言わせてもらえば、あなたがどんなことであれ、わたしを不幸にするようなことをしたら、わたしは夫をベッドから叩きだすわ」

じゅうぶんに満足のいく沈黙が落ちた。

ラムズゲイト侯爵がせせら笑った。「きみの夫となり家の主人となる男だぞ。どこからであれ、叩きだすなどできるものか」

ヒューが咳払いをした。「妻の希望にそむくことなど、ぼくにはとても考えられない」ぼそりと言った。

「何を情けないことを――」

「ラムズゲイト卿、わたしが不幸になってもいいということかしら」サラは警告する口ぶりで言った。

ラムズゲイト侯爵がいらだたしそうに息を吐き、サラは言い負かせたのを察した。「もしもまたわたしの従兄に手出しをすれば」サラは続けた。「わたしがあなたをつかまえて、その体を引き裂いてやる」

「ぼくの従妹がそう言うのなら本気だ」ダニエルはなおも目の周りの皮膚にそっと触れつつ言った。

サラは胸の前で腕組みをした。「みなさん、そういうことでよろしいわね？」

「ぼくに異存はない」ダニエルがつぶやいた。

サラは従兄の言葉は聞き流し、ラムズゲイト侯爵に歩み寄った。「関わりのある人々すべてにとって、これが最善の解決策なのはおわかりよね。あなたは欲しいもの――ラムズゲイト侯爵の継承者――を手に入れられるし、わたしも自分の望みを、つまり家族の平安を叶えられる。そしてヒューも――」サラは突如言葉を切り、ふいにこみあげた苦いものを飲みくだした。「そう、ヒューももう命を絶たずにすむ」

ラムズゲイト侯爵はぶきみなほど押し黙っていた。少ししてようやく口を開いた。「きみが私の息子と結婚し、ベッドから叩きだしはしないと言うのなら――むろん、きみたちの家にも密偵をおいて、取り決めが守られているか確かめさせてもらうつもりだが――きみの従兄から手を引こう」

「永久に」サラは付け加えた。

ラムズゲイト侯爵は苦々しげにそっけなくうなずいた。

「わたしの子供たちにも近づかないで」

「それには同意しかねる」

「わかったわ」その点については理屈がとおりそうにないので、サラは譲歩した。

「子供たちに会うことは認めるけど、必ずわたしか夫が立ち会うし、場所と時間はこちらで決めさせて」

ラムズゲイト侯爵は呆れたふうに首を振ったが、こう答えた。「いいだろう」

サラは確認のためにヒューを振り返った。

「信じても大丈夫だ」ヒューは静かに応えた。「非情な男だが、約束は破らない」

さらにダニエルも付け加えた。「これまで嘘をつかれた憶えはない」

サラは唖然となって従兄を見やった。

「ぼくを殺すと言って、実際に行動に出た」ダニエルが言う。「つまり、嘘はつかないんだ」

サラは呆れて口をあけた。「あなたが保証するというの？」

ダニエルは肩をすくめた。「そのあとも、ぼくを殺さないでいることを約束して、ぼくの知るかぎり、その約束は守られていた」

「きみはどれだけ強く従兄を殴ったんだ？」ヒューが問いかけた。

サラは自分の手を見おろした。指関節が紫がかっている。ああ、従兄の結婚式は二日後だというのに。アンにはとうてい許してもらえそうにない。

「殴られたかいはあった」ダニエルが片手でひらりと自分の顔を示して言う。酔っ払いのごとく頭を斜めに傾け、ヒューに片眉を吊りあげてみせた。「サラが片をつけてくれた。きみとぼくは結局、なんの役にも立たなかった」

「ついには彼女にわが身を差しださせたわけだからな」ラムズゲイト侯爵が意味ありげに笑った。

「その口をふさいでやる」そう凄んだヒューを、サラはとっさに踏みだして押し戻した。

「ロンドンに帰って」サラは侯爵に迫った。「今度は子供が生まれたときに、洗礼式でお目にかかるわ。それまでごきげんよう」

ラムズゲイト侯爵は含み笑いを漏らしただけだった。

「それでよろしいわね？」サラは念を押した。

「仰《おお》せのとおりに、お嬢様」ラムズゲイト侯爵は戸口まで歩いていき、振り返った。「きみがもっと早く生まれていれば」強いまなざしで言う。「私が娶っていたところだ」

「ふざけるな！」

ヒューはサラを押しのけて父親に向かっていった。こぶしが皮膚にめり込む恐ろしい音がした。「おまえには彼女の名すら口にする資格はない」ヒューは毒づき、折れていそうな鼻から血を垂らして床に倒れている父親を威嚇するように見おろした。

「それでもおまえのほうがまだましだ」ラムズゲイト侯爵が厭わしそうにわずかに身をすく

めた。「いったいなぜ天は私にこのような息子たちしか与えられなかったのか、まるでわからん」

「ぼくもですよ」ヒューは嚙みつくように返した。

「ヒュー」サラはヒューの腕に手をかけた。「やめて。そこまでする価値もない人だわ」

だがヒューはまるで別人のようだった。腕を引き戻そうとはせず、話が聞こえているそぶりもない。父から片時も目を離さずに前かがみになり、床に転がっていた杖を拾いあげた。

「彼女に触れたら」ヒューは恐ろしいほどに抑揚のない鋭い声で言った。「息の根をとめてやる。よけいなことを口にしてもだ。間違った方向に息を吐いただけでも――」

「殺せばいいだろう」侯爵は蔑んだ口ぶりで返した。息子の悪いほうの脚に顎をしゃくった。「どうせそうやって考えているだけで、おまえのような自由の利かない――」

ヒューは瞬く間に杖を剣のごとく持ち替えた。美しい動きだとサラは感じ入った。もしかしたら……以前はこんなふうに動けていた人だったの？

「また聞かせてくれるんですか」ヒューは杖の先を父の喉に突きつけた。

サラは息を詰めた。

「どうぞ」ヒューは穏やかなぶん、よけいに凄みの感じられる声で言った。「続けてください」ラムズゲイト侯爵の喉にいったんは押しつけた杖先を軽く触れさせる程度にして、首の付け根まで滑らせた。「どうなんです？」低い声で言う。

サラは唇を湿らせ、用心深く見守った。ヒューがいま冷静そのものなのか、反対に理性を失いかけているのか、見きわめがつかない。鼓動に合わせて隆起する胸板に魅入られた。この瞬間のヒュー・プレンティスは人であるだけでなく、自然の摂理の一部と化していた。

「やめておけ」ダニエルが疲れた声で言い、ようやく立ちあがった。「そんな男のために、絞首台に上がることはない」

サラはいまだ侯爵の喉に付けられている杖を見ていた。ふいにまた杖先が押しつけられたかと思うと、サラが胸のうちで、だめ、そんなことをしてはとつぶやいたとたん、柄が手から離れて宙にきらりと弧を描いた。ヒューはその杖をふたたびつかむと、あとずさった。片脚をかばいながらも一歩ずつ足をずらして退いたしぐさはどこか優雅で、勇ましくも見えた。

ヒューの動きはいまでも美しい。つい魅入られずにはいられないほどに。

サラは息を吐いた。息を吸ってからどれくらい経っていたのだろう。ラムズゲイト侯爵がどうにか立ちあがり部屋を出ていくのを、サラはただじっと黙って見つめた。その後もなぜかまた戻ってくるような気もして、ドアがあけ放たれた戸口から目を離せなかった。

「サラ？」

ヒューの声がぼんやりと聞こえてきた。それでも戸口を見つめつづけるうち、両手がふるえだした。体じゅうがふるえているのかもしれない。

「サラ、大丈夫か？」

いいえ、大丈夫ではない。

「つかまってくれ」

ヒューに肩を抱かれたとたん、ふるえは激しくなり、脚が……脚がどうなってしまったのかわからなかった。がくんとぶきみな音がして、サラはそれが自分の脚から聞こえたのだと気づいて息を呑んだ。するとすかさずヒューに抱きあげられ、ベッドに運ばれた。

「大丈夫だ」ヒューが言う。「これでもう何も心配はいらない」

でもサラは愚かではない。大丈夫にはとても思えなかった。

# 21

## その晩遅く ウィップル・ヒル

ヒューは片手を上げた状態で長らく迷った末、ドアを軽くノックした。招待客たちのあいだでどのような部屋の移動がなされたのかはわからないが、ウィップル・ヒルに帰ってくるとサラは新たにひとり部屋を割りあてられた。ラムズゲイト侯爵が去ってほどなくマーカスとともに駆けつけたホノーリアが、またも足首を痛めたサラには安静が必要だと判断して手配したのに違いない。ハリエットと同じ部屋ではなぜ安静にできないのかふしぎに思う者がいたとしても、誰も口には出さなかった。ひょっとすると誰も気づいてすらいなかったのかもしれない。

ダニエルが片目の周りの痣《あざ》をどう説明したのかは知る由もない。

「どうぞ」ホノーリアの声だった。帰ってきてからサラにぴったり張りついているのだから、意外なことではなかった。

「邪魔をしただろうか」ヒューは部屋に入って尋ねた。

「いいえ」ホノーリアが振り向いて答えたが、ヒューはそちらには目を向けなかった。ベッドで積み重ねた枕に背をもたせかけているサラだけを見ていた。あのときと同じ白い寝間着を身につけている——考えてみれば、なんとまだゆうべのことだったのではないか。

「ほんとうなら、あなたはここにいらしてはいけないのよ」ホノーリアが言う。

「承知している」それでもヒューは去ろうとはしなかった。

サラが舌先で唇を湿らせた。「わたしたちは婚約したのよ、ホノーリア」

ホノーリアが眉を上げた。「だからといって、あなたの寝室にこの方を入れてかまわないわけではないことくらい、わたしも知ってるわ」

ヒューはサラの視線をとらえた。サラの判断にまかせるしかない。無理強いはできない。

「ほんとうにふしぎなことだらけの一日だったわ」サラが静かに言った。「だからこれくらいはたいして不作法なことには思えないけど」

その声には疲れが滲んでいた。ヒューに抱きかかえられてこの屋敷に帰るまでに、サラのすすり泣きはいつしか胸を締めつけられるような沈黙に取って代わられていた。サラの目を覗きこんでも、表情は何ひとつ窺えなかった。

衝撃を受けたのだろう。ヒューにもその気持ちはよくわかった。

だがいまは、いつものサラらしさが感じられた。

もとどおりとは言えないまでも、先ほどよりは明るさが戻っている。

「頼む」ヒューはサラのいとこに、そのひと言だけを口にした。

ホノーリアはわずかにためらってから、立ちあがった。「わかったわ」仕方なくといったふうに言う。「でも、十分で戻ってくるわね」

「一時間にして」サラが言った。

「でも――」

「いったいどんな恐ろしいことが起こるというの？」サラはいぶかしげに訊いた。「結婚させられるのかしら。それならもう決まったことだわ」

「そういう問題ではないでしょう」

「だったら、どういう問題なの？」

ホノーリアは口をあけ、その口を閉じてからヒューに視線を移し、ふたたびサラに目を戻した。「わたしはあなたの付添人《シャペロン》のつもりよ」

「たしか母が先ほどここで、まったく同じ言葉を口にしてなかったかしら」

「きみの母上はどちらに？」ヒューは尋ねた。べつによからぬことをしようと考えているわけではないが、これからの一時間をサラとふたりきりで過ごすのなら、知っておくのに越したことはない。

「夕食に」サラが答えた。

ヒューは鼻梁《びりょう》をつまんだ。「なんと、もうそんな時間なのか」

「あなたも部屋で仮眠をとると兄から聞いていたわ」ホノーリアがやさしい笑みを浮かべた。

ヒューはわずかにうなずいた。いや、首を振ったのだろうか。それとも片方の瞳をまわしただけだったのかもしれない。それすらわからないほど頭が混乱していた。ウィップル・ヒルに帰ってきたときにはサラのそばから離れたくなかったのだが、そのようなわがままがダニエルやホノーリアに許してもらえるはずもないことは承知していた。それになにより疲れきっていて、階段を上がって自分のベッドにもぐり込むだけでもやっとの有様だった。

「あなたが夕食をともになさらないことは、みなさんもご存じよ」ホノーリアが言い添えた。「きっと兄が……いいえ、兄がどう説明したのかはわからないけれど、こういったときには上手に言いつくろえる人だから」

「片目のことは？」ヒューは訊いた。

「兄は、アンに出会ったときにも片目に痣をこしらえていたから、結婚するときにもそうしておいたほうがふさわしいだろうからと言ってたわ」

ヒューは目をしばたたいた。「それで、アンは納得したのか？」

「正直なところ、わたしにはわからない」ホノーリアがとりすました口ぶりで答えた。

サラが鼻で笑い、目だけで天を仰いだ。

「だけど」ホノーリアが今度はひそやかな笑みを浮かべて立ちあがった。「これもまた正直に言わせてもらえば、アンが今回、兄の痣を目にした場に立ち会わずにすんでよかったわ」

ホノーリアが戸口に歩いてきたので、ヒューは脇に退いた。「一時間よ」ホノーリアはいったん立ちどまってから、廊下に踏みだした。「鍵を掛けておいたほうがいいわね」

思いがけない言葉に、ヒューは目を見張った。「なんだって？」

ホノーリアはぎこちなく唾を飲みこみ、みるみる頬を染めた。「サラが静かに休んでいるのに、邪魔をされては迷惑でしょう」

ヒューは呆気《あっけ》にとられて見つめ返すことしかできなかった。いとこを襲ってもいいと許しを与えたつもりなのか？

一瞬の間があったが、ホノーリアはヒューの沈黙の意味を悟った。「そういう意味では

――まあ、いやだわ。そもそも、あなたたちはどちらも何かできるような状態ではないでしょう」

ヒューがちらりと見やると、サラも唖然となって口をあけていた。

「ふたりきりでいるときに、誰かに入って来られては困ると思ったのよ」ホノーリアはなおも熟しかけた苺のようにほんのり頬を染めて言った。目を狭めてヒューを見る。「椅子に腰かけられても、じっとなさっててね」

ヒューは空咳をした。「じっと」

「ほんとうに、適切なことではないけれど」ホノーリアはそうつぶやいてから、告げた。「それでは失礼するわ」そうしてそそくさと去っていった。

ヒューはサラに向きなおった。「なんともわかりにくい」

「鍵を掛けたほうがいいわね」サラが言った。「あれだけ言われたら」

ヒューはドアに手を伸ばし、鍵を掛けた。「たしかに」

だが冷静さを保たせてくれていた見張り役がいざいなくなってしまうと、ヒューはどちら

に足を踏みだせばいいのかすらわからなくなり、不恰好な彫像よろしくドアのそばに佇んだ。

「あなたが」サラが唐突に口を開いた。「女性を傷つける男たちもいると言ったのは、どういう意味だったの？」

ヒューは眉間に皺を寄せた。「すまない。なんのことか――」

「ゆうべの話よ」サラが遮って続けた。「わたしを追いかけてきたとき、あなたはとても怒っていて、人を傷つける者もいる、女性を傷つける男たちもいると言ったでしょう」

ヒューは口をあけたが、声にならない言葉で喉がつかえた。ほんとうに、サラにはまったく意味がわからなかったということがありうるのだろうか？　そこまで世間知らずな女性とは思えない。大切に守られて育ってきた令嬢とはいえ、男女のあいだで起こることはある程度想像がつきそうなものだ。

「男性のなかには――」こんな話をすることになるとは思いもしなかったが、ゆっくりと切りだした。「――たまに――」

「ねえ」サラが言葉を差し挟んだ。「女性を傷つける男性がいることは知ってるわ。それも毎日」

ヒューはたじろげるものならそうしたかった。サラの言葉に衝撃を受けるような生い立ちならば幸せだったのだろうが、そうではなかった。まぎれもない事実であるのを身をもって知っている。

「だけどあなたは一般論として言ったのではないでしょう」サラが言う。「そうしようとしたのかもしれないけど、そうではないのよね。誰のことだったの？」

ヒューは身を堅くし、少しおいてサラのほうは見ずに口を開いた。「母だ」とても静かな声で言った。「父がやさしい男ではないのは、きみもとうにわかっているだろうが」

「お気の毒だわ」と、サラ。

「父はベッドで母を痛めつけていた」ヒューはそう言うと、にわかに居心地が悪くなった。喉が引き攣り、首を片側に傾け、重苦しい記憶を振り払おうとした。「ほかのところではけっしてしなかった。ベッドでだけで」唾を飲みこみ、息を吸う。「晩に、母の悲鳴が聞こえていた」

サラは押し黙っている。それがヒューにはありがたかった。

「傷は見たことがない」ヒューは続けた。「傷があったとしても、父はおそらく目につかないところだけにするよう気をつけていたんだろう。母は脚を引きずっていたこともなければ、痣をこしらえてもいなかった。でも――」サラを見やり、ようやく目を合わせた。「――母の目を見れば、ぼくにはわかった」

「お気の毒だわ」サラは繰り返したが、どことなく用心深い面持ちで、すぐに目をそらした。サラが顎を引き、唾を飲みくだしたのが喉の動きから見てとれた。これほどまで落ち着きのない、気詰まりそうなサラを目にしたのは初めてだった。

「サラ」ヒューは思わず呼びかけたものの、すぐにおのれの愚かさに胸のうちで毒づいた。サラがその先を期待して目を上げたにもかかわらず、どう言葉を継げばいいのかわからなかった。ヒューが口をあけたまま何も言えずにいるうちに、サラは膝の上に視線を戻した。落ち着かなげに上掛けをもてあそんでいる。

「サラ、ぼくは——」とっさに言葉を口にした。だがなんと言えばいいんだ？　どんな言葉を。いったい何を言おうとしたんだ？

サラが目を上げ、また続きを待っている。

「ぼくはけっして……そんなことはしない」どれだけ喉がつかえようと、それだけは言わずにはいられなかった。サラにはわかってほしい。父とは違うと。あのような男にはけっしてならないことを。

サラはあやうく見逃しかねないほど小さく首を振った。

「きみを傷つけるなんて」ヒューは続けた。「けっしてしない。そんなことができるはずが——」

「わかってるわ」たどたどしい誓いを補うかのようにサラが言葉を差し入れた。「あなたはけっしてしない……言わなくてもわかるわ」

ヒューはうなずき、苦しげに浅く息を吸いこむなり、すばやく顔をそむけた。あきらかに理性を失う寸前の男の息遣いだ。だが、この日のあらゆる出来事を考えると、とても——とてもそんなことはできない。いまは。だから何事もなかったかのように妙な気持ちはあっさり振り切ってしまおうと肩をすくめた。ところが、沈黙をよけいにきわだたせただけのようだった。そしてふと、サラから母のことを尋ねられる前に、なす術《すべ》もなく足をとめた戸口に、自分がいまだとどまっていたことに気づいた。

「休めた？」サラがようやく問いかけた。

ヒューはうなずくと同時にやっと踏みだし、ホノーリアが先ほどまで坐っていた椅子に腰をおろした。杖を肘掛けに立てかけて、サラに向きなおる。「きみは？」

「寝たわ。気が動転していたの。いいえ、打ちのめされていたのよ」サラは微笑もうとしたが、気恥ずかしそうだった。

「もう大丈夫だ」ヒューはさらに言葉を継ごうとした。

「いいえ」サラが遮った。「違うの、もう大丈夫なんだけど――」追いつめられた兎のごとく目をぱちくりさせて言った。「とても疲れていたのよ。あれほど疲れを感じたのは初めてではないかしら」

「わかるとも」

サラはしばし黙って目を見つめてから言った。「自分に起こったことがよくわからなくて」

「ぼくもだ」ヒューは正直に答えた。「でも、これでよかったと思ってる」

サラは何秒か沈黙した。「あなたはわたしと結婚しなくてはいけないのよ」

「もともと求婚するつもりだった」

「そうだとしても――」サラは上掛けのふちをつまんだ。「――誰でも無理強いされるのはいやなものだわ」

ヒューは腕を伸ばし、サラの手をつかんだ。「ああ」

「わたし──」

「無理にとは言わない」ヒューは力を込めて言った。「それは理不尽なことだ。だからもしきみが取り消したいのなら──」

「違うの！」サラは自分の声の大きさに驚いたかのように身を引いた。「だからつまり、取り消したいのではないのよ。そんなことできない」

「できない」ヒューは沈んだ声で繰り返した。

「いいえ、そうではなくて」サラがもどかしげに熱を帯びた目で言う。「きょうの話はちゃんと聞いてた？」

「だから」ヒューは歯がゆさを懸命に隠して続けた。「きみにその身を差しださせることになってしまった」

「わが身を差しだそうとしたのはあなたでしょう」サラが切り返した。「お父様のところに行って、みずからの命を絶つと脅したんですもの」

「それとこれとは話がべつだ。今回のことも含めて、すべてはもとをたどれば、ぼくが引き起こしたことだ。ぼくにはそれを収めなくてはならない責任がある」

「その役目を奪われたから怒ってるの？」

「そうじゃない！　頼むから──」ヒューは髪を掻きあげた。「ぼくの言いたいことを勝手に先読みしないでくれ」

「そんなことをしているつもりはないわ。あなたがちゃんと話してくれさえすれば」

「きみは〈ホワイト・ハート〉亭に来てはいけなかったんだ」ヒューはぼそりとつぶやいた。

「答える気にもなれないわ」

「どれほどの危険が待ち受けているかも知らずに」

サラは鼻で笑った。「それはあなたも同じでしょう」

「まったく、きみって人はどうしてそう意固地なんだ？　わからないのか？　ぼくにはきみを守ることができない！」

「守ってくれと頼んだ憶えはないわ」

「きみの夫になるのなら」ヒューは言葉を発するたび喉を切られる思いで続けた。「それがぼくの務めだ」

サラは顎がふるえるほどきつく奥歯を食いしばっていた。「知ってた？」吐きだすように言う。「この午後から誰も——あなたも、あなたの父親も、わたしの従兄も——わたしに感謝の言葉を口にしてないのよ」

ヒューはとっさに目を見つめた。

「あら、いまさらやめて」サラがきつく言い放った。「どうせ本心とは思えないから。わたしが宿屋に行ったのは、あなたにもダニエルからも侯爵は頭のいかれた人だと聞かされていたし、とにかくただもう、あなたが大変な目に遭わされるのではないかと思うと怖くて——」

「でも——」

「あの人があなただけは傷つけないなんて言葉はもうたくさん。完全に頭がどうかしているもの。子供を授かるのに支障のないところなら、たとえばあなたの腕を切り落とすくらいのことはやりかねないわ」

ヒューは蒼ざめた。そのとおりとはいえ、サラにそんなことまで考えさせてしまったのが情けなかった。「サラ、ぼくは――」

「やめて」サラが人差し指を突きつけた。「今度はわたしの番よ。わたしが話してるの。あなたは黙ってて」

「許してくれ」静かな言葉が、ささやきのごとくこぼれ出た。

「やめて」サラは亡霊でも目にしたかのように首を振った。「いまさら無駄よ。わたしに許しを請うなんてことはさせないし、わたしに……わたしに……」喉をふるわせ、すすり泣きはじめた。「あなたがわたしにどんな思いをさせたのか、わかってるの？　たった一日で」

サラの頰を涙がとめどなく伝い、ヒューは身を乗りだして涙をぬぐってやりたい気持ちを必死にこらえた。ほんとうは泣かないでくれと、もう二度とこんな目には遭わせないからいまは謝らせてくれと頼みたかったが、また何か起こらないとはかぎらないこともわかっていた。ただサラの微笑みを見るだけのためであれこの身を捧げられるが、いつかまた泣かせてしまうこともあるかもしれないし、そうしたら自分は打ちひしがれてしまうだろう。

ヒューはサラの手を取り、口もとに引き寄せた。「頼むから泣かないでくれ」

「泣いてないわ」サラは声を詰まらせて言い、袖で涙をぬぐった。

「サラ……」

「泣いてないんだから」サラはむせび声で繰り返した。

ヒューは言葉を返さなかった。黙ってベッドに腰を移し、サラの肩を抱いて髪を撫《な》で、泣き疲れてしまうまで、たわいないなぐさめの言葉をかけつづけた。

「あなたがわたしのことをどう思っているのか想像もつかないわ」ようやくサラがか細い声で言った。

「ぼくは」ヒューは精いっぱい心を込めて言った。「きみをすばらしい女性だと思ってる」

そして、そんな女性に自分はけっしてふさわしくないと。

サラはきょう、窮地を救いに現われた。自分とダニエルが四年近くもどうにもできなかったことを、鮮やかに解決してくれた。それも自分が情けなくもベッドに括りつけられているあいだに。サラからすればそれで勝ちとれたものなど何もなかったのかもしれないが、自分が苦しみから解き放たれたのは、この女性のおかげにほかならない。

サラに救われた。それなのに、やむをえないこととはいえ、妻を守るべき夫の役割は果たしようのない身であるのが、ヒューには口惜《くや》しくてならなかった。

分別のある男なら、サラが誰かほかにもっと優れた男と結婚できるように、みずから身を引くべきなのだろう。

どこも不自由ではない夫を見つけられるように。

そもそも分別のある男なら、このような事態は招いていなかったのだろうが。すべての原因は自分にある。酒に酔い、無実の相手に決闘を挑んだ。そのうえ命を賭して脅さなければ、ダニエルから手を引かないような頭のいかれた父親までいる。ところがサラがその代償を払おうとしてくれている。そして自分は——今回はたとえ分別を働かせても——身を引くことはどうしてもできない。なぜならダニエルをふたたび危険にさらし、サラに恥をかかせてしまうことになるからだ。

しかも、サラを心から愛していて、もういまさら手放せない。

なんて身勝手な男なのだろう。

「どうしたの？」自分の胸に顔を埋めていたサラがささやいた。

いまの考えをうっかり声に出してしまったのだろうか。

「ヒュー？」サラが身をずらし、顔を見やった。

「きみを手放せはしない」ヒューは低い声で言った。

「なんの話をしてるの？」サラが身を引き、今度は目を覗きこんだ。

サラが眉をひそめた。ヒューはサラにそんな顔はさせたくなかった。

「きみだけは手放せない」ふたたび言うと、ゆっくりとわずかに首を振った。

「わたしたちは結婚するのよ」サラはなぜこんなことを言わなければならないのかというふうに、用心深い口ぶりで続けた。「わたしを手放す必要はないわ」

「ほんとうはそうすべきなんだ。ぼくはきみにふさわしい男じゃない」

サラはヒューの頰に触れた。「それはわたしが決めることでしょう」

ヒューはふるえがちな息を吸いこみ、恐ろしい記憶を掻き消そうと目を閉じた。「きょう、きみに父とあんな話をさせてしまったのは耐えがたいことだ」

「わたしだっていまでもぞっとするけど、もうすんだことだわ」

ヒューは唖然となってサラを見つめた。いつの間にこれほど落ち着いていたのだろう？ほんの五分前まで、むせび泣くサラをなぐさめていたはずだった。けれどいまサラは、澄んだ瞳で自分を見つめている。ヒューはその穏やかで聡明そうな表情を眺めるうち、ふたりのうららかに晴れわたった将来を信じられそうな気がしてきた。

「ありがとう」ヒューは言った。

サラが小首をかしげた。

「きょうのことだ。感謝したいことはもっとたくさんあるが、いまはきょうのことだけにしておこう」

「わたし――」サラは口をあけたまま言いよどみ、ややあって続けた。「どういたしましてと言うのは、まるでそぐわない気がするわ」

ヒューは自分が何を求めているのかわからないまま、サラの表情を探った。たぶん、その顔をただ見つめたかっただけなのだろう。温かで深みのあるチョコレート色の瞳と、笑い方を知りつくしている大きくてふっくらした唇を。ヒューはサラの顔に魅入られ、その日の午後の勇敢な戦いぶりを思い起こして、つくづく感嘆した。あれほど逞しく自分を守ってくれたのだから、わが子のためならば、その身を投げうってでもかばおうとするに違いない。

「きみを愛している」思わず言葉が口をついた。言おうと決意したわけではなかったのだが、もはやとめられなかった。「ぼくはきみにふさわしい男ではないが、きみを愛しているし、こうなってしまってはもうきみに選択肢がないのも承知しているが、きみを幸せにするためにこの人生のすべてをかけると誓う」

サラの両手を取り、感情に押し流されそうになりながら熱っぽく口づけた。「サラ・プレインズワース、ぼくと結婚してくださいますか？」

サラが睫毛を涙できらめかせ、唇をふるわせて言った。「わたしたちはもう――」

「だがまだ求婚していなかった」ヒューは遮って続けた。「きちんと言わなければ、きみに失礼だ。指輪もないが、あとで用意するし――」

「必要ないわ」サラが口早に言った。「あなたさえいれば」

ヒューはサラの頰に触れ、やさしく撫でて――

キスをした。考えもせず、思いのままに激しく口づけた。肩に垂れた豊かな髪に片手を差し入れ、唇をむさぼった。

「待って」サラが慌てて言った。

ヒューはわずかながらも身を引いた。

「わたしもあなたを愛してるわ」サラがささやくように言う。「言う間を与えてくれなかったから」

たとえまだヒューに欲望を抑えようとする理性が残っていたとしても、その瞬間に失われた。サラの唇に、耳に、首にキスをして、横たわらせてのしかかり、寝間着の襟ぐりを引き締めている優美なリボンを噛んで、結び目をほどいた。

サラが笑い、そのかすれがかった快い声にすら、ヒューはどきりとして昂らされた。

「なんて簡単にほどけるのかしら」サラは困惑ぎみに微笑んだ。「きょう、あなたのお父様が結んだ紐の固さをつい思いだしてしまったわ。しかも、わたしたちはいまベッドにいるんですもの」

父にベッドに括りつけられたのは最も思いだしたくないこととはいえ、ヒューも苦笑せずにはいられなかった。

「ごめんなさい」サラがくすくす笑いながら言う。「どうしても思いだしてしまって」

「そんなきみではなかったら、これほど愛してはいなかった」ヒューはからかうように答えた。

「どういうこと？」

「きみにはまったく思いがけないところにも面白みを見いだせる、すばらしい才能がある」

サラはヒューの鼻に触れた。「あなたも面白いわ」

「そうとも」

サラが満足そうに、にっこり笑った。「わたし――あっ」

脚をたどられているのに気づいたらしい。

「何を言おうとしたんだい？」ヒューは低い声で尋ねた。

サラは柔らかな太腿を探られ、心地よさそうな吐息をつき、かすれがかった声で答えた。

「こう言おうとしたのよ。婚約期間は長引かせないほうがいいのではないかしらって」

ヒューは太腿の付け根へさらに手を進めた。「そうかな」

「ダニエル……のために……それともちろん――ヒュー！」

「当然ながら、ぼくのためにも」ヒューはサラの耳たぶをやさしく嚙んで、ささやきかけた。だがサラが急に声をあげたのはたぶん、どちらかと言えば脚のあいだの温かく柔らかなところに触れられたせいだろう。

「わたしたちが取り決めを守ることをしっかり示しておかないと」サラは低くあえぎ、悶《もだ》えながらそう言った。

「そうだな」ヒューは唇でサラの首をそっとなぞりつつ、このままさらに進めてよいものだろうかと思案した。サラのいとこはあと三十分ほどで戻ってくるので、身を交える時間はないと考えられる程度にはまだ理性が働いていた。

とはいえ、サラに悦《よろこ》びを味わわせるにはじゅうぶんな残り時間だ。

「サラ？」ヒューはささやきかけた。

「なにかしら？」

とうとう彼女に触れた。

「ヒュー！」

ヒューはサラの肌に唇を触れさせたまま微笑み、一本の指をぬくもりのなかに滑りこませた。サラはびくりとしたが身を引きはしなかったので、ヒューはなかをまさぐりはじめ、親指でいちばん敏感な部分に触れ、ゆっくりと円を描く指にだんだんと力を込めていった。

「いったい……こんなことって……」

サラの言葉は意味を成さなかったが、ヒューはそれでかまわなかった。サラにはただ触れられる心地よさを感じ、どれほどいとおしく思われているかをわかってほしい。「楽にして」ヒューはささやいた。

「無理よ」

ヒューは含み笑いを漏らした。あとどれくらい自分の切迫を抑えておけるかわからなかった。いまや岩のごとく硬くなっているが、まだどうにかこらえられている。ズボンが見事に押さえつける役目を果たしてくれているのと、頭では時も場所も不都合であるのを承知しているからかもしれない。

いや、でもやはり、いまはただサラを悦ばせたいだけだからだとヒューは悟った。

サラ。

ぼくのサラ。

サラが快さの極みに達したときの顔が見たい。そして崩れ落ちる体を抱きとめてやりたい。自分の欲望はまたいつでも叶えられる。いまはサラに捧げたい。

だがついにそのときがきて、サラの顔を見つめ、悦びにふるえるその体を抱きしめているうちに、ヒューは自分もまた至福を味わっていることに気づいた。

「きみのいとこがもう戻ってくる」サラの呼吸が整ってきたところでヒューは言った。

「でも、ドアに鍵を掛けたでしょう」サラが目もあけずに言う。

ヒューはその顔を微笑んで見おろした。眠そうな表情がまた愛らしい。「約束どおり、ぼくはもう行かなければ」

「ええ」サラが目をあけた。「でも、わたしはあなたにいてほしい」

「行ってくれと言われたら、がっかりしただろうな」ヒューはなめらかにベッドからおりると、服を着たままだったことに安堵して、杖を手に取った。「あすまた会おう」最後にもう一度、サラの頬にキスをした。そしてもう誘惑に引き戻されないよう、さっさとドアへ向かった。

「ねえ、ヒュー」

振り返ると、サラが得意そうな笑みを浮かべていた。「ああ、どうしたんだ？」

「指輪はいらないと言ったけど」

ヒューは片方の眉を上げた。

「いるわ」サラがひらりと手を振ってみせた。「指輪よ。それだけ言っておきたかったの」

ヒューは頭をのけぞらせて笑った。

# 22

## その晩さらに遅く
## 厳密には翌日だが、日付が変わってまもなく

屋敷が静寂に包まれた頃、サラは足音を忍ばせて夜更けの暗い廊下を進んだ。ウィップル・ヒルで育ったわけではないものの、これまでここに滞在した日数をすべて合わせれば、一年は超えている。

屋敷のなかは知りつくしていると言っても誇張にはならないだろう。

子供の頃に走りまわった家ほど人が憶えている場所はない。かくれんぼをしたおかげで、どこに続き部屋があって、裏階段があるのかも熟知している。けれどなにより重要なのは、数日前にヒュー・プレンティス卿には北の緑の寝室があてがわれていると聞いていれば、どの部屋なのかが正確にわかることだった。

どう行けば、いちばん近道であるかも。

その晩ヒューが部屋を出ていってから五分ほどして、サラがゆったりと心地よくまどろみかけたとき、ホノーリアが戻ってきた。サラはヒューに何をされたのかまだよくわかってい

なかったけれど、しばらくは指を一本持ちあげるのすら億劫《おっくう》に感じられた。なんだかとても満たされた気分だった。

でも体はぐったりしているのに、寝つけなかった。その前に仮眠をたっぷりとってしまったからかもしれないし、慌しい一日のあとでまだ気持ちが高ぶっていたせいかもしれないが(考えることは尽きなかった)、炉棚の時計の針が午前一時を指したときには、今夜は眠れそうにないとあきらめをつけた。

このままではいらだちがつのるばかりのうえ——疲れていても機嫌よく振るまえるたちではない——朝食の席で不機嫌な態度をとるのも避けたい。そうだとすれば、起きていられる時間を授かりものと思うしかないし、せめてもそう思う努力をすべきだ。

それに、せっかくの授かりものを無駄にするのはもったいない。

というわけで、サラは午前一時九分に北の緑の寝室のドアノブに手をかけた。慎重に少しずつ力を加えていくと、さいわいにも蝶番《ちょうつがい》の音を立てずにドアを開くことができた。

細心の注意を払ってドアを閉め、鍵を掛けて、忍び足でベッドに近づいていく。淡い月光が射しこんでいるおかげで、寝ているヒューの姿が見分けられた。

サラは微笑んだ。さほど大きなベッドではないけれど、じゅうぶんな幅がある。

ヒューはマットレスの右寄りに寝ていたので、サラはそろそろと左側にまわり、小さく息を吸いこんで勇気を奮い起こし、ベッドに上がった。ゆっくりと慎重に、ヒューの熱気が感じられるところまで近づいた。さらに身を寄せて背中にそっと手を添えると、嬉しいことに素肌に触れ……。

ヒューがびくりと目を覚まし、妙な鼻息を立てたので、サラは思わずくすりと笑った。

「サラなのか？」

暗いのでヒューには見えないかもしれないとは思いつつ、サラはいたずらっぽく微笑んだ。

「こんばんは」

「ここで何してるんだ？」ヒューがぼんやりした声で訊いた。

「ご不満なの？」

一拍の沈黙があった。それから、その晩少し前に聞いたものと同じ低くかすれた声が返ってきた。「いや」

「会いたかったの」サラはささやきかけた。

「そのようだ」

その声には笑いが含まれていたものの、サラはヒューの胸を指で突いた。「あなたも会いたかったと言うべきところよ」

ヒューが腕をまわしてきて、サラに言葉を発する間を与えず自分の上に引きあげた。寝間着の上から両手でやさしく尻を包みこむ。「ぼくも会いたかった」

サラはそっとキスを返した。「わたしはあなたと結婚するのよ」満悦の笑みを浮かべた。

ヒューも同じように微笑んで、ふたりはともに横向きになり、顔を向きあわせた。

「わたしはあなたと結婚するのよ」サラは繰り返した。「そう言えるのがほんとうに嬉しくて」

「一日じゅう聞かされていても飽きない」

「だけど問題は……」サラは片腕に頭をのせ、ゆっくりと片脚を伸ばして、爪先でそっとヒューの脚をなぞった。そこもまた素肌だと知り、心がはずんだ。「いまのわたしの立場にふさわしい清純さを保てそうにないことなの」

「いまきみがぼくのベッドにいることを思えば、興味深い発言だ」

「さっきも言ったけど、わたしはあなたと結婚するのよ」

ヒューの手がサラの腰のくびれをたどり、寝間着の裾をゆっくりとつかんで、引きあげていく。

「婚約期間は短くていいわ」

「とても短くていい」ヒューが同意した。

「ほんとうにわずかな期間で――」サラの声がつかえた。寝間着の裾はすでに腰まで引きあげられ、お尻をとても心地よく揉みしだかれていた。

「続きは？」ヒューはささやき、つい何時間か前にも愛撫《あいぶ》したのと同じところに指をみだらに滑りこませた。

「だから……たぶん……」サラは息を吸いこもうとしたものの、ヒューにされていることのせいで呼吸の仕方も忘れかけていた。「もうすぐ誓いを立てるのだから、そんなにいけないことではないはずよね」

ヒューはサラを抱き寄せた。「いいや、いけないことだとも。とてもいけないことだ」

サラは微笑んだ。「ひどい人」

「言わせてもらえば、きみがぼくのベッドに忍びこんできたんだぞ」

「言わせてもらえば、あなたがわたしをこんな恐ろしい女性にしたんだわ」

「恐ろしい、か」

「言葉の綾《あや》よ」サラはヒューの唇の端にそっと口づけた。「こんな気持ちになれるなんて思わなかった」

「ぼくもだ」ヒューが応えた。

サラは動きをとめた。ひょっとして、ヒューにとっても初めての経験なのだろうか。

「ヒュー？　これが……これが初めて？」

ヒューは微笑みながらサラを抱きかかえ、仰向けに寝かせた。「いや」静かに言う。「でも、そう言ってもいいだろう。きみとなら、またまったく新たなことになる」そうしてサラが気の利いた返答にうっとりとなっているあいだに、ヒューは熱っぽく口づけた。

「きみを愛してる」サラの口のなかに注ぐように言う。「心から愛してる」

サラは同じ言葉を返そうと、唇を寄せて愛している気持ちをささやこうとしたものの、寝間着がまるで溶けるように消え去り、互いの肌がぴたりと触れあって、何も考えられなくなった。

「ぼくがどれほどきみを欲しているかわかるかい？」ヒューが唇を頬からこめかみにずらし

た。腰を落とし、硬いもので容赦なくサラの腹部を押す。「毎晩」ざらついた声で言う。「毎晩、きみを夢にみるし、毎晩、夢のなかできみとこんなふうにするのに、解き放たれることはできなかった。でも今夜は――」ゆっくりと思わせぶりに、唇でサラの首をなぞった。「――これまでとは違う」

「ええ」サラは吐息をついて、背をそらせた。ヒューが両手で乳房を包みこんで愛撫する。それから唇を舐めて……。

その唇に自分の乳房が含まれると、サラはベッドから体を跳ねあげかけた。「あ、ああ、なんてこと」声を漏らし、シーツをつかんでこらえようとした。こんなことができるなんて思いもしなかった。ドレスを着ていてもふくらみはくっきりわかり、殿がたはその部分を見るのが好きなのだと忠告されてもいたけれど、乳房がこれほどの快さをもたらしてくれるものとは誰にも教わらなかった。

「気に入ってくれたのか」ヒューが満足そうに笑った。

「こんなふうに……どこでも感じるの？」

「どこでも？」ヒューは低い声で訊き返し、サラの脚のあいだに触れた。「ここも？」

「どこでも」サラは息を切らしつつ続けた。「そこは特にだけど」

「じつはよくわからない」ヒューはおどけた声で答えた。「ふたりで調べてみてはどうだろう」

「待って」サラはヒューの腕に手をかけた。

ヒューがサラの顔を見おろし、もの問いたげに眉を上げた。

「あなたに触れたいの」サラはためらいがちに言った。

ヒューは即座に意図を読みとった。「サラ」かすれ声で言う。「あまりよい案とは思えない」

「お願い」

ヒューは荒々しく息を吸うとサラの手を取り、ゆっくりと自分の体の下のほうへ導いた。肋骨《ろっこつ》をかすめ、下腹部に至ると、ヒューの表情は苦しげにゆがんだ。目を閉じ、サラの手が張りつめた部分のなめらかな皮膚に触れるなり、呻くように声を漏らし、息遣いがより早く、熱く、切れぎれになっていった。

「苦しいの？」サラはささやきかけた。こんなふうになっているとは思わなかった。年上のいとこは山ほどいて、なかには慎みに欠ける者も含まれているので、男女のあいだに起こることはおおよそわかっているつもりだった。でも男性がこんなにも……硬くなるものだとは知らなかった。手ざわりはビロードのように柔らかくてなめらかなのに、その内側は……。

サラは手のひらで彼を包みこみ、ヒューが身をふるわせて息を吸いこんだのにも気づかず、興味津々に探った。

内側は石のように硬くなっている。

「いつもこんなふうなの？」サラは問いかけた。なにしろ窮屈そうだし、ズボンに楽に収まるとも思えない。

「いや」ヒューが苦しげな息遣いで言う。「つまり……変わるんだ。欲望で」サラがその言葉の意味を考えながら撫でつづけていると、ヒューに手をつかまれ、放させられた。

恐るおそるヒューの顔を見やった。機嫌を損ねてしまったのかもしれない。

「そこまでにしてくれ」ヒューは息を乱していた。「こらえきれなくなる」

「こらえなくていいわ」サラはか細い声で言った。

ヒューは身をふるわせ、ふたたび唇を奪って軽くかみつき、いたぶった。先ほどまで焦らすかのようにもの憂げだったしぐさが激しく貪欲になり、サラは太腿を力強く押し開かれて息を呑んだ。

「もう待てない」ヒューが呻き、サラは脚のあいだに彼の下腹部を感じた。「頼むから準備はできていると言ってくれ」

「で、できていると思うわ」サラは頼りなげな声で答えた。この身が何を欲しているのかはわかっている。でも指で探られたときには信じられないくらい心地よく感じられたとはいえ、これから受け入れるものはもっとずっと大きい。

ヒューは互いの体のあいだに片手を差し入れ、先ほどと同じところに触れたものの、さほど深くは指を滑りこませなかった。「ああ、こんなに濡れている」唸るように言い、手を引き戻し、あらためてサラの脚のあいだに腰を据えた。「できるだけやさしくするから」そう約束し、ふたたび下腹部をゆっくり押しだした。

サラは息を詰め、押し入られる感触に身を堅くした。痛い。耐えられないほどではないけれど、体のなかで燃え立っていた炎はすぼまった。

「大丈夫か」ヒューが心配そうに尋ねた。

サラはうなずいた。

「正直に答えてくれ」

「大丈夫そうだわ」サラは弱々しく微笑んだ。「ほんとうよ」

ヒューが腰を引こうとした。「やはりまだ――」

「お願い！」サラはヒューにしっかりとしがみついた。「やめないで」

「でも――」

「最初は痛むとみんなから聞いてるわ」サラは念を押すように言った。

「みんな？」ヒューは苦笑いを浮かべた。「いったい誰から聞いたんだ？」

サラの喉から、ふるえがちな笑いがこぼれ出た。「わたしには大勢のいとこがいるでしょう。ホノーリアからではないわよ」ヒューの考えが読みとれたので慌てて言い添えた。「話好きな年上のいとこもいるのよ。たくさん」

ヒューは重みがかからないよう両腕を突っ張って上体を浮かせていた。けれど何も言ってはくれなかった。いたく集中した顔つきからして、話せる状態ではないのかもしれない。

「でも、だんだん楽になるわ」サラはつぶやくように続けた。「そう聞いてるの。やさしい旦那様なら、とても心地よくなると」

「ぼくはきみの夫じゃない」ヒューがかすれがかった声で言った。

サラはヒューの濃い髪に片手をもぐらせ、顔を自分のほうに引き寄せて、ささやいた。

「もうすぐなるわ」

これがあらためて動きだすきっかけとなった。やめようとする考えは振り払われ、ヒューはサラに灼《や》けつくようなキスをした。ゆっくりと、けれどもわざと焦らすようにヒューが入ってきて、サラには何がどうなっているのかわからないうちに互いの腰が密着し、自分のなかに彼がしっかりと収まった。

「愛してるわ」もう大丈夫かとは問われないようサラは言った。あとは熱情だけで、質問はいらない。ヒューがふたたび動きだし、ふたりはいつしか調子を合わせて、目指すきわみへとのぼりつめていった。

そうしてついにサラはまばゆいばかりの光に包まれ、小刻みに身をふるわせて彼を締めつけた。ヒューはサラの首に顔を埋め、くぐもった叫びをあげつつ、最後にもう一度貫いて精を放った。

ふたりは息を整えようとした。どちらもそれだけで精いっぱいだった。呼吸が落ち着いてくると、眠りに落ちた。

先に目覚めたのはヒューで、夜明けまでまだ時間があるのを確かめてから、横向きに寝そべり、寝ているサラを眺めるという、ささやかな贅沢を味わった。けれども何分か経つと、脚の筋の突っぱりが気になりだした。このような体の使い方をしたのはずいぶんと久しぶりで、快い疲れではあるものの、やはり脚には負担がかかっていた。

サラを目覚めさせないようゆっくりと起きあがり、悪いほうの脚を前に伸ばした。顔をしかめつつ脚をつかんで、筋肉の凝りをほぐしていく。もう数えきれないほどやってきたことなので、親指にどのくらいの力を入れてどの辺りを圧《お》せば、じんわりやわらいでくるかも心得ている。刺激は相当に強いが、ふしぎとつらくない痛みだ。

指が疲れてくると、今度は手の付け根を押しつけて円を描くように動かした。これを位置をずらしながらしっかりと続けて——

「ヒュー？」

サラの眠そうな声を聞いて振り返った。「大丈夫だ」ヒューは微笑んだ。「きみは寝ていてくれ」

「だけど……」サラがあくびをした。

「朝までまだ時間がある」ヒューは前のめりになってサラの頭のてっぺんにキスをしてから、徐々にやわらいできた筋肉をふたたび親指で圧しはじめた。

「何をしてるの？」サラはまたあくびをして、わずかに上体を起こした。

「なんでもない」

「脚が痛むの？」

「少しだけだ」ヒューは嘘をついた。「だがもうだいぶよくなった」こちらは嘘ではなかった。この痛みの要因となった行為にもう一度及ぶのも悪くはないと思える程度には。

「わたしにやらせてもらえない？」サラが静かに問いかけた。

ヒューは虚を衝かれて顔を振り向けた。サラがそのようなことを申し出るとは考えてもいなかった。きれいな脚ではない。銃弾がめり込んで骨が砕けたおかげで（そのうえ銃弾を取りだした医者の鮮やかとは言いがたい手並みのせいもあって）、筋肉を覆う皮膚には引き攣れた傷が残り、もはやかつての長くなめらかだった脚は見る影もない。

「お役に立てるかもしれないわ」サラが低い声で言う。

ヒューは唇を開いたが、言葉は出てこなかった。最もひどい傷跡を両手で覆い、脚からその手を放す気になれなかった。部屋は暗く、おぞましく浮きでた蚯蚓《みみず》腫れもはっきりとは見えないだろう。

だが醜いことには変わりない。それも、わが人生で最も身勝手な過ちを呼び起こさせる傷跡だ。

「どうすればいいのか教えて」サラが両手を差しだして尋ねた。

ヒューはぎこちなくうなずき、サラの片手を取った。「ここに」いちばんほぐれにくいところに導いた。

サラは指に力を入れたものの、さほどの強さではなかった。「これでいい？」

ヒューはサラの手の上から強く圧した。「こうするんだ」

サラが下唇を噛み、今度は肝心のところがへこむくらいの力を込めた。ヒューが唸り声を漏らすと、サラは即座に手を放した。「わたし――」

「違うんだ」ヒューは言った。「それでいい」

「よかった」サラはやや不安げな目を向けつつ、ふたたび揉みほぐしはじめ、数秒おきに指を伸ばしてはまた続けた。

「ぼくは時どき肘も使う」ヒューはまだいくぶん気後れぎみに言った。

サラはもの問いたげに見やると、小さく肩をすくめ、助言されたとおりに試そうとした。

「ううむ、これは」ヒューは思わず声を漏らして枕に背をもたせかけた。誰かに揉んでもらうと、なぜこんなにも心地よく感じられるのだろう。

「いい考えがあるわ」サラが言う。「横向きに寝てみて」

正直なところ、ヒューは動ける状態ではなかった。どうにか片手を持ちあげはしたが、ほんの数秒ともたなかった。骨が溶けてしまった。そうとしか思えない。

サラがくすくす笑って、悪いほうの脚が上になるようヒューを反対側に向かせた。「伸ばしたほうがいいでしょう」そう言うと、ヒューの膝を支え、足首が尻のほうにくるよう脚を曲げさせた。

尻に足首がつくほどは曲がらなかったが。

「大丈夫？」サラが尋ねた。

ヒューはうなずいたが、痛みにふるえが走った。それでも、心地よいとまでは言えないにしろ、価値のある痛みなのに違いない。なんとなく筋肉が緩んだ気がするし、ふたたび仰向けに戻って疼くところをサラにやさしく揉みほぐされているうちに、怒りらしきものが魂から剝がれ落ちて皮膚から染みだし、体から抜けていくように感じられた。脚はずきずきしているが、心は軽くなり、何年かぶりに世界が希望に満ちあふれているように思えてきた。

「愛してる」ヒューは言い、これで五回めだと胸のうちでつぶやいた。その言葉を口にしたのは五回めだった。まだまだ足りない。

「わたしも愛してるわ」サラは身をかがめ、ヒューの脚に口づけた。

ヒューは自分の顔に手をやり、指が濡れたのに気づいた。いつの間にか泣いていた。「愛してる」繰り返した。

六回め。

「愛してる」

七回め。

サラがとまどっているような笑みを浮かべた。

ヒューはサラの鼻に触れた。「愛してる」

「何してるの?」

「八回め」声に出して言った。

「何が?」

「そう言ったのが八回めと言うことさ。愛してる」

「数えてるの?」

「これで九回だ。それと――」ヒューは肩をすくめた。「――ぼくはいつでも数えてる。きみならもう、気づいているだろうと思ってた」

「夜は十回くらいにしておいたほうがいいのではないかしら？」

「きみがこの部屋に来たときにはすでに午前になっていたわけだが、ああ、きみの言うとおりだな。愛してる」

「それで十回ね」サラは身を近づけて、やさしくゆっくりとキスをした。「でもわたしは――あなたがいったい何回、そう思ったのかのほうが知りたいわ」

「数えきれない」ヒューはサラに唇を寄せてささやいた。

「あなたでも？」

「無限大だから」ヒューはつぶやいて、サラをベッドに仰向けに寝かせた。「あるいはたぶん……」

無限大足す一だ。

# エピローグ

## 翌年の春
## ロンドン　プレインズワース邸

結婚か、死か。スマイス-スミス一族の四重奏への徴集を免れる方法は、このいずれかしかない。もしくはその掟から逃れる手段と呼ぶほうがより正確かもしれない。

だからこそ、なぜこれから三時間後に、年に一度スマイス-スミス一族が四重奏を披露する音楽会がまたも開かれ、しかも最近結婚したばかりで、むろん元気に生きているレディ・サラ・プレンティスが歯を食いしばってピアノを弾こうとしているのかは、誰にも理解できないだろう（ただしアイリスだけは、それもことにサラの事情についてはよく承知していたが）。

皮肉とはすばらしいものなのだと、ホノーリアはサラに言った。

いいえ、皮肉はすばらしいものではないと、サラはヒューに言った。皮肉などクリケットのバットで叩きつぶしてしまうべきものだと。

もちろん、皮肉が形あるものであったならの話だ。サラにとってはきわめて残念ながら、皮肉は形あるものではない。クリケットのバットをボール以外のものに振りおろしたい衝動は人生を一変させかねない。

とはいえ、プレインズワース邸の音楽室ではクリケットのバットは手に入らないので、サラは代わりにハリエットのヴァイオリンの弓を拝借し、おそらくは主が本来望んでおられたはずの用途に使うことにした。

デイジーを脅すために。

「サラ！」デイジーが金切り声をあげた。

サラは威嚇した。実際に唸り声を漏らして。

デイジーがピアノの後ろに隠れようと逃げた。「アイリスお姉様、やめさせて！」

アイリスはこう言わんばかりに片方の眉を上げた。〝このわたしがよりにもよってこんな日に、椅子からわざわざ腰を上げて、いらだたしくてしょうがない妹のあなたを助けるとでもほんとうに思ってるの？〟

つまりアイリスは片方の眉を吊りあげるだけで、そういった気持ちを過不足なく伝えられる。いわば非凡な才能の持ち主というわけだ。

「わたしはただ」デイジーが口を尖らせた。「もう少し礼儀正しくしたほうがいいと言っただけだわ。ほんとうのことだもの」

「いまにして思えば」アイリスがしごくそっけない声で言う。「最良の言葉を選んだとは言えないわね」

「でも、わたしたちまで印象が悪くなってしまうのよ」

「いったい誰のおかげで」サラは凄みのある口ぶりで言った。「この四重奏を演奏できると思ってるのかしら」

「サラのピアノを引き継ぐ従妹がいなかったなんて、いまだに信じられないわ」デイジーが言う。

アイリスが唖然として妹を見やった。「サラがそうなるように仕組んだとでも言いたいの」

「ええ、この子なら、そういったことを疑ってもふしぎじゃないわ」サラはヴァイオリンの弓を突きだした。

「一族の従姉妹が、わたしたちで途切れてしまったのよ」ハリエットが紙からちらりと目を上げて言った。言いあいの一部始終を書き留めているのだ。「わたしの次にエリザベスとフランシスが控えてるけど、そのあとは新たな世代に引き継がないと」

サラは最後にもう一度デイジーを睨みつけてから、ハリエットに弓を返した。「わたしは二度とご免だわ」そう念を押した。「今後は三重奏になろうと、わたしは知らない。今年わたしが弾くのは――」

「後ろめたさがあったからよね」アイリスが遮った。「いいえ、いまもそう」ほかの三人が静まり返ると、言葉を継いだ。「昨年、わたしたちを見捨てたことに後ろめたさを感じてるのよ」

サラは口をあけた。何か咎められたときには、不当な非難かどうかにはかかわらず（今回は不当ではなかったわけだが）、言い返すのが生来の習性だ。けれどそのとき、戸口で夫が笑顔で片手を上げたのを目にして、サラはこう言った。「ええ。ええ、そうよ」

「そうですって？」アイリスが訊いた。

「そう。あなたには申しわけなかったと思ってる。それにあなたと――」デイジーにうなずく。「――たぶん、あなたにもよ、ハリエット」

「昨年はまだ加わっていなかったわ」デイジーが指摘した。

「わたしはこの子の姉だもの。なんであれ、謝らなければいけないことがあるはずだわ。それと申しわけないけど、ヒューとちょっと失礼するわ」

「でも練習しないと！」デイジーが不満げな声をあげた。

サラはひらりと手を振った。「いい子でね」

「いい子でね？」音楽室を出るなり、ヒューは妻の耳もとにささやくように問いかけた。

「そう言ったのか？」

「デイジーにね」

「きみはまったくお人よしだな」ヒューが言う。「今年は演奏する必要はなかったのに」

「いいえ、演奏しなくてはいけなかったのよ」サラはそれまで一度も口に出しては言わなかったものの、毎年恒例の音楽会を開けるかどうかが自分にかかっていると知ったとき……途絶えさせることはどうしてもできないと思った。「伝統は大事だわ」とても自分の口から出た言葉とは信じられない。でも恋に落ちてから自分は変わった。それに……。

サラはヒューの手を取り、自分のお腹に触れさせた。「女の子かもしれないし」

しばしの間があいた。「サラ？」

サラはうなずいた。

「赤ん坊？」

サラはふたたびうなずいた。

「いつ？」

「たぶん、十一月」

「赤ん坊」ヒューはまだ信じられないといった面持ちで繰り返した。

「そんなに驚くことではないでしょう」サラはからかうふうに言った。「だって——」

「楽器を習わせなければいけないのか」ヒューが遮ってつぶやいた。

「男の子かもしれないわ」

ヒューは皮肉っぽくおどけて妻を見返した。「それではとんだ変わり者になる」

サラは笑った。こんな冗談はヒューにしか言えない。「愛してるわ、ヒュー・プレンティス」

「ぼくも愛してる、サラ・プレンティス」

ふたりはまた玄関扉へ向かって歩きだしたが、二歩進むやヒューが身をかがめて耳打ちした。「二千回めだ」

そしてサラも相変わらずくすくす笑って、こう返した。「まだそれだけ？」

# 訳者あとがき

人間関係においては〝初対面がなにより肝心〟との説もありますが、反対に、第一印象とはなんて当てにならないものだろうかと、みなさんも思われたことはないでしょうか。つまりは初対面に何か大きな〝誤解〟があったのか、はたまた第一印象がよくなかったあまり、その後に気づいた小さな美点がかえってすばらしく見えてしまうのか……。

人同士が知りあうときのそうした奇妙な気持ちの行き違いは、当然ながら十九世紀の英国貴族とて同じようにあったはず。というわけで、ジュリア・クインの最新作、〈スマイス－スミス〉シリーズ第三作は、初対面では互いの印象がまさしく最悪だったふたりが、反目しあううちに初めてほんとうの自分に正直に向きあわざるをえなくなり、ついには思いも寄らず、かけがえのないものを手にするまでの恋物語です。

今回の主人公は、シリーズ第一作のヒロイン、ホノーリアの兄にして第二作のヒーローでもあったダニエルと決闘騒ぎを起こして片脚が少し不自由になってしまった、侯爵家の次男ヒューと、ホノーリアのいとこで、前作では騒音とまで揶揄《やゆ》されるスマイス－スミス一族の音楽会での演奏をどうやら仮病を使って逃れたらしい、伯爵家の令嬢サラ。両家の子息が引き起こした決闘騒ぎはロンドンでそれはかまびすしく取りざたされたとあって、ヒューとサラはただでさえ気まずい間柄だったのですが、なにぶんどちらも性格がなかなかに個性的なため、初対面は険悪としか言いようのないものでした。けれどもそれから一年四カ月後、ホノーリアとダニエルの結婚が立てつづけに決まり、合わせておよそ一カ月にも及ぶ祝宴の催しに招待されたヒューとサラは、ロンドンを離れ、ふたつの結婚式が執り行われる田舎の屋敷で、ともに過ごさなければならないはめとなり……。

そうするなかで数々のささいな出来事を通して、ふたりがどのように互いを知り、それにもまして自分自身を見つめなおし、惹《ひ》かれあうまでになっていくのかが、いちばんの読みどころです。そして、シリーズ第一作と第二作で断片的に差し挟まれていた、ダニエルとヒューの決闘騒ぎの全容が、ようやく本作であきらかにされます。もちろん、著者の作品には欠かせない、いとこや姉妹同士、さらには母娘の遠慮がなく騒々しい、それでいてどういうわけか微笑《ほほえ》ましくてたまらないやりとりも、たっぷりとお楽しみいただけるはずです。

サラはロマンス作品のヒロインとしては欠点もいくぶん多めで不器用な面がありますが、そういった女性こそ擁護せずにはいられない、あの最強の老婦人、〈ブリジャートン〉シリーズでお馴染《なじ》みのレディ・ダンベリーも登場します。また、回想場面では、ブリジャートン家の末娘ヒヤシンスと『突然のキスは秘密のはじまり』で恋に落ちる前のガレスも、ちらりと顔を出しています。さらに、これまで著者の作品のなかでたびたび読まれてきた本『バターワース嬢といかれた男爵』を、またもやサラが開く場面も。ジュリア・クインは多くの読者から、この架空の本を小説にする予定を尋ねられているそうで、公式ウェブサイトでは「鳩《はと》の場面はとても書く気になれない」ので無理だと、冗談めかして答えています。海外ロマンス小説がお好きなみなさんには、人気作家エロイザ・ジェームズの *Once Upon a Tower* の主人公、レディ・イーディスとキンロス公爵の名が作中でさりげなく用いられていることも、お知らせしておきます。

ジュリア・クインは今回も、作品に盛り込んだ英国の文化や歴史の豆知識を公式ウェブサイトで紹介しています。そのひとつは、サラが妹ハリエットとともに口ずさむ童歌「オレンジとレモン」についてです。日本では「ロンドン橋落ちた」ほどは馴染みがないかもしれませんが、同じように二人がこしらえたアーチの下をくぐる遊びで、歌詞はロンドンと近隣にある教会の鐘たちが、貸した金《かね》を返せ、いや返せないと問答するというもの。そのなかにはオールド・ベイリーの鐘も含まれており、これは〝オールド・ベイリー（古い外壁）〟と呼ばれる中央刑事裁判所の向かいにあるセント・セパルカー・ウィズアウト・ニューゲート教会の鐘を指し、昔、死刑囚がニューゲート刑務所から絞首台に向かう際には決まってこの鐘が鳴らされていたとのこと。いわば、本作でサラの末の妹フランシスは、喜ばしい従兄《いとこ》の結婚式を前に、よりにもよってどこか恐ろしげな「通りゃんせ」をして遊ぶ相手を探していたようなものと考えれば、著者のブラック・ジョークに苦笑していただけるのではないでしょうか。

豆知識のふたつめは、物語後半でラムズゲイト侯爵が新聞を読んでいて〝アイロンがかかっていない〟とぼやき、手についたインクを洗いに行く場面について。当時、裕福な人々は読む前の新聞にアイロンをかけさせていたそうで、これは皺《しわ》を取るためというより、インクを乾かして手につかないようにするためだったと著者は解説を加えています。
いつものように著者がユニークな視点でこの一作に選んだ音楽もご紹介しておきましょう。
*Lovecats* と *Let's Go to Bed*　ザ・キュアー（〈スマイス－スミス〉シリーズの前二作が、偶然にもザ・キュアーの楽曲のタイトルと同じだったことをツイッターで指摘されたので）
*The Cave*　マムフォード&サンズ（お気に入りの一曲。頭から離れない旋律で、確かな希望を感じさせてくれるし、歌詞が、身も心も打ちひしがれて立ち直ろうともがくヒューに重なる）
*Einstein on the Beach*　カウンティング・クロウズ（真の天才であるヒューにふさわしく、アインシュタインに捧《ささ》げられた曲を）
*Mr. Brightside*　ザ・キラーズ（本作の執筆にはとても苦しみ、締切を延ばしてもらった挙句、最後には、安くて、二十四時間営業のスターバックスもあるラスベガスのホテルの部屋に閉じこもることに。そんなときにカフェインとともに気持ちを奮い立たせてくれた曲）

そもそもジュリア・クインは、ヒロインとヒーローがダンスをせずに居合わせる場面は描けないだろうかと考えて、〝ロンドンの社交界で毎年開かれる耳ざわりな音楽会〟という設定を思いつきました。そして、この音楽会でどうしようもなく下手な四重奏を披露するスマイス－スミス一族の娘たちをこれまでの作品で何度も登場させてきたのですが、いつしかそれが愛読者の方々とのくすりと笑えるお約束事となり、とうとう〈スマイス－スミス〉シリーズとして四部作を執筆するまでに至りました。〝四重奏〟に掛けたスマイス - スミス一族の〝四部作〟も、いよいよ最終巻を残すのみ。ホノーリアとサラと同じ歳のいとこで、全員花の名を付けられた姉妹のひとり、アイリスを主人公に書かれた第四作は、本国アメリカで今年二〇一四年中に刊行の予定とのことです。

二〇一四年六月　村山美雪

# 大嫌いなあなたと恋のワルツを

2014年6月17日　初版第一刷発行

著 ································ ジュリア・クイン
訳 ···································· 村山美雪
カバーデザイン ···················· 小関加奈子
編集協力 ······················ アトリエ・ロマンス

---

発行人 ································ 後藤明信
発行所 ························ 株式会社竹書房
〒102-0072 東京都千代田区飯田橋2-7-3
電話：03-3264-1576（代表）
03-3234-6383（編集）
http://www.takeshobo.co.jp
振替：00170-2-179210
印刷所 ······················ 凸版印刷株式会社

---

定価はカバーに表示してあります。
乱丁・落丁の場合には当社にてお取り替え致します。
ISBN978-4-8124-8953-6 C0197
Printed in Japan